Suzanne Enoch

Originaire de Californie du Sud, elle a obtenu un diplôme de lettres à l'université d'Irvine. Autrice à succès de romances historiques et contemporaines, elle affectionne tout particulièrement la période de la Régence.

Ses livres, pleins d'humour et aux dialogues enlevés, ont été récompensés par le *Romantic Times* et figurent régulièrement sur la liste des meilleures ventes du *New York Times* et de *USA Today*.

Partie d'échecs

DE LA MÊME AUTRICE AUX ÉDITIONS J'AI LU

À chaque duc suffit sa peine
Lady Mascarade
L'éclat de sa beauté
Au bord de la crise de nerfs

Leçons d'amour

1 – *La dame à l'éventail*
2 – *La femme au charme discret*
3 – *La dame de ses pensées*

La famille Griffin

1 – *Drôle de chaperon*
2 – *Invitation au péché*
3 – *Une vision de rêve*

Les MacTaggert

1 – *Trop anglaise, mais si adorable*
2 – *Un diable d'Écossais*
3 – *L'héritier du clan*

Les héros

1 – *Le héros des Highlands*
2 – *Au cœur de la tourmente*
3 – *Un loup en Écosse*

Scandaleux Écossais

1 – *Un diable en kilt*
2 – *Le quadrille*
3 – *La fleur des Highlands*
4 – *La flamboyante des Highlands*

SUZANNE
ENOCH

LES REBELLES – 1

Partie d'échecs

Traduit de l'anglais (États-Unis)
par Anne Busnel

J'AI LU

Si vous souhaitez être informée en avant-première
de nos parutions et tout savoir sur vos autrices préférées,
retrouvez-nous ici :

www.jailu.com

Abonnez-vous à notre newsletter
et rejoignez-nous sur Facebook !

Titre original
A BEGINNER'S GUIDE TO RAKES

Éditeur original
St. Martin's Paperbacks, published by St. Martin's Press, New York

À mon éditrice, Monique Patterson –
le début d'une belle amitié, je crois.

Et à mon agente, Nancy Yost.
Tu es la meilleure, tout simplement !

1

Très peu de choses, en ce bas monde, pouvaient faire frémir Oliver Warren, marquis de Haybury. En vérité, il les comptait sur les doigts d'une main. Les hurlements d'un petit enfant. Le grincement du métal rouillé…

Et la mention de ce nom-*là*.

Il s'était pétrifié. Lentement, il releva la tête. Soudain indifférent à la pile de pièces qu'il tenait en main, il murmura :

— Qu'as-tu dit, James ?

Assis à sa gauche, James Appleton répéta :

— Je pensais que les Benchley trouveraient le moyen de garder la maison. Adam House appartient à la famille depuis tant d'années… Mais la veuve vient de rouvrir cette vieillerie. Elle est arrivée hier soir, d'après ce qu'on m'a dit. Ce sera la première fois que quelqu'un investit les lieux depuis au moins trois ans.

L'air concentré sur la partie, Oliver misa sur le trois de pique. Le croupier retourna un quatre, un neuf et la dame de cœur.

Conscient qu'un minimum d'intérêt était requis de sa part, il se décida à réagir :

— Lady Cameron… Elle était sur le continent, si je ne m'abuse ? Quel est son prénom, déjà ? Marianne ?

— Diane, corrigea Appleton, qui s'avisa soudain qu'il venait de perdre ce qu'il avait misé sur le quatre de pique. Nom de Dieu ! Oui, à Vienne ou Amsterdam, je ne sais plus. Mais Frederick est mort depuis plus de deux ans, et elle a dû trouver que Londres lui manquait.

— C'est probable, en effet.

La vision brève d'une longue chevelure d'ébène et d'un regard vert surgit dans la mémoire d'Oliver. Pour la énième fois, il refoula ce souvenir. Damnation.

— Une veuve qui revient s'installer dans la résidence de son défunt mari. Dis-moi, Appleton, Londres doit être ennuyeuse comme la pluie si tu n'as rien de plus croustillant à nous offrir comme ragot !

De l'autre côté de la table, lord Beaumont éclata de rire.

— Vous venez de mettre le doigt sur le gros problème de cette saison, Haybury. Nous n'avons eu aucun cancan digne de ce nom à nous mettre sous la dent. Le dernier vrai scandale remonte à janvier, et ça ne compte même pas puisque personne n'était en ville pour en profiter. Buvons, mes amis, ajouta-t-il en levant son verre, et prions pour avoir très bientôt un peu de divertissement.

Oliver leva également son verre. Il était prêt à tout, pourvu qu'il ne soit pas obligé d'entendre le nom de Diane Benchley sur toutes les lèvres durant les six prochaines semaines.

— Bon, Appleton, vas-tu jouer, oui ou non ? Si tu préfères les jacasseries, nous pouvons aller te chercher un cercle à broderie.

Appleton s'empourpra sous le sarcasme.

— Personnellement, je trouvais l'information intéressante, se défendit-il. Feu le comte de Cameron et sa femme ont fui Londres pour échapper aux huissiers, et voilà qu'elle revient seule, en grand équipage de six énormes berlines noires de location – et au beau milieu de la nuit !

— Elle s'est peut-être dégoté un archiduc prussien, suggéra le quatrième joueur, Jonathan Sutcliffe, lord Manderlin, qui intervenait pour la première fois sur le sujet. Si ma mémoire est bonne, c'était un joli petit lot, cette Diane Benchley.

Il tapota l'épaule d'Oliver et ajouta :

— Tu n'étais pas à Londres, à l'époque, n'est-ce pas ? N'étais-tu pas justement à Vienne ?

— Entre autres.

Un regard oblique accompagné d'un haussement de sourcil convainquit Manderlin de laisser retomber sa main.

Oliver enchaîna :

— Moi aussi, je suis rentré à Londres à bord d'une grosse berline noire, Appleton. La mienne. Cela t'aurait-il fait jaser pareillement ?

Appleton daigna sourire.

— Bien sûr. Tu sais bien que ta vie me passionne.

— Tant mieux. Je fais beaucoup d'efforts pour donner du grain à moudre aux commères.

Lord Beaumont agita la main pour attirer l'attention d'un des valets en livrée du club. Il lui fit signe de remplir son verre.

— C'est donc vous qu'il faut tenir pour responsable s'il ne se passe rien à Londres, plaisanta-t-il. Soyez gentil, Haybury, offrez-nous enfin un bon petit esclandre !

— Je vais faire de mon mieux. Ou plutôt de mon pire, répondit Oliver.

Diane Benchley. Lady Cameron. À Londres. Il devait s'attendre à la croiser lors d'une soirée ou d'une réception quelconque. Mayfair n'était pas bien grand. Encore plus petit que Vienne.

Il vida le contenu de son verre, se resservit une rasade de whisky.

Il s'était peut-être laissé surprendre en entendant son nom tout à l'heure, mais lorsqu'il tomberait nez à nez avec elle, il ne trahirait pas la moindre émotion. Non, en aucune façon. Et elle aurait tout intérêt à ne pas ouvrir sa jolie bouche, sinon il serait dans l'obligation de se montrer grossier.

— À ton tour de miser, Haybury ! s'impatienta Manderlin. Ou faut-il t'apporter un cercle à broderie, à toi aussi ?

Oliver se décida à chasser les pensées déplaisantes qui lui encombraient le cerveau. Mieux valait les réserver pour un prochain tête-à-tête avec lui-même.

Il jaugea d'un coup d'œil l'épaisseur du talon de cartes, déposa deux livres sur le valet. Les valets étaient des fripouilles, c'était bien connu. Et selon son expérience, les fripouilles gagnaient toujours.

— Diane, tu as de la visite.

Assise au bureau qui avait été celui de son défunt mari, Diane Benchley, lady Cameron, leva le nez de la pile de documents qu'elle consultait.

— Je ne veux voir personne. Sans aucune exception, rétorqua-t-elle, avant de se replonger dans les colonnes rébarbatives de chiffres, décimales et soustractions.

— Je sais, ma chérie, répondit la grande jeune femme blonde sur le seuil. Mais il s'agit de lord Cameron.

À l'énoncé de ce nom, une sueur froide inonda Diane. Le souffle lui manqua. L'instant d'après, elle se ressaisit, ravala une imprécation. L'idiote ! Frederick Benchley était mort. Depuis deux ans. Elle était à son chevet quand il avait rendu l'âme, et elle avait vu les croque-morts balancer des pelletées de terre sur son cercueil en pin bon marché.

— Bonté divine, Geneviève, tu m'as flanqué une de ces frousses ! s'exclama-t-elle.

Posant sa plume, elle se frotta les tempes du bout de ses doigts tremblants.

Geneviève Martine fronça les sourcils d'un air étonné, puis comprit :

— Oh, Seigneur, tu sais bien que je parlais du nouveau comte ! Je n'ai pas imaginé une seconde que tu puisses…

— N'en parlons plus. Où est-il ?

— Je l'ai conduit dans le salon. Il a réclamé du thé.

Diane recula sa chaise et se leva.

— Nous pouvons en déduire que la nouvelle de mon retour a déjà fait le tour de Londres. C'est déjà cela, je suppose.

— Oui, cela fait au moins un événement favorable qui se produit depuis notre arrivée, soupira Geneviève. Contre deux douzaines de problèmes ! Dans quelle catégorie faut-il ranger la visite de lord Cameron ?

— Celle des problèmes. Reste avec moi, s'il te plaît. J'aimerais me débarrasser de lui le plus vite possible.

— Que veut-il, à ton avis ? demanda encore Geneviève, avec ce léger accent français qui disparaissait presque ou, au contraire, s'accentuait selon son humeur.

— De l'argent, bien sûr. Que pourrait vouloir un Benchley ? D'après mon expérience, aucun homme de cette famille n'est capable d'en garder. Il leur brûle les doigts. Et j'imagine qu'Anthony souhaiterait aussi récupérer Adam House. Mais sois tranquille, il n'obtiendra rien de moi.

— Peut-être veut-il seulement évoquer de chers souvenirs en ta compagnie ? hasarda Geneviève d'un ton dubitatif. Après tout, tu étais mariée à son frère.

— Il n'y a aucun moment de ma vie au sein de cette famille dont je chérisse le souvenir.

Les deux femmes quittèrent le bureau et se dirigèrent vers l'escalier. Diane se doutait bien qu'elle n'aurait pas à attendre longtemps avant de recevoir la visite des Benchley, mais, sacrebleu, elle n'était rentrée que depuis quarante-huit heures !

Geneviève avait peut-être eu le temps de dénombrer deux douzaines de problèmes survenus dans ce laps de temps, mais il avait suffi d'un seul désastre pour menacer le grand projet de Diane. La situation n'aurait pu être pire, sauf peut-être si ç'avait été Oliver Warren, marquis de Haybury, qui l'avait attendue dans le salon en cet instant. Là il aurait fallu parler de catastrophe. À tout prendre, la visite d'Anthony Benchley n'était qu'un contretemps. Rien de plus.

Cette pensée la galvanisa. Elle pénétra dans le salon et trouva son ex-beau-frère debout devant la fenêtre. Sa chevelure sombre, son teint rougeaud et sa manie de se tapoter la cuisse lui rappelèrent Frederick. Et elle n'aimait pas cela. Non, pas du tout.

Elle le salua avec froideur :

— Lord Cameron.

— Diane ! Je vous en prie, appelez-moi Anthony, pria-t-il en traversant la pièce pour venir lui prendre les mains. Vous étiez comme ma sœur, après tout.

Diane récupéra ses mains.

— Bien. Anthony, donc. Qu'attendez-vous de moi ?

Il se rembrunit brièvement.

— Ne me confondez pas avec mon frère, Diane. Il avait le démon du jeu et a dilapidé la fortune familiale. J'en ai pâti autant que vous.

Ce n'était pas faux, elle était bien obligée de l'admettre.

— Mais vous êtes toujours en grand deuil ! enchaîna-t-il. Je ne voulais pas vous offenser, veuillez me pardonner si…

— Non, ne vous inquiétez pas. C'est juste que je viens d'arriver et… la personne avec qui je devais faire affaire a eu… un regrettable accident. Je suis épuisée, je le crains.

Ce n'était pas l'entière vérité, toutefois elle n'avait pas l'intention d'en divulguer davantage. Anthony était un Benchley et elle se méfiait de cette famille. Elle avait tiré la leçon de ses mésaventures passées.

— Ma foi, je ne sais trop comment formuler la chose avec tact, mais… j'ai appris que vous étiez de retour à Londres pour vous y installer et… voilà, mes hommes de loi m'ont dit que Frederick avait mis Adam House à votre nom. Alors je me suis dit que, peut-être, vous pourriez envisager de… d'autant que vous bénéficiez apparemment de revenus confortables, à en juger par toutes ces voitures qu'il a fallu pour vous déménager... Enfin, bref, je me demandais si vous accepteriez de rendre cette demeure à la famille Benchley. Dieu sait que j'en aurais besoin pour éponger les dettes laissées par Frederick !

— Oui, vous m'avez écrit à ce sujet l'année dernière, je crois me souvenir. En ce qui me concerne, j'ai remboursé la majorité des dettes qu'il avait contractées. Vous possédez déjà Benchley House et Cameron Hall, Anthony. Moi je n'ai qu'Adam House, objecta-t-elle en s'efforçant de ne pas trahir sa colère.

Cette demeure était la seule chose dont on ne l'avait pas dépossédée. Elle y avait veillé. Et à en croire son homme de loi, qui l'avait accueillie à sa descente du bateau, elle en aurait bien besoin.

Parfaite dans son rôle de dame de compagnie, Geneviève se tenait à l'écart. Diane lui jeta un coup d'œil avant de reporter son attention sur Anthony.

— J'espérais vous trouver plus conciliante, avoua celui-ci. D'autant que tout le monde sait pourquoi Frederick et vous avez été contraints de fuir le pays. Mais si vous préférez affronter l'opprobre de la bonne société, je ne peux rien pour vous en préserver.

Comme si elle avait besoin de sa protection !

— Merci de votre sollicitude, Anthony. Mais ne vous tracassez pas, je me débrouillerai. À présent, si vous voulez bien m'excuser, je dois m'occuper de ma correspondance, conclut-elle.

— Oui, je comprends.

Comme il quittait le salon, elle le suivit jusque dans le hall, Geneviève dans leur sillage. Elle ne voulait surtout pas qu'il s'égare dans les pièces du rez-de-chaussée.

— J'aimerais vraiment vous revoir, chère Diane. Surtout n'hésitez pas à passer me voir. Je veux que vous me considériez comme un frère, assura-t-il encore.

— C'est très aimable à vous. Je n'y manquerai pas.

À peine eut-il posé le pied sur le perron qu'elle referma la porte.

— Geneviève, j'ai une idée.

— J'espère qu'elle est bonne. Nous en avons bien besoin. Je te rappelle que celui qui devait être ton associé est porté en terre en ce moment même.

— Il nous faut un endroit. Et pourquoi pas Adam House, finalement ?

— Oh, bonté divine !

Durant une bonne minute, Geneviève la dévisagea d'un air stupéfait. Puis enfin un sourire étira ses lèvres minces :

— Pourquoi pas, en effet ?

Durant les trois jours qui suivirent son arrivée à Londres, lady Cameron ne mit pas le nez dehors.

Oliver le savait parce que, même s'il ne voulait pas en entendre parler, il n'y avait pas d'autre sujet de conversation.

Chez Gentleman Jackson[1], il apprit qu'on l'avait aperçue à la fenêtre du premier étage, en noir de la tête aux pieds, bien que deux ans se soient écoulés depuis la mort de son époux.

Oliver s'était retenu de ricaner.

Quand il avait déjeuné au Society Club, Patrick Banfer avait annoncé à la tablée que lady Cameron avait reçu la visite de son ex-beau-frère. Le nouveau comte n'était resté que dix minutes, puis s'était rendu au Boodle's Club où il avait vidé une bouteille de whisky.

Et au moment où Oliver reboutonnait son pantalon, dans la chambre verte de lady Katherine Falston, cette dernière l'informa que la comtesse de Cameron avait fait appeler un joaillier réputé, qui ne travaillait que les pierres les plus fines.

1. « Gentleman » John Jackson, célèbre boxeur qui ouvrit une académie de boxe une fois sa carrière sur le ring terminée (1769-1845). *(N.d.T.)*

— Est-ce un appel du pied ? s'enquit-il en s'asseyant sur le lit pour enfiler ses bottes.

Un bras nu se glissa sur son épaule, tandis que deux seins moelleux se pressaient contre son dos, à travers la fine batiste de sa chemise. Katherine lui mordilla l'oreille avant de murmurer :

— Mon cher, ni vous ni moi ne sommes intéressés par le mariage. Mais une ou deux babioles, je ne dis pas. Toutes les femmes aiment les bijoux, surtout lorsqu'ils sont offerts par leur amant.

Oliver échappa à son étreinte en se levant pour aller récupérer sa veste fauve sur le dossier d'une chaise.

— Vous avez peut-être raison, je devrais vous offrir un bijou bien tape-à-l'œil. Cela occuperait au moins les curieux qui n'ont rien d'autre à faire en ce moment que commenter le moindre pet de mouche à Adam House.

Katherine se rallongea sur les draps froissés.

— Surtout pas. Vous savez bien que je plaisantais. J'adore votre compagnie, mais je ne veux pas de scandale. Si vous souhaitez me faire un cadeau, faites-le en privé. Qu'il soit discret. Et très, très cher.

— J'y songerai.

Le ton restait léger. Elle savait pertinemment qu'il n'aimait pas les attaches, ni au lit ni ailleurs.

— Bonsoir, Katherine.

— Mmm, répondit-elle distraitement.

Bien que les domestiques de lady Katherine soient quasi tous au courant de sa présence, il descendit l'escalier sur la pointe des pieds. Une habitude chez lui, car certaines de ses maîtresses étaient mariées. Parfois leur époux s'en moquait, parfois pas. Et une réaction un peu vive était toujours à envisager.

Mais pas ce soir. Grâce à son entregent et à sa position sociale, lady Katherine n'avait nul besoin d'un mari.

Sur Regent Street, Oliver mit au pas Brash, son pur-sang gris. Adam House se trouvait juste derrière la haute haie, dissimulée à la vue. Il serra les dents.

Maudite femme. Maudite, maudite femme ! Oui, la saison avait été ennuyeuse comme la pluie, mais ce n'était pas une raison pour se lancer dans quelque folie qu'il regretterait amèrement par la suite.

Certes, rien ne l'empêchait de sonner chez elle un beau matin pour lui présenter ses respects. Enfin, façon de parler. Le but étant de lui faire savoir qu'il était en ville. Car Diane Benchley ne semblait pas pressée de se montrer, en dépit de l'intense curiosité qu'elle suscitait chez ses pairs.

Oliver avait beau feindre l'agacement chaque fois qu'il entendait son nom, il était tout aussi intrigué que les autres. Mais valait, pour lui comme pour elle, que leur première rencontre se passe en public, mais pourquoi diable se faisait-elle tant désirer ?

D'un claquement de langue, il mit Brash au petit trot et prit la direction de la maison qu'il louait sur Oxford Street.

Il savait bien qu'il était très loin d'éprouver de l'indifférence vis-à-vis d'elle. D'ailleurs il n'avait jamais cru que le temps émousserait les angles acérés de ses souvenirs. Mais il ne laissait jamais – jamais ! – transparaître une once de faiblesse. En revanche, exposer celle des autres était si facile qu'à l'occasion il ne résistait pas à la tentation. Alors si lady Cameron avait deux sous de jugeote, elle veillerait à se tenir à distance. Quoi qu'elle mijote.

Sauf que si elle avait été vraiment maligne, elle n'aurait jamais remis les pieds en Angleterre.

2

Diane saisit la main que lui tendait son valet pour l'aider à descendre de la berline.

— Prête, Geneviève ?

La grande blonde à la minceur de sylphide descendit à son tour et répondit avec cet accent inimitable qui mêlait intonations françaises, allemandes et anglaises :

— Oui. Exactement comme pendant la répétition, c'est cela ?

Son chignon sévère la faisait ressembler à une gouvernante, ou à la dame de compagnie d'une vieille baronne. Personne ne se retournerait sur elle. Non, ce soir tous les regards seraient braqués sur Diane, et sur son passage l'on murmurerait toutes sortes de choses intéressantes dont Geneviève ne perdrait pas une miette. Elle savait comme personne se fondre dans la foule et passer totalement inaperçue.

— Oui. Et encore pardon de t'avoir demandé cela. Cette soirée est encore plus cruciale que je ne le pensais. J'aurais préféré disposer de plus de temps pour assurer mon avenir. Enfin, *notre* avenir.

Diane ajusta un de ses longs gants de soie noire et leva les yeux sur la façade de l'imposant hôtel particulier qui se dressait devant elles. Toutes les fenêtres étaient illuminées, un brouhaha de voix mêlé des notes de musique se déversait dans la rue.

— Tu es sûre que lord Cameron ne sera pas là ?

— L'invitation n'est jamais parvenue à son domicile. Oh, quel dommage ! fit Geneviève d'un air contrit.

— Parfait. Je n'ai pas besoin de ce contretemps en plus. La fête sera plus qu'intéressante sans lui.

Diane circula entre les voitures qui arrivaient et repartaient après avoir déposé leurs passagers. Elle en profita pour étudier les différents blasons peints sur les portières. Ici un duc, là un comte, ainsi que leurs frères, cousins, fils et neveux – les riches et les puissants, suivis de ceux qui les enviaient et cherchaient donc à les imiter.

Diane n'aurait pu trouver meilleure occasion pour se faire remarquer d'eux que ce bal fastueux chez le duc et la duchesse de Hennessy. Même s'il allait falloir compter avec les femmes...

Ce n'était nullement un hasard si son arrivée à Londres coïncidait avec cette réception. Tout avait été préparé de longue date. Et même si son plan initial était tombé à l'eau, elle ne s'avouait pas vaincue pour autant.

À cet instant, comme un fait exprès, son regard tomba sur un blason composé d'un dragon rouge barré d'une épée ensanglantée.

Elle prit une brève inspiration.

Oliver Warren.

— Haybury ? s'enquit Geneviève, qui avait suivi la direction de son regard. Tu ne vas pas changer d'avis, quand même ?

Diane carra les épaules.

— Sûrement pas, répondit-elle. Dans l'idéal, jamais je ne l'aurais impliqué dans nos projets, mais dans la mesure où le plan idéal a tourné court, je dois faire contre mauvaise fortune bon cœur. J'ai bien réfléchi, il est notre meilleur choix.

— Tant mieux, parce qu'il est aussi le seul.

Geneviève marmonna en allemand quelque imprécation où il était question de lord Blalock qui grillait dans les flammes de l'enfer.

Diane, elle, jura en silence. Quoi que Shakespeare ait écrit à propos des plans les plus minutieusement élaborés, il était hors de question qu'elle dévie de sa ligne directrice. Certains protagonistes étaient susceptibles de changer au gré des circonstances, mais, désormais, elle avait été trop loin, au sens propre comme au figuré, pour songer à rebrousser chemin.

— À sa décharge, je ne pense pas que lord Blalock soit mort exprès pour m'embêter. D'autant que le pauvre s'est rompu le cou.

— Et à quoi donc peut s'attendre un homme de soixante ans qui s'en va chasser le renard ? Par temps de pluie, qui plus est, vitupéra Geneviève.

C'était bien le problème avec les aristocrates, du moins certains qui, en dépit des preuves manifestes du contraire, se croyaient invincibles et éternels. Jusqu'à la chute.

Mais le seul à sa connaissance qui méritât vraiment de tomber raide mort avait hérité d'un titre de marquis et d'une jolie fortune dont elle entendait bien profiter.

— Comment comptes-tu t'y prendre pour approcher Haybury ? murmura Geneviève, comme en écho à ses pensées.

Cette même question avait tenu Diane éveillée une bonne partie de la nuit.

— J'ai quelques idées. Laisse-moi faire.

Sans insister, Geneviève se glissa parmi un groupe de jeunes débutantes tout émoustillées par leur première saison londonienne. Elles passèrent devant le majordome. Pendant quelques secondes, Diane les suivit du regard, sans trop savoir si elle enviait leur naïveté joyeuse ou si elle les plaignait. Jadis, elle avait été comme ces jolies écervelées. Elle l'avait payé le prix fort, et on ne l'y reprendrait plus.

C'était une réception formelle, aussi le majordome annonçait-il les invités. Diane s'y attendait et s'était préparée avec soin à sa première apparition publique.

Elle portait ce soir-là une robe de soie noire faite d'une longue jupe aux plis amples et d'un corsage rebrodé de perles de jais étincelantes, dont les manches de dentelle s'arrêtaient au coude. La même dentelle bordait son décolleté. Bien que l'ensemble ait coûté une jolie somme, Diane ne le regrettait pas. Le résultat valait la dépense.

Elle tendit son carton d'invitation au majordome, tout en écoutant les chuchotements qui s'élevaient déjà dans son dos.

— Lady Diane Benchley, comtesse de Cameron.

Diane redressa la tête, afin de mettre en valeur son collier d'onyx et les pendants d'oreilles assortis.

Dans la salle de bal, le bruit des conversations diminua, avant de reprendre de plus belle dans un bruissement fébrile semblable au bourdonnement d'un nid de frelons. Nid dans lequel elle s'apprêtait à flanquer un bon coup de pied.

Un sourire énigmatique aux lèvres, elle descendit la volée de marches avec toute la lenteur requise.

« Regardez-moi. Et soyez intrigués », lança-t-elle en silence à l'assemblée.

Dès le lendemain midi, ceux qui ignoraient encore son retour auraient entendu parler d'elle. Et c'est exactement ce qu'elle voulait.

Le duc et la duchesse de Hennessy s'approchèrent pour la saluer.

— Diane, c'est merveilleux de vous revoir, roucoula la duchesse. Vous avez été absente si longtemps !

— Merci de m'avoir invitée ce soir, Votre Grâce.

Diane n'avait rencontré la duchesse qu'à une seule occasion et cette dernière avait passé la soirée à se plaindre des crises de goutte de son époux.

— Toutes nos condoléances pour le décès de lord Cameron, ajouta le duc avec un regard appuyé à sa robe de deuil. Il nous a quittés il y a un peu plus de deux ans, n'est-ce pas ?

Diane caressa machinalement la dentelle de son corsage.

— Oui, acquiesça-t-elle avec un sourire. J'aime tant le noir. J'en ai d'abord porté pour honorer la mémoire de Frederick, et puis, j'ai continué. Les femmes ne l'utilisent que trop peu, vous ne trouvez pas ?

— Certes, approuva le duc, les yeux rivés à la main de Diane qui reposait sur son décolleté.

La duchesse toussota :

— Je vous souhaite de passer une bonne soirée, lady Cameron.

— Merci infiniment, Votre Grâce.

Lorsqu'elle avait imaginé son retour dans la haute société à l'occasion de ce bal, Diane avait cru qu'elle pourrait effectivement s'amuser. Son plan serait alors fignolé dans les moindres détails, lui laissant le loisir de prendre du bon temps. Hélas, des événements indépendants de sa volonté s'étaient produits entre-temps ! Elle ferait avec. Cela requerrait plus de ruse que prévu, et cela impliquait de s'allier à... cet individu qu'elle haïssait, mais au bout du compte peut-être parviendrait-elle à tourner la chose à son avantage.

Elle voulait croire qu'avec un minimum d'efforts stratégiques – et une pincée de chantage, éventuellement –, elle obtiendrait ce qu'elle voulait. Ou plutôt ce dont elle avait *besoin*. Ce n'était que justice, finalement.

Un grand type dont la cravate était fixée au moyen d'une épingle à tête d'émeraude vint s'incliner devant elle.

— Danserez-vous ce soir, milady ? s'enquit-il avec cet accent qui rappela à Diane pourquoi, un temps, elle avait préféré vivre à Vienne.

— Présentez-vous et j'en déciderai.

Elle ponctua sa réponse de ce sourire détaché qu'elle perfectionnait depuis un an. Un outil bien commode, indispensable même, qu'elle plaçait juste après de l'argent dans la liste des choses utiles sur terre.

— Certainement. Je suis Stewart Cavendish. Lord Stewart Cavendish. Mon père est le marquis de Thanes. Permettez-moi de vous dire que je vous trouve ravissante.

Bon, un cadet, voire un benjamin. Mais de haut lignage quand même.

— Pour vous remercier de ce charmant compliment, je vous accorderai un quadrille.

Le sourire de Cavendish s'élargit.

— Et que faudrait-il pour que vous me récompensiez d'une valse ?

« Un héritage et un titre », songea-t-elle, avant de répondre à voix haute :

— Tout simplement que nous nous connaissions un peu mieux, milord. Et que je voie déjà comment vous dansez le quadrille.

De nouveau, il s'inclina, puis tendit la main vers son carnet de bal, mais Diane recula d'un pas pour inscrire elle-même son nom. C'était elle qui choisirait le moment où ils danseraient, pas lui.

— Alors à tout à l'heure pour la quatrième danse, lord Stewart, fils de lord Thanes.

— En attendant, je vais m'entraîner aux pas du quadrille !

Sur cette boutade, il s'éloigna pour régaler ses amis des détails de leur brève conversation. Diane se détourna, balaya rapidement la foule du regard, sans s'arrêter sur les visages de ceux qui la fixaient. Pour le moment, nulle trace d'Oliver Warren. Sans doute se trouvait-il dans la salle de jeu. Elle allait devoir rôder de ce côté-là, ce qui n'allait pas de soi car les dames comme il faut étaient fortement dissuadées de se rendre dans ces lieux de perdition.

Le temps de traverser la salle de bal, elle inscrivit encore le nom de sept cavaliers dans son carnet, s'arrangeant pour laisser libre la première danse, ainsi que les deux valses.

Parvenue au seuil de la salle de jeu, elle glissa un regard en direction du billard. Une douzaine de messieurs gravitaient autour, mais celui qu'elle cherchait n'en faisait pas partie.

Un souffle tiède lui chatouilla les omoplates.

— Tu fais grande impression, murmura la voix douce de Geneviève. *Où était-elle passée ? D'où tient-elle sa fortune ? Pourquoi est-elle venue seule au bal ? A-t-elle l'intention de se remarier ?* J'en passe et des meilleures...

— Oui, cela n'a pas été long, opina Diane derrière son carnet de bal. Et si j'arrive à dénicher lord Haybury, cela va devenir encore plus palpitant.

— J'ai entendu deux dames se plaindre qu'il passerait la soirée à jouer sans daigner venir danser. Elles semblaient très déçues.

— Parfois je me dis que Bonaparte aurait gagné la guerre si tu avais été de son côté, ma chérie.

— Bien sûr qu'il l'aurait gagnée !

Diane ravala un sourire et reprit sa quête.

Elle déclina encore deux invitations, alors que l'orchestre installé sur la mezzanine entamait le premier morceau, un quadrille. À mesure que la piste se remplissait, l'espace se dégagea devant Diane... avant qu'une haute silhouette vienne lui bloquer la vue.

— Bonsoir, Diane.

Levant les yeux, elle croisa un regard d'un gris pâle plus glacial que la banquise arctique.

— Oliver. Vous voici donc !

Sans prendre le temps de réfléchir, elle s'avança pour prendre ses mains dans les siennes.

— C'est si bon de vous revoir, ajouta-t-elle avec un sourire bien plus chaleureux que tous ceux qu'elle avait distribués jusqu'à présent.

Elle avait l'impression que ses mains la brûlaient à travers ses gants – Dieu merci elle en portait, sinon elle aurait été tentée de lui arracher les yeux de ses ongles pointus !

Il s'était figé. L'instant d'après, il se dégageait.

— Oui, cela fait longtemps, n'est-ce pas ? répondit-il d'une voix douce que démentait la lueur meurtrière dans son regard.

— Certes. Passez donc me rendre visite demain, à 10 heures. Nous boirons une tasse de thé et nous bavarderons. Vous savez, j'ai tellement hâte d'annoncer l'ouverture de mon club de jeu !

Voilà. C'était fait. Avant même d'avoir le temps de se tourner, elle entendit l'écho de leur échange se répercuter parmi les invités, telle une vaguelette à la surface d'une mare ; ou plutôt les flammes d'un feu dévorant un champ de blé.

Elle venait d'admettre qu'elle comptait ouvrir une maison de jeu. Et, oui, lord Haybury semblait parfaitement au courant. N'étaient-ils pas de vieux amis. On chuchotait d'ailleurs que…

Il la rattrapa par le coude, la fit pivoter.

— Que diable me…

Son visage était toujours impassible, mais son regard gris flamboyait. Réprimant l'envie de se libérer brutalement de sa poigne d'acier, elle minauda :

— Pas ici, Oliver ! Nous devons d'abord discuter des détails.

De sa main libre, elle lui frôla la joue, effleura une mèche de cheveux d'un brun chaud.

Quelques exclamations étouffées retentirent autour d'eux.

— J'ignore ce que vous mijotez, mais je vous jure que vous le regretterez, gronda-t-il. Je vais vous détruire !

— Essayez toujours, chuchota-t-elle avec un grand sourire. Et maintenant lâchez-moi ou je vous embrasse.

Il s'exécuta aussitôt et Diane sentit le sang se remettre à circuler dans son bras.

— Quel dommage que vous ne dansiez pas ce soir, poursuivit-elle en haussant le ton. Demain, 10 heures. N'oubliez pas.

— Je n'oublie jamais *rien*.

— Hmm. Moi non plus.

Elle s'éloigna d'une démarche légère à la rencontre de son premier cavalier, usant de toute sa volonté pour empêcher ses mains de trembler. Oui, elle savait pertinemment ce qu'elle faisait, et non, il ne l'effrayait pas le moins du monde. Mais se retrouver ainsi face à lui... cela ne lui rappelait pas seulement qu'elle haïssait cet homme. Le toucher avait réveillé des souvenirs qu'elle croyait enfouis à jamais.

Lorsque l'orchestre entama l'air de la deuxième valse, lord Haybury avait disparu. Le potin de la soirée avait fait le tour de la salle, jusqu'à revenir à Diane. Elle demeurait sur le bord de la piste, bien en vue des messieurs qui avaient sollicité en vain une valse. Certes, ils dansaient et pas elle, mais tous avaient une partenaire de deuxième choix.

Tout allait bien. À un détail près : Oliver ne lui avait pas réclamé une valse qu'elle lui aurait refusée, pour le loger à la même enseigne que tous les autres. Mais sans doute s'en était-il douté. Ce n'était pas un imbécile.

— Tu devrais t'intéresser aux parfaits, ils sont sublimes, fit soudain la voix de Geneviève derrière elle.

— Le chef cuisinier des Hennessy est sicilien. Je n'en veux pas à mon service.

— Je ne voulais pas dire que tu devais l'embaucher, juste que les glaces sont succulentes.

Diane soupira.

— Oui, pardonne-moi. Je suis encore obnubilée. Mais je ne compte pas manger ce soir.

— Dans ce cas, je vais manger ta part.

Geneviève s'assit derrière un pot empli de hautes fougères qui la dissimulaient en partie aux danseurs qui évoluaient sur la piste.

— Tout le monde se demande si tu n'es pas devenue folle, reprit-elle. *Un club de jeu, mais comment cela ? Si c'est vrai, Haybury est forcément derrière tout ça !*

— Je t'ai dit qu'il représentait la meilleure solution, même si lord Blalock était prêt à délier les cordons de sa bourse. Il était riche et connu pour aimer les femmes. Mais Oliver Warren est un joueur réputé. Cela va nous faire économiser beaucoup de temps, crois-moi.

Elle n'avait pas besoin de voir le visage de Geneviève pour savoir que celle-ci esquissait une moue sceptique. Mais peu importait. Elle avait franchi la première étape et choisi son chemin jusqu'à la porte d'entrée. Et Oliver avait intérêt à l'y accompagner, sinon il le regretterait amèrement. Car si arrogant soit-il, elle savait où se trouvait la faille dans son armure. Et elle n'hésiterait pas à l'exploiter.

Depuis la mort de lord Blalock, tout dépendait de cela.

— Comme tu l'as dit, nous n'avons pas le choix, chuchota Geneviève.

— Exactement. Alors encore un peu plus de ragots, s'il te plaît.

— Je vais du côté du buffet. Et pas à cause des parfaits. On dirait que le sucre délie les langues.

— Régale-toi, ma chérie, mais n'oublie pas de laisser traîner tes oreilles.

— *Compte sur moi,* répondit Geneviève en français.

À quelque distance, Diane remarqua une jeune femme qui la dévisageait avec insistance. Elle avait l'habitude des regards féminins, mais, d'ordinaire, ils trahissaient du ressentiment, de la défiance. Or là, ce n'était pas le cas.

La jeune femme finit par la rejoindre et joignit les mains.

— Vous ne me reconnaissez donc pas ?

Diane la considéra avec attention, puis hocha la tête.

— Jane Lumley.

— Ah, vous voyez, je n'ai pas changé tant que cela en quatre ans ! Vous, en revanche… vous vous êtes transformée en une sorte de déesse de la tentation.

Elle désignait la toilette de soie noire que portait Diane. Celle-ci secoua la tête.

— Voyons, ce ne sont que des vêtements.

Tout à coup hésitante, Diane fit signe à la jeune femme qui avait été son amie de la suivre sur la terrasse dont les hautes portes demeuraient ouvertes.

Avant d'épouser Frederick, elle avait eu peu d'amies proches, et encore moins après. Les quatre années qui venaient de s'écouler lui avaient appris que personne ne veillerait à son bien-être mieux qu'elle-même. Et cela passait avant tout, même les vieux amis.

— Pour quelqu'un qui est resté si longtemps loin de la haute société, vous n'avez pas perdu le sens des entrées théâtrales, fit remarquer Jane.

Bien que quelques couples les aient précédées sur la terrasse, l'endroit était cent fois plus calme que la salle de bal. Mais bien sûr, cela signifiait aussi qu'on pouvait surprendre leurs propos.

— Frederick a quitté l'Angleterre sur un coup de tête. J'ai davantage réfléchi avant de quitter Vienne. C'est une ville tellement charmante.

— Oui, c'est ce qu'on m'a dit.

Jane baissa d'un ton avant de demander :

— Vous n'êtes plus en deuil, n'est-ce pas ? Dans mon souvenir, Frederick et vous…

— C'est une ville si romantique, coupa Diane. Vous devriez vraiment vous y rendre.

Là. Quelles que soient ses ambitions, on ne devait pas la percevoir comme un rapace. Chacun devait s'intéresser à son entreprise pour une raison qui lui était propre, sinon son navire coulerait avant même d'avoir quitté le port.

— J'y penserai, opina Jane. Et je serai ravie de vous recevoir pour le déjeuner ou le thé. Ou bien nous pourrions faire quelques emplettes en ville, à votre guise.

— Je suis plutôt débordée en ce moment, à cause de ma nouvelle marotte. Mais pourquoi pas ? Merci pour l'invitation, en tout cas.

— Votre nouvelle marotte... Cette maison de jeu dont tout le monde parle ?

— Un club. Un établissement luxueux, et très sélectif sur la clientèle.

— Un club, donc.

Jane poussa un soupir.

— Autrefois nous étions bonnes amies, Diane. Si jamais vous éprouvez le besoin de parler, je vous écouterai volontiers.

— Merci encore, mais je ne cache aucun sombre secret. Je sais, ce n'est pas très excitant, mais c'est ainsi.

Jane s'excusa quelques minutes plus tard sous prétexte d'un rendez-vous qui n'existait visiblement que dans son imagination.

Diane laissa échapper un petit soupir. Oui, elles avaient été amies, mais elle n'avait certes pas besoin d'une confidente qui lui rappellerait son passé malheureux et sa naïveté pathétique. Désormais, elle entendait s'entourer de compagnons et d'associés qu'elle choisirait avec le plus grand discernement. Parce qu'elle en avait la possibilité, tout simplement. Elle refusait d'être la victime des circonstances, ou des traditions, ou de quoi que ce soit d'autre.

Tout cela, c'était terminé.

Ce club était son projet. Personne ne déciderait à sa place, personne n'assumerait ses responsabilités et personne ne la forcerait à fuir. Et plus vite un certain Warren prendrait sa place dans le puzzle qu'elle était en train d'assembler, mieux cela vaudrait pour tout le monde.

Elle comptait bien le lui signifier le lendemain. À 10 heures.

3

C'était bien la première fois qu'on le menaçait d'un baiser en public et qu'il se défilait, songea Oliver.

N'importe quelle fille qui aurait osé le braver de la sorte aurait amplement mérité qu'il la déshonore, ce qui, étant donné sa réputation, n'aurait pas été trop difficile.

Évidemment Diane avait proféré sa menace à voix basse, si bien que personne ne l'avait entendue et que s'il avait réagi de la sorte, les observateurs l'auraient pris pour une brute.

Quoi qu'il en soit, elle avait une idée derrière la tête.

Il n'avait pas l'intention de tomber tête la première dans ses manigances. Aujourd'hui, il ferait très attention où il mettrait les pieds. Et elle avait tout intérêt à se montrer prudente, elle aussi.

Il descendit de cheval, tendit les rênes de Brash au vieux palefrenier qui attendait.

— Faites-le marcher, je ne serai pas long.

— Bien, milord.

L'homme aux cheveux grisonnants entraîna le pur-sang sur le côté de la grande maison.

Tout le monde savait que la fortune des Benchley s'était évaporée avec le temps, mais qu'à force d'épouser de riches conjoints, ils se retrouvaient avec d'impressionnantes propriétés, coûteuses à entretenir. C'est ainsi qu'ils avaient acquis Adam House. Deux ou trois générations plus tôt, le comte de Cameron avait alpagué la fille aînée de Maximillian Adam, marquis de Wright. Et cet hôtel particulier avait été donné par le marquis en guise de cadeau de mariage.

Oliver avait pris ses renseignements. Adam House ne faisait pas partie des biens incessibles. On pouvait dès lors s'étonner que le mari de Diane ne l'ait pas vendu pour échapper aux foudres de ses créanciers. Peut-être avait-il espéré refaire fortune en Europe avant de rentrer à Londres en grande pompe, comme venait de le faire Diane ? Elle voulait donner l'impression d'être dans l'opulence, mais Oliver n'était pas dupe. Un caprice du destin avait voulu qu'il connaisse la réalité de ses finances.

Lorsqu'il atteignit la porte, une jeune femme la lui ouvrit. Il marqua une pause. Ce n'était pas la première fois qu'il voyait une jolie fille, certes, mais celle-ci portait un pantalon, un gilet et une veste de majordome. Dieu seul savait ce que Diane mijotait, mais une chose était sûre, elle avait perdu l'esprit.

La femme-majordome inclina la tête.

— Lady Cameron vous attend, milord. Si vous voulez bien me suivre.

Elle attendit qu'il ait pénétré dans le hall pour refermer la porte, puis le précéda dans l'escalier. Oliver passa le temps en reluquant son côté pile – un spectacle étonnamment sensuel avec cette veste cintrée à queue-de-pie –, aussi faillit-il la heurter lorsqu'elle s'immobilisa devant une porte close.

La majordome frappa deux fois, entrebâilla le battant, puis regagna l'escalier.

Il devait donc faire son entrée seul. Cela n'avait rien d'inhabituel, sauf qu'il connaissait Diane Benchley. Une partie d'échecs allait s'engager, sur son territoire, à sa demande, et il avait déjà perdu plusieurs pions.

Sans doute était-elle en train de compter les secondes qui s'égrenaient entre les deux coups frappés par la majordome et le moment où il se déciderait à franchir le seuil. Sans doute se demandait-elle s'il hésitait ou s'il cogitait.

Oliver poussa le battant du bout du doigt et entra dans la pièce.

Diane était assise à son bureau.

— Faites-vous semblant d'être occupée ou vous êtes-vous installée là pour mettre une barrière entre nous ? demanda-t-il.

Il referma la porte et s'y adossa.

Sans cesser d'écrire dans son registre, elle pointa l'index dans sa direction.

Aujourd'hui encore, elle portait du noir, cette fois une simple robe en mousseline de coupe sobre, qui la mettait pourtant magnifiquement en valeur. Ses cheveux d'ébène étaient juste noués sur la nuque en un chignon qui aurait pu paraître strict, nonobstant les deux petites boucles qui lui encadraient le visage et ne devaient certainement rien au hasard.

— Vous portiez aussi du noir, la dernière fois que je vous ai vue, à Vienne, remarqua-t-il. Mais ce n'était pas non plus parce que vous étiez en deuil.

— La dernière fois que vous m'avez vue, j'étais veuve depuis moins d'un mois. Bien sûr que j'étais en deuil.

Il haussa le sourcil.

— Voulez-vous que je vous rafraîchisse la mémoire sur les événements qui se sont passés là-bas ? Vous avez une drôle de définition du deuil.

Avec un soupir, elle posa sa plume, et plaça ses mains jointes en pyramide devant elle.

— Je suis étonnée que vous ayez noté la couleur de ma robe à l'époque, alors que vous ne songiez qu'à me l'enlever.

— Oh, je vois ! C'est à ce petit jeu que nous jouons, alors ? Je vous désirais dans cette robe, mais je ne pouvais vous posséder qu'en vous l'enlevant.

— Jusqu'au moment où vous avez fui Vienne comme un chat échaudé. Voilà ce dont *je* me souviens.

— Je suis rentré à Londres afin de prendre possession de mon héritage.

— Ah oui, j'ai failli oublier ! Vous êtes marquis, à présent. Quelle heureuse coïncidence. Vous pouvez donc mettre votre couardise sur le dos de votre oncle, qui a eu la bonne idée de trépasser à ce moment-là.

Il se redressa.

— Je vous déconseille d'évoquer la mort de mon oncle comme une circonstance heureuse, siffla-t-il. Ce genre d'insinuations déclenche des rumeurs.

— Entendu. Dès que vous cesserez de prétendre que mon deuil s'est limité à ma garde-robe.

Elle l'avait mouché, et juste avant aussi, en le comparant à un chat échaudé. Cela, il n'avait guère envie de l'admettre, ni devant elle ni devant quiconque.

— Bon. Et si nous arrêtions de nous insulter et de faire référence à nos sentiments – ou plutôt à notre manque de sentiments – concernant la disparition de nos proches ?

— Je suis d'accord.

Oliver glissa la main dans son dos pour saisir la poignée de la porte.

— Dans ce cas, au revoir, Diane.

— Je n'en ai pas fini avec vous.

— Quoi que vous ayez à dire, à moins qu'il soit question d'argent ou de sexe, cela ne m'intéresse pas.

— Il sera question d'argent.

Oliver comprit qu'il aurait mieux fait de s'en aller sans finasser. Maintenant il était obligé de rester. À contrecœur, il lâcha la poignée.

— Je vous écoute.

— Prenez donc un siège.

— Je veux d'abord savoir si vous avez l'intention de me prendre de l'argent ou de m'en donner.

— Eh bien, dans un premier temps de vous en prendre, et ensuite de vous en donner.

Il repéra un muscle qui tressaillait sur sa joue. Elle avait beau distribuer ses informations au compte-gouttes, elle lui répondait néanmoins. Et malgré lui, il était tenaillé par la curiosité.

Il s'avança d'un pas nonchalant vers l'un des deux imposants fauteuils placés face au bureau.

— Je suis tout ouïe.

— J'avais des projets précis pour mon club de jeu, déclara-t-elle sans préambule. Lord Blalock m'avait consenti un prêt de cinq mille livres et voulait bien louer le vieux Monarch Club à son nom pour me permettre d'en disposer à ma guise.

— Ce crétin de Blalock s'est brisé la nuque en chassant le renard avec sa dernière maîtresse en date.

— Je sais. Je l'ai appris le lendemain de mon arrivée à Londres.

Il la dévisagea et le regard vert émeraude soutint le sien sans ciller. Au moins ne tentait-elle pas de l'abuser, en ce qui concernait l'état de ses finances, du moins.

— La nouvelle a dû vous causer un choc.

— Vous n'imaginez pas à quel point.

— Je suis donc destiné à remplacer ce vieux Blalock. Vous voudriez que je vous prête de l'argent ?

— Aucune banque n'acceptera de le faire.

— Et les dettes que votre époux avait contractées auprès de presque tout le monde ?

— J'en ai soldé la plupart et j'ai pris mes dispositions pour bientôt rembourser les autres.

— Avec quoi ? Si ma mémoire est bonne, vous vous êtes retrouvée sans le sou à Vienne.

— Avant de mourir, Frederick a mis à mon nom tous les biens immobiliers qui n'entraient pas dans la succession.

Oliver se carra contre le dossier du fauteuil – très confortable –, et croisa les jambes au niveau des chevilles.

— Faux, répliqua-t-il. Pas avant de mourir, en tout cas. Le soir où nous nous sommes rencontrés, vous vous êtes plainte d'être totalement démunie. Le lendemain matin, plutôt.

— Je suis douée pour imiter les signatures. Et durant notre mariage, c'est moi qui, la plupart du temps, signais à sa place les documents officiels.

— Vous n'essayez même pas de forger un petit mensonge convaincant ? Je suis déçu.

— Mentir requiert des efforts, et je ne vois pas pourquoi je me donnerais cette peine. Désirez-vous boire quelque chose ? demanda-t-elle en désignant les trois flacons de verre posés sur un guéridon, devant la grande fenêtre.

— Non. Poursuivez.

— Comme vous voudrez. J'ai vendu tout ce que Frederick m'avait légué, à l'exception de cette maison, et j'ai pu rembourser la plupart de ses dettes. Je vous le dis pour que vous compreniez bien que l'argent que vous allez me prêter sera exclusivement consacré à la création de mon club.

Ignorant le fait qu'elle s'adressait à lui comme s'il était prêt à la financer, il lâcha :

— Donnez-moi plus de détails sur ce projet.

— Non.

— Comment cela, *non* ?

— Non, répéta-t-elle.

Elle se tourna légèrement pour entrouvrir le tiroir à sa droite. Sans doute y dissimulait-elle un pistolet, et cette pensée n'était pas pour amadouer Oliver. Il en conclut toutefois que cette conversation était cruciale pour Diane Benchley.

— Dans ce cas je vais vous souhaiter une bonne journée, Diane.

Il commença à compter mentalement les secondes. Diane se leva avant qu'il ait atteint « cinq ».

— Bon, très bien. Mais contentez-vous d'écouter. Je ne veux surtout pas de votre avis.

— Allez-y. C'est vous qui avez réclamé ce petit entretien.

Lentement, elle se rassit.

— J'ai beaucoup appris sur le pouvoir du jeu. Et j'ai aussi compris que la seule personne qui ait la garantie de gagner de l'argent à la fin de la soirée est le propriétaire du club.

— Il y a déjà une douzaine d'établissements de jeu haut de gamme à Londres, ma chère. Vous n'êtes pas la seule à être parvenue à cette conclusion, figurez-vous.

— Oliver, cet idiot de Frederick a dilapidé sa fortune aux cartes. Aujourd'hui je compte me servir du jeu pour récupérer ce que j'ai perdu dans l'affaire. Mon établissement sera fréquenté par une clientèle triée sur le volet. Et puisque le Monarch Club vient tout juste d'être vendu, j'installerai mon club ici même, à Adam House. La configuration des lieux et la distribution des pièces du rez-de-chaussée en font l'endroit presque idéal. Il ne manque que quelques modifications pour que tout soit parfait. Je n'emploierai que des femmes, jolies et bien élevées. Le...

— Vous avez l'intention d'ouvrir un bordel ?

Elle s'empourpra.

— Pas du tout. Le sexe n'est pas le vice que je cherche à exploiter. Il m'a toujours déçue, soit parce qu'il est imposé de manière arbitraire, soit parce qu'il est bâclé.

Peu lui importait que cette flèche lui soit destinée, il n'allait pas perdre le fil de la conversation pour une vulgaire insulte.

— Je comprends mieux pourquoi c'est une femme qui m'a ouvert la porte. Malgré tout, vous avez un vieux palefrenier.

— Les hommes ne sont bons qu'à balayer le crottin. Vous-même avez un don pour ça.

Il écarquilla les yeux.

— Si c'est de cette façon que vous sollicitez un prêt, je me demande ce que vous faites quand vous injuriez quelqu'un !

Elle eut une hésitation presque imperceptible, le temps de baisser les yeux, mais il s'en aperçut. Il avait appris à repérer les faiblesses d'autrui, et pour obtenir ce qu'il voulait, à frapper ses ennemis à coups répétés jusqu'à ce qu'ils saignent à mort. Cette fois pourtant, il attendit. Ce qui l'excédait chez elle l'intriguait tout autant. C'était peut-être pathétique, mais c'était ainsi.

— Ce que mes employées font de leur temps libre ne me regarde pas, du moment que mon établissement n'en subit pas des conséquences néfastes, articula-t-elle. Non, je n'ai pas l'intention d'ouvrir un bordel. Mais si vous préférez le croire et si ce malentendu vous incite à me donner l'argent… je n'y vois pas d'inconvénient.

— Vous avez quelques idées intéressantes, je l'admets, mais, à ma connaissance, toutes les entreprises dirigées par une femme sont des lupanars. Et si vous croyez rester la petite chérie de la bonne société une fois que les mots auront été officialisés par une signature, vous vous trompez.

Il sortit sa montre de gousset, l'ouvrit dans un cliquetis métallique et ajouta :

— Ce projet n'est pas viable. Je ne mettrai pas un centime dedans.

— Qu'est-ce qui pourrait vous faire changer d'avis ?

— En général ? Des parts majoritaires, un pourcentage garanti des profits, un droit de veto sur les jeux proposés et la candidature des membres. Plus spécifiquement ? J'ai déjà couché avec vous, Diane. Je ne tiens pas répéter mes erreurs.

Elle soupira.

— J'avais l'espoir que vous comprendriez que je me moque des critiques du moment que je suscite la curiosité. Et que j'ai l'intention de concrétiser ce projet, quel que soit votre avis sur la question, avis que je n'ai pas demandé, au demeurant.

— La détermination ne suffit pas pour avoir du succès en affaire, ma chère.

— Je n'autorise pas les hommes qui ont quitté mon lit si vite qu'ils en ont oublié leur gilet à m'appeler « ma chère ».

Elle se pencha et retira du tiroir entrouvert une feuille de papier. Oliver retint un soupir de soulagement. Il s'était à moitié attendu à la voir brandir un pistolet ou une dague.

— Avant de monter sur vos grands chevaux et de détaler une fois de plus, lisez donc ceci, dit-elle en lui tendant le document.

Il s'en saisit sans le regarder.

— Si vous comptez rendre public le catalogue de mes petites lâchetés, n'oubliez pas que je connais moi aussi deux ou trois petites turpitudes vous concernant. Et, en dehors de cela, sachez que je n'ai pas honte de grand-chose.

— Lisez, répéta-t-elle en claquant des doigts, la main tendue vers le papier.

Oliver consentit à déplier le document.

Il découvrit une page nue, à l'exception de quelques lignes d'une écriture cursive bien nette : *J'ai en ma possession une attestation sous serment de Tomas DuChamps, dans laquelle il affirme que vous avez triché lors d'une certaine partie de cartes, le 27 avril 1816, le spoliant lui et quatre autres messieurs de la somme de huit cent douze livres.*

Une fureur noire envahit Oliver.

L'étrangler. Elle ne méritait rien d'autre.

Il bondit sur ses pieds.

— Espèce de sale petite g…

La vue du pistolet dans sa main bloqua dans sa gorge le flot d'injures qu'il s'apprêtait à vomir, sans atténuer pour autant sa colère.

— Je sais que vous n'avez pas honte de grand-chose, dit-elle froidement, le canon du pistolet braqué sur sa poitrine. Mais je sais aussi que vous tenez à votre réputation de joueur. Alors rasseyez-vous gentiment.

Il faillit refuser, puis songea que non seulement elle était capable d'appuyer sur la détente, mais qu'en plus elle y prendrait plaisir.

Lentement, les muscles bandés par l'effort de volonté qu'il s'imposait, il reprit place dans le fauteuil.

— J'espère que vous avez réfléchi à la façon dont va se terminer cette conversation, dit-il d'une voix sourde.

— Certes. En fait, je n'ai fait que cela depuis que j'ai appris la mort de lord Blalock et depuis que ce fâcheux d'Anthony Benchley m'a fait comprendre qu'Adam House était un atout énorme.

— Venez-en au fait.

— C'est très simple. Vous n'étiez pas mon premier choix, mais a posteriori, je pense que votre implication est la meilleure solution. Après tout c'est vous qui m'avez appris à profiter d'autrui et à tourner les événements en ma faveur. Et aussi qu'il ne faut jamais compter sur personne d'autre que soi-même.

— Est-ce pour me signifier que je me suis conduit comme un butor et que je peux aller me faire pendre que vous avez élaboré toute cette stratégie fumeuse ? Vous auriez pu vous contenter de m'écrire une lettre incendiaire. Allez savoir, je l'aurais peut-être même lue.

— Ne dites pas de bêtises, répliqua-t-elle d'une voix frémissante. Cela n'a rien à voir avec notre histoire passée. Il se trouve juste que vous êtes un joueur réputé et que je suis en mesure de vous contraindre à m'aider, voilà tout.

— En menaçant de ruiner ma réputation et de me faire bannir de tous les clubs de jeu de Londres ? Je ne sais pas si votre technique d'approche est très efficace, Diane.

Elle le considéra un long moment en silence, avant de répondre :

— Je n'ai aucun désir de ruiner votre réputation ou de vous tuer, Oliver. Mais la balle est dans votre camp, maintenant. Alors ? Pouvons-nous discuter du financement de mon projet, ou préférez-vous continuer avec les menaces ?

Il plissa les paupières.

— Il y a deux ans, vous étiez bien plus conciliante… et larmoyante.

— Il y a deux ans, je venais d'enterrer mon idiot de mari qui me laissait sans ressources dans un pays étranger. Je n'étais pas larmoyante. J'étais furieuse.

Une image traversa l'esprit d'Oliver : Diane, éperdue et gémissante, écrasée sous son poids, ses ongles enfoncés dans la chair de son dos.

— Certes, vous l'étiez, acquiesça-t-il. Et c'était assez stimulant.

— Je vous tiens en joue. Voulez-vous vraiment continuer sur le sujet ? Vous n'avez pas particulièrement brillé à la fin de l'épisode, à part par votre lâcheté.

— Sans doute. À quoi en suis-je réduit, alors ? À vous prêter cinq mille livres, et puis quoi ? À devenir membre de votre club ? Très bien. Je vous prête cette somme pendant un an, au terme duquel vous me rendrez six mille livres. Comme vous l'avez dit vous-même, aucune banque n'acceptera de vous financer, alors acceptez cette offre et estimez-vous heureuse.

— J'ai une contre-proposition à vous faire.

— Je vous écoute.

— Vous me prêterez l'argent et vous vous installerez à Adam House. Le…

— Quoi ? s'exclama-t-il. Vous plaisantez ?

— Votre présence ici aura le double avantage de m'épargner les attentions indésirables de la gent masculine et de faire de moi une personnalité en vue. Grâce à vous je deviendrai inaccessible, et vous savez, je suppose, que les hommes désirent ce qu'ils ne peuvent avoir.

— Vous voulez que je vienne vivre sous votre toit ? Vous tenez vraiment à être assassinée ?

Contre toute attente, elle sourit :

— J'aurais dû vous préciser que je ne conserve pas le document signé par M. DuChamps à mon domicile. Il se trouve en lieu sûr, et certaines personnes ont pour consignes d'en divulguer le contenu à une large échelle si jamais il m'arrivait malheur.

— Bien vu.

— J'en conviens. Ce n'est pas tout : vous êtes un joueur hors pair, aussi, en plus d'habiter ici, vous me livrerez toutes les informations nécessaires sur les jeux de hasard et leurs règles officielles. De même je vous demanderai de former mes croupières.

— Je ne vous aiderai pas à entourlouper votre clientèle. Si c'est ce que vous avez en tête, vous feriez mieux de me faire tout de suite sauter la cervelle.

— Personne n'entourloupera personne. Vous apprendrez juste à mes employées comment animer une partie, encourager un client à monter les enchères, ou le renvoyer de la table pour qu'il y revienne plus tard avec une bourse mieux garnie. Bref, toutes vos connaissances nous seront utiles.

Oliver réfléchit.

En vérité, elle aurait pu lui extorquer cinq mille livres en échange de son silence, plutôt que de solliciter un prêt. Il jouait de grosses sommes avec des hommes influents, et un document prouvant qu'il s'était rendu coupable de tricherie aurait signé sa perte. Peu importait qu'il n'ait triché qu'une seule fois dans sa vie, acculé par le désespoir. Un scandale restait un scandale, et celui-ci serait particulièrement retentissant. La haute société s'en repaîtrait durant des mois. Voire des années.

— Avez-vous réfléchi à un nom pour votre club ? s'enquit-il finalement.

— J'ai décidé de l'appeler le Tantale club.

Il ricana.

— Vraiment ? Vous avez eu deux ans pour mettre au point votre grand projet, et tout ce que vous avez trouvé comme nom pour votre maison de jeu, c'est ça ? *Le Tantale club ?*

Il plongea la main dans la poche de sa veste, en retira un cigare qu'il alluma à la flamme de la petite veilleuse posée au coin du bureau.

— Le supplice de la tentation inassouvie. C'est un peu simpliste, non ? Pourquoi ne pas plutôt le nommer le Club Arnaque ? Ou le Club Par-ici-la-monnaie ?

Diane le regarda sans sourciller.

— Primo, sachez qu'il n'est pas question d'arnaquer le client. Mon établissement aura la meilleure des réputations, j'y veillerai.

Hum. Elle avait vraiment réfléchi à la question, alors. Mais cela n'avait rien de surprenant. Elle était vive d'esprit, il n'en avait jamais douté.

Il aspira une longue bouffée de fumée, la souffla par la bouche avant de demander :

— Secundo ?

— Le Tantale club, c'est le nom idéal. Il traduit en toute franchise le but de mon entreprise. Les membres en franchiront le seuil parce qu'ils seront tentés par la fortune, la gloire ou la beauté. Mais en réalité ils n'atteindront rien de tout cela. Pas chez moi. Ni dans un autre club, d'ailleurs. Ils ne pourront pas prétendre ne pas avoir été prévenus. Et tertio…

— Ah, parce qu'il y a même un tertio ? Je comprends pourquoi vous braquez un pistolet sur vos interlocuteurs, c'est plus prudent quand on passe son temps à les critiquer et à les insulter.

— Et tertio, votre rôle est de fournir les fonds, de former les employées et de faire acte de présence, mais je ne veux rien connaître de vos avis personnels, pensées et opinions. Nous ne sommes *pas* associés.

— Si je dois investir mon argent, mon expérience et ma personne dans ce projet, je suis votre associé par définition.

— Non. Vous êtes une banque, malheureusement pourvue d'une bouche. J'ai fait établir tous les documents nécessaires.

Sans lâcher son arme, elle tira une pile de feuillets du tiroir.

— Il vous suffit de les signer, puis de demander à votre fondé de pouvoir de transférer l'argent afin que j'en dispose à ma guise.

S'ils avaient été en train de disputer une partie de cartes, il aurait sans doute surenchéri à cet instant et demandé à son adversaire de découvrir son jeu. Mais, en l'occurrence, le meilleur moyen de savoir ce que tramait Diane et de connaître son but ultime consistait à se coucher.

En vain, il scruta ses traits impassibles. En deux ans, elle avait eu le temps d'apprendre à dissimuler ses émotions. Son regard émeraude soutenait le sien sans rien trahir de ses sentiments… ce qui était en soi révélateur.

Deux ans plus tôt, il avait effectivement fui Vienne à la manière d'un chat échaudé, comme elle l'en avait accusé. Et aujourd'hui, le meilleur moyen de se prouver à lui-même qu'il n'était pas à la merci de cet esprit vif et de ces yeux verts, qu'il avait depuis longtemps tourné la page, c'était d'accepter de coopérer avec elle.

— Ce projet est une ineptie, déclara-t-il. Mais d'accord, je vais vous consentir un prêt.

Il vit le soulagement s'inscrire sur ses traits, quoique de manière fugace.

— J'accepte de signer une créance, mais aucun autre document, ajouta-t-il.

Elle se rembrunit.

— Ce n'est pas poss…

— Soit, je logerai chez vous, je formerai vos employées et je partagerai avec vous ma science du jeu. Mais pour tout cela il faudra vous contenter de ma parole. Et, bien sûr, les négociations ne sont pas finies.

Diane n'était pas contente. Nul besoin d'être expert en relations humaines pour deviner qu'elle mourait d'envie de lui tirer dessus.

Bien que sur ses gardes, Oliver réussit à conserver son attitude nonchalante. S'il avait été du genre à jouer franc-jeu, il aurait peut-être admis qu'il la méritait, cette balle en pleine poitrine. Mais sa philosophie personnelle le poussait à satisfaire ses envies, et advienne que pourra. Dans la mesure du raisonnable, quand même. Et se faire tirer dessus entrait dans la catégorie des options déraisonnables.

Finalement, Diane poussa la plume et l'encrier dans sa direction.

— N'oubliez pas que je possède l'attestation de DuChamps. Vous avez tout intérêt à respecter notre accord à la lettre. Mais si vous souhaitez poursuivre les négociations, soit, je sais aussi comment m'y prendre.

Olivier signa le papier stipulant qu'il prêtait la somme de cinq mille livres, sur une période de deux ans, avec un taux d'intérêt de trois pour cent. Ce qui lui semblait honnête.

Il avait de toute façon d'autres cordes à son arc pour assurer sa position.

4

Diane assura sa prise sur la crosse du pistolet lorsque Oliver reposa la plume. Le danger semblait écarté, mais ce n'était pas une raison pour manquer de vigilance. Surtout avec Oliver Warren.

Celui-ci se leva et demanda :

— Quand dois-je prendre mes quartiers chez vous ?

Elle se leva également, pour ne pas être dominée par lui physiquement.

— Sachez que si j'avais le choix, je préférerais vous savoir sur un autre continent. Dès que j'aurai commencé à engager du personnel, vous pourrez me rendre visite. Dans un premier temps, je serai intriguée, mais prudente.

— Et ruinée de réputation une fois que j'aurai emménagé chez vous.

— Vous allez vous installer dans un appartement privé, à l'étage du club. Pas chez moi.

— Vous jouez sur les mots, Diane. Vous ne serez plus invitée nulle part. Plus de thés avec les duchesses, ni de déjeuners avec les comités de bienfaisance.

Le plus étrange, c'était que, quelques années plus tôt, elle aurait sans doute été éplorée à cette perspective.

— Les invitations se feront probablement plus rares, mais tant que je cultiverai le mystère et resterai un objet de curiosité, je serai reçue dans la bonne société.

— Vous voulez parier là-dessus ?

Évidemment il n'avait pas choisi ces mots par hasard.

— Vous cherchez toujours le talon d'Achille de votre adversaire, n'est-ce pas, Oliver ? Mais prenez garde, moi aussi, j'ai des griffes.

Il se dirigea vers la porte du bureau et l'ouvrit avant de répondre :

— Oui, je sais. Je les ai senties s'enfoncer dans mon dos.

— Cette fois, je viserai la gorge. Et je compte sur l'argent avant la fin de la journée.

— Vous aurez la somme à midi. Et j'emménagerai ici à la fin du mois. Cela vous laisse une quinzaine de jours.

Déjà il tentait de lui imposer ses choix. Diane secoua la tête.

— C'est moi qui vous convoquerai quand le moment sera venu d'instruire mes croupières.

Un sourire carnassier aux lèvres, le marquis de Haybury quitta la pièce.

Un instant plus tard, Diane entendit Juliet ouvrir la grande porte d'entrée, puis la refermer.

Avec un long soupir tremblé, elle se laissa retomber dans son fauteuil.

— La peste soit de cet homme ! marmonna-t-elle.

La porte de communication avec le salon contigu s'ouvrit et Geneviève se glissa dans le bureau.

— Tu n'exagérais pas, dit-elle en s'installant sur le siège qu'Oliver venait d'abandonner. Le marquis est une terreur.

— Il est impressionnant et sûr de lui, mais moi aussi.

— Tout de même, tu aurais dû le forcer à signer *tous* les papiers.

Oui, sans doute. Mais Diane doutait qu'elle-même et sa réputation aient pu survivre au carnage qui se serait ensuivi.

— Laissons-le croire qu'il est encore en mesure de négocier. À la fin, il regrettera de ne pas avoir accepté mes conditions initiales.

— Blalock aurait été autrement plus facile à manœuvrer.

— Haybury en sait davantage sur le jeu et les paris que quiconque dans ce pays. Et il a de l'argent maintenant. Disons que je gagne en connaissances ce que je perds en docilité. Non que nous ayons le choix en l'occurrence. Je refuse d'aller vivre dans un obscur cottage perdu dans la campagne. Ce n'est pas parce que mon défunt mari s'est évertué à ruiner sa vie que je dois subir la même déchéance.

— Tu sais que je te soutiendrai toujours, Diane. Quoi qu'il arrive.

— Oui, je sais. Merci, Geneviève. Mais ce type me donne envie de casser quelque chose !

Diane se leva de nouveau, essuya ses paumes sur sa jupe. Elle n'avait pas même serré la main de Haybury, mais tout son corps semblait la brûler.

— Tu as mis l'annonce publicitaire dans les journaux ? s'enquit-elle.

— Oui. Elle paraîtra demain. Et j'ai envoyé un message à M. Dunlevy. Il passera aujourd'hui à 16 heures.

— Bien. Puisque nous allons installer le club ici même, il va falloir réaménager le rez-de-chaussée. Et, pour commencer, faire construire un mur entre la partie club et la partie privée.

— Un mur bien épais, opina Geneviève.

Diane avait encore du temps devant elle pour réfléchir à la décoration des lieux et veiller à ce que la demeure soit débarrassée des vestiges datant de l'époque où la famille Benchley l'occupait.

Pour l'heure, la vente d'un collier de perles, de deux vases antiques et d'un portrait – dont le sujet ressemblait tellement à Frederick qu'elle en avait fait des cauchemars – ne lui avait rapporté qu'une dizaine de livres.

Mais c'était toujours plus que ne lui avait laissé son époux à sa mort, aussi pouvait-on considérer cela comme un bon début.

— Ainsi tu t'es bien moqué de nous quand tu as feint de ne plus te souvenir de lady Cameron, lança Jonathan Sutcliffe, lord Manderlin, qui pointa la lame de sa rapière vers le plafond, puis la fit siffler vers le sol dans un salut rapide.

— Peut-être.

Oliver ajusta son masque, salua à son tour, puis se fendit brusquement. La pointe de son arme se ficha dans le costume matelassé de son adversaire, juste à l'endroit du cœur.

— Touché ! cria l'arbitre.

Les deux hommes reprirent leur position initiale.

— Sacrebleu, Haybury, pourquoi faut-il que tu commences par le coup de grâce ?

Oliver sourit derrière le grillage de son masque.

— Ton cœur est une cible minuscule, Jonathan. Je doute fort que ce coup lui ait été fatal.

— Oh, très drôle ! Si mon cœur est si petit que ça, le tien doit être tombé en poussière depuis belle lurette !

— Messieurs, en garde.

Cette fois, Oliver feinta en visant l'épaule, attendit que le vicomte pare le coup de côté, puis cingla le grillage de son masque.

— Touché ! annonça encore l'arbitre.

— Tu as l'intention de me démembrer ou quoi ? protesta Jonathan avec indignation. En général, tu me laisses au moins gagner un ou deux points, histoire de me donner confiance en moi, avant de m'anéantir.

— Toutes mes excuses, mon ami. Je ne suis pas d'humeur charitable aujourd'hui.

En fait il imaginait que c'était Diane Benchley qui se tenait face à lui et se défendait avec une ombrelle, ou quelque autre instrument aussi inoffensif que ridicule, pendant qu'il la lardait de coups d'estoc. Bon, il y avait quelque chose de sexuel là-dedans, indéniablement, mais il ne s'en tenait pas rigueur pour autant. Au lit, cette femme était une tigresse, une démone qui lui avait lacéré la chair et...

— Touché !

Manderlin venait de lui porter une botte à l'abdomen.

— Ah, ah ! Tu n'es donc pas invincible ? triompha Jonathan.

Il se mit à bondir d'avant en arrière, tout en cinglant l'air de sa lame.

Le demi-sourire d'Oliver s'évanouit. Il se remit en position.

Il n'était pas question que cette bougresse l'affaiblisse.

— Eh bien ? s'étonna Manderlin. Pas de trait d'esprit sardonique ? Pas d'insulte à ma virilité ?

Oliver pointa l'index de sa main libre sur l'arbitre qui s'étrangla.

— En garde !

Une minute plus tard, le vicomte de Manderlin se retrouva à plat dos, après avoir essuyé un triple assaut au visage, à la poitrine et au ventre.

Avant même que l'arbitre ait fini de compter les points et d'annoncer le résultat final, Oliver arracha son masque et le jeta à un valet.

— Oliver ! l'appela Jonathan qui se relevait tant bien que mal.

— Je n'aime pas perdre, rétorqua Oliver qui se dirigeait à grands pas vers le vestiaire pour se changer.

Diane avait réussi à l'impliquer de force dans son projet. Tant qu'elle détiendrait cette lettre compromettante, il n'avait aucun espoir de se dégager de son emprise. À moins qu'elle ne le libère elle-même et, la connaissant, il savait combien c'était improbable.

Par conséquent il devait découvrir son plan en détail afin de déceler la moindre faille susceptible d'être exploitée. Car non seulement il détestait perdre, mais il n'avait aucune intention de se laisser très longtemps mener par le bout du nez.

Une fois changé, il s'en alla retrouver Manderlin.

— Es-tu libre pour dîner ?

— Ça dépend. Tu vas te rengorger de ta victoire pendant tout le repas ?

— Non. Et c'est moi qui régale.

— Alors allons au White's.

Un peu moins d'une heure plus tard, un valet les installait à une table, sur le côté de la grande salle à manger du White's.

Pour la première fois de sa vie, Oliver passa plusieurs minutes à étudier la disposition des lieux. Il nota le nombre de tables et de serveurs, estima la distance entre la salle et la cuisine, remarqua que les alcools étaient à disposition et que le salon de jeu le plus proche restait visible par une porte ouverte, pour mieux tenter le client.

La décoration d'un style tape-à-l'œil et prétentieux était destinée à séduire la clientèle fortunée et triée sur le volet. Il y avait cinq ans d'attente pour ceux qui souhaitaient adhérer. Chaque postulant devait être parrainé par un membre du club, sans avoir pour autant la garantie de voir sa candidature acceptée.

— Je suis soulagé, tu as tenu parole en t'abstenant de plastronner, observa Jonathan, la bouche pleine. Il serait néanmoins plaisant d'avoir un semblant de conversation. J'aurais moins peur que tu ne me renverses la table sur la tête.

— De combien de clubs es-tu membre ?

— Je ne sais pas si je dois te répondre. Tu as l'intention de me blackbouler ?

Oliver se renfrogna.

— Pourquoi es-tu persuadé que je rêve de t'estropier ? Je ne l'ai jamais fait, il me semble.

— Parce que de toute évidence tu as une épine dans le pied, et que je suis le premier défouloir en vue. Je te demanderais bien ce qui te chiffonne ainsi, mais je tiens à notre amitié. Alors je reste là, bien tranquillement assis à déguster ce dîner très cher en attendant que tu veuilles bien éclairer ma lanterne. Ou que tu commences à me chercher des noises. Pour l'instant je ne sais pas trop de quel côté va pencher la balance.

— Quel discours ! Tu ne pouvais pas plutôt me dire « Allez, crache le morceau » ?

— Bon, alors, crache le morceau, Oliver.

Oliver avala une gorgée de vin.

— Non.

— Salaud !

— Pour le moment, sache seulement que s'il me prenait l'envie de déverser ma hargne dans l'oreille d'un confident, ce serait toi que je choisirais. Mais il y a certaines choses que je dois élucider d'abord dans ma tête.

Jonathan hocha la tête et reporta son attention sur le contenu de son assiette.

— D'accord. Et cinq.

— Pardon ?

— Cinq clubs. Le White's, le Society, l'Army, le Tory et le Boodle's.

— Le Tory ? Vraiment ?

— J'ai hérité de mon père le titre de membre. Je ne pense pas y avoir mis les pieds plus de deux fois, mais les droits d'accès sont raisonnables.

Jonathan laissa passer quelques secondes prudentes, puis :

— Cela aurait-il par hasard quelque chose à voir avec le projet de lady Cameron d'ouvrir un club pour messieurs ?

Évidemment, la nouvelle avait déjà fait le tour de la ville. Maudite bonne femme. C'était exactement ce qu'elle voulait.

— Si c'était le cas, qu'en penserais-tu ?

— Qu'en penses-tu, *toi* ?

— J'ai posé la question le premier, rétorqua Oliver. Aie un peu le courage de tes opinions, bon sang.

— Bon, très bien. Dans un deuxième temps, j'ai pensé qu'elle n'avait pas été à Vienne durant ces trois dernières années, mais à Bedlam[1].

Et Jonathan étant un être plus délicat et mesuré qu'Oliver, il y avait gros à parier que la majorité des gentlemen de Mayfair partageaient cet avis.

— Et dans un premier temps ?

— J'ai pensé que je voulais absolument voir ce club ! La comtesse est assez jolie pour se dénicher un nouveau mari en moins de cinq minutes. Or elle est prête à risquer sa place au sein de la haute société. Il faut quand même que l'entreprise soit d'envergure ! Cameron jouait gros et perdait tout le temps. Qu'est-ce que sa veuve a bien pu trafiquer à Vienne pour retomber sur ses pattes ?

Voilà qui était intéressant, décida Oliver. Sans doute avait-il sous-estimé la curiosité des gens et leur passion des ragots par rapport aux réactions d'indignation vertueuse. Il est vrai que les subtilités des conventions sociales lui échappaient quelque peu. À force de les piétiner, peut-être, qui sait ?

— Et maintenant, vas-tu daigner me donner ton avis ? s'enquit Manderlin.

— J'avoue être assez curieux, moi aussi.

— Et en sais-tu plus sur cette affaire que lorsque tu feignais de ne pas te rappeler le nom de cette femme ? Parce que toute la ville, jusqu'au plus humble de mes palefreniers, est au courant que tu avais rendez-vous avec lady Cameron ce matin.

Fallait-il y voir une action délibérée de Diane ? Espérait-elle lancer son futur établissement en lui

---

1. Bedlam : célèbre hôpital pour malades mentaux. *(N.d.T.)*

accolant son nom ? Après tout, elle l'avait transformé en investisseur.

— L'endroit s'appellera le Tantale club. Lady Cameron n'emploiera que du personnel féminin. D'après ce que j'ai compris, les hôtesses seront ravissantes et intouchables.

— Par la culotte de saint George ! s'exclama une voix dans son dos.

Oliver tourna la tête.

— Ah, Henning ! Je ne vous avais pas vu.

— N'employer que des femelles ? On n'a jamais vu cela ! s'esclaffa Francis Henning, avant d'engouffrer une bouchée de jambon. Les femmes ne savent ni compter ni distribuer les cartes. Je lui donne un mois pour faire faillite, à votre comtesse !

— Peut-être, mais quel mois ! objecta lord Bentson, assis en face de Henning. En attendant la fermeture, je serai enchanté d'y traîner mes guêtres pour y grappiller ce que je peux.

Cet état d'esprit semblait assez représentatif de celui qui régnait aux tables voisines. Diane Benchley n'avait pas toute sa tête, c'était certain, et chacun tenait à assister à son échec retentissant tout en gagnant quelques pièces par la même occasion.

Oliver aurait sans doute eu la même réaction s'il ne s'était agi de *son* argent. Et lorsqu'il s'installerait à Adam House, il s'agirait aussi de sa réputation.

Très bien. D'accord, Diane avait été plus maligne que lui. Mais leur entrevue de ce matin n'avait été qu'une échauffourée. Et il avait la ferme intention de se jeter dans la bataille.

Dès qu'il aurait cerné ce qu'il attendait au juste de sa future victoire.

— Je peux casser ce mur-là, déclara M. Dunlevy en abattant sa large pogne sur la paroi tendue de brocart saumon qui séparait le salon de la bibliothèque. Cela vous donnera un maximum d'espace au rez-de-chaussée.

Diane leva le nez des plans qu'elle consultait.

— Si nous cloisonnons le vestibule, si nous ménageons deux portes d'entrée, et si nous abattons les murs du couloir, je disposerai de tout l'avant de la maison pour aménager la salle de jeu principale.

L'artisan haussa un sourcil broussailleux semblable à une grosse chenille.

— Tous ces travaux, ça va coûter cher, milady.

— Pouvez-vous les mener à bien ?

Il jeta un regard circulaire.

— Il faudra ajouter quelques piliers de soutènement, mais oui, c'est faisable.

— Alors allez-y. Je veux ouvrir le club d'ici un mois.

— Un m… ? Hum, oui, milady.

La somme rondelette qu'elle lui avait versée le matin même était sans doute pour beaucoup dans sa complaisance. Néanmoins, Diane s'inquiétait de la vitesse d'exécution des travaux. Faire de grandes annonces et piquer la curiosité générale avait constitué la première étape. À présent, il fallait concrétiser, réussir à ouvrir l'établissement avant qu'un autre scandale éclate et que ses clients potentiels se désintéressent de son cas.

Après s'être mise d'accord avec Dunlevy, Diane s'en retourna et passa devant l'équipe d'ouvriers. Ceux-ci avaient déjà commencé à arracher la tapisserie vieillotte, enlever les tapis mités et réparer la rampe d'escalier.

Le Tantale club occuperait donc une bonne partie du rez-de-chaussée, ainsi que deux suites privées à l'étage. Les quartiers réservés au personnel seraient situés sous les toits.

Diane conservait pour son usage personnel l'arrière de la demeure, soit une douzaine de pièces qui constitueraient son sanctuaire lorsqu'elle voudrait échapper à cette vie qui s'annonçait trépidante – si tout se passait selon ses vœux.

Cette zone d'une superficie assez modeste était plus grande que le logement qu'elle occupait à Vienne. L'ironie de la chose ne lui échappait pas et la comblait de satisfaction. Ses efforts commençaient à payer.

Si lord Blalock n'avait pas fait un vol plané à cheval, et si son filou de notaire n'avait pas pris l'initiative de s'opposer aux instructions données de son vivant, Diane aurait pu louer le Monarch et ouvrir son club bien plus tôt. Mais, même si ces aléas l'avaient contrainte à engager des frais supplémentaires – et à recruter Oliver Warren –, elle ne pouvait s'empêcher de jubiler : nul doute que les ancêtres des Benchley devaient se retourner dans leur tombe à l'idée que cette vénérable demeure se prépare à devenir le temple du stupre !

— Une maison de jeu ?

La main posée sur la balustrade, Diane se pencha vers Anthony Benchley qui, du hall, levait sur elle un regard abasourdi.

Malédiction.

— Anthony, je suis désolée, mais je ne reçois pas aujourd'hui.

— Vous n'allez tout de même pas transformer Adam House en... en tripot ! Cela fait presque un siècle que cette demeure est dans la famille !

Il commença à gravir l'escalier d'un pas résolu.

— Désormais, elle m'appartient, lui rappela Diane. Avant de mourir, votre frère s'est assuré que j'aie un toit au-dessus de ma tête – la seule bonne action dont il peut se targuer. La manière dont je choisis d'utiliser cette maison ne regarde que moi. Et faites attention dans l'escalier, les ouvriers n'ont pas eu le temps de le réparer.

Anthony se figea, avant de redescendre prudemment.

— Mon frère vous a donné tous les biens immobiliers qui n'entraient pas dans la succession. Pourquoi vous cramponnez-vous à celui-ci ? insista-t-il.

— Le reste m'a servi à rembourser les dettes de mon mari, ce qui, je crois, vous a épargné de le faire vous-même. Et si nous étions apparentés autrefois, ce n'est plus le cas aujourd'hui. Je dois vous demander de partir. Quand le club aura ouvert ses portes, vous aurez tout loisir de poser votre candidature si vous souhaitez en devenir membre.

— Diane, c'est une idée grotesque. Que vont penser vos parents ?

Ses parents ? Ceux-là mêmes qui l'avaient vendue contre un titre de comtesse ? Diane inspira profondément pour ne pas perdre son calme. On commettait des erreurs fatales sous l'emprise de la colère, et elle ne pouvait s'en permettre aucune.

— Posez-leur la question. Personnellement je ne me donnerai pas cette peine. Au revoir, Anthony.

Elle s'éloigna de la rambarde, s'immobilisa lorsqu'elle fut certaine de ne plus être dans son champ de vision, puis attendit d'être sûre qu'il ne se lançait pas à ses trousses.

Quelques secondes plus tard, elle entendit Juliet lui souhaiter une bonne journée. Avec un soupir de soulagement, elle regagna l'arrière de la maison.

— Il ne t'inquiète pas ? demanda une voix toute proche.

Diane pivota vers Geneviève.

— Pourquoi aurais-je peur d'un homme qui a monté ces marches il y a une semaine, et qui n'ose plus le faire aujourd'hui simplement parce que je prétends qu'elles sont dangereuses ? Non, je ne me soucie pas particulièrement d'Anthony.

Deux ouvriers qui transportaient un tapis enroulé passèrent devant les deux femmes et les saluèrent en touchant la visière de leur casquette.

Diane s'était trompée en disant à Oliver – enfin, au marquis, elle avait du mal à s'y habituer – que les hommes n'étaient bons qu'à balayer le crottin des écuries. Ils étaient aussi très utiles pour transporter les choses lourdes et donner des coups de marteau.

— Alors je ne vais pas me tracasser non plus, déclara Geneviève, qui faisait passer d'une main dans l'autre le calepin dont elle ne se séparait jamais.

— J'ai besoin de ton avis. La grande salle du rez-de-chaussée occupera tout le devant de la maison. Derrière, nous installerons une salle à manger spacieuse. À gauche, un salon de jeu plus petit, à droite une salle réservée au petit déjeuner. Plus loin une bibliothèque et une salle de billard. Quoique… Je commence à me dire qu'un couloir latéral pas trop large serait judicieux pour faciliter les déplacements des domestiques et des hôtesses.

— Ainsi ces dames n'apparaîtraient qu'au tout dernier moment. Je trouve cette idée de mise en scène plaisante.

— Moi aussi. Dis à M. Dunlevy de revenir me voir, veux-tu ?

— Très bien. Préfères-tu que je me charge des entretiens avec les postulantes, alors ?

L'annonce discrète parue ce matin-là pour la première fois ne resterait pas plus d'une semaine dans les pages de l'édition londonienne du *Times*. Diane ne voulait surtout pas donner l'impression qu'elle rencontrait déjà des difficultés à ce stade précoce du projet.

S'il restait encore des postes à pourvoir d'ici sept jours, elle pourrait toujours prospecter du côté des écoles pour gouvernantes. Elle dénicherait bien quelques jeunes femmes avenantes et dégourdies qui ne rêvaient pas forcément de courir toute la journée après de sales gosses.

— Quand j'aurai parlé avec M. Dunlevy, je serai libre jusqu'à l'heure du déjeuner. Si une candidate se présente, que Juliet ou Margaret vienne me prévenir.

— Diane, il y a au moins vingt-cinq postulantes qui attendent en ce moment même dans le salon.

Diane se figea.

— *Vingt-cinq* ? Mais… il est à peine 9 heures !

— Je sais, dit Geneviève.

Son ton fit arquer un sourcil à Diane.

— Tu trouves cela drôle, n'est-ce pas ?

— Pas drôle. Encourageant. Après tout, si vingt-cinq jeunes filles de bonne éducation se présentent à un emploi dans un club de jeu, cela tend à prouver que l'idée n'est pas si choquante, non ?

— Et en général les femmes sont plus pointilleuses que les hommes sur les questions de morale. Reste à déterminer leurs qualités. Fais-toi aider par Margaret pour les entretiens. S'il y a déjà tout ce monde de si bon matin, nous allons pouvoir nous montrer plus exigeantes que prévu.

— Entendu, opina Geneviève. Je te ferai un compte rendu. Et je t'envoie M. Dunlevy.

Si ce dernier ne comprenait pas bien en quoi il était essentiel que l'atmosphère du Tantale club soit imprégnée de mystère et de séduction, il comprenait tout à fait en revanche qu'il toucherait cent livres de plus pour l'installation de deux cloisons supplémentaires et de quelques portes stratégiquement placées.

Lorsqu'il repartit travailler, Diane s'assit pour boire à petites gorgées son thé qui avait tiédi. Au début, l'artisan n'avait pas apprécié de devoir prendre ses ordres auprès d'une femme, tandis que Diane, de son côté, ne voyait pas l'utilité de s'imposer la présence d'un chaperon durant leurs entretiens. Et puis, finalement, il s'était fait à l'idée que l'argent de lady Cameron valait tout autant que celui de n'importe quel homme. Et en plus, elle savait ce qu'elle voulait.

Tous ne seraient sans doute pas aussi faciles à convaincre qu'elle n'était pas folle. Mais il suffisait de donner envie aux gens de venir au Tantale club. Et alors les choses s'arrangeraient d'elles-mêmes.

Geneviève frappa à la porte du bureau restée entrebâillée.

— Alors, aurons-nous ces couloirs pleins de mystère ? s'enquit-elle en prononçant les « r » à la française.

— Oui. Quelles nouvelles du côté des postulantes ?

— La décision finale te revient. Margaret et moi avons eu un bref entretien avec chacune des quarante candidates. Nous avons pris des notes, puis nous les avons renvoyées chez elles. Le salon commençait à être surpeuplé.

— *Quarante ?* Bonté divine ! J'espère que tu as noté leur adresse ?

— Oui, enfin pour celles qui ont bien voulu fournir ce renseignement. J'ai dit aux autres de revenir demain pour une éventuelle entrevue avec toi.

Diane se rembrunit.

— Je ne veux pas de prostituées ici, Geneviève. Si elles sont incapables de communiquer une adresse…

— Lis mes notes. Ah, et la commande d'appliques murales et de veilleuses a été livrée ! Il faut astiquer les lampes et les remplir d'huile, aussi, si tu as besoin de moi, tu me trouveras en bas.

Il était rare que Geneviève se charge de ces tâches ingrates. Ses talents étaient beaucoup plus utiles ailleurs.

Une fois seule, Diane se plongea dans la lecture desdites notes.

Soudain une voix masculine s'éleva du côté de la porte :

— Je pourrais demander si je ne vous dérange pas, mais comme nous connaissons tous deux la réponse, autant entrer directement.

Diane avait tressailli si fort qu'elle avait presque arraché le coin du feuillet qu'elle tenait en main.

— Votre présence n'est pas encore requise, Haybury. Allez-vous-en, je vous convoquerai en temps voulu.

Son regard se heurta aux yeux gris clair sous la masse de cheveux brun acajou. Oliver Warren était toujours tiré à quatre épingles, mais ses boucles, un peu plus longues qu'il ne l'aurait fallu, et ce nœud de cravate très simple lui donnaient une apparence désinvolte qui n'était qu'illusion. Elle qui le connaissait le savait toujours sur le qui-vive, attentif à ses adversaires et à chaque coup porté.

— À en juger par la façon dont vous détruisez le rez-de-chaussée, j'en déduis que vous avez reçu l'argent.

D'un pas nonchalant, il se dirigea vers la fenêtre située derrière le bureau.

Diane n'aimait pas le savoir dans son dos. Elle fit pivoter son siège.

— Vous ne m'abusez pas, Oliver.

— Tant mieux, étant donné que je ne tente rien de ce genre.

— Oh que si ! Vous allez poser deux ou trois questions innocentes sur les travaux de rénovation, les plans, etc., jusqu'à vous mettre en position de donner votre avis et de faire des suggestions afin de modifier mes projets dans le sens qui vous convient.

— Vraiment ? Seigneur, ce que je peux être retors !

— Non, vous vous *croyez* retors. Rien ne m'intéresse venant de vous, hormis ce que j'ai expressément demandé. Je vous le répète, je vous ferai savoir quand votre présence sera nécessaire. Pour le moment, vous n'êtes qu'une gêne.

Il revint vers le bureau, s'empara d'une feuille de notes que Diane n'avait pas encore lue.

— Je sais, vous n'avez que faire de mon opinion. Néanmoins j'aimerais vous faire observer qu'à cause de ce mépris souverain que vous portez aux hommes, deux ou trois petites choses vous ont peut-être échappé. Par exemple, me donner l'ordre de déguerpir serait sans doute plus efficace si vous vous étiez attaché les services d'un valet bien costaud qui aurait pu, disons, m'inciter à obtempérer bien plus que vos arguties vipérines.

Gagnée par un mélange de colère et d'inquiétude, Diane ébaucha un geste vers le tiroir où elle rangeait son pistolet. À cet instant elle comprit qu'en se plaçant près de la fenêtre, Oliver n'avait eu pour but que de l'obliger à se tourner du mauvais côté.

Avant même qu'elle puisse tendre le bras, un pied botté écrasa la façade du tiroir.

— Soyez sage. Ce n'était qu'une suggestion. Pas une menace.

— Ôtez votre botte de mon bureau.

— Mais certainement.

Il reposa le pied par terre, mais, d'un coup de hanche, repoussa le siège de Diane. D'un geste vif, il ouvrit le tiroir, récupéra le pistolet et, dans le même mouvement, le jeta par la fenêtre ouverte.

— Et voilà.

Diane le foudroya du regard tandis qu'il s'adossait tranquillement à l'appui de fenêtre.

— Si vous avez abîmé mes fleurs, vous me les rembourserez, déclara-t-elle, avant de s'obliger à se replonger dans sa lecture.

Elle n'arrivait pas à ignorer sa présence, mais elle pouvait toujours faire semblant. Et il est vrai qu'il ne serait pas inutile d'engager un ou deux robustes laquais. Juste au cas où certains messieurs qui auraient perdu trop d'argent aux cartes ou auraient abusé du whisky deviendraient un peu turbulents. Elle n'avait pas songé à cette éventualité.

— Blonde, yeux bleus, la vingtaine, lut-il à voix haute. Qu'est-ce que c'est que ça ?

— Cela ne vous regarde pas, riposta-t-elle, tout en barrant d'un trait de plume le paragraphe concernant une jeune personne que Geneviève décrivait comme analphabète.

Oliver agita son papier.

— Voix mélodieuse, joue du piano et parle français. Savez-vous ce que je pense, Diane ?

— Non, et cela m'est complètement égal. Vous ne l'avez pas encore compris ?

— Je crois qu'il s'agit d'une candidate qui a répondu à votre annonce parue dans la presse.

Il reposa le feuillet, puis pêcha au fond de sa poche une coupure de journal qu'il lut à voix haute :

— *Recherchons pour emploi licite jeunes femmes entre dix-huit et vingt-six ans, bonne culture générale, bonnes manières, bonne présentation. Gîte et couvert en sus de la rétribution.*

Laissant tomber la coupure de journal sur le bureau, il retourna vers la fenêtre et ajouta :

— C'est votre adresse si je ne m'abuse.

— Je vous ai dit que j'avais l'intention d'engager des jeunes femmes. Ne faites pas comme si vous veniez de découvrir un secret honteux. D'accord, vous savez lire. Et après ?

— J'estime que je devrais être présent lors de ces entretiens d'embauche. Après tout, on peut être jolie, cultivée, et être une exécrable donneuse de cartes au faro.

Diane se leva. Lorsqu'il se tenait ainsi, adossé à l'appui de la fenêtre, elle était presque aussi grande que lui. Elle le regarda droit dans les yeux.

— J'embaucherai qui bon me semble, pour les qualités que je jugerai appropriées. Ensuite je vous donnerai mes instructions, et à ce stade…

— Et si les candidates que vous choisissez se révèlent de piètres croupières ?

— À ce stade, poursuivit-elle, ignorant son intervention, je vous autoriserai à émettre des restrictions ou à conseiller tel ou tel poste en rapport avec les profils respectifs de mes employées.

Il se redressa lentement, et elle dut se tordre le cou pour continuer à soutenir son regard.

— Vous avez peut-être une foutue lettre, Diane, mais vous feriez bien de ne pas oublier que j'ai beaucoup d'argent et de l'influence. Si vous voulez que notre association se transforme en guerre, je vous écraserai.

— Ne comptez pas m'impressionner, rétorqua-t-elle avec un reniflement de mépris. J'ai déjà goûté à la misère et à la solitude, Haybury. Certes, vous pouvez me piétiner, mais je veillerai à ce que vous vous retrouviez dans la même flaque de boue. À présent sortez.

Pendant un long moment, il soutint son regard, et elle retint son souffle. Elle ne plaisantait pas. S'il arrivait à le comprendre, leurs futurs rapports s'en trouveraient facilités. Du moins l'espérait-elle.

— Je suis invité chez les Dashton ce soir. Dashton est un joueur invétéré, comme la plupart de ses amis. À quelle heure ma voiture doit-elle passer vous prendre ?

— Je n'irai nulle part avec vous.

— Si vous voulez que notre soi-disant relation soit crédible, vous devez vous montrer en ma compagnie, lady Cameron. 20 heures. Et songez à faire agrandir votre allée, ajouta-t-il en se dirigeant vers la porte. Si tout se passe bien, il y aura bientôt beaucoup de circulation devant votre perron.

Il ne pouvait pas s'empêcher de lui donner des conseils. Ce qu'elle aurait pu tolérer si ceux-ci avaient été mauvais.

— 20 heures, répéta-t-elle en se rasseyant à son bureau. Soyez à l'heure.

— Et vous, ne changez pas d'avis.

5

Oliver avait demandé à son cocher de prendre l'itinéraire le plus long pour se rendre à Adam House. Il tenait à arriver devant la porte de lady Cameron avec vingt minutes de retard précisément.

Dans cette guerre des nerfs, chaque coup comptait.

Lorsque la voiture s'arrêta dans l'allée bordée de gravats, ce fut une femme en livrée qui vint ouvrir la portière. Décidément. Si Oliver n'avait partagé le lit de Diane à plusieurs reprises, il aurait pu croire qu'elle préférait les amours saphiques.

Était-ce sa faute si elle vouait désormais une telle méfiance et un tel dédain à la gent masculine ?

Hum. Sans doute fallait-il y voir davantage le résultat de trois années de mariage à un égoïste inconséquent. Et apparemment elle avait décidé de se venger sur le reste de l'humanité.

D'un autre côté, peut-être cultivait-elle cette ambiguïté à dessein ? Après tout, il était en train de douter de ses préférences alors qu'il avait couché avec elle.

Après la femme-valet, ce fut la femme-majordome qui vint lui ouvrir la grande porte. Il l'inspecta avec intérêt. N'employer que des femmes. Mais pourquoi diable n'en avait-il pas eu l'idée ?

— Si vous voulez bien patienter un peu, milord, lady Cameron va descendre d'ici un instant. Je vous prie de m'excuser de ne pouvoir vous offrir un siège, il n'y en a pas de disponible dans cette partie de la maison pour le moment.

— Vous me l'avez déjà dit ce matin, je crois.

— Oui, milord. On m'a aussi priée de vous informer que si vous tentiez encore une fois de vous introduire dans la maison sans permission, je serais dans l'obligation de vous tirer dessus.

— Je vois.

Il eut envie de répliquer qu'elle pouvait toujours *essayer* de lui tirer dessus, mais il avait d'autres préoccupations en tête. Et, apparemment, il disposait d'un certain temps avant que Diane daigne faire son apparition.

— Comment vous appelez-vous ? demanda-t-il à la majordome.

— Juliet Langtree, milord.

— Puis-je savoir quelle fonction vous occupiez avant de devenir majordome chez lady Cameron, Langtree ?

— J'étais vendeuse dans un magasin, milord. Une armurerie, précisa-t-elle.

Se moquait-elle de lui ? Avant qu'il puisse en décider, il perçut un mouvement en haut de l'escalier et tourna la tête.

Il ravala le compliment qui lui montait aux lèvres. La soie noire moulait à la perfection sa silhouette longiligne, épousait ses courbes tout en accentuant sa minceur délicate. Mais elle le savait parfaitement, et c'est pour cette raison qu'elle avait choisi de porter cette toilette.

— Encore en noir ? se contenta-t-il de dire.

— Cela sied à mon humeur, répondit-elle. Et cessez d'importuner mes employées. Elles ont toutes été prévenues qu'elles seraient renvoyées dans l'heure si elles… fraternisaient avec vous.

— Seriez-vous jalouse ?

— Je vous connais, c'est tout.

Une autre femme, blonde et très mince elle aussi, se matérialisa derrière Diane pour draper une étole noire sur ses épaules.

— Allons-y, décida cette dernière en faisant signe à Langtree d'ouvrir la porte.

Comme la blonde leur emboîtait le pas, Oliver demanda :

— Seriez-vous le chaperon de lady Cameron ? Étant donné la nature de ses grands projets, je ne pense pas qu'il faille se soucier de protéger sa réputation.

— Vous vous trompez, milord. Je suis là pour *vous* protéger. Si par malheur Diane vous tuait, cela bouleverserait notre calendrier, répondit la grande blonde d'une voix douce dans laquelle il ne discerna pas moins d'une demi-douzaine d'accents étrangers, sans parvenir à déterminer lequel l'emportait sur les autres.

Il attendit que les deux femmes soient installées dans la voiture pour monter à son tour. Le véhicule s'ébranla.

— C'est intéressant de voir à quel point vous avez mal interprété la situation, commenta-t-il. Sachez que s'il arrivait malheur à l'une de vous, *mon* calendrier n'en serait nullement affecté. Mais vous avez dit « notre calendrier ». Êtes-vous associées ?

Un silence, puis :

— Oliver, voici Geneviève, dit Diane. Geneviève, lord Haybury.

— Vous êtes une nouvelle venue. Vous n'étiez pas dans le paysage, à Vienne, commenta Oliver, qui divisait son attention entre les deux femmes.

Toutes deux avaient moins de vingt-cinq ans et se comportaient l'une envers l'autre avec une familiarité déconcertante. Mais quel que soit *leur* calendrier, on ne pouvait se méprendre quant à celle qui orchestrait cette petite représentation théâtrale.

— Il vous suffit de savoir que Geneviève et moi nous connaissons depuis très longtemps. Elle est venue vivre avec moi à Vienne peu de temps après votre débandade.

Et pan ! Il l'avait cherché. Bien fait pour lui.

— Je crois que je devrais vous remercier de m'avoir poussé à fuir, répliqua-t-il en serrant les dents pour ne pas se laisser aller à ricaner. Après tout, je suis arrivé à Londres à temps pour me réconcilier avec mon oncle et hériter de sa fortune et de son titre. Tout bien réfléchi, ce fut un excellent été.

— Pour moi aussi, dans la mesure où Frederick a eu la bonne idée de mourir et que vous avez disparu au moment où vous commenciez à devenir ennuyeux.

Diane lissa l'un de ses gants de soie noire, avant d'ajouter :

— Bien. Nous resterons deux heures à cette soirée. Dansez avec qui vous voudrez. Le plus possible, d'ailleurs. Mais les valses me sont exclusivement réservées.

Il aurait pu tout refuser en bloc, bien entendu, exaspéré qu'il était de s'entendre donner des ordres. Toutefois, la curiosité l'emportait sur sa mauvaise humeur.

— Et que ferez-vous quand vous ne serez pas dans mes bras ?

— Je ne danserai avec personne d'autre. Je l'ai fait au bal des Hennessy. Ce soir, je vais laisser les gens s'interroger.

— Et si l'on me questionne sur notre lien ?

Elle lui jeta un coup d'œil, puis tourna la tête vers la fenêtre.

— Vous direz que nous sommes de vieux... amis.

— Je vois. « Amis », en prenant soin de marquer une hésitation. Pour laisser entendre qu'il y a un secret là-dedans.

— Je préfère le mot « mystère ».

Elle reporta sur lui son regard d'émeraude qui s'assombrit à mesure que ses pupilles se dilataient.

— Et vous ne savez rien du club, sinon qu'il ouvrira dans un mois et s'appellera le Tantale club.

— Dois-je ajouter des honoraires à la somme que vous me devez déjà ? Je ne suis pas votre aboyeur, Diane.

— Alors ne dites rien. Ce sera encore mieux.

La voiture tourna à l'angle de la rue et la façade illuminée de la résidence des Dashton apparut un peu plus loin.

Oliver surprit le regard furtif de Diane dans cette direction, ainsi que la brève crispation de sa bouche. Elle était nerveuse, même si elle avait appris l'art de la dissimulation. C'était somme toute normal. S'il avait misé la même somme qu'elle sur une seule couleur, lui aussi aurait été un tantinet nerveux.

— Si Blalock n'était pas mort, comment auriez-vous procédé ? Auriez-vous demandé à ce vieux satyre de prendre une chambre chez vous ? Auriez-vous fait semblant d'être une vieille… amie ?

Il regrettait déjà d'avoir posé la question, primo, parce que la réponse n'avait aucune importance, secundo, parce qu'elle ne ferait que compliquer les choses.

— On dirait que c'est vous qui êtes jaloux, à présent.

— Curieux, simplement. Je l'ai quand même remplacé au pied levé, ce bon vieux Blalock.

— Si vous tenez vraiment à le savoir, en échange de sa contribution, Blalock aurait eu le droit de jouer à sa guise dans mon club et, oui, d'insinuer qu'il était mon amant.

— Vous êtes prête à laisser croire que n'importe qui est votre amant ?

— Pourquoi pas, si cela sert mes intérêts.

— J'ai comme l'impression que ce pauvre Blalock ignorait que vous comptiez seulement « faire semblant ».

— Il aurait fini par s'en rendre compte.

— Décidément, vous avez perdu tout cœur.

— De votre part, c'est rafraîchissant. Je n'ai pas perdu mon cœur, je m'en suis débarrassé. Il ne me servait à rien et constituait juste une gêne.

La voiture s'immobilisa. Un valet déplia le marchepied, puis ouvrit la portière. Oliver descendit le premier et saisit Diane par le coude au moment où elle sortait à son tour.

— Vous êtes une menteuse, chuchota-t-il.

— Et vous un lâche, riposta-t-elle. Offrez-moi votre bras correctement. Et si vous ruinez mon projet, je vous annihilerai.

Oliver était habitué à déchiffrer l'expression de ses adversaires aux tables de jeu, mais l'on ne pouvait de toute façon pas se tromper quant à la détermination de Diane. Elle ne plaisantait pas.

Ce qu'elle ignorait, en revanche, c'était que plus la partie se prolongeait, plus il y prenait de plaisir.

Un homme tel qu'Oliver Warren, qui passait son temps à braver les règles de la bienséance, n'était pas facile à intimider. Diane en avait bien conscience. Elle venait de lui adresser une menace très sérieuse et n'avait en retour obtenu qu'un vague hochement de tête.

Elle avait pourtant longuement travaillé ses expressions et le ton de sa voix pour paraître impressionnante. Mais à première vue cela ne lui faisait ni chaud ni froid. Il ne fallait donc pas espérer qu'il lui obéisse par peur des représailles. Sans cette lettre conservée en sûreté, elle n'aurait rien obtenu de lui.

Cette pensée la mettait hors d'elle, même si elle veillait à museler sa colère.

La salle de bal des Dashton était bondée.

— Deux valses, murmura Geneviève qui se tenait à côté de Diane. La première à la fin de ce quadrille. La deuxième dès que les rafraîchissements auront été servis.

Malédiction. Diane aurait préféré avoir un peu plus de temps pour observer les invités et faire son choix entre l'attaque et la défense, avant d'aller danser avec le diable.

Mais elle non plus n'était pas un ange, se rappela-t-elle. S'il avait décampé si vite à Vienne, c'est qu'il avait eu peur d'*elle*, non ? Elle devait être capable de passer quatre minutes en sa compagnie sans avoir recours à la violence physique.

Comme Geneviève se fondait dans la foule, Oliver murmura à l'oreille de Diane :

— C'est votre petite espionne personnelle ? Vous l'envoyez se promener parmi les invités ni vu ni connu pour qu'elle vous rapporte leurs propos ?

— Parfois. Et elle est plutôt douée pour cela. Observez-la, vous verrez.

— Je serai trop occupé à vous regarder pour voir la tête que vous ferez quand vous comprendrez enfin que me menacer toutes les trois phrases est une perte de temps.

— L'habitude, je suppose. Lors de notre dernière rencontre, vous m'avez déçue.

Elle se demanderait plus tard si ce mot suffisait à décrire ce qu'elle avait ressenti en découvrant qu'il avait quitté Vienne. L'important était de lui faire comprendre qu'elle n'avait plus rien de la petite dinde déboussolée qu'elle était à l'époque ; et qu'elle était aussi immunisée contre son charme que lui contre le sien.

— Ah, Haybury ! Je me demandais si nous te verrions ce soir.

— Manderlin. As-tu fait la connaissance de lady Cameron ?

L'homme aux yeux bruns et à l'épaisse chevelure blonde semblable à une tête-de-loup hérissée s'inclina devant Diane. Il avait une figure fort avenante, mais mon Dieu… ces cheveux ! Il avait grand besoin d'aller chez le barbier.

— Non, je n'ai pas eu ce plaisir, répondit ledit Manderlin d'une voix caressante. Présente-nous, je t'en prie.

— Jonathan Sutcliffe, lord Manderlin. Diane Benchley, lady Cameron, récita Oliver sans préambule.

Lord Manderlin secoua la tête d'un air navré.

— J'aurais pu en faire autant ! Je connaissais le nom de cette dame, figure-toi. Des présentations en bonne et due forme s'attachent aux détails. Tu aurais dû me dire dans quelles circonstances vous vous êtes rencontrés. Préciser si nous étions respectivement mariés ou disponibles. Et peut-être, je ne sais pas, citer un plat ou un vin préféré.

— Renseigne-toi par toi-même.

Les notes de la première valse s'élevèrent. La main d'Oliver se referma sur le poignet de Diane.

— Mais après cette danse, ajouta-t-il en l'entraînant.

Diane se retint de libérer son bras. C'était elle qui était censée choisir le moment où ils iraient sur la piste. Sauf qu'elle ne le lui avait pas dit. Jusqu'à présent, il avait supporté ses ordres et exigences, ce qui lui donnait l'avantage. Si elle poussait le bouchon trop loin et qu'il se cabrait, elle perdrait le contrôle – ou l'illusion de contrôle, ce qui revenait presque au même.

Sans la lâcher, il prit position au centre de la piste. Mentalement, elle approuva ce choix. Les gens qui se tenaient au bord ne les apercevraient que par intermittence, et les danseurs les verraient sans pouvoir entendre leurs propos. D'ailleurs rien ne les obligeait à se parler vraiment. De toute façon, tout le monde les croirait en train de converser.

Lorsque Oliver glissa le bras autour de sa taille, elle ne put s'empêcher de tressaillir. D'un geste sûr, il la fit pivoter, puis inclina la tête pour lui chuchoter à l'oreille :

— Si j'étais vous, je me garderais de montrer qu'un simple effleurement a le pouvoir de me troubler à ce point.

Elle lui adressa un sourire – au cas où on les aurait observés – et rétorqua :

— Ce n'est pas du trouble, c'est du dégoût. Mais je dois avant tout penser au Tantale club.

— Hum, d'ordinaire vos attaques sont plus subtiles. Savez-vous que je risque de me vexer si vous continuez à m'injurier de la sorte ?

— Il en faudrait plus pour percer votre cuirasse de rhinocéros. Mais si vous insistez, nous pouvons essayer d'avoir une conversation cordiale.

— Sérieusement ? Bigre, je ne sais plus quelle partie de ma personne protéger, maintenant.

De nouveau, elle le gratifia d'un sourire. Cela servirait sa cause si on les croyait en excellents termes.

— Que pensez-vous de la mode actuelle ? s'enquit-elle.

— Ma préférence va au noir.

— Très drôle.

— Et vous, que pensez-vous de la noblesse londonienne, maintenant que vous voilà de retour ?

— Je n'ai pas envie de dire quoi que ce soit que vous seriez susceptible d'utiliser contre moi plus tard.

— Diane, vous êtes trop méfiante.

— C'est qu'en dépit de la brièveté de notre relation, vous m'avez beaucoup appris, Oliver. Et je n'oublierai jamais ces leçons-là.

— Ne me remerciez pas, c'est tout naturel. Oups, vous n'étiez pas en train d'exprimer votre gratitude ? Non, vous espériez plutôt me faire honte, pas vrai ? Bon. Essayez toujours. Je ferai un effort pour paraître dûment contrit, mais je ne vous garantis pas d'y parvenir.

Diane sentit sa main la démanger.

Mais deux choses risquaient d'arriver si elle le giflait. Un : il était probable qu'il pare le coup. Et deux : il n'était pas exclu qu'il la précipite à terre devant tous ces gens. Ce qui ruinerait tous ses efforts pour apparaître comme une créature digne et mystérieuse.

— Je n'ai que faire de votre contrition. Je me contentais d'énoncer un fait. En voici un autre : je n'ai pas confiance en vous. Et par conséquent, vous n'avez plus aucune chance de me plaire. Jamais.

— Vous abandonnez déjà toute velléité de cordialité ?

— Oui. Avec vous, cela ne sert à rien.

Il s'arrêta soudain. Au beau milieu de la salle de bal des Dashton. En pleine valse. Lady Hubert et son cavalier faillirent les percuter et Diane dut faire un pas de côté pour les éviter.

Le temps d'un éclair, elle songea que quelques années auparavant un tel incident l'aurait profondément embarrassée. Tandis que là, elle cherchait déjà comment retourner la situation à son avantage.

Esquissant un doux sourire, elle déposa un baiser au creux de sa paume avant de la presser sur la bouche d'Oliver.

— Vous dites des choses passionnantes, lord Haybury, murmura-t-elle d'une voix suave.

Puis, tournant les talons dans une gracieuse pirouette, elle se faufila entre les couples qui, désorientés par leur brusque arrêt, faisaient de leur mieux pour les éviter.

Geneviève se matérialisa alors qu'elle parvenait aux abords de la piste.

— On s'en va, chuchota Diane, qui veillait à conserver son expression mutine et amusée. Trouve-nous un fiacre.

Geneviève disparut de nouveau sur un hochement de tête silencieux.

Diane ralentit le pas dès qu'elle eut quitté la salle. Elle emprunta un couloir, entra dans la première pièce déserte.

Quel… sale type ! Arrogant et exécrable !

Il l'avait fait exprès pour l'humilier et gagner du terrain dans ce qui ressemblait de plus en plus à une partie d'échecs.

Et le pire, c'est qu'avant de le faire chanter, elle ne lui avait jamais porté tort. C'est lui qui était venu la chercher à Vienne. Lui qui l'avait séduite – même si elle était consentante. Lui encore qui avait fui sans un mot d'explication.

Et voilà qu'il se braquait parce qu'elle avait décidé de ne plus se laisser faire ?

Elle allait devoir se montrer très claire : ils étaient associés en affaires, rien de plus. Et il leur faudrait mettre de côté tout sentiment personnel, fierté blessée, animosité, rancœur…

Néanmoins, par mesure de précaution, elle demanderait à l'ancien patron de Juliet de lui fournir un pistolet plus discret. Voire deux.

Elle n'avait pas envie de recourir à un troisième plan, mais elle le ferait si les circonstances l'y obligeaient. Lord Haybury devait comprendre qu'elle se moquait de ce qu'il voulait et de ce qu'il pensait. Et le plus tôt serait le mieux.

— Il me semblait bien vous avoir vu entrer ici.

Le cœur de Diane s'emballa, puis s'apaisa presque aussitôt. Non, Oliver n'avait pas cette voix haut perchée, ni cet accent de Cornouailles que même les meilleures institutions n'avaient pas réussi à gommer.

Elle se tourna pour faire face à la maîtresse de maison.

— Lady Dashton, j'ai entrevu cet admirable Gainsborough en passant et je n'ai pu m'empêcher de venir l'admirer de plus près.

Le regard de la vicomtesse glissa sur le grand portrait de famille accroché au-dessus de la cheminée. Elle répondit d'un ton sec :

— Il est magnifique, en effet. Certes, mes fils ont bien grandi depuis. Et Stuart et moi avons vieilli, je le crains.

— C'est une scène charmante. Et vous avez tous l'air très heureux. J'ignore pourquoi les peintres se plaisent si souvent à représenter leurs sujets la mine revêche.

Lady Dashton serrait les poings. Son attitude était franchement hostile.

— Mon mari est très curieux d'en apprendre plus sur ce... club que vous comptez ouvrir.

— Ah. Il n'aura pas à attendre longtemps, alors. Les portes du Tantale club ouvriront d'ici un mois.

— Vous savez, Harriette Wilson[1] est devenue célèbre en accordant ses faveurs à des messieurs distingués. Mais elle n'est pas reçue dans les bonnes maisons et nous la considérons comme une vulgaire putain.

Diane savait maintenant à quoi s'en tenir. Elle fit claquer sa langue d'un air réprobateur.

— Oh, lady Dashton, quel langage ! Oui, vous avez tout à fait raison en ce qui concerne Harriette Wilson. Mais à sa décharge, elle n'a jamais prétendu être ce qu'elle n'est pas. Accordez-moi le même crédit. Certains clubs à Vienne et dans d'autres villes européennes sont des endroits splendides. Je veux faire profiter Londres d'un tel raffinement.

— Voyons, l'idée que...

— Et qui sait ? coupa Diane avec un léger haussement d'épaules. Si d'autres dames sont aussi intéressées que vous par le Tantale club, je pourrais même instituer une soirée réservée aux femmes. Imaginez, elles pourraient disputer d'agréables parties de cartes pimentées par des enjeux, tout en grignotant des biscuits et en buvant du vin de Madère. Servies par de fringants jeunes gens.

— Si vous croyez remporter mon adhésion avec de telles sottises, sachez que je trouve cette idée scandaleuse !

— Dans ce cas, rien ne vous oblige à fréquenter les lieux, répliqua Diane avec un sourire sucré. Si vous voulez bien m'excuser... ma voiture m'attend.

Lady Dashton s'effaça pour lui permettre de franchir le seuil et lança au passage :

---

1. Courtisane britannique, maîtresse du prince de Galles. *(N.d.T.)*

— Je me demande combien de temps encore vous serez invitée dans les maisons respectables.

— Nous verrons bien. Ce sera intéressant, n'est-ce pas ?

En longeant le couloir, Diane aperçut Oliver qui quittait la salle de bal par la porte du fond. Miséricorde, si elle devait de nouveau ferrailler avec lui ce soir, sa tête allait exploser – et cette fois, elle ne parviendrait pas à contenir sa fureur.

Peu de temps après son mariage, elle avait appris comment se dépêcher sans en avoir l'air. Hâtant le pas sans perdre une once de son maintien, elle rejoignit la rue en quelques secondes et grimpa dans le fiacre que Geneviève leur avait déniché.

— Je sais que tu as pris tes renseignements avant d'agir, mais es-tu vraiment sûre que personne d'autre ne peut financer le projet ? s'enquit son amie.

— Ce serait possible, j'imagine, mais on finirait par se douter que je rencontre des difficultés pécuniaires. Et c'est le pire qui pourrait nous arriver. Les messieurs vont dans les clubs par goût du prestige et du risque, ils veulent s'amuser. Si j'avais l'air aux abois, ils auraient peur de se faire arnaquer.

— Haybury est tout sauf docile.

— Il est arrogant, têtu comme une bourrique, et c'est un gredin, certes. Mais mes secrets sont plus en sécurité avec lui qu'avec quiconque. Moi aussi, je connais son secret. Nous sommes à égalité. Je ne pourrai pas en dire autant avec d'autres investisseurs.

— Oui, jusqu'au jour où il te jettera par la fenêtre !

— Nous serions toujours à égalité. Je serais morte, mais sa réputation serait ruinée.

Geneviève se rencogna dans la banquette.

— Je ne m'attendais pas que cette entreprise soit simple, mais je ne pensais pas non plus rencontrer tant de difficultés si peu de temps après avoir reçu le financement.

L'anxiété noua soudain la gorge de Diane.

— Je sais que je te demande beaucoup, Geneviève. Et si tu ne souhaites pas continuer, je m'arrangerai pour trouver quelqu'un d'...

— Ne dis pas de bêtises, Diane. Quand nous nous sommes retrouvées, je traversais une période très... critique. Tu m'as tendu la main et, rien que pour cela, je te suis redevable. Mais surtout ton amitié m'est précieuse. J'emprunterai la route que tu auras choisie, quelle qu'elle soit.

Diane saisit la main de son amie pour la presser avec force.

— Merci, Geneviève. Mais parce que nous sommes amies, tu dois me dire si je nous conduis hors de la route et droit dans le fossé.

Geneviève eut un petit rire.

— En un sens, j'espère que le périple va continuer et rester tout aussi excitant. L'important est que notre équipage parvienne à destination.

— Oui. Et j'espère ne pas être obligée d'abattre le cheval, marmonna Diane.

Elle parlait de l'étalon rétif et ombrageux qui les emportait. Il allait devoir apprendre qui tenait les rênes, celui-là. Sinon elle pouvait dire adieu à son beau voyage. Or elle s'était juré de ne plus jamais laisser un homme se dresser en travers de son chemin.

Pas même le marquis de Haybury.

Surtout pas lui.

6

— Milord, un message vient d'arriver pour vous.

Oliver essuya une trace de beurre sur ses doigts et fit signe à son valet de lui apporter le plateau d'argent.

— Voyons cela, Myles.

Il devina de qui émanait la lettre dès qu'il lut son nom calligraphié avec élégance sur l'enveloppe.

Trois jours. En dépit d'une envie presque irrépressible de se précipiter à Adam House pour l'informer que c'était lui qui lui avait administré une bonne leçon et que personne ne le plantait au beau milieu d'une piste de danse, il avait tenu bon.

Il avait vaqué à ses activités ordinaires – ou à la plupart, en tout cas – en attendant qu'elle joue le coup suivant.

— Ce sera tout, dit-il au valet.

Il se leva et se rendit dans son bureau.

Dans le couloir, il remarqua un tableau qui représentait Aphrodite sortant de l'onde et se promit de l'emporter à Adam House lorsque le moment serait venu de s'y installer. Nul doute que ce portrait d'une séductrice dénudée mettrait Diane hors d'elle.

Il s'approcha de la fenêtre qui surplombait l'allée et la salle de billard dédaignée de son voisin, lord Pentbridge, puis s'assit au bureau.

Ses amis s'étonnaient qu'il n'achète pas une résidence à Londres, maintenant qu'il était marquis de Haybury, mais il n'en voyait pas l'utilité. Il ne recevait personne à part ses maîtresses, et était très peu chez lui. Ce qui se passait dehors l'intéressait beaucoup plus.

Et à ce propos...

Il déplia la lettre de Diane, avant de lire à voix haute :

— *Haybury, vous êtes attendu aujourd'hui pour faire passer des entretiens à des candidates. Ils débuteront à midi, mais je vous attends à 11 h 30 pour vous communiquer mes instructions. C. de Cameron.*

Cette garce s'y entendait pour donner des ordres. Et, bien sûr, il avait intérêt à arriver à l'heure, sous peine de passer pour un écolier impertinent. Il allait devoir utiliser des méthodes plus sophistiquées pour la pousser à bout. Mais cela tombait bien, il détestait la routine.

Rapidement, il rédigea un mot pour prévenir Amélia Lawson qu'ils ne pourraient pas déjeuner ensemble comme prévu. Il aurait annulé ce rendez-vous de toute façon. Batifoler avec de jolies filles était une distraction fort agréable, mais il avait une guerre à mener.

Il sonna Myles.

Seuls quatre domestiques officiaient chez lui. Le gros de la troupe travaillait à Haybury Park, sa propriété du Surrey, dans laquelle il ne mettait jamais les pieds. Durant la plus grande partie de sa vie, il avait été en transit – dans un pensionnat, à l'université, à Londres, Madrid, Rome, Vienne –, et l'idée de s'installer définitivement dans un lieu, et même un pays, le mettait mal à l'aise.

— Oui, milord ?

— Demandez qu'on selle mon cheval.

— Tout de suite, milord. Mme Hobbes voudrait savoir si vous dînerez ici ce soir, car elle vient d'acheter un cochon de lait au marché.

— Je ne sais pas encore. Qu'elle le fasse rôtir, vous en profiterez si je ne suis pas là pour le manger.

Myles se permit un de ses rares sourires.

— C'est très généreux à vous, milord. Merci.

— Si je reçois de la visite, dites que je suis sorti voir une vieille... amie.

— Très bien, milord. Une vieille amie.

— Non, non. Une vieille... amie. Il faut marquer un temps d'arrêt, pour laisser entendre que ce ne sont pas les termes qui conviennent, mais qu'il n'y en a pas de plus corrects.

— Une vieille... amie, donc. Je comprends, milord.

Myles se détourna, puis se ravisa et reprit :

— J'espère, milord, que vous savez que jamais je ne me permettrais de répandre des rumeurs sans en recevoir la consigne expresse.

— Si je pensais autrement, vous ne seriez plus à mon service, Myles.

Oliver émergea sur le perron au moment où un palefrenier arrivait en tenant Brash par la bride. Il lui lança un shilling en guise de récompense, puis partit au petit trot en direction de Regent Street.

Diane lui avait-elle envoyé cette convocation au dernier moment dans l'espoir de le déstabiliser ? Ou pour l'empêcher de fomenter une rébellion ?

Dans un cas comme dans l'autre elle le sous-estimait grandement. Il avait déjà échafaudé plusieurs contre-attaques éventuelles. Elle avait toujours de l'avance sur lui, mais il gagnait du terrain.

La femme-majordome lui ouvrit la porte d'Adam House comme il gravissait les marches du perron. Il aurait fallu agrandir cette entrée, réfléchit-il. Il aurait pu le suggérer à Diane, mais cela lui aurait encore coûté de l'argent.

— Lord Haybury, lady Cameron vous attend. Vous la trouverez dans son bureau, au premier étage. Je crois que vous connaissez le chemin.

— N'êtes-vous pas censée me conduire là-bas, Langtree ?

— Pas aujourd'hui, milord.

S'il lui demandait pourquoi, elle lui répondrait que cela ne le regardait pas. Et il n'allait pas perdre la face devant une maudite bonne femme déguisée en majordome.

Pour la même raison, il s'abstint de poser des questions sur les hautes tentures qui cernaient le vestibule et masquaient l'avancée des travaux du rez-de-chaussée aux yeux des visiteurs.

Ces obstacles visuels n'empêchaient cependant pas d'entendre les coups de marteau, le chuintement des scies et les éclats de voix des ouvriers.

La porte du bureau était ouverte. Olivier entra sans prendre la peine de frapper.

— Il est 11 h 30, mais vous le savez sans doute. Je suppose que vous avez les yeux fixés sur le cadran de l'horloge depuis vingt bonnes minutes, pas vrai ?

Miséricorde, elle était encore en noir. Cette fois elle portait une toilette de mousseline qui aurait paru printanière dans n'importe quelle autre couleur, mais qu'elle parvenait néanmoins à rendre... attrayante. Mieux que cela, éblouissante.

Elle désigna le fauteuil et attaqua d'emblée :

— Les jeux préférés des aristocrates. Le faro, le vingt-et-un, le whist, les jeux de hasard. Quoi d'autre ?

— Non, j'exige un peu de conversation avant de passer aux discussions techniques, contra-t-il en s'asseyant.

— Très bien. Avez-vous couché avec une personne intéressante ces derniers temps ?

Il était bien obligé de saluer ses talents de bretteuse dans les joutes verbales qui les opposaient sans cesse. Mais lui-même était plutôt doué pour croiser le fer.

— Intéressante ? Hum. Docile, complaisante, certes. Maintenant que j'y songe, vous étiez une amante bien plus accomplie que toutes les donzelles que j'ai troussées récemment. En fait, ajouta-t-il en lorgnant ostensiblement sur son décolleté, certaines parties de vous me manquent terriblement.

— Comme c'est triste. En ce qui me concerne, je vous ai oublié à l'instant où vous avez quitté ma chambre.

— Vraiment ? Dans ce cas, si vous le souhaitez, je peux vous rafraîchir la mémoire.

Il s'était penché, les coudes sur le bureau, le menton calé dans les mains.

— L'un d'entre nous y trouverait son compte, j'imagine. Mais pas moi. Bien, enchaîna-t-elle en tapotant la feuille devant elle, à présent, parlez-moi des jeux de hasard.

À l'évidence, il l'avait suffisamment aiguillonnée pour ce matin.

— D'accord. Les hommes sont capables de parier sur n'importe quoi. Le nombre de « hein ? » qu'un ami prononcera en l'espace d'une heure. Si une dame posera d'abord le pied droit ou le gauche en descendant de voiture...

— Passionnant, mais tout cela n'est pas très organisé. Faut-il que je sois plus précise ? J'ai besoin d'une liste de jeux et de divertissements auxquels on pourra jouer ici, au Tantale club, et de préférence ceux qui offrent à la banque les meilleures chances de profit.

— Pourquoi ne pas détrousser les clients dès qu'ils auront franchi le seuil ?

— Parce que je devrais alors me contenter de ce qu'ils ont dans les poches. Et qu'ils seraient bien peu à revenir, je le crains.

— Ce n'est pas faux. Il faut faire preuve d'une plus grande subtilité.

— Exactement.

Il l'observa un moment avant de murmurer :

— Il y a deux ans, vous haïssiez les paris et les faibles tenaillés par le démon du jeu. Je constate que vous avez surmonté votre mépris, et je vous en félicite. Toutefois je ne peux m'empêcher de m'étonner.

Elle soupira.

— Allez-y, posez votre question. Je sais d'avance que je ne pourrai rien tirer de vous tant que votre curiosité de fillette ne sera pas satisfaite.

Une insulte directe. Cela signifiait qu'elle n'était pas à l'aise sur ce terrain. Tant mieux, tant mieux.

— Cette curiosité de fillette me pousse à vous demander si vous avez réfléchi au fait que vous allez infliger à d'autres femmes ce que vous-même avez subi.

Elle écarquilla les yeux et plaqua les mains sur ses joues.

— Oh, ciel ! Mais vous avez raison ! Comment ai-je pu être aveugle à ce point ?

Son expression horrifiée se mua en sourire désabusé.

— Je ne permettrai plus à quiconque de me piétiner, Oliver. J'ai choisi d'ouvrir un club de jeu parce que j'aime l'ironie, et que c'est en outre une excellente manière de gagner de l'argent. Quant aux épouses de mes futurs membres, qu'elles se débrouillent, comme je me suis débrouillée. Je ne suis pas garante de la morale publique. Bien, nous parlions des jeux. Qu'ai-je oublié ? s'enquit-elle en tapant de nouveau d'un index impatient sur la feuille posée sur le bureau.

Elle avait tellement changé en deux ans. Alors que lui s'était efforcé de rester le même. C'est du reste pour cela qu'il avait fui Vienne ; par peur que son existence entière ne soit bouleversée.

Il se ressaisit sous son regard scrutateur. L'introspection était réservée aux moments de solitude, de préférence quand on avait une bonne bouteille d'alcool fort à portée de main.

— En plus des cartes et des dés, il y a la roulette, et même quelques voyages plus exotiques encore.

— Dites-moi tout.

Il entreprit de lui expliquer les règles de base du piquet et du faro. Tout en parlant, il la surveillait. La plupart des femmes veillaient à ne pas se retrouver seule avec lui dans une pièce à moins qu'elles ne cherchent à avoir une aventure avec lui. Diane, elle, prenait des notes et ne relevait la tête que lorsqu'il s'éloignait du sujet – volontairement, bien sûr. Ne voyait-elle vraiment en lui que le moyen de parvenir à ses fins ? Avait-elle oublié ces quinze jours extraordinaires qu'ils avaient passés ensemble ?

Parce que, pour sa part, il n'arrêtait pas d'y penser. C'était bien cela le pire.

— M'avez-vous trouvé un remplaçant depuis que j'ai quitté votre lit ? s'enquit-il abruptement.

— Vous ne m'avez pas vraiment donné l'envie de réitérer l'expérience, rétorqua-t-elle, avant de jeter un coup d'œil à l'horloge et de se lever. Allons, il est temps de recevoir le premier groupe de candidates.

Elle quitta le bureau sans un regard en arrière.

— Mon œil ! marmonna-t-il en lui emboîtant le pas.

Après tout, de tous les Anglais d'Angleterre, c'était lui qu'elle était venue trouver pour l'aider dans son entreprise. Il n'avait peut-être pas été son premier choix, mais tout de même.

Douze jeunes femmes les attendaient dans une pièce à l'étage dans laquelle, sur ordre de Diane, on avait enlevé tous les meubles pour ne laisser qu'une grande table et des chaises.

Toutes répondaient aux trois principaux critères de sélection : elles étaient jeunes, jolies et éduquées. Mais savoir lire et être capable de mener une conversation étaient deux choses bien différentes, Diane en avait conscience. Surtout quand il fallait en plus animer une partie, s'occuper des joueurs et compter les gains.

— Mesdames, dit-elle alors que les candidates plongeaient dans une révérence à leur entrée, voici lord Haybury. Il va vous expliquer comment on joue au faro. Si vous avez des questions, n'hésitez pas à les lui poser. De mon côté, j'observerai vos aptitudes au jeu, mais aussi vos talents d'hôtesse. Votre mission consiste à divertir les clients pour leur donner envie de passer le plus de temps possible au club.

C'était bien plus compliqué que cela, évidemment, mais sur les soixante-deux femmes sélectionnées, il faudrait de toute façon faire un tri.

Diane demeura en retrait au fond de la pièce, tandis que les douze donzelles prenaient place autour de la table.

Oliver leur expliqua les règles de base d'une façon étonnamment claire, et Diane ne put s'empêcher de se féliciter de son choix.

Lorsqu'une brune à la beauté piquante leva la main pour poser sa troisième ou quatrième question, Diane feuilleta ses notes et lança :

— Vous, mademoiselle... Carlysle, c'est bien cela ?

— Oui, Mary Carlysle, milady, opina la brune en lui jetant un coup d'œil.

— Vous pouvez partir.

La brune sursauta.

— Mais...

— Si vous êtes incapable de contrôler vos regards ou vos paroles alors que vous vous savez observée, j'ose à peine penser à ce qui se passera plus tard. Je ne vous reproche rien, lord Haybury fait des ravages parmi la gent féminine. Et si parmi vous certaines caressent l'intention de se rapprocher du marquis, ajouta Diane en s'adressant à l'ensemble du groupe, elles peuvent nous quitter sur-le-champ.

Mlle Carlysle lui décocha un regard courroucé, attrapa son réticule et gagna la porte au pas de charge. Diane nota avec satisfaction que les deux voisines immédiates d'Oliver s'étaient écartées de lui.

Il se leva, passa devant elle en se dirigeant vers le couloir.

— Puis-je vous dire un mot, lady Cameron ?

— Mesdames, profitez-en pour vous entraîner. Faites un tour pour rien. Je reviens dans un instant.

Elle le rejoignit. Dès qu'elle eut refermé la porte, il fondit sur elle.

— Une explication, peut-être ?

— Comment se fait-il qu'à mesure que les séducteurs vieillissent, l'âge de leurs maîtresses diminue ? Cette fille a à peine dix-neuf ans, Haybury.

— Un, j'en ai vingt-neuf, ce qui est loin d'être un âge canonique. Deux, Mary Carlysle est très délurée pour son âge. Et trois...

— Aucune de vos maîtresses ne travaillera ici.

— Vous serez donc l'exception.

— Je ne suis pas une employée.

— Mais vous commencez à être jalouse, on dirait. L'êtes-vous ? Jalouse, je veux dire ?

Diane sentit ses joues s'enflammer.

— Ne soyez pas ridicule ! Je ne suis pas jalouse, je suis réaliste. Je sais d'expérience que vous avez de grandes chances de me décevoir. J'essaie juste de vous en empêcher, ou du moins de vous mettre des bâtons dans les roues.

Oliver s'avança d'un pas. Malédiction, pourquoi était-il aussi grand ? Elle était obligée de renverser la tête en arrière pour soutenir son regard...

Soudain, il lui prit le menton avec une douceur inattendue.

Il voulait lui faire céder du terrain, la mettre en fuite. Puis il retournerait dans le salon pour très probablement culbuter l'une après l'autre les onze candidates restantes qui attendraient leur tour en file indienne.

— Eh bien ? articula-t-elle d'une voix égale.

Il se pencha et elle sentit son souffle contre ses lèvres.

— Vous êtes une menteuse. Vous savez bien que je n'en toucherai aucune.

— Je n'ai aucune certitude de ce genre. Lâchez-moi.

— Je me demande si vous avez toujours le même goût sucré, fit-il en posant les yeux sur sa bouche. Ce serait étonnant, avec toutes les horreurs que vous débitez.

— Je vous suggère de continuer à vous poser la question.

— Rêvez-vous de moi ? Oui, je suppose…

Il laissa retomber sa main, se redressa, puis saisit la feuille de papier qu'elle avait emportée et que, dans un réflexe stupide, elle tenait entre eux tel un piètre bouclier.

— Je vous informerai sur les qualités respectives de ces filles, et vous déciderez en dernier ressort lesquelles pourront s'asseoir à une table de jeu pour regarder d'honnêtes gens se faire plumer.

— Très bien. Veillez à avoir terminé avec ce groupe à 14 heures, car un autre doit arriver à la demie.

Sur un hochement de tête, il tourna les talons.

Entre ses paupières plissées, Diane le regarda disparaître dans le salon. *Bien.* Elle avait encore plusieurs candidates à recevoir pour un premier entretien d'embauche et, suite à leur conversation d'hier, elle devait aussi s'occuper de commander deux roulettes, ainsi qu'un plateau pour lancer les dés. La présence d'un chaperon n'était pas requise puisqu'il y avait onze dames dans le salon. Étant donné le poste qu'elles briguaient, cette leçon serait sans doute aussi profitable que les cours de faro. Si elles résistaient au charme du marquis de Haybury, elles seraient capables d'affronter Lucifer en personne.

Elle, jalouse. Ah, ah !

Elle se rendit dans le deuxième salon, où Geneviève avait commencé à recevoir d'autres candidates. Celles-ci continuaient de se présenter à Adam House au rythme infernal d'une ou deux par heure. Si les messieurs montraient le même enthousiasme à devenir membres du club, Diane n'avait pas de souci à se faire.

À son entrée, elle aperçut une femme de dos, un énorme chapeau sur la tête Assise face à Geneviève, la candidate portait une robe de mousseline d'un bleu grisâtre.

— Geneviève, voudrais-tu jeter un coup d'œil à la peinture que j'ai choisie pour le plafond ? J'hésite, finalement. Je vais te remplacer ici.

— Comme tu veux.

Geneviève libéra son siège, et lorsqu'elle croisa Diane sur le seuil, elle lui effleura le coude du bout des doigts et chuchota :

— Sois gentille.

Diane alla s'asseoir, un peu interloquée. Depuis quand avait-elle besoin d'être ainsi rappelée à l'ordre ? Elle chassa cette pensée pour se concentrer sur les notes prises par son amie. Bon, l'entretien n'avait pas été bien loin.

— Donc, vous êtes... Emily Portsman, fit-elle en regardant la candidate.

— Oui.

Le visage, sous le volumineux couvre-chef, était assez joli, encadré de cheveux qui hésitaient entre le blond et le châtain.

— Je suis lady Cameron.

— Milady, je voulais vous demander... L'annonce disait que vous recherchiez des personnes pour travailler dans un club, mais sans préciser... Quoi qu'il en soit, je... Il y a certaines choses que je refuserai de faire, quel que soit le salaire proposé. Aussi j'aurais aimé avoir plus de détails, avant de commencer cet entretien. Cela nous évitera à toutes deux de perdre du temps.

— Je n'ai pas l'intention d'ouvrir une maison de tolérance, mais un club de jeu. Ce que mes employées choisiront de faire de leur temps libre ne me regarde pas dès lors qu'elles se montreront discrètes. Pour être tout à fait claire, je ne vous demanderai jamais de coucher avec qui que ce soit. Je cherche des croupières et des hôtesses, afin de placer les clients, de les servir à table, d'apporter les boissons, etc.

— Bien. Dans ce cas nous pouvons poursuivre.

Mlle Portsman dénoua les rubans de son monstrueux chapeau qu'elle posa sur ses genoux. Cannelle, c'était la couleur exacte, songea alors Diane en regardant sa chevelure dont les reflets tiraient sur le cuivré.

— Quel âge avez-vous ?

— Vingt et un ans.

— Vous savez lire ? Compter ?

— Oui.

— Quelles langues parlez-vous, hormis l'anglais ?

— Le français, l'espagnol et un peu d'italien.

C'était un bon début, admit Diane qui nota ces renseignements.

— Quel est votre niveau en mathématiques ?

— Passable. Suffisant pour jouer aux cartes et gérer les paris.

— Avez-vous été dans une école pour jeunes filles ?

— Oui.

— Parfait. Laquelle ?

— Je préfère ne pas le dire.

Diane se figea, sa plume à la main.

— Je vous demande pardon ?

— J'étais considérée comme une élève douée, exceptionnelle même, en particulier pour ce qui a trait aux beaux-arts. Mais je préfère taire le nom de l'école que j'ai fréquentée.

Diane aurait dû s'offusquer qu'une employée potentielle refuse de lui livrer des informations aussi élémentaires. Elle aurait dû mettre un terme à l'entretien et renvoyer cette fille chez elle.

Lentement elle dessina une demi-lune sur la feuille de papier.

— Vous avez des références ?

— J'ai été gouvernante dans deux maisons distinguées dont je ne citerai pas les noms.

Diane posa sa plume et regarda la jeune femme droit dans les yeux.

— Je vois. Emily Portsman est-il votre vrai nom ?

— Non, milady, répondit la jeune femme après un court silence.

— Vous vous rendez compte que travailler dans un établissement de jeu apparaîtra comme scandaleux. Que votre comportement soit irréprochable ou pas, vous serez marquée du sceau de l'infamie, et il vous sera sans doute impossible de retrouver du travail en tant que gouvernante par la suite.

— Je m'en rends compte, oui. Que mon comportement apparaisse scandaleux ne me gêne pas, dès lors que la décision de vivre dans le péché ou pas m'appartient.

— C'est une attitude plutôt... inhabituelle.

— Vraiment ? Les autres candidates doivent mener des vies bien rangées, alors. Et vivre dans une certaine aisance matérielle.

Diane se rendit compte qu'elle était partie de ce principe, pensant que, oui, ces filles avaient des vies plutôt rangées, même si elles n'étaient pas vraiment *aisées*.

L'idée qu'elle puisse se méprendre sur la situation de ses employées potentielles la perturba. Elle ne savait pas tout, bien sûr, mais elle avait appris à cerner les caractères. Ceux des hommes, le plus souvent, mais aussi des femmes qu'elle recevait chez elle. Comme les onze qu'elle avait laissées en compagnie du marquis de Haybury.

— Le gîte et le couvert sont offerts, n'est-ce pas ? reprit celle qui se présentait comme Emily Portsman.

— Est-ce que votre présence ici est susceptible de me valoir des ennuis ?

Mlle Portsman baissa les yeux. Quelques secondes passèrent, puis elle saisit son chapeau et le recoiffa.

— Ce n'est pas impossible, milady. Merci de m'avoir reçue. La prochaine fois j'inventerai quelque chose de mieux.

Elle inclina la tête, se leva en saisissant son réticule.

Sans trop savoir pourquoi elle tenait à poursuivre cet entretien, et alors que Mlle Portsman se dirigeait déjà vers la porte, Diane demanda :

— Ces ennuis seraient-ils imputables à un homme, par hasard ?

— Autant à lui qu'à ma naïveté, répondit Mlle Portsman en se retournant.

Diane se sentait décidément proche de cette jeune personne.

— Si vous possédez vraiment les talents dont vous m'avez parlé tout à l'heure, je vous engage, mademoiselle Portsman.

— Oh… Je… je vous remercie, milady.

— Avec cependant un avertissement : gardez vos secrets si vous le souhaitez, mais à partir de maintenant vous serez honnête avec moi. Et si un événement de votre passé risque d'avoir un impact sur mon club, j'attends que vous m'en informiez.

Emily Portsman – puisqu'il fallait bien lui donner un nom – hocha la tête.

— Je vous en donne ma parole, milady.

— Bien. J'ai un petit test en mathématiques à vous faire passer. Quand vous l'aurez terminé, nous trouverons de quoi vous occuper, d'accord ?

Elle songea soudain que sa nouvelle recrue n'avait pas demandé le montant de son salaire, ni le nombre de journées de congé dont elle disposerait, contrairement à certaines candidates qui, aux dires de Geneviève, s'en étaient inquiétées d'emblée.

Après avoir relu le test de mathématiques, puis confié à Emily l'aménagement des chambres dans le grenier, Diane s'en alla retrouver Geneviève.

— Qu'as-tu pensé de cette petite chose au grand chapeau ? s'enquit son amie, plantée sur le seuil de ce qui serait la grande salle de jeu, et dans laquelle plusieurs ouvriers perchés sur un échafaudage peignaient le plafond en doré pâle.

— Je l'ai engagée.

— Cela ne m'étonne pas.

— Vraiment ? Tu as à peine eu le temps d'échanger trois mots avec elle.

— Son regard m'a rappelé le tien.

— Comment cela ?

— J'y ai lu de la détermination. Elle est décidée à prendre sa destinée en main. J'aime cette couleur, ajouta Geneviève en désignant le plafond. Cela métamorphose la pièce, elle perd toute banalité. Et cela rappellera le liseré d'or des tentures et de la tapisserie.

— As-tu reçu d'autres candidates qui n'ont pas pris la peine de se renseigner sur le montant du salaire ?

— Tu veux dire d'autres candidates qui avaient cette même lueur dans les yeux ? Oui.

— J'aimerais voir leur dossier.

Voyant Geneviève réprimer un sourire, elle s'empressa d'ajouter :

— Ne t'inquiète pas, je ne vais pas transformer mon club en refuge pour filles perdues. Je veux du charme, pas du désespoir.

— Certaines sont assurément désespérées. Je vais regrouper leurs dossiers.

— Merci. Je crois qu'il est temps que j'aille surveiller notre instructeur.

— Oui. D'ailleurs, je suis un peu surprise que tu l'aies laissé seul avec toutes ces filles.

Diane n'allait pas admettre qu'elle s'était laissé manipuler. Pas même devant Geneviève.

— Si elles sont capables de résister à son prétendu charme, cela signifie qu'elles ont la force de caractère voulue pour résister aux pires tentations – et à n'importe quel homme, conclut-elle.

— Mais les cartes découvertes sont obligatoirement des piques ? demanda la fille aux seins généreux.

Oliver retint un soupir. Au début, seul, entouré de onze jeunes beautés, sans personne pour le contredire, il s'était cru au paradis.

Au bout d'une heure, cela commençait à ressembler à l'enfer.

— Non, les cartes découvertes ne sont pas *obligatoirement* des piques. C'est juste une tradition.

Une voix s'éleva du côté de la porte :

— Alors dans mon club les cartes découvertes au faro seront toujours les cœurs. Ce sera *ma* tradition.

Oliver se raidit par réflexe, avant même que son cerveau puisse intimer à son corps de conserver sa posture nonchalante.

— Ah, lady Cameron ! Vous auriez dû m'informer plus tôt des traditions que vous comptez instaurer chez vous.

Les seins généreux se gonflèrent.

— J'ai posé la question parce que je pensais justement que les cœurs étaient préférables. Nous sommes des femmes et les femmes ont du cœur.

Oh, bonté divine !

Dans un autre environnement, il aurait déshabillé ces seins-là en un tournemain et aurait culbuté leur propriétaire sur la table. Mais après tout ce temps passé dans cette ambiance de volière, tout ce qu'il voulait c'était un verre d'alcool fort, puis un deuxième.

— Mesdames, la leçon est terminée pour aujourd'hui. Veuillez être présentes demain matin, je rendrai mon verdict à 8 heures.

Les candidates se levèrent et commencèrent à quitter le salon. Diane retint celle aux seins généreux par le bras.

— Comment vous appelez-vous ?

— Charity. Charity Evans.

— Merci. Je vous verrai demain matin.

— Oui, milady !

Les mamelles frémissantes, Charity Evans s'empressa de rejoindre les autres.

Comme Diane demeurait immobile, Oliver entreprit de rassembler les deux jeux de cartes dont il s'était servi pour sa démonstration. À sa grande surprise, Diane s'était tenue à l'écart une heure entière. Or il n'aimait pas être surpris.

— Une petite partie ? proposa-t-il en battant les cartes. Ou avez-vous peur de jouer ?

— Ne pas aimer quelque chose ne signifie pas forcément qu'on en a peur. Vingt-et-un, fit-elle en s'approchant.

— Dans ce cas, je ne peux pas jouer contre vous.

— Vous croyez ? Alors oublions cela.

Voilà ce qu'il récoltait pour sa franchise : une gifle au sens figuré.

— Asseyez-vous, marmonna-t-il.

Elle prit apparemment cette injonction pour le signe de sa capitulation, car elle s'assit sur le siège qui lui faisait face.

— Vous n'aimez pas Mlle Evans, commenta-t-elle.

— Si je réponds que je la trouve séduisante, vous renverrez cette pauvre dinde sur-le-champ. Et si je réponds qu'elle me donne envie de me tirer une balle dans la tête, vous vous débrouillerez pour qu'elle ne me lâche plus d'une semelle.

Après avoir battu le jeu une nouvelle fois, il leur distribua une carte à chacun, la sienne face visible, celle de Diane face cachée, avant de distribuer deux autres cartes face visible.

Diane souleva le coin de sa carte cachée pour y jeter un coup d'œil.

— Carte, demanda-t-elle. Vous oubliez que je n'ai nulle envie d'engager des idiotes, quand bien même auraient-elles le don de vous horripiler. Cela me coûterait de l'argent et la réputation de mon établissement.

Il déposa devant elle le quatre de trèfle.

— Mais si elle était secrètement intelligente et ne faisait que jouer les imbéciles, ce serait différent. J'arrête, annonça-t-elle.

— Le donneur prend une carte.

Il retourna un cinq de cœur, ce qui lui faisait un total de dix-sept points avec son roi de cœur et le deux de pique.

— Le donneur arrête. Mlle Evans ne joue pas les idiotes. Je ne suis même pas sûr qu'elle retrouve son chemin jusque chez elle.

— Alors je ne l'engagerai pas. Et que pensez-vous des autres ? Vingt, annonça-t-elle en retournant sa carte cachée.

— Dix-sept. Le joueur gagne. La moitié de ces filles ne valent rien, mais quatre d'entre elles m'ont paru capables d'apprendre, et une autre sait déjà jouer. Elle semble même assez douée. Mais vous vous rendez compte que savoir jouer ne veut pas dire qu'elles seront capables de distribuer ou de tenir la banque.

— J'en suis consciente, oui. C'est pourquoi je vous donne les six prochaines semaines pour les entraîner. Je vais sélectionner les cinq que vous avez repérées. Une trentaine d'hôtesses suffiront pour assurer le service le jour de l'ouverture.

— Vous suivez mon avis ? Je suis stupéfait.

Et intrigué. De plus en plus.

— C'est vous l'expert, vous êtes plus à même de deviner qui aura du talent aux cartes. Je vous déteste peut-être pour des raisons morales, mais je ne suis pas une demeurée.

— À votre place, je serais plus mesurée quand j'accuse les gens de manquer de moralité, madame-la-propriétaire-d'un-club-de-jeu. Votre notion du péché est très différente de celle qui a cours à Londres.

— Peut-être. Je me suis rendu compte que pécher soi-même est bien plus divertissant que de subir les conséquences de l'immoralité d'autrui.

— Ce qui est sûrement très désagréable, j'en conviens, mais en commettant vous-même des péchés, vous vous exposez à d'autres conséquences.

— Éprouveriez-vous des remords ? s'enquit-elle, l'air sincèrement étonné.

— Bien sûr. Après tout, sous mes dehors monstrueux, je suis un être humain.

— C'est vous qui le dites. Personnellement je réserverai mon jugement en attendant d'en avoir de vraies preuves.

— En voici donc.

Il se leva brusquement en repoussant sa chaise et se pencha par-dessus la table pour l'attraper par le devant de son corsage. De sa main libre, il lui leva le menton et écrasa sa bouche sur la sienne.

Une bouffée de désir lui embrasa le corps.

À demi couché sur la table, il lui meurtrit les lèvres de ses baisers. Sa langue plongea dans sa bouche pour affronter la sienne. Puis, quand il se sentit sur le point d'exploser, il la relâcha tout aussi brutalement.

Elle s'effondra sur son siège dans une position totalement dénuée d'élégance.

Le souffle court, à son grand regret, Oliver contourna la table, se dirigea à grandes enjambées vers la porte. Bon sang ! Il avait juste voulu lui rappeler qu'à Vienne elle faisait moins sa mijaurée. Et maintenant, il était hanté par le souvenir de son visage auréolé de boucles en désordre et de ses yeux verts brillants de passion.

— Cela vous va comme preuve ? lança-t-il d'une voix grondante sans se retourner. Bien, maintenant je vais manger quelque chose avant de recevoir le deuxième groupe de candidates.

Il avait presque atteint la porte quand elle lui tira dessus.

7

Diane jeta le pistolet fumant sur la table. Elle ne pouvait pas le remettre dans la petite gaine nouée autour de sa cuisse, le canon était encore brûlant.

Le bruit de la déflagration semblait résonner encore dans la pièce.

Oliver se retourna en titubant.

— Vous m'avez tiré dessus !

— Je vous avais prévenu, répliqua-t-elle en rabattant ses jupes et jupons.

— Mais vous m'avez rendu mon baiser ! Vous n'avez qu'à vous tirer dessus si vous êtes fâchée contre vous-même !

— Je ne suis pas sûre de partager votre point de vue, mais j'y réfléchirai la prochaine fois.

Il posa la main sur son épaule ensanglantée, tomba à genoux.

— Regardez ce que vous avez fait !

À cet instant, Geneviève fit irruption dans la pièce et se pétrifia, Margaret sur les talons. Elle se ressaisit aussitôt.

— Margaret, allez chercher de l'eau et de la charpie. Et empêchez les ouvriers de monter. Dites-leur que nous avons tiré sur une souris.

— Vous êtes la championne des excuses, vous, remarqua Oliver, qui s'était allongé sur le dos et ne paraissait pas particulièrement inquiet.

— J'ai de l'entraînement, répondit Geneviève, qui tourna la tête vers Diane et articula en silence : « C'est toi ? »

— Il m'a embrassée, lui répondit Diane dans un chuchotement.

Maintenant, elle allait devoir prêter main-forte à Geneviève pour empêcher que ce rat n'expire à leurs pieds. Un tel événement serait funeste pour la réputation du club.

— Diane, tu as besoin de sels ?

— Non, pas du tout.

Question idiote. Elle se sentait très bien. Bon, ses jambes flageolaient un peu, reconnut-elle en s'agrippant au rebord de la table.

Sapristi, elle venait de *tirer* sur Oliver Warren.

Certes, elle le détestait – le méprisait, plutôt. Elle avait envie de lui coller son poing dans la figure. Mais de là à lui tirer dessus…

C'est juste qu'il… qu'il l'avait embrassée, alors que jusqu'à présent il s'était comporté correctement. Et elle lui avait rendu son baiser, c'est vrai. À ce goujat qui avait déserté son lit à Vienne, tel un renard enfumé fuit son terrier.

— Aide-moi à lui enlever sa veste, ordonna Geneviève d'un ton sec

— Oui, tout de suite.

Un peu étourdie, Diane vint s'agenouiller près de Haybury et donna une secousse sur le vêtement pour lui dégager le bras. Il poussa un cri de douleur, suivi d'une bordée de jurons variés dont certains lui étaient inconnus.

— Je vais le faire seul, aboya-t-il en la repoussant du coude.

Une servante apporta de l'eau et des bandes de tissu, avant de s'éclipser. Diane songea que cet incident servirait au moins à tester la discrétion des domestiques qui, jusqu'à présent, n'avaient pas eu grand-chose à divulguer, hormis le penchant singulier de leur maîtresse pour les toilettes monochromes.

Geneviève arracha la manche de chemise d'Oliver pour inspecter la blessure.

— Ce n'est qu'une entaille, annonça-t-elle. Elle est assez profonde, mais la balle n'a fait qu'érafler la peau.

— Je suis censé éprouver de la gratitude ? grinça Oliver.

— Vous devriez vous réjouir que je sois une fine gâchette, intervint Diane en glissant l'index dans le trou qui perforait sa manche. J'aurais pu viser le cœur, mais il est trop petit pour faire une cible correcte.

La main droite d'Oliver jaillit et se referma sur son poignet.

— Nous sommes quittes maintenant, Diane, souffla-t-il en la tirant vers lui, ce qui la déséquilibra. J'ai blessé votre orgueil à Vienne et vous venez de me fracasser l'épaule. Mais si jamais vous tentez de recommencer, je ne serai pas aussi compréhensif.

Elle lui abandonna son bras, consciente qu'elle n'avait aucune chance de lui échapper sans s'arc-bouter, les deux pieds contre son torse.

Il pensait donc l'avoir piquée au vif, rien de plus. Dieu sait qu'il n'était pourtant pas stupide. N'avait-il donc pas compris à quel point elle avait souffert ? Était-il possible qu'elle se soit méprise, qu'elle ait mal interprété les choses ? Cette pensée était déstabilisante. Plus déstabilisant encore, ce besoin soudain qu'elle avait de réfléchir à ce qui s'était passé. Cela dit, elle lui avait tiré dessus, elle pouvait bien lui accorder un peu d'attention avant de recommencer à le haïr.

— Et si jamais vous essayez encore de m'embrasser sans mon consentement, je viserai plus bas, prévint-elle.

— D'accord, plus jamais sans votre consentement, dit-il en lui lâchant le bras.

— J'ai du mal à vous suivre, tous les deux, marmonna Geneviève, qui était en train de panser l'estafilade sur l'épaule musclée de Haybury. Cette conversation est de loin la plus cordiale que j'aie entendue entre vous. Milord, allez donc vous asseoir pendant que je vais vous chercher un whisky. De son côté, Diane va vous dénicher une des vieilles vestes de lord Cameron.

— Il n'est pas question que je porte une fripe, surtout si elle a appartenu à cet imbécile ! s'insurgea Oliver.

Diane se releva.

— Vous avez un autre groupe de candidates à recevoir dans dix minutes. Et gardez pour vous vos opinions sur mon défunt mari.

Qu'elle soit d'accord avec lui, là n'était pas la question.

Oliver se redressa également et, à sa grande surprise, il la suivit dans le couloir, alors qu'elle comptait sur ce moment de solitude pour réfléchir à ce qui venait de se passer. Certes, il était plus à blâmer qu'elle. Elle pensait contrôler la situation, et il avait fait voler ses illusions en éclats.

Il avait aussi découvert le défaut de sa cuirasse.

Elle avait riposté, mais il savait désormais que le contact physique lui faisait perdre ses moyens.

Malédiction. *Malédiction !*

Quand elle s'était décidée à inclure Oliver Warren dans ses projets, elle se doutait bien qu'il ruerait dans les brancards. Elle le savait égoïste, sans scrupules. Elle pensait s'être préparée. Mais de toute évidence elle s'était trompée.

Elle lui avait rendu son baiser. Et pendant quelques secondes insensées, elle y avait pris plaisir.

— J'ai une question à vous poser, fit Oliver dans son dos.

— Si vous voulez savoir pourquoi je vous ai tiré dessus, je crois que vous pouvez trouver la réponse tout seul.

— Je sais parfaitement pourquoi vous m'avez tiré dessus. C'était une tentative de diversion pour m'empêcher de remarquer que votre langue dansait avec la mienne.

Il marqua une pause théâtrale, puis reprit :

— Non, ma question est : comment se fait-il que vous possédiez encore les vieilles nippes de votre époux ?

— Nous avons dû abandonner quelques affaires en quittant Londres dans l'urgence. Et je n'ai pas encore eu le temps de m'en défaire, répondit-elle avec un haussement d'épaules.

— Si je m'étonne, c'est que la dernière fois que je vous ai vue avec une chemise de feu lord Cameron, vous étiez en train de la lacérer. Avec un couteau si ma mémoire est bonne.

— J'étais quelque peu en colère. J'ai eu deux ans pour réfléchir, depuis.

— Ah. Et maintenant que vous avez vu le résultat, est-ce que me tirer dessus s'est révélé aussi agréable que vous l'espériez ?

Voilà qui commençait à bien faire !

Diane pila, fit volte-face. Diantre, il était toujours aussi absurdement grand.

— Vous auriez dû vous douter que je n'étais pas patiente avec ceux qui s'évertuent à me gâcher la vie.

Son regard fut attiré par le pansement qui ornait son épaule et était en train de se teinter lentement de rouge. À cause d'elle. Pourquoi diable se sentait-elle à ce point coupable ?

— Néanmoins je vous présente mes excuses, articula-t-elle. J'avoue que vous m'avez déstabilisée. Bien plus que je ne m'y attendais.

— Idem.

Le regard gris affûté se riva au sien.

Enfin il lui fit signe de poursuivre son chemin.

Elle n'aimait guère lui tourner le dos, mais plus vite ils lui trouveraient une tenue décente, plus vite elle aurait un moment de répit pour penser à tout cela. Vu la vie qu'il menait, ce n'était sans doute pas la première fois qu'il prenait une balle. En revanche, c'était la première fois qu'*elle* tirait sur quelqu'un.

— Avez-vous l'intention d'organiser une grande soirée pour l'ouverture du Tantale club ?

— Cela ne vous regarde pas.

— Je ne fais aucune suggestion, je pose juste une question.

— Bien. Je compte organiser une fête fastueuse. Et je me fiche de ce que vous en pensez.

— Je n'aurais même pas songé à vous le dire.

— Tant mieux.

Elle entra dans la petite chambre où avaient été entreposées la plupart des affaires de Frederick.

— Les vestes sont là, reprit-elle en désignant d'un geste l'armoire à la porte entrebâillée. Il doit bien y avoir aussi une chemise ou deux, mais je crains qu'elles ne soient de piètre qualité.

Ménageant son bras gauche blessé, il commença à passer en revue les tenues suspendues aux cintres. Au bout d'un moment, il brandit une veste vert olive gansée de jaune et s'exclama :

— C'est une plaisanterie ?

Un flot de souvenirs assaillit Diane. Son mari, la mine pincée, décrétant qu'un vêtement qui avait été porté par le prince-régent était forcément de bon goût, qu'un homme à la pointe de la mode se sentait mieux dans sa peau et aurait par conséquent plus de chance au jeu…

Et le même, rentrant quelques heures plus tard dans sa veste tellement élégante, délesté d'une centaine de livres et lui interdisant de faire le moindre commentaire.

— Diane ?

Elle se ressaisit, se détourna du marquis qui la contemplait en haussant les sourcils.

— Prenez ce que vous voulez et dépêchez-vous d'aller retrouver vos candidates.

Avec un grognement, il recommença à fouiller l'armoire.

— Si quelqu'un me voit là-dedans, ma réputation est fichue.

Il opta finalement pour une veste marron assez semblable à celle qu'il portait en arrivant, mais dont l'étoffe était beaucoup moins coûteuse, évidemment. Il l'enfila. Diane réprima un rire. Les manches lui arrivaient cinq centimètres au-dessus du poignet, et il n'aurait jamais réussi à boutonner le vêtement, sa vie en eût-elle dépendu.

— Frederick était à peu près de votre taille. J'ai cru que cela irait.

— Il était bâti comme un crayon !

— C'est vrai.

Avec moult grimaces, il s'extirpa de la veste.

— Je vais devoir rester en bras de chemise. Pourvu que vos donzelles ne vous laissent pas en plan pour se jeter sur moi.

Il entreprit de déboutonner son gilet.

— Que faites-vous ?

— Je passe une chemise propre. Je n'aurai qu'à retrousser les manches.

Il suspendit son gilet tabac à l'angle de la porte de l'armoire, puis fit passer sa chemise déchirée par-dessus sa tête.

De nouveau les souvenirs déferlèrent. Plus plaisants, ceux-ci. Ces bras musclés et ces épaules solides, ces abdominaux noueux éclairés par la lueur des flammes, au-dessus d'elle, dans le lit qui, quinze jours plus tôt, était encore celui de son mari.

Elle se détourna pour fouiller dans une pile de cravates.

— Vous n'allez tout de même pas jouer les prudes ? se moqua-t-il. Je ne vous montre rien que vous n'ayez déjà vu.

— Justement, répliqua-t-elle en sélectionnant une cravate qu'elle alla poser à dessein sur le gilet. Je crains que les inconvénients de votre caractère ne surpassent de loin vos avantages physiques.

— Vous ne pensiez pas cela à l'époque.

— J'étais seule et stupide. Je ne le suis plus. Habillez-vous et sortez de mes appartements privés.

— Je m'en vais, acquiesça-t-il. Pour le moment. Mais je parie tout ce que je possède que je ne quitterai pas vos pensées pour autant.

Ce coq bouffi d'arrogance.

— Vous avez toute mon attention, au même titre que les rats dans la cave. Geneviève ne va pas tarder à faire monter les candidates. Ne soyez pas en retard.

Sur ces mots elle s'en alla et rejoignit sa propre chambre, la plus spacieuse de la maison, qui avait été celle de Frederick et qu'elle s'était appropriée à cause du gros verrou sur la porte.

Réfugiée à l'intérieur, elle résista à l'envie de se laisser tomber sur le lit, inspira profondément plusieurs fois de suite pour maîtriser le tremblement de ses mains, tout en faisant les cent pas devant la fenêtre. Miséricorde, elle n'était plus sujette aux crises de nerfs – elles n'avaient plus leur place dans sa vie depuis longtemps.

Elle avait passé son temps à chercher les points faibles d'Oliver pour mieux le contraindre à lui obéir, et voilà qu'elle en trouvait un, mais chez elle. Sa tête le détestait peut-être, mais son corps était bien plus indulgent.

Pas étonnant qu'elle se soit défendue avec un pistolet.

— Tu pars ?

Manderlin ouvrit le couvercle de la malle la plus proche pour jeter un coup d'œil à l'intérieur. Puis il procéda de même avec la malle voisine.

— Et tu emmènes ta chope de bière prussienne ? Je l'aime bien, moi aussi.

Oliver retourna dans le salon où avaient été entreposées la plupart des malles et caisses en attendant les déménageurs.

— J'ai décidé de ne pas renouveler mon bail de location, annonça-t-il en refermant les malles que Jonathan venait d'ouvrir. À ma mort, tu pourras hériter de la chope. Pour le moment, elle vient avec moi.

Tout comme la femme nue peinte sur le récipient et dont la tête faisait office de couvercle.

— Ah, tu comptes enfin t'acheter une maison ? J'ai entendu dire que Simwell House était à vendre.

— J'emménage dans un appartement à l'étage du Tantale club.

— Tu plaisantes ?

Jonathan s'assit sur une caisse pleine de livres.

— J'ai songé à aller vivre au Society, l'année dernière, avoua Oliver. Et comment résister à l'attrait d'un club empli de jolies filles ?

— J'hésite entre te rappeler que sur le livre des paris du White's on mise à huit contre un que le Tantale aura fermé ses portes au bout de dix semaines, ou tomber à genoux pour te vouer un culte.

— Je préfère la deuxième option.

— Oliver, tu t'es acoquiné avec cette femme dont l'entreprise est quasi sûre de péricliter. D'ordinaire, tu as le nez plus creux en affaires.

— Nous réussirons.

— Hum…

Le vicomte tapa sur ses cuisses avant de se lever.

— Offre-moi à déjeuner au White's et nous discuterons de tes rapports avec lady Cameron. Et ne viens pas me dire que tu ne veux pas cancaner alors que tu alimentes les ragots de Londres depuis des années !

— Je n'ai pas besoin de tes conseils, merci.

— C'est très égoïste de ta part, je trouve.

Jonathan se dirigea tranquillement vers la porte, puis se retourna après une hésitation.

— On se connaît depuis longtemps, Oliver. Je sais par exemple que ton oncle t'a coupé les vivres il y a cinq ans parce que tu l'avais traité de bouffon. Je sais aussi que…

— De bouffon pompeux, corrigea Oliver.

Il regarda son ami. Jonathan était sérieux et semblait réellement soucieux. Il s'inquiétait pour lui. Et il savait garder un secret. Le problème, c'était que les secrets en question n'étaient pas ceux d'Oliver.

— Que veux-tu savoir, Jonathan ?

— Tu as fait la connaissance de lady Cameron à Vienne, n'est-ce pas ?

— Je l'ai rencontrée quelque part, de toute évidence. À Vienne, c'est le plus vraisemblable.

— Et aujourd'hui tu t'apprêtes à emménager chez elle. Ce n'est pas la façon la plus subtile de démarrer un scandale.

Oliver se força à sourire.

— Je n'emménage pas *chez* elle. Ses appartements et le club sont deux endroits distincts, presque séparés par des murs d'acier. Le Tantale club est constitué de plusieurs salons de jeu, d'une salle à manger, mais aussi de deux appartements privés situés à l'étage. Je vais en investir un. Peut-être les deux. Je ne suis pas encore fixé.

En fait, il venait de se décider à l'instant, mais il n'était pas idiot au point de l'annoncer publiquement avant d'en avoir parlé à Diane. Il préférait attendre un peu avant de se refaire tirer dessus.

— Quand pourrai-je voir ton nouveau logis, alors ?

Manderlin demeurait sceptique quant à ce qu'Oliver manigançait avec Diane Benchley, ce qui n'était pas étonnant dans la mesure où il le connaissait bien.

— Aujourd'hui même, si tu veux.

Diane était peut-être obsédée par le mystère, mais Jonathan était un ami, et Oliver n'en avait pas tant que cela.

— Après notre déjeuner au White's. C'est moi qui régale, précisa-t-il encore.

— C'est généreux de ta part. Merci, Haybury.

— Crétin.

Durant les deux heures qui suivirent, il apprit que la moitié de la ville était au courant de ses visites quasi quotidiennes à Adam House. Tout le monde était persuadé que Diane et lui entretenaient une liaison, et que c'était la raison pour laquelle elle avait choisi d'ouvrir son club à Londres.

On spéculait beaucoup sur la nature exacte de cet établissement. Oliver se refusa à éteindre le feu autant qu'à l'attiser. Ce projet était celui de Diane, pas le sien. Il n'était là que pour lui faire partager son expérience et rendre l'aventure encore plus spectaculaire.

Alors que, conscient que les murs avaient des oreilles, il éludait plus ou moins les questions de Jonathan ou faisait exprès de répondre à côté, il songea soudain que Diane avait réussi son coup avec brio : le Tantale club ouvrirait ses portes d'ici une semaine et l'on ne parlait que de cela en ville.

Un peu plus tard, il débarqua à Adam House en compagnie de Manderlin. Le vieux palefrenier les salua dans l'allée et vint saisir les guides de Brash et de Phoenix.

— Bonjour, messieurs.

— Bonjour, Clark. Combien d'hommes dans la maison, aujourd'hui ?

— Plus que n'en voudrait milady, pour sûr ! ricana le vieux. On m'a donné deux jeunes gars pour m'aider aux écuries. Et, milord... elle vient aussi d'engager deux grands costauds. Des débardeurs, je pense.

Oliver hocha la tête. Il n'avait pas l'habitude de converser avec les domestiques, mais Clark semblait le considérer comme un allié dans cette demeure où la gent masculine était clairement sous-représentée. Et en effet, les informations que le vieux palefrenier lui glissait à l'occasion pouvaient se révéler utiles.

La porte d'entrée s'ouvrit au moment où les deux hommes gravissaient les marches du perron. Oliver entra sans ralentir le pas.

— Bonjour, Langtree, lança-t-il au passage.

Mais la majordome se planta devant lui, l'obligeant à s'arrêter.

— Désolée, milord, mais lady Cameron ne reçoit pas de visites aujourd'hui.

— Ce n'est pas elle que nous venons voir. Nous venons visiter mes nouveaux appartements.

Il aurait pu trouver amusant de flanquer par terre un majordome récalcitrant, mais une femme-majordome… il n'était pas sûr de vouloir s'y risquer.

Langtree consentit à s'écarter.

— L'escalier secondaire vient tout juste d'être terminé. Faites attention à la rampe, je ne suis pas sûre que le vernis soit totalement sec, prévint-elle.

Oliver se demandait si l'unique raison d'être de ce nouvel escalier n'était pas de l'empêcher de pénétrer dans la partie principale de la maison. Il poserait la question à Diane, mais seulement quand Manderlin ne serait plus dans les parages. Il préférait les réponses franches – même lorsque les balles lui sifflaient aux oreilles.

Comme ils gagnaient l'étage, Jonathan commenta :

— Je suis venu à Adam House il y a huit ou neuf ans, mais je ne reconnais rien, hormis les murs extérieurs.

— Oui, Diane n'a pas perdu son temps.

Deux portes s'ouvraient sur le palier. Oliver sortit la clé que Diane lui avait confiée la veille avec réticence et déverrouilla celle de droite.

Tout sentait encore le neuf, mais depuis cinq semaines qu'il fréquentait la maison, il avait eu le temps de s'accoutumer à cette odeur.

Ils débouchèrent dans un salon confortable et spacieux. Plus loin se trouvaient deux chambres, une bibliothèque et un bureau desservis par un petit couloir.

— C'est bien aménagé, remarqua Jonathan. Plus grand que les appartements du Society, en tout cas. Et les domestiques ?

— Les bonnes d'Adam House feront le ménage, je suis autorisé à jouir des services du personnel de cuisine, et Langtree ouvrira la porte à mes visiteurs. J'emmène juste Myles et Hubert avec moi. Ils logeront dans le grenier.

— Si tu n'étais pas le diable en personne, je te dirais que tu as trouvé une chambre au paradis, Haybury !

— Hum. Je doute qu'il y ait des tables de jeu et des salles de billard peuplées de jolies filles au paradis.

— Que faites-vous ici ? s'exclama une voix féminine dans leur dos.

Les deux hommes pivotèrent.

Diane se tenait sur le seuil, aux côtés d'une jolie jeune femme aux cheveux blond cendré.

Oliver ressentit à peu près la même chose que le jour où il s'était fait surprendre en galante compagnie dans le dortoir d'Eton. Néanmoins, il répliqua avec aplomb :

— Je montre mes pénates à lord Manderlin. Et vous, que faites-vous ici ?

Un petit muscle tressaillait sur la joue de Diane. Elle reprit d'une voix plus douce, beaucoup plus sensuelle :

— Vous savez que je déteste qu'on gâche une surprise, Oliver.

Seigneur, il se rappelait cette intonation caressante. Son sexe frémit dans son pantalon. Il changea de position.

— Vous n'avez rien à redouter. Manderlin est quasiment la discrétion incarnée.

— Merci de m'avoir *quasiment* fait un compliment, commenta Jonathan.

Le regard de ce dernier passa de Diane à la jeune fille blonde.

— Je vous demande pardon, mais... n'êtes-vous pas lady Camille Pryce ? risqua-t-il. Est-ce que Fenton... Est-ce que... vous travaillez ici ?

La jeune femme pâlit. Oliver la dévisagea avec un intérêt accru, mais Diane s'interposa.

— Si vous voulez plus de précisions, il faudra postuler pour devenir membre du Tantale club, lord Manderlin.

Le vicomte s'inclina.

— Certainement, milady. Si je puis me permettre, le peu que j'en ai vu m'a fort impressionné.

— Merci, milord. Oliver, quand vous aurez un moment, les travaux sont terminés dans la grande salle. Puisque vous êtes ici, lord Manderlin et vous pouvez y jeter un coup d'œil si vous le souhaitez.

Les deux femmes se retirèrent. Dès que la porte se fut refermée, Oliver pivota vers Manderlin.

— Que bredouillais-tu à l'instant ? Qui est Camille Pryce ?

— Comment, tu n'es pas au courant ? J'aurais appris un potin avant toi ? Attends une seconde, il faut que je note ça pour la postérité.

Oliver songea qu'il avait vraiment dû passer trop de temps enfermé à Adam House ces dernières semaines.

— Si tu ne me racontes pas tout de suite, prépare ta rubrique nécrologique.

— Oh, je suis terrorisé ! Mais là, mon vieux, je ne vais pas louper l'occasion : tu me dis ce que tu trafiques avec lady Cameron, et je te dis qui est Camille Pryce.

— Je n'aime pas le marchandage.

— Peut-être, mais tu aimes encore moins être le dernier benêt à ignorer le scandale du moment.

— Rappelle-moi pourquoi nous sommes amis ?

— Parce que je suis le seul à te parler franchement. Et parce que je me moque de ce que les gens disent de toi.

Oliver fut désarçonné malgré lui.

— Oui, bon, même chose pour moi. J'ai connu lady Cameron à Vienne. Et ça ne s'est pas bien terminé.

— Je m'en doutais. Camille, ou plutôt lady Camille Pryce, était fiancée au marquis de Fenton. Elle s'est enfuie de l'église le jour de leurs noces. Cela faisait des semaines que personne ne l'avait revue.

— Apparemment il y a beaucoup de femmes en détresse qui viennent se réfugier ici.

L'idée était déroutante, mais Oliver décida d'y réfléchir plus tard.

— Allons voir la grande salle, proposa-t-il.

— Il n'est pas impossible que je te piétine dans l'escalier pour arriver le premier.

Oliver se retint d'avouer qu'il avait déjà visité les pièces du rez-de-chaussée – à plusieurs reprises. Diane avait acheté son silence en le faisant chanter, mais il commençait à se prendre au jeu et se surprenait de plus en plus souvent à coopérer de son plein gré.

Troublant.

Il était temps de prendre certaines mesures pour vérifier si cette bataille de volontés allait devenir une vraie guerre, et s'il disposait des armes pour gagner. Ce qu'il fallait savoir à présent, c'était jusqu'où il devait faire monter les enchères pour pousser Diane à risquer son atout. En attendant, tout un tas de possibilités s'offraient à lui. Car il connaissait par cœur ce jeu-là et ses subtilités.

Quel meilleur moyen avait-il de se prouver que Vienne n'avait été qu'une aventure sans conséquence, un moment de faiblesse de sa part, sinon en réitérant l'expérience ? Et cette fois c'était *elle* qui détalerait comme un chat échaudé.

Désormais il ne quittait plus une table avant la fin de la partie. Ni avant d'avoir gagné.

8

— Il m'a reconnue, gémit Camille Pryce, les mains crispées sur sa poitrine. Je vous avais dit que cela arriverait, milady.

Diane s'arrêta au milieu de la grande salle de jeu.

— C'est trop long de dire « grande salle de jeu », n'est-ce pas ? Il faut que je lui trouve un nom, quelque chose de percutant. Il faut que je nomme tous les salons, en fait. Qu'en pensez-vous, Camille ?

La fille du comte de Montshire se passa la main sur le visage.

— Êtes-vous sûre de vouloir m'employer, milady ?

— Ce dont je suis sûre, c'est que vous serez ici une curiosité qui attirera les clients. Ils jaseront, certains iront peut-être jusqu'à ricaner ou vous regarder de haut, mais s'ils veulent payer vingt livres par an d'adhésion pour cela, libre à eux.

— Ce n'est pas vous qu'ils regarderont de haut.

— Croyez-vous ?

Les joues pâles de Camille s'empourprèrent.

— Bon, peut-être. Mais vous n'essuierez pas leur mépris de face, seulement quand vous aurez le dos tourné.

— Par conséquent je ne les verrai pas et m'en préoccuperai d'autant moins. Le pire qu'ils puissent me faire, c'est de ne pas venir. Une fois qu'ils auront payé leur droit d'entrée, qu'ils pensent ce qu'ils veulent, du moment qu'ils dilapident leur argent aux tables de jeu. Et cet argent me servira à vous rétribuer, vous et les autres hôtesses. Que dites-vous du « salon Perséphone » ? Il faudra mettre des petites pancartes sur chaque porte, mais… oui, cela me plaît !

Camille finit par se calmer et émettre à son tour des suggestions pour désigner les autres salons d'après des personnages mythologiques.

Diane n'aurait jamais imaginé qu'elle devrait rassurer ses employées. À vingt-trois ans, elle n'avait pas vraiment l'âge d'éprouver des sentiments maternels envers ces filles malmenées par la vie, mais elle en arriverait facilement à les considérer comme des… sœurs, oui.

Elles n'étaient pas ses confidentes, c'était le rôle de Geneviève. Certaines avaient été mises au ban de la société alors qu'elles n'avaient pas grand-chose à se reprocher. En général, c'étaient plutôt les hommes qui péchaient par stupidité ou arrogance. Dans ce domaine, Diane leur accordait volontiers la supériorité.

Percevant un bruit de pas, elle se déplaça légèrement pour avoir vue sur la porte. Elle ne voulait pas manquer l'entrée d'Oliver et de Manderlin.

— Saperlipopette ! s'exclama ce dernier en franchissant le seuil.

Diane réprima un sourire.

— Bienvenue dans le salon Perséphone ! lança-t-elle.

Le nom roula sur sa langue comme une friandise. Elle s'en délecta.

Il faudrait encore convoquer M. Dunlevy afin qu'il fabrique des petites pancartes chantournées, mais elle avait confiance, l'artisan avait géré la construction du deuxième escalier avec moins de douze jurons. Peindre quelques lettres sur des pancartes ne devrait pas présenter beaucoup de difficultés en comparaison.

— Il n'y a pas assez de tables, décréta Oliver.

Il avait déjà fait cette remarque, que Diane avait ignorée. Mais cette fois il avait amené un témoin. Et puis, c'était quand même elle qui les avait conviés à visiter le grand salon.

— Nous avons d'autres tables. En cas de besoin, elles peuvent être installées ici en quelques minutes.

— Je trouve cela très bien, déclara Manderlin avant qu'Oliver puisse dire quoi que ce soit de désobligeant. Je n'aime pas du tout le Navy avec toutes ces tables vides qui encombrent l'espace.

Diane lui adressa un sourire gracieux.

— Merci, milord. Je crois, en effet, avoir trouvé le juste équilibre entre le côté pratique et le besoin d'intimité.

— J'aimerais beaucoup voir les autres salons, si vous n'y voyez pas d'objection, lady Cameron.

Diane baissa légèrement la tête pour considérer Manderlin entre ses cils.

— Votre ami est tout à fait charmant, Oliver.

Mon Dieu, les hommes étaient si transparents.

— Laissez mon ami tr…

— Néanmoins, enchaîna-t-elle, une femme doit toujours cultiver le mystère et je ne puis, hélas, accéder à votre requête. Vous recevrez, bien entendu, une invitation pour la soirée d'inauguration. Cela vous suffira-t-il, milord ?

— Je devrai m'en contenter, je suppose. Ma foi, vous savez vous y prendre pour attiser la curiosité, lady Cameron.

Diane poussa un petit soupir, comme si elle était totalement sous le charme du vicomte et tentait de se ressaisir. Après tout, ce Manderlin était fort plaisant, même s'il ne possédait pas la séduction ravageuse de son ami Haybury.

— Si vous voulez bien m'excuser, messieurs, j'ai à faire.

Elle alla tirer le cordon de la sonnette placé près d'une des trois « portes-mystère », comme Geneviève et elle se plaisaient à les appeler.

Dix secondes plus tard, le battant s'ouvrit sur un homme à la carrure impressionnante.

Diane pivota vers Oliver.

— M. Jacobs va vous raccompagner.

Elle était allée voir Gentleman Jackson qui s'était révélé de très bon conseil et lui avait appris qu'il y avait plein d'anciens boxeurs tout prêts à assurer la sécurité des bonnes maisons contre une juste rétribution. Et si M. Jacobs et M. Smith, engagés la veille par ses soins, étaient aussi efficaces qu'ils en avaient l'air, elle n'hésiterait pas à embaucher encore plusieurs de leurs camarades.

Dès que Manderlin et Belzébuth eurent quitté la salle, elle envoya Camille chercher Emily Portsman et s'installa à une table en attendant.

Emily s'était acquittée à la perfection de sa mission consistant à aménager les quartiers privés des employées, ainsi qu'à organiser leur emploi du temps. Après les séances de formation dispensées par Oliver elle avait pris sous son aile les croupières survivantes. Diane lui savait gré de ses initiatives.

Elle balaya d'un regard circulaire la vaste salle avec ses lustres qui tombaient bas sur les tables bien espacées, ses tapis bordeaux, ses murs tapissés d'or pâle. Les membres de la famille Benchley n'auraient pas reconnu Adam House. Mais bien sûr, ils n'auraient pas reconnu Diane non plus. Et c'était très bien ainsi.

— Le salon Perséphone ? fit la voix d'Oliver dans son dos.

Sans se retourner, elle continua de noter sur son carnet les noms de diverses déesses et muses grecques.

— Juliet a dû vous informer que je ne recevais pas aujourd'hui. Et vos services ne sont pas requis, puisque les filles suivent aujourd'hui une formation sur le service à table et les relations avec les clients.

— Au fait, allez-vous accepter de leur faire crédit ? Avec *mon* argent ?

— C'est le mien, jusqu'à ce que les remboursements arrivent à échéance. Et non, je n'ai pas l'intention de leur faire crédit.

— Alors vous aurez moins de paris, et vous servirez moins de repas et moins de boissons.

— Réglez-vous toujours vos factures ?

— Mais oui, confirma-t-il en s'asseyant face à elle.

— Frederick ne le faisait jamais. Quand nous avons quitté Londres, il devait presque quatre cents livres rien qu'au Society Club. Je ne peux pas monopoliser une telle somme simplement pour faire plaisir à des hommes qui jouent plus qu'ils ne peuvent se le permettre.

Elle posa son crayon, se redressa sur sa chaise.

— Convainquez-moi que Frederick était une exception, et je changerai peut-être d'avis. Sinon je préfère tirer la leçon des erreurs passées et éviter de les répéter. Ou éviter que d'autres les commettent à mon détriment.

Oliver tourna le carnet pour lire ce qu'elle avait écrit.

— Hum. Dans ce cas, et au risque de me faire une fois encore tirer dessus, je vous conseille de placer un panneau à la vue de tous dans le hall d'entrée, quelque chose du genre : *Ne jouez pas plus que l'argent que vous avez sur vous : la maison ne fait pas crédit.* Sinon vous aurez tout un tas de messieurs qui penseront d'office qu'ils pourront vous rembourser plus tard.

À dire vrai, c'était un bon conseil, même si elle n'avait pas envie de l'admettre.

— C'est un peu longuet à écrire sur une pancarte, mais j'y réfléchirai.

Jouant avec le carnet, il énuméra les noms inscrits sous ses yeux :

— Perséphone, Psyché, Aphrodite, Déméter, Héra, Ariane, Athéna… Ariane n'est pas une déesse, vous savez.

— Je ne m'amuse pas à faire un dictionnaire. Ces noms correspondent à ce que je cherche.

— Pourquoi pas Artémis ? Ou Diane ?

— Diane est le nom romain. Un peu orgueilleux, non ?

— Et puis, Diane/Artémis est la déesse de la chasse. Ce serait peut-être un peu agressif pour un club de jeu appartenant à une femme.

— Nous savons nous défendre quand on nous attaque, si c'est ce que vous voulez dire.

— Non, ce n'est pas cela et vous le savez, mais il est clair que je ne l'emporterai pas si nous nous disputons sur ce point. Donner des noms aux salons est une très bonne idée, je l'avoue.

— Cela s'harmonise avec le nom du club. Et je trouve plus pratique de parler du salon Déméter que de dire « la salle de billard à l'angle nord-est du premier étage », non ?

— Je ne dirai pas le contraire.

— Pour une fois, marmonna-t-elle.

— Pardon ?

— Je disais : « Pour une fois », répéta-t-elle d'une voix distincte.

— Ah. J'avais bien entendu. Donc vous comptez afficher le nom de chaque salle sur la porte ?

— Oui. Plus il sera facile de s'orienter, plus les clients auront loisir de s'enivrer. Et ce n'est pas parce que j'ai dit que j'allais réfléchir à l'une de vos idées que vous devez me bombarder de suggestions.

Il plaqua la main sur le carnet, puis reprit d'une voix sourde :

— Nous sommes dans une position singulière, vous et moi. Je suis à votre merci, jusqu'à ce que je récupère cette lettre, ou que je décide qu'aucune réputation ne vaut ce que j'endure. En attendant, il y a deux ou trois petites choses que je dois vous dire.

Diane se raidit.

Son pistolet se trouvait sous son oreiller, à l'étage supérieur, car elle ne s'attendait pas à la visite de Haybury aujourd'hui, et il était le seul qu'elle ne parvienne pas à maîtriser avec ses seules méninges.

Ses doigts se crispèrent sur le crayon. Ce n'était pas vraiment une arme, mais un coup lancé dans une zone sensible lui donnerait au moins le temps d'appeler à l'aide les deux costauds censés la protéger.

— Allez-y, fit-elle avec indifférence.

— Quand nous nous sommes rencontrés il y a deux ans, j'étais peut-être pauvre et en exil, mais à Londres, tout le monde savait déjà qu'il valait mieux éviter de me contrarier. Les femmes avaient vite appris à ne pas me donner d'ordres et à ne pas tenter de régenter ma vie. Quant au seul homme qui ait essayé… je détiens à présent son titre, ses biens et sa fortune.

— Si vous essayez de me persuader que vous avez assassiné votre oncle, vous perdez votre temps. À moins que vous n'ayez payé les services d'une sorcière pour le faire tomber raide mort lors d'une séance à la Chambre des lords. Mais, mon cher, le poison est une méthode qui ne vous ressemble pas du tout.

Le regard gris soutenait le sien sans ciller.

— Je ne sous-entendais rien de tel. Je vous dis juste que les gens me craignent. Ils évitent de me contrarier. Alors me manipuler ou me faire chanter…

Diane exhala un soupir qui transpirait juste ce qu'il fallait d'ennui.

— Oui, oui, je sais, vous n'êtes pas un chic type. Je suis parfaitement au courant, Oliver. Mais j'espère que vous avez compris maintenant que je n'avais pas peur de vous.

Elle récupéra le carnet glissé sous sa main. À sa grande surprise, il sourit.

— Vous n'avez jamais eu peur de rien ni de personne, Diane.

Cela ressemblait presque à un compliment.

— Alors avez-vous fini de me faire perdre mon temps aujourd'hui ?

— Pas tout à fait. Combien d'invitations enverrez-vous pour la soirée d'inauguration ? Et avant que vous me disiez de me mêler de mes affaires, ajouta-t-il, l'index levé, je vous rappelle que vous avez eu recours à moi en tant qu'expert. La plupart des clubs ont un comité qui décide qui sera admis ou non comme nouveau membre. Il ne faudrait pas que ceux qui recevront une invitation pensent qu'elle équivaut à une admission.

— Les cartons stipuleront de manière très claire que la personne est invitée à visiter le Tantale club le temps d'une soirée, et qu'elle pourra si elle le désire retirer un formulaire afin de soumettre sa candidature.

— Combien seront-ils en tout ?

— Cinquante. Vous êtes vraiment un poison.

— Cinquante invitations ou cinquante membres ?

— Membres. Trois cents invitations.

Il garda le silence un moment, puis :

— Il vous faudra bien plus de cinquante membres fondateurs. Le White's en compte plusieurs centaines, et il y a une liste d'attente de quatre ou cinq ans.

Il n'était apparemment pas décidé à partir.

— Je dois me conformer à mon budget : cinq mille livres pour ouvrir l'établissement, engager du personnel, financer la banque, acheter de la nourriture, des alcools, entreprendre les travaux de rénovation, acquérir du mobilier, faire imprimer les invitations, agrandir les écuries et l'allée...

— Alors il vous faut plus d'argent. Vos cinquante membres fréquenteront d'autres clubs, ils ne seront pas présents tous les soirs, ils ne rempliront pas sept grandes salles. L'endroit aura l'air désert, alors que vous voulez au contraire passer pour un établissement recherché.

— Vous me prêteriez davantage ?

Les mots avaient eu du mal à sortir. Elle avait tout organisé en ayant en tête le budget alloué par lord Blalock à l'origine. Quand Oliver l'avait remplacé, elle n'avait même pas pensé à lui demander plus. Une erreur stupide qui la mettait maintenant en position défensive.

— Vous avez dit que vous ne risqueriez pas plus de cinq mille dans l'affaire, lui rappela-t-elle.

— Mais il se trouve que je suis prêt à négocier.

On y était. Elle s'y était attendue, mais cela n'empêcha pas son cœur de manquer un battement.

— Je refuse que vous augmentiez le taux d'intérêt. Je ne gagnerai plus rien.

— Ce n'est pas ce que je veux. Je n'ai pas besoin d'argent, rétorqua-t-il.

— Alors que voulez-vous ?

— *Vous.*

Elle ne put s'empêcher d'ouvrir bêtement la bouche, tandis qu'un millier de pensées jaillissaient dans son esprit. La moitié au moins la voyait s'emparer d'une arme et le laisser raide pour le compte.

L'autre moitié, en revanche…

— Mais je vous déteste ! s'exclama-t-elle.

— Quel est le rapport ?

Diane se leva d'un bond.

— Vous êtes méprisable ! Allez-vous-en avant que je vous fasse chasser par mes gens.

Il se leva également, contourna la table.

— Rien ne vous en empêche. Mais réfléchissez à ma proposition. Une rallonge de cinq mille livres, aux mêmes conditions que précédemment. Contre une nuit – non, vingt-quatre heures – en tête à tête avec moi. Quand je le voudrai, à l'endroit que je choisirai.

— Je n'ai pas besoin de réfléchir.

Elle s'approchait déjà du cordon de la sonnette quand elle songea tout à coup à un autre angle d'attaque.

— En fait, j'ai déjà réfléchi. Votre ami, lord Manderlin, est beau garçon et tout à fait charmant. Et une chose est sûre, vous le menez par le bout du nez. Je ne devrais pas avoir beaucoup de mal à en faire autant. Si je le persuade de me prêter…

— Non !

Le mot avait claqué tout près de son oreille. Avant qu'elle puisse réagir, Oliver la saisit par le bras pour la faire pivoter. Le dos de Diane heurta le mur.

Poings serrés, elle se redressa de toute sa taille.

— Ne me dites pas ce que je peux faire ou pas, Oliver ! Et prenez garde : on pourrait presque croire que vous êtes jaloux.

— Vous pouvez essayer vos petites manigances sur moi, Diane, mais laissez mes amis tranquilles.

Il avait plaqué les mains sur le mur, de part et d'autre de ses épaules, lui interdisant toute fuite.

— *Vos* amis ? répéta-t-elle, sarcastique. Vous en auriez donc plus d'un ? Et moi qui étais déjà surprise de voir que quelqu'un vous suivait de son plein gré.

Oliver se pencha et sa bouche s'immobilisa à quelques centimètres de la sienne.

— Nous savons tous deux que vous n'auriez eu aucun mal à dénicher un riche gogo pour financer vos projets, chérie. Cela fait deux ans que vous vous perfectionnez dans l'art de la manipulation. Du moins c'est ce que vous voulez que tout le monde pense.

Diane détestait être disséquée et cataloguée. Épouse. Propriété. Impuissance. Pauvreté. Aujourd'hui elle traçait sa propre route et était la seule à tenir les rênes.

— Vous vous trompez, dit-elle entre ses dents. Je me moque de ce que pensent les gens. Seul ce qu'ils font m'intéresse.

— Vous n'êtes pas invulnérable, Diane.

— Et de tous, c'est votre avis qui m'indiffère le plus.

Son regard tomba sur sa bouche et elle cessa de respirer.

Allait-il l'embrasser de nouveau ? Elle tenta de se convaincre que c'était le dégoût qui éveillait cette sensation sirupeuse dans son ventre, mais en toute objectivité cela n'y ressemblait pas. On aurait plutôt dit de l'excitation. De l'impatience.

Mais elle n'abandonnerait pas le contrôle. Surtout entre les mains de cet homme-là.

— Vous essayez de me prouver que j'ai tort ? dit-elle en le regardant droit dans les yeux. Vous pensez que je vais fondre entre vos bras et vous supplier de prendre la direction de mon club ?

— Quand vous me supplierez, ma chère, ce ne sera pas pour cette raison.

Il s'inclina davantage, jusqu'à ce que ses lèvres frôlent le front de Diane. Il n'y avait rien de paternel dans son attitude, même si cela l'aurait pareillement hérissée. Il aurait pu au moins l'embrasser correctement et la laisser pousser des cris d'indignation.

Avant qu'elle puisse lui donner un coup de poing dans le ventre, il recula et tourna les talons.

— Cinq mille livres de bonus vous permettront d'accueillir plus de membres fondateurs et de rendre votre club solvable. Vous pourrez aussi acheter ces autres tables que vous n'avez pas, je le sais. Alors réfléchissez à ma proposition, chérie.

Diane attrapa le candélabre posé sur le bureau et le lui lança. Si elle avait été aussi adroite que furibonde, le projectile lui aurait heurté l'arrière du crâne et il se serait effondré en sang. En l'occurrence, il ne fit que lui frôler la manche.

— Vous êtes meilleure au pistolet, commenta-t-il sans daigner se retourner.

Et il disparut.

Diane resta un long moment immobile, haletante, avant d'aller récupérer le candélabre.

Comment avait-il deviné qu'elle avait dû réduire ses frais au maximum, elle n'en avait aucune idée, mais il ne se trompait pas, l'animal.

Quand lord Blalock l'avait abandonnée à son sort en passant de vie à trépas, elle avait dû réestimer ses dépenses dans l'urgence. Elle savait fort bien qu'il lui fallait une plus large clientèle, mais cela impliquait également d'acheter plus d'alcool, plus de tables, plus de foin pour les écuries, d'embaucher plus de personnel, et ainsi de suite... Et il faudrait aussi prévoir plus de liquidités disponibles pour les soirs où les clients auraient plus de chance que la maison.

Avec cinq mille livres supplémentaires, il n'y aurait plus de problème.

Mais les conditions...

Geneviève apparut sur le seuil.

— Diane, Juliet vient de me dire que Haybury fait visiter ses appartements à un ami ?

— C'est vrai.

— Que fais-tu avec ce candélabre ?

— Je viens de le ramasser. Je l'avais lancé à la tête de Haybury.

— Je vois.

Geneviève vint lui prendre des mains le lourd chandelier en cuivre pour le remettre à sa place.

— Peux-tu m'expliquer pourquoi tu as de nouveau tenté de tuer le marquis ?

— Je ne voulais pas le tuer. L'estropier, tout au plus. Sa mort me causerait beaucoup trop d'ennuis.

— Bien. Je suis heureuse de constater que tu n'as pas totalement perdu l'esprit. Comme je ne le vois pas étendu sur le sol dans une mare de sang, j'en déduis que tu l'as raté ?

— Oui, hélas !

— Et quelle était la raison de votre différend ?

— Il a offert de me prêter cinq mille livres supplémentaires.

— Et ce n'est pas une bonne nouvelle ?

— On pourrait le croire de prime abord.

Geneviève lui adressa un regard perplexe. Mais plutôt que d'éclairer sa lanterne, Diane trouva une excuse et se retira dans ses appartements, son sanctuaire.

Là elle alla s'enfermer dans le solarium pour réfléchir en paix.

Oliver Warren la désirait. Il était prêt à lui prêter cinq mille livres pour avoir le privilège de posséder son corps. C'était assez curieux si l'on songeait qu'il l'avait eu gratuitement deux ans plus tôt et qu'il avait fui à toutes jambes.

Si elle refusait, elle ne perdrait pas son club pour autant. Mais si elle acceptait, le chemin vers le succès s'en trouverait facilité. Toutefois le marquis y verrait une victoire personnelle. Cette fripouille se savait irrésistible... Et après ? Une nuit. Pour cinq mille livres, elle pouvait bien supporter de passer une nuit dans son lit...

Mais alors les souvenirs resurgiraient, lui rappelant ô combien douloureusement à quel point elle était seule et désespérée à Vienne, assoiffée d'affection, et comme c'était bon qu'un homme vous préfère à un jeu de cartes ou à une paire de dés.

Mais pourquoi *elle* ? Oliver Warren pouvait coucher avec toutes les femmes qu'il voulait sans débourser le moindre penny. Que cherchait-il au juste ? Une deuxième chance ? Pour gagner son affection ? Ou tentait-il juste de se prouver quelque chose à lui-même ?

Elle fronça les sourcils. La réponse était peut-être toute simple : il était un homme, et les hommes convoitent ce qu'ils n'ont pas. Ruminer ses doutes et interrogations de la sorte ne servirait qu'à lui donner la migraine. Les doigts pressés sur ses tempes, elle résista à l'envie d'entreprendre une quelconque tâche pour s'occuper l'esprit et mettre ces pensées de côté.

Parce que, toutes spéculations mises à part, il lui avait proposé une somme d'argent substantielle. Elle devait décider de l'accepter ou pas, sans se compliquer la vie avec les motivations secrètes du marquis. Son avenir reposait sur le succès du Tantale club. Et ces cinq mille livres pouvaient faire toute la différence.

Qu'était une unique nuit, en comparaison ? Quelques souvenirs pénibles ne la tueraient pas plus que la compagnie de ce gredin durant quelques heures. En vérité elle n'aurait même pas dû hésiter. Pourquoi se montrait-elle si frileuse et indécise tout à coup, elle qui avait d'ordinaire l'esprit si pragmatique ?

À cet instant précis, elle aperçut l'objet de son dilemme qui, juché sur un pur-sang gris, s'éloignait en direction de Grosvenor Square. Peut-être pour réclamer le paiement d'une autre créance. À moins qu'il n'ait l'intention de séduire une autre femme.

Si elle acceptait le marché, nul doute qu'il crierait victoire. Et alors ? Grand bien lui fasse. Pour sa part, elle n'y verrait qu'une simple transaction, un échange de bons procédés. En quoi serait-elle perdante ?

Après tout, elle lui avait déjà survécu une fois. Et aujourd'hui elle connaissait les règles du jeu. Peut-être même mieux que lui.

Un lent sourire se dessina sur ses lèvres, tandis qu'elle faisait glisser ses phalanges contre le carreau.

Puis elle s'en alla trouver Geneviève.

Avec cette manne qui lui tombait du ciel, elle devait revoir sa stratégie.

9

Devant le perron, Oliver regardait deux déménageurs transporter son bureau d'acajou à l'intérieur d'Adam House. La bibliothèque assortie avait été envoyée dans un garde-meuble, mais à dire vrai, il passait si peu de temps chez lui qu'il se moquait du mobilier – le lit excepté, bien sûr.

— Haybury !

Il se tourna vers le buggy qui descendait la rue et venait de s'immobiliser à sa hauteur.

— Lady Katherine, fit-il en inclinant la tête.

— Alors, c'est vrai ce qu'on dit, vous allez vraiment habiter au-dessus d'un club de jeu ?

— Une adresse tout à fait indiquée pour moi, vous ne trouvez pas ?

Le regard bleu clair balaya la façade de l'imposante résidence.

— Un club qui n'emploie que des femmes et qui est la propriété d'une femme. Oui, en effet. Si j'étais d'un naturel jaloux, cela équivaudrait à un coup de poignard en plein cœur.

— Heureusement, vous êtes une femme raisonnable.

Lady Katherine tapota son délicat éventail en ivoire et satin bleu contre sa paume.

— J'aimerais beaucoup visiter les lieux, quand vous serez disponible pour me servir de guide, bien sûr.

Diane lui avait interdit de ramener des maîtresses au club. Et même s'il n'avait pas eu l'intention de courir la prétentaine, il s'était irrité qu'elle lui ordonne de garder son pantalon boutonné.

— Il faut d'abord que j'achève de m'installer, objecta-t-il.

— Vous n'avez pas perdu de temps à déménager, pour quelqu'un qui n'en voyait pas la nécessité, remarqua encore Katherine Falston.

— Ce n'est pas parce que je n'ai pas abordé le sujet devant vous que je n'y avais pas pensé.

— Faites la brute tant que vous voudrez, c'est ce que j'apprécie le plus chez vous, répliqua-t-elle d'un ton léger, avant de cogner à la vitre.

Le buggy s'ébranla, suivi de la demi-douzaine de voitures qui avaient été obligées de s'arrêter dans son sillage.

Oliver leur tourna le dos en ravalant un juron.

Les deux armoires à glace continuaient de monter ses affaires, tandis que les employées de Diane s'activaient de leur côté, afin de mettre la touche finale aux préparatifs de la grande soirée d'inauguration.

Oliver n'avait pas reçu de carton d'invitation, mais un régiment entier de Cosaques n'aurait pu l'empêcher d'entrer au Tantale club ce soir-là.

Diane ne lui avait pas encore donné sa réponse concernant les cinq mille livres, et depuis quelques jours, elle l'évitait. Il se sentait de plus en plus frustré.

Une charrette venait de se garer devant Adam House. Oliver l'ignora, jusqu'à ce qu'il voie les quatre brutes engagées par Diane pour assurer le service d'ordre sortir et entreprendre de décharger des tables et des chaises.

Il leva la tête. Plus loin dans la rue, deux charrettes similaires arrivaient avec un chargement identique.

— Hubert ! rugit-il.

Son valet arriva en courant.

— Milord, c'est affreux ! Je viens de me rendre compte que votre chambre est orientée plein est. Les rideaux ne sont pas assez épais pour…

— Hubert, calmez-vous, coupa Oliver. Et restez ici pour surveiller le déchargement. J'ai deux mots à dire à lady Cameron.

Sur ce, il gravit les marches du perron deux à deux et se précipita dans le hall.

— Langtree, où est lady Cameron ?

— Désolé milord, mais milady ne reçoit pas. La soirée d'inaug…

— Il ne s'agit pas d'une visite de courtoisie, mais d'un entretien d'affaires !

Sans attendre, il suivit la file de déménageurs et de tables pour rejoindre le salon Perséphone.

Diane n'y était pas.

Dans le salon Déméter, il aperçut Pansy Bridger, l'une de ses élèves les plus prometteuses au faro – mais hélas aussi la plus hostile –, occupée à disposer des lampes dans la pièce.

— Avez-vous vu lady Cameron ?

— Elle est dans le salon Athéna.

Oliver prit la direction de la vaste pièce où Diane avait installé sa bibliothèque-fumoir. Il la trouva juchée sur un escabeau, en train de ranger des livres sur l'étagère la plus haute.

Comme elle levait le bras, sa jupe de faille noire se souleva, révélant ses petites mules noires et ses chevilles nues.

Oliver se figea. Cette femme était décidément ravissante. À dire vrai, sa beauté était la seule chose qu'il admirait chez elle à l'époque où il avait fait sa connaissance. Aujourd'hui, il trouvait qu'elle faisait preuve d'une détermination extraordinaire, que jamais il n'aurait soupçonnée chez la veuve désemparée qu'il avait séduite.

Diane Benchley était la seule personne au monde qui lui faisait peur. Et il ne pouvait lui permettre de camper dans cette position de supériorité.

— Je peux vous voir dans le miroir, vous savez, lâcha-t-elle soudain.

L'effet de surprise serait pour une autre fois.

— Vous avez acheté des tables et des chaises.

— Je ne m'en servirai pas ce soir ; nous aurons besoin de place, dit-elle sans cesser son rangement.

— Ce n'était pas ma question.

— Vous n'avez pas posé de question.

Restant sagement à plusieurs mètres de distance, il reprit :

— Elle était sous-entendue. Enfin, comme vous voudrez. Où avez-vous trouvé l'argent pour acheter ces meubles ?

Elle glissa un dernier livre sur l'étagère, puis descendit de l'escabeau qu'elle alla ranger dans un coin.

— J'ai décidé d'accepter votre proposition, répondit-elle, d'un ton si détaché qu'un instant il crut avoir mal compris.

Un désir violent, animal, presque douloureux l'assaillit. Il lui fallut faire preuve d'un effort de volonté inouï pour demeurer immobile. Ce n'était pas du tout ainsi qu'il avait pensé réagir.

— Et quand comptiez-vous me le dire ?

— J'ai pensé que vous le devineriez en voyant arriver les tables. C'est d'ailleurs ce qui s'est passé.

— Il y a des règles, des codes, quand on conclut un accord entre gentlemen.

— Je ne suis pas un gentleman. Et vous non plus, si je puis me permettre.

Elle attrapa un chiffon pour s'essuyer les mains.

— Peu importe. J'attends de vous que vous veniez me trouver, que vous me tendiez la main et que vous me disiez : « J'accepte votre offre, Oliver. » À la suite de quoi je convoquerai mon fondé de pouvoir pour faire transférer les fonds à votre nom le plus vite possible.

Il tenait à lui rappeler qu'il ne lui avait pas encore versé la somme et qu'elle avait tout intérêt à se montrer coopérative.

Elle soupira, posa son chiffon et s'approcha de lui.

— Fort bien. Puisque vous tenez à vos stupides règles. Après tout, c'est vous qui dictez vos conditions. Pour moi, il ne s'agit que d'une simple transaction. Vingt-quatre heures de mon temps en échange de cinq mille livres.

Elle lui tendit la main. Il s'en saisit.

— Vous ne l'avez toujours pas dit.

Nouveau soupir outrancier. Puis, d'un ton monocorde, elle récita :

— J'accepte votre proposition, Oliver.

— Je vais consulter mon calendrier, déclara-t-il en retenant sa main. Vous serez mienne. Pendant vingt-quatre heures – quand j'en déciderai.

— Je ne vous appartiens pas. N'allez pas imaginer cela. C'est un marché, rien de plus.

— Appelez cela comme vous voudrez, chérie. Nous verrons bien quelles nuances de langage vous emploierez quand je serai en vous.

Il perçut le tremblement de ses doigts juste avant qu'elle ne lui arrache sa main. Il espérait bien que c'était de l'impatience, car lui-même frémissait de désir. Oui, de désir. Forcément. Il ne voyait pas ce que cela pouvait être d'autre.

— Vous serez sans doute contente d'apprendre que j'ai presque fini de m'installer, poursuivit-il, alors qu'elle faisait mine de se détourner. Ce soir, vous pourrez me présenter comme votre… Rappelez-moi quelle est ma fonction officielle, au juste ?

— Vous jouez le rôle de mon protecteur, un homme qui s'intéresse à moi, mais reste très vague quant à notre degré d'intimité. Cela suffira pour me rendre à la fois désirable et inaccessible aux yeux des autres hommes.

— Vous êtes désirable, Diane. De fait. Vous n'avez pas besoin de moi pour en convaincre qui que ce soit.

— Je veux pouvoir les tenir à distance sans qu'ils s'en offensent. Alors débrouillez-vous pour qu'ils aient peur de vous.

— Dois-je grogner comme un bouledogue ?

Elle lui jeta un regard non dénué d'humour.

— Nous avons déjà discuté de tout cela. Cessez de m'embêter et allez vous préparer.

— Et vous, que ferez-vous pendant ce temps ? À part être mystérieuse, désirable et inaccessible ?

— Je me préparerai à gagner le plus d'argent possible.

Elle s'éloignait déjà en direction du salon Déméter. Il la rattrapa et lui bloqua le chemin.

— Il va bien y avoir quelqu'un pour demander quelle est mon implication dans le Tantale club.

— C'est *mon* club, lord Haybury. Vous n'êtes qu'un employé.

— Si vous croyez que je vais leur raconter cela, vous vous fourrez le doigt dans l'œil.

Soupir.

— Très bien, alors dites que vous êtes un expert, un conseiller, que sais-je. Après tout, vous avez gaspillé presque toute votre vie d'adulte dans des clubs, non ?

Le coup était un peu trop direct. Quelque chose devait la chiffonner et l'inciter à prendre la poudre d'escampette. Il se rapprocha d'un pas.

— D'accord. C'est ce que je dirai.

— Parfait.

— Si vous m'embrassez.

— Pardon ? Il n'en est pas question.

— Oh que si !

— Vous ferez ce que je vous demande, Haybury, ou je ruine votre réputation.

— Vous rendriez cette lettre publique maintenant ? Juste pour m'obliger à prétendre que je suis votre conseiller ? Ce serait un beau gâchis, Diane. Le club n'a même pas encore ouvert ses portes.

Les yeux brillants de colère, elle le saisit par les revers de sa veste et écrasa sa bouche sur la sienne. Avant qu'il ait le temps de réagir, elle le repoussa et le contourna pour sortir de la pièce.

— Voilà ! lança-t-elle par-dessus son épaule. À présent, vous êtes mon conseiller.

— Je n'appelle pas cela un baiser, cria-t-il.

— Je n'y peux rien si vous ne m'inspirez pas beaucoup.

Qu'elle disait. Lui-même se sentait très inspiré. Et elle aussi, il l'aurait parié, sinon elle n'aurait pas eu la langue si bien pendue. Elle lui lançait des piques pour le mettre en colère et lui faire oublier que, primo, elle l'avait embrassé – même si le travail avait été bâclé –, et, secundo, elle avait accepté de partager son lit.

Toutes les conditions étaient donc remplies pour qu'il considère que cette matinée était un triomphe sur toute la ligne.

Et il n'allait pas se gêner.

On transbahutait les tables neuves dans une pièce où elles seraient entreposées sous des housses en attendant de servir. Ce soir, le club serait bondé, il fallait donc libérer de l'espace.

Geneviève supervisait l'opération.

Au moment où Diane rejoignait son amie, elle croisa M. Jacobs et M. Smith qui la saluèrent poliment avant d'aller cirer les quelques tables qui ne l'avaient pas encore été. La politique de Diane consistait à demander un coup de main aux employés disponibles quand le besoin s'en faisait sentir, et quelles que soient leurs fonctions officielles. Jusqu'à présent, personne ne s'était plaint.

Ce soir, Jacobs et Smith auraient pour mission d'assurer la sécurité en cas de grabuge. Pour l'heure ils se rendaient utiles en encaustiquant les meubles.

— Tout est en place ? demanda-t-elle à Geneviève.

— Oui. Le cuisinier vient de recevoir les framboises et les tartelettes seront bientôt dans le four.

— Parfait. Et je dois dire que nos croupières se débrouillent très bien, déclara Diane en prenant Geneviève par le bras pour l'entraîner du côté de la grande salle.

— Est-ce grâce au marquis ?

— Non, grâce à nous, puisque c'est nous qui l'avons engagé.

— Tu veux dire que *tu* l'as engagé.

— Eh bien, oui.

— Il t'a donné cinq mille livres de plus, et tu as accepté ses conditions ?

— Oui.

— Mais tu n'as pas l'intention de me dire en quoi elles consistent.

— Pas pour le moment. Sache toutefois que je rembourserai la somme au même taux d'intérêt que le prêt initial.

Le bras de Geneviève se raidit sous le sien, et elle murmura :

— Diane, il n'y a aucune raison pour que lord Haybury ait changé.

Diane se rembrunit, et se libéra.

— Je ne sais pas ce que tu insinues, Geneviève, mais sache que je ne cours pas après cet homme. Même s'il me plaisait, ce qui n'est plus le cas, je n'ai pas oublié qu'il a… qu'il a failli me briser, acheva-t-elle avec un chevrotement dans la voix qu'elle ne put maîtriser.

— Mais il n'a pas réussi, articula Geneviève en lui agrippant l'épaule. Diane, tu es mon amie la plus chère. Tu sais, si tu veux que Haybury disparaisse, je peux m'en occuper.

— Dieu du ciel ! J'ai beau tenir à ce club comme à la prunelle de mes yeux, je ne compte pas en venir au meurtre, Geneviève ! Mais merci quand même.

— N'oublie pas cette option, c'est tout.

— N'aie crainte, je n'en oublie aucune.

Diane conserva son sourire jusqu'à ce que ses pensées dérivent et qu'elle se remémore l'air de jubilation intense qu'avait affiché Oliver quand elle lui avait annoncé qu'elle acceptait son marché.

Un frisson à la fois brûlant et glacé lui parcourut l'échine.

Une autre bataille s'annonçait, mais elle avait bien assez de soucis comme cela pour les heures à venir. Et heureusement, parce que c'était sans doute la seule façon pour elle de raison garder. Car marché ou pas, elle avait accepté de partager le lit d'Oliver Warren. *Seigneur !*

Pour se distraire, elle effectua une dernière tournée des pièces principales. Tandis qu'elle rectifiait çà et là la position d'une chaise ou d'un ruban décoratif, de petites décharges semblaient lui picoter le bout des doigts. Les sept semaines qui venaient de s'écouler avaient été entièrement consacrées à ce grand soir : chaque conversation, chaque apparition publique, et presque chacune de ses pensées. Il fallait que tous ceux qui n'avaient pas été invités entendent parler de l'événement et regrettent de ne pas y avoir assisté. Ensuite, elle déciderait qui aurait le privilège de franchir le seuil du club pour venir y dépenser son argent.

Choisir la décoration pour la soirée qui s'annonçait n'avait pas été simple, mais Diane estimait avoir trouvé le juste équilibre entre luxe, mystère, confort et élégance.

Satisfaite, elle observa les quatuors à cordes qui s'installaient dans chaque salon, tandis que les hôtesses mettaient la dernière touche à leurs coiffures et toilettes avant de disparaître derrière les portes-mystère.

Elle prit le temps d'aller s'entretenir avec le personnel des cuisines, puis poussa jusqu'aux écuries pour glisser quelques dernières recommandations à Clark, son palefrenier en chef.

Après avoir réuni une dernière fois son personnel, elle prit un dîner léger en compagnie de Geneviève, puis monta dans ses appartements privés afin de se changer pour la soirée.

Elle était désormais connue comme « la dame en noir » et elle s'était demandé si paraître vêtue d'écarlate ne marquerait pas les esprits lors de la soirée d'inauguration.

Finalement elle opta pour une robe de satin noir brillant, rehaussée de perles de jais scintillantes. Après tout, elle n'était pas patronne d'un bordel et n'ambitionnait pas de faire commerce des charmes féminins. Elle devait séduire, pas aguicher.

Après avoir inspecté son reflet une dernière fois, elle ajusta ses longs gants de soie noire, redressa le pendant d'onyx au creux de son décolleté. Elle avait veillé à ce que la partie privée de la demeure soit parfaitement isolée du club, et l'on ne percevait aucun bruit en provenance de cette zone. Cependant, l'atmosphère d'Adam House était différente désormais. On sentait la maison *occupée*.

Elle s'approcha de la fenêtre, glissa un regard entre les rideaux. Dans la rue et dans la cour, le ballet des voitures avait déjà commencé. Les cartons d'invitation stipulaient que la soirée débuterait à 21 heures, et Diane savait qu'il était de bon ton d'arriver en retard, car montrer son impatience était du dernier vulgaire.

— Mary, quelle heure est-il ?

Sa femme de chambre, qui était en train de ranger épingles et peignes, consulta l'horloge et répondit :

— 21 h 09, milady.

Diane ne put s'empêcher de sourire. Les invités arrivaient tôt. La soirée s'annonçait sous les meilleurs auspices.

Quelqu'un frappa à la porte. Mary s'empressa d'aller ouvrir. Un instant plus tard, elle revint avec une feuille de papier pliée. Diane s'en saisit et lut le message.

Son pouls s'emballa lorsqu'elle reconnut l'écriture racée d'Oliver. C'était sûrement l'anxiété, se convainquit-elle, la peur qu'au tout dernier moment il ne tente de gâcher la soirée par quelque tour de son cru.

Sommes-nous amants ce soir ? lut-elle. *Dois-je vous faire danser ?*

Elle pensait pourtant avoir été claire. Mais, manifestement, il tenait à lui rappeler qu'il était un élément incontournable de ses plans. Elle alla à son secrétaire, inscrivit un « Oui » sous la première question, puis « Cela me semble indiqué » sous la deuxième, avant de confier le message à la femme-valet en lui demandant d'aller le porter au marquis.

Puis elle s'assit près de la fenêtre et ouvrit un livre.

Son entrée en scène n'aurait pas lieu avant une bonne heure, après tout.

Olivier eut un petit rire en lisant la réponse de Diane. Se faire passer pour sa maîtresse ne lui posait visiblement aucun problème. Mais il doutait qu'elle se montre aussi désinvolte quand il s'agirait de payer les intérêts du prêt. Quoi qu'elle prétende, et quoi qu'elle pense de lui, il sentait la passion bouillonner entre eux.

Adossé au mur du salon Perséphone, il observa la parade des mâles qui entraient, poussés par la curiosité. La plupart étaient venus par groupe de deux ou trois. C'était bien plus prudent que de venir en solo et risquer de se retrouver seul, sans personne de sa connaissance à qui parler.

Dans le hall, des femmes-valets en livrée noir et jaune débarrassaient les invités de leurs chapeaux, manteaux et gants. Avec Langtree qui restait postée devant la porte d'entrée, elles étaient les seules femmes en vue.

— Haybury !

— Bonsoir, Stanpool, répondit Oliver en croisant les bras sur sa poitrine.

— C'est inhabituel de vous voir si tôt dans une soirée. Je vous rangeais plutôt dans la catégorie des oiseaux de nuit.

— C'est que je ne suis pas invité, j'habite à l'étage au-dessus.

Le baron haussa les sourcils sans cacher son étonnement.

— Je l'avais entendu dire, mais je pensais qu'il s'agissait d'une rumeur sans fondement. C'est donc vrai ?

— Je viens de vous le dire, il me semble.

— Oh, mais vous êtes chatouilleux ce soir, on dirait ! remarqua Stanpool en reculant d'un pas.

— Alors ne me chatouillez pas.

— Vous êtes très lié à lady Cameron, je présume ?

Oliver se demanda si Diane avait mesuré à quel point il se montrait conciliant. S'il avait voulu l'anéantir sur le plan social, il aurait eu beau jeu de le faire deux ans plus tôt, ou n'importe quand depuis. Néanmoins ce n'était pas à ce petit jeu qu'il avait envie de jouer. Et il comptait bien la protéger de tous, excepté de lui-même. Certes, chacun jouait sa propre partie, mais coopérer était le meilleur moyen pour lui de gagner la sienne.

— Lady Cameron et moi sommes de vieux… amis.

— De vieux *amis* ? répéta Stanpool. Alors s'il me prenait l'envie de labourer les terres de cette jolie petite veuve, vous n'y verriez pas d'inconvénient ?

Une bouffée de fureur envahit Oliver. Il serra le poing, surpris par l'intensité de son émotion.

— Je vous conseille de reformuler tout de suite cette phr…

— Ah, vous êtes ici, très cher ! murmura Diane, tandis qu'elle glissait son bras sous le sien. Voudriez-vous me présenter à votre séduisant ami ?

Il tourna la tête. Miséricorde. Pas étonnant que Stanpool soit intéressé. Elle étincelait de mille feux, tel un soleil de minuit, longiligne dans sa toilette noire scintillante. Impossible de détacher d'elle le regard.

Il désigna le baron du menton.

— Je vous présente lord Stanpool. Il vous trouve très à son goût.

Diane inclina la tête et une boucle noire vint lui caresser la joue.

— Enchantée, milord. J'espère que vous allez passer une bonne soirée au Tantale club.

— J'y compte bien, milady.

Oliver posa sa main sur celle de la jeune femme.

— Venez et dites-moi à qui vous souhaitez être présentée.

— Oh, tout le monde ! Je n'ai invité personne qui risque de m'être antipathique. À plus tard, lord Stanpool.

— Certainement, opina ce dernier.

Dès qu'ils se furent éloignés, Oliver la serra contre lui.

— Vous avez l'intention de me faire passer pour le cocu de service chaque fois que je vous présenterai quelqu'un ?

Les yeux émeraude brillaient d'un feu particulier, ce qui n'avait rien d'étonnant quand on songeait à l'importance cruciale de cette soirée et aux efforts déployés pour que tout soit parfait.

— Nous ne sommes pas un couple, rétorqua-t-elle d'une voix douce. Je ne peux donc pas vous cocufier.

— Voulez-vous relire le message dans lequel vous me spécifiez que nous devons passer pour des amants ?

— Seriez-vous jaloux, très cher ? murmura-t-elle en baissant les yeux.

— Couchez avec qui vous voulez, Diane. Cela m'est égal. Mais je ne tolérerai pas que vous me ridiculisiez.

Alors même qu'il prononçait ces mots, il se rendit compte qu'il mentait, ce qui n'était pas si rare au demeurant ; sauf que cette fois, c'était lui-même qu'il tentait de berner. Ce qui était un effort inutile.

— Je n'ai pas besoin de votre permission pour prendre du bon temps. Sachez toutefois que j'ai l'intention de flirter, et même de me faire passer pour une séductrice. Je ne vais pas vous faire un dessin, vous connaissez ce petit jeu par cœur, ajouta-t-elle en lui tapotant le bras de sa main libre.

— En général, quand j'y joue, cela ne se termine pas par des mots. Quant à vous, faites attention à ceux avec qui vous allez jouer. En tant qu'homme, j'ai le devoir de vous avertir qu'une allumeuse s'expose à de gros risques.

— Pas plus qu'une femme qui cherche vraiment à séduire. Ce qui vous contrarie, j'ai l'impression, c'est que je me conduis exactement comme le ferait un homme. Je suis veuve, je n'ai pas à préserver ma vertu. Et comme je me lance dans les affaires, je n'ai que peu d'espoir de garder mes relations dans la bonne société. J'ai déjà payé le prix fort, et aujourd'hui, j'ai l'intention de récolter les récompenses.

— C'est un jeu bien plus ambitieux. Et je crois que vous n'en mesurez pas *toutes* les conséquences.

— Je vous adresse le même conseil. À moins qu'il ne s'agisse d'une menace ?

— Interprétez cela comme vous l'entendez.

Diane connaissait déjà plusieurs des invités présents. Oliver remarqua vite qu'elle ne s'attardait guère en leur compagnie et s'assurait toujours qu'il soit dans les parages lorsqu'elle échangeait quelques mots avec eux. Assez rapidement, il comprit qu'elle se servait de lui pour les tenir à distance et contrôler la durée de la conversation.

Francis Henning s'approcha, un verre de vin à la main, un biscuit dans l'autre.

— J'ai entendu dire que vous aviez engagé tout un escadron de jolies filles, lady Cameron. Une cinquantaine, pas moins, paraît-il. Mais je ne vois ici qu'une douzaine de domestiques. Je suis terriblement déçu.

— Oh, vous aimeriez voir mes hôtesses ?

Des « Oui ! » fusèrent autour d'eux, et le brouhaha des conversations – un peu semblable aux gloussements d'une volée de grouses, selon Oliver – s'intensifia.

— C'est bien ce que je pensais, acquiesça Diane avec un sourire entendu.

À cet instant, dans un ensemble quasi parfait, les quatre portes dissimulées dans le lambris des cloisons s'ouvrirent de part et d'autre de la salle. Les jeunes hôtesses firent leur apparition, plus ravissantes les unes que les autres dans leurs toilettes fauve, dorées, tabac et caramel.

Oliver les connaissait toutes, de vue sinon de nom. Il savait laquelle il préférait avoir à sa table, selon qu'il jouait au faro, au vingt-et-un, au whist ou à la roulette. Mais c'était juste un avis personnel.

Autour de lui, le bourdonnement des voix masculines avait repris de plus belle. On eût dit des abeilles autour d'un massif de fleurs. Dans le grand salon du Tantale club, on bavardait et on flirtait, dans une ambiance plus proche de celle d'un bal que d'un cercle de jeu.

Oliver glissa un regard à Diane, qui observait la scène d'un air amusé.

— Mais vont-ils adopter votre club pour y dépenser leur argent, ou se contenter de transformer la maison en vaste bordel ? lui chuchota-t-il.

— Ces débordements ne seront pas autorisés, répliqua-t-elle en fronçant les sourcils. Ces dames sont sous ma protection tant qu'elles résident chez moi.

Elle s'avança pour réclamer l'attention générale.

— Mesdames, veuillez rejoindre vos tables, s'il vous plaît. Messieurs, ce soir les portes du Tantale club sont ouvertes à tous. Amusez-vous. Et si vous souhaitez devenir membres, il vous faudra faire acte de candidature et remplir le formulaire que vous trouverez dans le salon Ariane, ou dans le hall d'entrée. Un conseil, soyez persuasifs, ajouta-t-elle avec un sourire sensuel, car notre club sera *très* sélectif.

Au milieu des rires, elle recula pour s'effacer. Oliver la suivit.

— Savez-vous qu'en dehors de ce club, la plupart des hommes ici présents refuseraient d'adresser la parole à vos hôtesses ?

— Nous ne sommes pas hors du club. Mes hôtesses et moi-même avons mesuré les conséquences éventuelles de nos actions. Personnellement je préférerais travailler dans un club de jeu comme celui-ci à la seule possibilité qui se présente à nombre d'entre elles.

— Ainsi, vous êtes leur bienfaitrice, en quelque sorte ?

— Je ne tiens pas à avoir ce genre de discussion avec vous. Vous avez eu des semaines pour protester ou jouer les offusqués, et, apparemment, cela ne vous est pas venu à l'esprit.

— Je ne suis pas offusqué, Diane. Je me renscigne sur mon investissement.

Elle posa sa main gantée sur le torse d'Oliver. Ce n'était sans doute qu'un effet de son imagination, mais il aurait pu jurer qu'il percevait la chaleur de ses doigts à travers les différentes épaisseurs de tissu qui les séparaient.

— Haybury, j'ai passé beaucoup plus de temps que vous à réfléchir à ce projet afin de le mener à bien. Alors faites ce que je vous dis et gardez vos opinions pour vous.

Elle était tellement sûre d'elle. Il ouvrit la bouche pour lui rappeler une fois de plus qu'il n'était pas son employé, mais cet argument commençait à perdre le peu d'impact qu'il ait jamais eu. Il pourrait certes arguer qu'il l'aurait bientôt à sa merci – dès qu'il le souhaiterait, en fait. Cela lui rabattrait peut-être son caquet.

Il baissa les yeux sur la main gantée de noir, toujours posée sur sa poitrine. Percevait-elle les battements de son cœur, elle qui avait affirmé à plusieurs reprises qu'il n'en avait pas ?

— Ce soir, lâcha-t-il.

— Oui, ce soir, et les suivants, tant que je ne solliciterai pas votre avis.

Avant qu'elle puisse s'éloigner comme elle en avait visiblement l'intention, il plaqua sa main sur la sienne pour la retenir.

— Non, vous n'avez pas compris. La soirée d'inauguration va se terminer vers, disons, 3 heures du matin ?

— C'est ce que nous avons prévu, oui.

— Alors je veux qu'à 4 heures vous soyez dans ma suite. Pour remplir votre part du marché que nous avons passé.

Elle tressaillit et ses yeux verts s'écarquillèrent.

— Ce soir ? Vous plaisantez ? Je suis légèrement occupée, au cas où vous ne l'auriez pas...

— Oh, j'ai remarqué ! 4 heures, répéta-t-il en sentant ses doigts frémir sous les siens. Et vous porterez cette robe, ajouta-t-il en baissant les yeux sur son décolleté.

10

Adossé au mur avec nonchalance, William d'Arville, duc de Whiting, discutait avec Diane.

— Et comment comptez-vous concilier votre position au sein de la haute société et la gestion d'un club de jeu, chère amie ?

Diane regarda avec regret s'éloigner un domestique qui portait un plateau de coupes de champagne. Elle aurait payé cher pour un petit remontant, surtout après sa conversation avec Oliver. Hélas, elle avait besoin de toute sa lucidité pour séduire les futurs membres de son club ! Et pourtant ce n'était pas à eux qu'elle pensait.

C'était à lui, ce démon assis là-bas à une table de faro. Oh, il en maîtrisait parfaitement toutes les subtilités ! Et il se débrouillait en même temps pour la distraire de la partie serrée qu'elle-même était en train de jouer.

— Lady Cameron ?

Elle se ressaisit. Damnation, elle était supposée convaincre ces aristocrates richissimes que son cercle de jeu valait bien vingt livres de droits d'entrée annuels.

Elle esquissa un sourire mutin.

— Vous avez des chevaux et des chiens de chasse, n'est-ce pas, Votre Grâce ?

— En effet, acquiesça Whiting.

— La chasse est votre passe-temps préféré, je suppose. Eh bien, le mien consiste à tenir ce club. L'habileté des joueurs, le mystère de la distribution des cartes, l'attente... J'avoue trouver cela très excitant.

— Et vous êtes prête à risquer votre réputation pour éprouver ce petit frisson par procuration ?

Diane se rendit compte qu'elle fixait de nouveau Oliver et s'obligea à reporter son attention sur le duc.

— Pour moi, cette euphorie est vitale.

Presque aussi vitale que l'argent qu'elle comptait extorquer aux joueurs, songea-t-elle à part soi, avant d'ajouter :

— Et si cela doit me coûter un dîner ou un quadrille, eh bien, tant pis.

— Allez-vous vous sentir offensée si je vous dis que je vous trouve vous-même très excitante, milady ?

Il n'était assurément pas le seul ce soir-là. Elle menait ces hommes par le bout du nez et ils ne s'en rendaient même pas compte. Les hommes – enfin la plupart – étaient si transparents que c'en était pathétique. Bien sûr, Oliver la désirait aussi, mais lui au moins avait trouvé le moyen de l'attirer dans son lit.

— Pourquoi me sentirais-je offensée quand on me fait un compliment ? Je ne suis pas une pauvre fleur fragile, Votre Grâce.

Le duc se mit à rire.

— Votre franchise est rafraîchissante, milady. D'ordinaire, les dames prétendent préférer les jolies paroles, alors qu'elles préfèrent en secret les jolies babioles. Pour ma part, je préfère votre honnêteté.

Diane préférait l'argent, et l'indépendance qu'il procurait.

— Elle réduit tout risque de malentendu, Votre Grâce.

— Et vous méritez certainement de porter de belles choses.

Aussi intéressante que soit la conversation, Diane n'était pas aussi concentrée qu'elle l'aurait dû. Elle ne cessait de jeter des regards du côté de la table de faro et de l'homme aux larges épaules qui captait l'attention générale.

Elle avait pris soin de faire enlever toutes les horloges afin que les joueurs ne voient pas le temps passer. Mais ce soir, elle n'arrêtait pas de se demander quelle heure il était. Quatre heures semblaient approcher à une vitesse vertigineuse.

— Avez-vous l'heure, Votre Grâce ? demanda-t-elle, furieuse de ne pouvoir résister à la tentation.

— Il est presque 1 h 30, répondit-il après avoir consulté sa montre de gousset.

— Alors il est temps pour vous d'essayer une table de jeu, décréta-t-elle en posant la main sur son bras. À moins que vous ne préfériez goûter à nos tartelettes aux framboises servies dans le salon Héra ?

— Vous me congédiez ? Miséricorde, mon cœur se brise ! s'exclama-t-il, la main sur la poitrine.

Elle s'esclaffa.

— Temporairement seulement, Votre Grâce. Et surtout amusez-vous !

Sitôt ce charmant duc parti, M. Evan prit sa place. Puis lord Ackland. Posséder un club de jeu rendait manifestement très désirable. Cependant aucun de ces soupirants ne devait penser mariage en la regardant, même si la rumeur voulait qu'elle soit riche.

— Heureusement que tu as fait imprimer des formulaires d'adhésion supplémentaires, remarqua Geneviève un peu plus tard. Plusieurs invités m'ont réclamé une plume et de l'encre. C'est bon signe.

— En effet. Pourras-tu superviser le nettoyage et le réapprovisionnement lorsque nous aurons fermé ? Il faut que tout soit prêt pour la première vraie soirée de demain.

— Bien sûr, mais... que vas-tu faire de ton côté ?

— J'ai certaines... obligations à remplir. Je serai de nouveau disponible demain, après la fermeture.

Geneviève fronça les sourcils.

— Quelque chose ne va pas ? Tu sais bien que si tu as des ennuis, je suis là. Est-ce Haybury ? enchaîna-t-elle en suivant la direction du regard de Diane. Qu'a-t-il encore fait ?

— Il m'a prêté de l'argent, Geneviève, et j'ai accepté ses conditions. À 4 heures du matin demain, nous serons quittes.

Geneviève la prit par le coude et murmura d'un ton farouche :

— Diane, j'ai vu dans quel état il t'avait laissée, à Vienne. Je savais que c'était une erreur de l'impliquer dans nos affaires. Il…

— Je ne suis plus la même, Geneviève. Et je sais comment mener ma barque. Quelques heures en sa compagnie n'ont rien d'une épreuve, je pense. Ne te mêle pas de cela, s'il te plaît.

Geneviève la lâcha, et hocha la tête avec raideur.

— Si je ne te vois pas à 4 heures passées d'une minute demain, je t'assure que je vais m'en mêler.

— D'accord.

Lorsque le club aurait trouvé son rythme de croisière, les paris se poursuivraient tant qu'il y aurait des clients aux tables. Néanmoins Diane voulait créer l'envie ce soir-là et renvoyer ses invités tenaillés par la frustration. À 2 h 50, elle demanda donc aux croupières de fermer les tables les unes après les autres.

Puis ces dames se retirèrent derrière les portes-mystère. Lorsque la dernière eut disparu, Diane vint prendre place sur l'estrade située au fond de la salle.

— Messieurs, je vous remercie d'avoir accepté l'hospitalité du Tantale club. Nos portes rouvriront demain, aux mêmes heures. Ces horaires seront élargis à partir de jeudi soir, mais vous devrez alors être membres du club pour y avoir accès. Je vous souhaite une bonne nuit.

Les jolies femmes s'étant envolées et les paris étant clos, les beaux messieurs de Mayfair quittèrent les lieux par petits groupes bruyants. Diane attendait ce moment depuis plus d'un an : celui où la grande soirée d'inauguration prendrait fin et où, poussant un soupir de soulagement, elle serait enfin assurée du succès de son entreprise.

Pourtant, en cet instant, ses mains tremblaient, et elle avait le ventre noué à l'idée de passer les prochaines vingt-quatre heures en compagnie d'un homme avec qui elle avait passé quinze jours deux ans plus tôt. C'était assez incompréhensible, mais elle était plus nerveuse que lorsqu'elle avait décidé de se lancer dans cette folle entreprise.

La porte refermée sur le dernier invité, Diane pria Juliet de pousser le verrou, puis elle rejoignit le grand salon qu'elle avait fait aménager au dernier moment au-dessus des cuisines afin de permettre aux hôtesses de se détendre.

Toutes ses employées étaient réunies, y compris les domestiques, dans une joyeuse ambiance de rires et de conversations animées.

Diane grimpa sur une chaise et lança un sonore :

— Mesdames, bravo !

Sur un signe de sa part, les femmes-valets apportèrent du champagne pour tout le monde.

— Nos vrais horaires commenceront après-demain, mais pour l'heure, je tenais à vous complimenter sur votre travail. Nous ouvrirons demain à midi. Geneviève et Margaret vous feront part des éventuels changements et modifications nécessaires. En attendant, amusez-vous !

Des clameurs joyeuses et des félicitations fusèrent. Diane n'attendit pas pour aller se réfugier dans ses appartements privés. Là, elle fit les cent pas devant la fenêtre, tout en jetant des regards nerveux à l'horloge dont les aiguilles avançaient inexorablement.

À 3 h 58, elle moucha la chandelle posée sur sa table de chevet, remonta ses longs gants sur ses coudes, puis retraversa le club dont les salons déserts étaient plongés dans la pénombre.

Elle surmonterait cette épreuve comme les autres, se dit-elle pour se donner du courage. Elle avait affronté des créanciers en colère, la pauvreté, la solitude, et elle avait survécu. Vingt-quatre petites heures. Pendant un si court laps de temps, elle pouvait tout endurer. Même Oliver Warren.

Elle s'immobilisa devant sa porte, prit une profonde inspiration. Un vrai gentleman se serait déplacé au lieu de la faire venir, mais elle connaissait Oliver Warren, il n'appartenait pas à cette catégorie.

Après une nouvelle inspiration, elle frappa à la porte.

Rien.

Perplexe, elle considéra le battant clos. C'était plutôt inattendu. Oliver l'avait-il oubliée ? Était-il parti réchauffer le lit d'une quelconque catin ? Mais dans ce cas, son domestique aurait dû ouvrir la porte.

Dans sa tête, elle compta les secondes. Vingt-cinq était un bon chiffre. Si personne n'avait répondu avant qu'elle l'atteigne, elle rebrousserait chemin la conscience tranquille.

Le battant pivota à dix-sept.

Oliver avait ôté sa veste noire et retroussé ses manches de chemise. En gilet, pantalon et bottes, il avait l'air très détendu… et en même temps très impressionnant.

Diane sentit son cœur se mettre à battre encore plus vite.

Il la regardait.

— Comptez-vous me faire entrer ? finit-elle par demander.

— Bien sûr.

Il s'effaça.

Tête haute, le dos droit, Diane pénétra dans le petit vestibule.

— Depuis quand venez-vous ouvrir vous-même la porte ? s'étonna-t-elle.

— Depuis que j'ai donné congé à mes domestiques.

La porte massive claqua dans le dos de Diane. Le bruit parut se répercuter le long de sa colonne vertébrale.

Elle s'attendait à demi à se retrouver plaquée contre le mur et dûment troussée, mais il la dépassa pour se diriger vers le salon.

— Désirez-vous un verre de vin ? Ou quelque chose de plus corsé ? demanda-t-il par-dessus son épaule.

Si elle s'enivrait suffisamment, peut-être parviendrait-elle à effacer de sa mémoire les vingt-quatre prochaines heures ? Mais ce serait de la pure lâcheté et il le saurait.

— Non, merci. Je suis plutôt fatiguée, aussi je préférerais que vous expédiiez la chose sans délai.

— Je m'en doutais. Par ici, je vous prie.

Son épuisement avait au moins le mérite d'estomper son appréhension. Si elle n'avait pas été obligée de faire un gros effort pour demeurer en état de vigilance, peut-être se serait-elle retrouvée au bord de la panique.

— Vous auriez pu choisir une heure moins tardive, observa-t-elle. Je doute de réussir à garder un œil ouvert, quoi que vous fassiez.

— Hum…

Il poussa la porte de la chambre pour l'ouvrir en grand. Non sans surprise, Diane découvrit une énorme baignoire en cuivre remplie d'eau fumante. Une brume de vapeur flottait au-dessus de la surface jonchée de pétales de rose d'un rouge incarnat.

— Ainsi, vous avez l'intention de me noyer, commenta-t-elle, même si l'idée d'un bon bain chaud la tentait terriblement.

— Pas pour le moment. Détendez-vous. Je reviens.

Sur ces mots, il la poussa doucement dans la pièce, puis referma la porte derrière lui.

Le regard de Diane passa des bougies allumées, posées sur la petite table à côté de la baignoire, à la porte. Elle étrécit les yeux. L'Oliver Warren qu'elle avait connu à Vienne était un amant… empressé qui l'avait attirée dans son lit le soir même de leur première rencontre. Durant quinze jours, ils avaient vécu quasi nus, sans presque jamais se séparer. En comparaison, le lord Haybury de Londres s'était presque tout le temps montré agressif et arrogant, ne perdant jamais une occasion de la bousculer.

Mais aucune de ces deux versions ne cadrait avec l'homme de ce soir.

Diane ôta ses mules. Elle pouvait s'interroger sur cette énigme debout devant la baignoire… ou allongée dedans.

Elle trempa le bout des doigts dans l'eau chaude, fit virevolter les pétales. Elle était délicieusement chaude, presque trop. Oliver avait dû épuiser ses domestiques avec tous ces seaux d'eau. Il ne fallait pas que tous ses efforts aient été déployés en vain.

Levant les bras, elle dégrafa les trois petits boutons noirs qui fermaient son col. Puis fit glisser sa robe qui s'affaissa lentement à ses pieds. Sa camisole suivit le même chemin. Enfin, après un regard furtif en direction de la porte close, elle enjamba la baignoire et s'étendit dans l'eau parfumée avec un soupir de bien-être. C'était tellement plus agréable que l'eau tiède de la cuvette ! Sans la présence de cet individu odieux très certainement tapi de l'autre côté de la porte, elle se serait peut-être endormie.

Quelques secondes plus tard, le battant se rouvrit. Oliver entra avec un plateau sur lequel se trouvaient des gâteaux, une coupe de framboises et deux verres de vin blanc.

— Tout va bien ? s'enquit-il en refermant la porte du pied.

— Oui, contre toute attente. Mais je vous avais dit que je ne voulais pas boire.

— J'avais déjà rempli le verre. N'y touchez pas, si vous n'en voulez pas.

Il s'assit sur la chaise près de la baignoire, posa le plateau sur un tabouret devant lui.

— C'est donc de cette manière que vous voulez passer du temps en ma compagnie ? J'avoue que je suis agréablement surprise. Mais l'heure tourne, vous savez.

Il s'empara d'un biscuit, prit le temps de le mâcher et d'avaler sa bouchée avant de faire remarquer :

— Vous n'étiez pas si dure, avant.

— Que voulez-vous, c'est sans doute le résultat de deux abandons successifs – non, trois si l'on compte celui de mes parents. Depuis, je fais résolument passer ma petite personne avant le reste.

Il se pencha et fit courir son index sur son épaule nue.

— Vous ai-je brisé le cœur ?

Ce verre de vin commençait à devenir irrésistible. Et jamais elle ne répondrait à cette question. Il avait trop envie de savoir.

— C'était votre but ?

— Vous êtes obligée de répondre à mes questions pendant vingt-quatre heures.

Diane s'enfonça plus profondément dans l'eau. Elle ferma les yeux, sachant que cela l'énerverait.

— Il ne reste plus que vingt-trois heures trente, corrigea-t-elle. Et je vous ai accordé la jouissance de mon corps, pas celle de mon esprit.

L'instant d'après, elle sentit sa main dans ses cheveux. Elle faillit se redresser de peur qu'il ne lui enfonce la tête sous l'eau, quand bien même il avait assuré ne pas vouloir la noyer. Mais il se contenta d'ôter les épingles et les peignes qui maintenaient sa chevelure, et bientôt celle-ci se répandit sur ses épaules et par-dessus le rebord de la baignoire.

La sensation de l'eau chaude sur sa peau et de ces effleurements sur son cuir chevelu était tout à fait… délicieuse. Les paupières toujours closes, Diane s'efforça de réfléchir. Oliver la désirait déjà deux ans auparavant, il l'avait possédée, mais avait pris la fuite. Et aujourd'hui il la désirait toujours et voulait de nouveau la mettre dans son lit...

Pourquoi ?

Elle rouvrit brusquement les yeux.

— Vous avez peur de moi, n'est-ce pas ?

Oliver plongea la main dans l'eau, près de sa hanche, la remua doucement pour créer un petit tourbillon.

— Si j'avais peur de vous, pourquoi vous aurais-je demandé de venir ? murmura-t-il en balayant du regard son corps dénudé sous la surface semée de pétales.

— Pour vous prouver que vous n'avez pas peur.

Il sourit.

— Vous êtes si naïve ! C'est adorable.

D'un geste, elle lui éclaboussa le visage, puis s'assit abruptement.

— Je ne suis pas plus naïve qu'adorable !

— L'idée de vous vendre contre cinq mille livres ne vous émeut pas, mais vous vous offusquez qu'on vous accuse de naïveté. Plutôt curieux, vous ne trouvez pas ?

— Je vous ai *prêté* mon corps pour une journée, c'est tout.

Le menton calé sur son bras posé sur ses genoux repliés, elle tenta de calmer son irritation. Il faisait exprès de la titiller ; elle ne voyait pas pourquoi elle ne lui rendrait pas la pareille.

— Je pense que vous étiez en train de tomber amoureux de moi, il y a deux ans. Et comme vous êtes une fieffée canaille doublée d'un égoïste, cette idée vous a terrorisé, au point de vous renvoyer séance tenante en Angleterre. Et aujourd'hui, vous réitérez l'expérience pour vous prouver que vous êtes immunisé contre mes charmes.

Son index remonta le long de son bras, dessinant sur sa peau des arabesques compliquées.

— C'est une théorie passionnante. Vous est-il jamais venu à l'esprit que j'avais quitté Vienne simplement parce que mon oncle m'avait convoqué ? Et que si vous êtes ici ce soir, c'est parce que *vous* êtes venue me voir pour me demander de l'aide ? Je crois, très chère, que c'est vous qui avez besoin de prouver que vous êtes immunisée contre mon charme.

Sa main s'enfonça sous l'eau pour lui caresser un sein, tandis qu'il se penchait pour l'embrasser sur la bouche.

Une décharge électrique la parcourut. Dès qu'il lâcha ses lèvres, elle articula :

— Si nous sommes tous deux persuadés que l'autre ne cherche qu'à démontrer son désintérêt, peut-être devrions-nous annuler cette soirée, qu'en pensez-vous ?

Doucement, il pinça la pointe de son sein entre le pouce et l'index.

— Non, je préfère vous garder ici, avec moi, déclara-t-il en refermant la main sur ses cheveux pour lui renverser la tête en arrière.

Il l'embrassa de nouveau, bouche ouverte.

— Sachez que, personnellement, je n'ai rien à me prouver en ce qui vous concerne, haleta Diane, tandis que ses lèvres glissaient le long de sa joue. Vous ne vous débrouillez pas trop mal au lit, mais on ne peut pas vous faire confiance.

— Pourquoi ? Parce que j'ai quitté Vienne ?

Il lui mordillait le lobe de l'oreille. Les doigts de Diane se crispèrent sur le rebord de la baignoire.

— Parce que vous m'avez séduite une semaine après les obsèques de Frederick.

— Mmm. Je pensais que c'était vous qui m'aviez séduit. Disons au moins qu'il s'agissait d'une attirance réciproque.

Elle lui concédait ce point par magnanimité, ou bien c'était son sang qui circulait à toute vitesse dans ses veines et lui donnait le tournis qui l'empêchait de réfléchir correctement… alors même qu'elle savait qu'il profiterait de chaque instant de faiblesse.

De sa main humide, il entreprit de déboutonner son gilet, l'ôta et, dans la foulée, se débarrassa de sa chemise. Diane eut le regard attiré par le pansement qui tranchait sur la peau bronzée de son épaule. Il lui devait cette blessure. Et cette pensée ne lui procurait aucune satisfaction.

— Avez-vous mal ? ne put-elle s'empêcher de demander en désignant le pansement.

— J'ai connu pire, rétorqua-t-il en faisant rouler son épaule. Souhaitez-vous sortir du bain ou faut-il que je vous rejoigne ?

— Vous me donnez le choix ? À moins que vous ne sachiez plus quoi faire, maintenant. Je croyais que vous suiviez un plan précis.

Elle déplaça les jambes. La baignoire était large, ils y tiendraient à l'aise tous les deux, mais cela semblait encore plus intime que de s'étreindre dans un lit.

— Bon, comme vous voudrez.

Il ôta ses bottes, les laissa tomber au pied de la chaise. Puis il saisit une petite fiole de verre qu'il lui tendit.

— De l'huile de rose. Rendez-vous utile pendant que je termine de me dévêtir, voulez-vous ?

— Que je me rende *utile* ? Quel romantisme !

Elle prit néanmoins le flacon, versa un filet d'huile dans l'eau du bain. Le parfum de rose, à la fois suave et corsé, devint encore plus prégnant. Cette huile devait être d'excellente qualité, et très chère, estima Diane.

— Vous ne cessez de me critiquer et de m'adresser des reproches. Alors j'ai décidé d'opter pour une approche plus directe, rétorqua-t-il.

Il se leva, déboutonna son pantalon, le fit glisser sur ses cuisses. La bouche de Diane s'assécha d'un coup. La vue de son érection impressionnante réveilla des souvenirs, lui rappelant, entre autres, qu'il était un amant très doué. Même si ces deux semaines viennoises s'étaient terminées de manière abrupte, elles avaient quand même été... exceptionnelles.

— Je me souviens très bien de cela, dit-elle sur le ton de la conversation.

— Et, manifestement, lui aussi se souvient de vous, chérie.

Après avoir ôté son pantalon, il s'installa en souplesse dans la baignoire, face à elle. Le niveau de l'eau s'éleva jusqu'aux aisselles de Diane. Leurs jambes s'emmêlèrent. Oliver tendit le bras pour saisir l'un des deux verres et le lui offrir. Elle l'accepta, en but une longue gorgée. Pourquoi s'en priver, au fond ?

Hélas, boire ne l'aida en rien !

— Et maintenant ? s'enquit-elle en reposant son verre.

Il posa les mains sur ses chevilles, les fit remonter sur ses mollets.

— Vous n'avez pas oublié, quand même ? Cela fait donc si longtemps que vous n'avez pas eu d'amant ?

— Le dernier m'a fait passer le goût d'en prendre d'autres, merci bien.

Elle avait voulu l'insulter, mais il sourit – un sourire horripilant, canaille, sensuel, ravageur, qui avait toujours le pouvoir de la charmer.

— Il n'y a donc eu personne depuis ? Je suis flatté, Diane.

— Je doute que vous puissiez en dire autant.

Son sourire s'évanouit. Éprouvait-il des regrets ? Elle rejeta aussitôt cette pensée. Non, plutôt de l'agacement parce qu'il n'arrivait pas à avoir le dernier mot.

— Disons que vous êtes la seule de mes conquêtes pour laquelle j'aie dû débourser cinq mille livres en échange d'un bain.

— C'était votre idée, ce bain. Moi, je préférerais dormir en ce moment.

Il resserra les mains sur ses genoux, l'attira vers lui.

— J'espère bien vous faire changer d'avis, murmura-t-il en se penchant pour l'embrasser, puis lui butiner la lèvre inférieure. J'aimerais autant que vous y preniez plaisir, Diane. Vous avez beau déclarer me détester, vous avez aussi envie de moi.

— N'en soyez pas si sûr.

— Je le suis pourtant.

Cette fois, il ne lui permit pas de riposter, mais la hissa sur ses cuisses puissantes tout en réclamant de nouveau sa bouche. Doux Jésus, cet homme était vraiment doué pour les baisers ! Presque sans s'en rendre compte, elle passa un bras autour de ses épaules pour garder l'équilibre. Une flambée de désir l'embrasa lorsqu'il baissa la tête pour aspirer la pointe d'un sein entre ses lèvres. Un gémissement lui échappa tandis qu'elle penchait la tête en arrière. Ses belles stratégies, son pragmatisme, ses ruses... tout s'envola.

Il l'avait dit lui-même, elle avait vingt-quatre heures à passer en sa compagnie, pourquoi ne pas y prendre plaisir ? D'autant qu'il était un amant hors pair.

La main d'Oliver remonta le long de sa cuisse. Lentement, il la pénétra d'un doigt. Diane frémit et se cambra, tandis qu'il faisait aller et venir son majeur en elle, au même rythme que la succion de sa bouche sur son sein. Haletante, elle enfouit les mains dans son épaisse chevelure.

Lorsqu'il releva la tête, elle haleta :

— Sortons... de cette baignoire.

— Tout à fait d'accord.

Il glissa un bras sous ses épaules, l'autre sous ses genoux, et se redressa en la soulevant. L'odeur des roses les poursuivit alors qu'il l'emportait vers la chambre pour la déposer sur le lit, encore ruisselante. Elle frissonna au contact de l'air frais sur sa chair mouillée, mais à l'intérieur, elle se consumait.

Le lit était recouvert de draps supplémentaires destinés à recevoir leurs corps humides après le bain.

Oliver enfila un préservatif et noua le ruban à la base de son pénis érigé. Il lui embrassa les cuisses, le ventre, les seins, avant de s'étendre sur elle et de capturer ses lèvres en un baiser impérieux.

— Dites que vous avez envie de moi, souffla-t-il en faisant rouler la pointe de son sein sous son pouce.

Son bassin plaqué sur le sien la clouait au lit, son sexe se pressait entre ses cuisses. Dans cette position, il était extrêmement difficile de rester objective. Elle avait envie de le sentir en elle, de gémir et de se tordre sous lui. Mais elle ne voulait surtout pas qu'il le sache.

— C'est vous qui avez envie de moi, riposta-t-elle en laissant ses mains glisser sur ses fesses musclées, puis remonter le long de sa colonne vertébrale.

— Vous ne plierez donc jamais ?

— Jamais. Ne me dites pas que cela vous surprend.

Elle retint une plainte comme il happait son mamelon entre ses lèvres.

— Tout me surprend, chez vous, ma chère.

Cela ressemblait à un compliment, inhabituel chez lui. Peut-être était-il un peu déboussolé par l'intensité de la passion physique, tout comme elle. Car elle avait beau se rebeller, son corps appelait sa possession et le plaisir qu'il savait si bien distiller.

Lorsque Oliver lui écarta les jambes, elle oublia tout ce qui n'était pas l'exquise sensation de son sexe entrant en elle. Seigneur, c'était si *bon* !

Pesant sur elle de tout son poids, il commença à se mouvoir en elle, et à chaque coup de reins, elle enfonçait ses ongles dans la chair de son dos en gémissant, tandis que ses muscles intimes se contractaient en rythme autour de lui.

— Je savais que vous aviez envie de moi, murmura-t-il en la contemplant d'un regard intense.

Sachant que tout ce qu'elle dirait serait fatalement d'une stupidité sans nom, elle se mordit la lèvre, s'efforçant de contrôler les cris de volupté qui ne demandaient qu'à jaillir.

Il roula soudain sur le dos, si bien qu'elle se retrouva à califourchon sur lui, obligée de prendre appui sur son torse. Si elle avait eu encore un semblant de volonté, elle serait restée immobile, histoire de lui faire comprendre qu'elle ne participerait pas à l'acte. Après tout, c'est lui qui avait tenu à coucher avec elle. Mais, incapable de se contenir, elle commença à onduler des hanches.

Cette fois, ce fut lui qui gémit. Ses mains trouvèrent ses seins, les pétrirent, puis il l'attira à lui, la gratifia d'un baiser fiévreux. Ses reins se creusèrent, et il accéléra la cadence, jusqu'à ce que l'orgasme le terrasse dans une ultime convulsion.

Diane aurait voulu se laisser aller sur lui, détendue, alanguie, mais il n'était pas question qu'elle capitule. « Jamais », avait-elle dit.

Elle baissa donc les yeux sur lui et murmura :

— Et maintenant ? Il vous reste encore vingt-deux heures.

— Maudite garce ! marmonna-t-il en la soulevant par les hanches pour la déposer sur les draps humides. Allongez-vous.

Diane obtempéra, résistant à l'envie de se couvrir pour ne pas paraître prude ou timide. Elle n'était plus une gamine.

— Très original, commenta-t-elle.

— Tournez-vous sur le ventre.

Elle eut un sursaut.

— Vous n'allez pas...

— Et taisez-vous !

Il la fit basculer d'une main autoritaire. L'instant d'après, alors que sa tête reposait sur ses bras croisés, il entreprit de lui frictionner la tête à l'aide d'une serviette.

— Que faites-vous ?

— Je ne veux pas que vous trempiez mon lit. À présent dormez.

— Vous en avez terminé avec moi ?

— Je suis fourbu. Nous aurons tout le temps de nous disputer demain matin.

Diane ferma les yeux tandis qu'il s'activait toujours avec la serviette. Rien n'avait changé. Ils étaient toujours ennemis. Mais en cet instant, elle se sentait détendue, presque apaisée. Et elle mourait d'envie de se laisser glisser dans le sommeil.

— D'accord, soupira-t-elle.

11

Les choses ne s'étaient pas vraiment passées comme prévu.

Adossé à la tête de lit, Oliver fixait les draps et couvertures d'où ne surgissaient qu'un bras mince et un enchevêtrement de boucles d'ébène, seuls signes visibles de l'ouragan qui dévastait sa vie.

Il s'était promis de ne pas la toucher avant le matin. Un bon bain chaud, une bonne nuit de sommeil dans son lit pendant qu'il irait dormir ailleurs, un petit déjeuner roboratif, et puis, des heures et des heures d'étreintes passionnées… Sauf qu'à l'instant où il l'avait vue nue dans la baignoire, il avait tout oublié.

Les gens en général et ses pairs en particulier le prenaient pour un libertin épicurien. Ils étaient persuadés qu'il réagissait toujours avec ses tripes – ou un organe placé plus bas. Ils se fourvoyaient complètement. Oliver agissait rarement de manière impulsive, sans réfléchir aux conséquences. Et s'il était passé d'une conquête féminine à l'autre ces deux dernières années, c'était uniquement pour échapper aux souvenirs qui le ramenaient sans cesse à Vienne.

Cette nuit, cependant, il n'avait rien calculé. Et, bien sûr, il n'avait pas atteint son but. Car même si Diane avait pris physiquement plaisir à leur étreinte, ni son esprit ni son cœur n'avaient été impliqués, alors que lui-même avait totalement perdu le contrôle.

Ce qui était pour le moins exaspérant.

Il avait exigé de coucher avec elle pour se prouver que leur interlude viennois n'avait été qu'un moment de confusion mentale et de faiblesse de sa part. Maintenant, il était censé en avoir terminé avec Diane Benchley – sauf que ce n'était pas du tout le cas !

Il se glissa hors du lit, récupéra sans bruit son pantalon et s'en alla tirer le cordon de la sonnette pour appeler un domestique.

Quelques secondes plus tard, on frappa à la porte. Il alla ouvrir.

— Bonjour, Langtree.

La majordome ne cilla même pas en le découvrant torse nu. Bon sang, il était décidément moins à la hauteur que d'ordinaire.

— J'aimerais qu'on nous apporte le petit déjeuner pour deux, une toilette de jour pour lady Cameron, ainsi que des chaussures, une brosse à cheveux et tout l'attirail dont elle a besoin le matin pour s'apprêter.

Cette fois Langtree trahit quand même un semblant de surprise.

— Pour lady Cameron, milord ?

— Oui, et dépêchez-vous, lui intima-t-il encore, avant de lui refermer la porte au nez.

Intéressant. Les domestiques ignoraient donc où leur maîtresse avait passé la nuit. Et la girafe blonde à l'accent français ? Était-elle au courant des clauses du nouveau contrat ? Tout Mayfair pensait déjà que Diane et lui étaient amants, mais la domesticité d'Adam House ne semblait pas avoir abouti aux mêmes conclusions.

En attendant, il s'assit pour écrire un mot à Manderlin et lui dire qu'il ne viendrait finalement pas à Tattersall ce matin. Cela fait, il en écrivit un autre à lady Katherine pour l'informer qu'il était au regret de ne pouvoir la retrouver chez elle cet après-midi, comme prévu. Elle ne serait pas étonnée. Cela faisait presque cinq semaines qu'il n'était disponible ni pour un après-midi coquin ni pour quoi que ce soit d'autre.

Il mourait d'envie de regagner sa chambre pour voir si la sirène qui occupait son lit dormait toujours, mais il résista bravement à la tentation. Il lui fallait une nouvelle stratégie, et vite. Parce que s'il voulait continuer à être son amant, il devait susciter son désir, la séduire, en se montrant sous un jour nouveau afin d'effacer l'opinion, somme toute justifiée, qu'elle avait de lui – un « lui » dont le caractère semblait s'améliorer en sa présence.

La porte vibra soudain tandis que quelqu'un tournait brutalement la poignée tout en cognant sur le battant. Oliver avait poussé le verrou, par habitude – on n'était jamais trop prudent, les gens étaient parfois emportés.

— Ouvrez tout de suite ! cria une voix féminine.

Ah, la girafe française ! Oliver réprima un sourire. Diane ne l'avait donc pas informée de leur marché.

— Je ne reçois pas de visites, mademoiselle Martine.

De l'autre côté du battant, Geneviève Martine lança :

— Juliet, allez me chercher une hache et M. Jacobs !

Oliver se décida à aller ouvrir.

— Je vous déconseille de vous attaquer à ma porte, déclara-t-il de ce ton menaçant qui avait dissuadé un certain nombre d'hommes de se battre en duel avec lui et de perdre ainsi stupidement la vie.

Des mèches blondes s'échappaient du chignon de la jeune femme. Sa robe était mal ajustée. Elle avait dû se précipiter à la rescousse de son amie.

— Libérez Diane immédiatement, ou je vous garantis que je ferai bien pire que de briser votre porte !

— Mmm, j'ai demandé le petit déjeuner et des vêtements. Si vous désirez une explication quant à la présence de Diane chez moi, vous pourrez la lui demander directement, mais pas avant 4 heures, demain matin.

— Je veux l'interroger maintenant.

— Impossible.

— Espèce de…

Il claqua la porte, repoussa le verrou.

La blonde enragée recommença aussitôt à taper du poing. Oliver n'avait pas l'habitude de susciter de telles réactions chez les femmes. Soit elles étaient intimidées, soit elles tentaient de le séduire, mais les seules à lui avoir jamais témoigné de l'hostilité étaient Diane et cette fille de nationalité indéterminée.

— Que diable avez-vous encore fait ? dit une voix dans son dos.

Oliver pivota et, bras croisés sur la poitrine, s'adossa au battant qui tressautait.

Diane lui avait emprunté sa chemise dont elle avait retroussé les manches. Avec ses longs cheveux noirs emmêlés et ses jambes nues, elle était… adorable. Et elle le savait, sinon elle aurait enfilé sa camisole. D'ailleurs il ne pouvait s'empêcher de la dévorer des yeux et pestait contre lui-même.

— Eh bien ? insista-t-elle.

— Votre Mlle Martine semble persuadée que je vous ai enlevée. J'en déduis que vous n'avez pas averti votre maisonnée de notre arrangement.

— J'attendais le moment propice. C'est votre faute, vous avez précipité les choses avant que j'aie le temps de dire quoi que ce soit.

— Je n'ai rien précipité, et vous avez eu plusieurs heures pour informer vos gens.

— Oh, écartez-vous donc avant qu'ils ne fracassent cette malheureuse porte ! s'exclama-t-elle en agitant la main.

Oliver ne bougea pas d'un pouce.

— Vous ne quitterez pas mes appartements.

Pour la garder ici, il était prêt à en découdre avec une armée de furies.

— Je sais que je vous dois encore dix-huit heures, rétorqua-t-elle.

De nouveau, elle agita la main. Cette fois, il consentit à faire un pas de côté. Il commença à tirer le verrou, suspendit son geste et prévint encore :

— Je ne veux pas qu'elle entre ici.

Il entrebâilla le battant de quelques centimètres seulement. Il n'avait pas été désobligeant envers Mlle Martine, l'animosité de cette dernière n'avait donc qu'une seule explication : Diane lui avait raconté les événements de Vienne. Qu'elle ne lui ait pas dit qu'elle passerait vingt-quatre heures avec lui lui paraissait intéressant.

Diane posa la main sur la tranche de la porte entrouverte.

— Tout va bien, Geneviève.

Le regard d'Oliver s'attarda sur sa main. Elle avait des doigts fins et élégants, des doigts de joueuse de cartes – une remarque qui l'aurait sans doute hérissée. Il eut envie de poser sa main sur la sienne, se retint. Entre eux, il n'était pas question d'amour ou de tendresse. Il faisait tout cela pour se la sortir de la tête. La toucher sans raison particulière ne l'y aiderait sûrement pas.

— Mais enfin, Diane, pourquoi *lui* ? s'écria Geneviève Martine. Tu disais que tu préférerais encore…

— Je sais ce que j'ai dit, coupa Diane, dont les doigts s'étaient crispés sur la porte. Mais je t'ai aussi dit que j'avais des obligations à honorer. Je t'expliquerai tout cela plus tard. Dans dix-huit heures. Entre-temps tu vas devoir te débrouiller sans moi.

— Ce sale type a demandé qu'on apporte le petit déjeuner et des vêtements pour toi.

Oliver se renfrogna. Il se moquait éperdument de ce que la girafe pensait de lui, mais de là à le traiter de « sale type »… Examinant le profil de Diane, il ne put s'empêcher de se demander si ce n'étaient pas les mots de cette dernière que répétait Mlle Martine.

Il passa la tête par l'embrasure.

— Et du thé. Sans tarder, je vous prie, ajouta-t-il, avant de refermer la porte du plat de la main.

Cette fois, il ne prit pas la peine de pousser le verrou.

De l'autre côté, la girafe éructa un chapelet de jurons dans quatre ou cinq langues différentes.

— J'ai une question, fit-il en indiquant le salon.

— Il ne me semble pas que vous faire la conversation fasse partie de mes obligations.

À la réflexion, il aurait peut-être dû lui faire l'amour toute la nuit. L'épuisement aurait engourdi sa langue de vipère.

— Soit nous discutons, soit nous nous adonnons aux activités plus physiques qui s'offrent à nous. Je vous laisse le choix.

Elle s'empourpra.

— Vous aviez une question à me poser ?

Elle alla se pelotonner, telle une chatte, dans le fauteuil capitonné près de la fenêtre. De son côté, Oliver prit place sur le canapé. Il réfléchissait, se demandait s'il devait poser la question qui le turlupinait. Ce n'était sûrement pas une bonne idée, car cela l'exposait à une riposte immédiate. D'un autre côté il était vraiment curieux de connaître la réponse.

— Quand nous nous sommes rencontrés à Vienne, comment pensiez-vous que les choses se passeraient entre nous ?

— De toute évidence, mes facultés mentales étaient amoindries à l'époque. Je ne peux donc vous répondre.

— Mais si, vous le pouvez.

— Vous d'abord, alors.

— Très bien

Surprise qu'il acquiesce, elle haussa les sourcils.

— Oh, vraiment ? Eh bien, allez-y, ce sera sûrement édifiant.

— N'oubliez pas que vous devrez répondre à votre tour ensuite, quoi que je dise.

Il aurait apprécié qu'une domestique arrive à cet instant précis avec le petit déjeuner pour faire diversion, hélas, la porte demeurait obstinément close.

— Quand j'ai fait votre connaissance, je vous ai trouvée éblouissante. Vous étiez en colère contre le monde entier et prête à tout pour le défier. Comme prendre un amant. Et pour ma part, je ne voyais pas au nom de quoi je serais passé à côté d'une telle occasion.

— Et comment envisagiez-vous la suite des événements ?

Il avait en partie éludé la question et, bien entendu, il ne fallait pas compter sur elle pour laisser passer cela.

— Je pensais passer quelque temps en votre charmante compagnie, puis quand je me serais lassé ou que vous auriez commencé à vous cramponner, j'aurais mis un terme à notre liaison.

Elle étrécit les yeux.

— Je ne me suis pas cramponnée, je suppose donc que vous avez fini par vous lasser. Mais si je vous ennuie autant, enchaîna-t-elle comme il ouvrait la bouche pour répondre, pourquoi avoir exigé de coucher avec moi ?

— Vous ne m'ennuyez pas.

— Alors pourquoi avez-vous quitté Vienne ?

Sur ces entrefaites, quelqu'un frappa et la porte s'ouvrit.

— Par ici, appela-t-il.

Deux domestiques vinrent déposer des plateaux et une théière sur la petite table qui le séparait de Diane. Oliver leur demanda d'aller chercher les vêtements qu'il avait réclamés. Diane était très appétissante dans cette chemise d'homme, elle le savait et faisait exprès de le tenter. Mais la prochaine fois qu'il lui ferait l'amour, ce serait quand il le déciderait et à *ses* conditions, pas parce qu'elle aurait réussi une fois de plus à lui faire perdre la tête.

Elle se redressa pour attraper une tranche de pain grillé qu'elle se mit à grignoter.

— Dois-je répéter la question ?

— Si vous voulez, mais c'est à votre tour de répondre maintenant.

Elle termina sa tartine, puis se servit une tasse de thé qu'elle entreprit de boire à petites gorgées. Oliver choisit une pêche bien mûre et mordit dedans. Il aurait pu presser Diane, mais, après tout, si elle avait besoin d'un moment de réflexion, pourquoi pas ?

Enfin elle se leva et alla s'accouder à l'appui de la fenêtre.

— J'avais dix-huit ans quand j'ai épousé Frederick. C'était un mariage arrangé, mais j'étais tout excitée à l'idée d'épouser un comte.

— Votre grand-père n'était-il pas marquis ?

— Si. Mais le titre est passé à mon oncle, ce qui a toujours beaucoup contrarié mon père. L'idée que sa fille devienne comtesse l'a enchanté. Oh, je ne dirais pas que Frederick était un monstre ! reprit-elle après avoir bu une autre gorgée de thé. C'est juste qu'il n'était pas très... intelligent, ni intéressant. Il était convaincu du contraire, bien sûr, tout comme il était persuadé d'être excellent aux cartes.

— C'est là une affection qui frappe la plupart des hommes.

— J'ai fait tout ce qui était en mon pouvoir pour payer les factures, mais il était maître chez lui, et nous nous sommes inexorablement enfoncés dans les dettes. À sa mort... oui, j'étais en colère. Il avait tout saccagé et me laissait seule affronter les conséquences de ses erreurs. Sans compter que j'étais obligée de porter le deuil pendant un an !

— Vous ne m'avez jamais raconté cela, commenta-t-il en se servant une tasse de thé à son tour.

— Vous ne m'avez pas interrogée. Quand j'ai fait votre connaissance à ce déjeuner, chez lady Darham, j'avais juste envie de tout oublier.

— Heureux d'avoir pu vous distraire, commenta-t-il d'un air pincé.

— Oh, je vous en prie ! Vous m'auriez poursuivie de vos assiduités de toute façon.

— Ce n'est sans doute pas faux, admit-il en observant son profil. Et quinze jours plus tard ?

Elle soupira, pivota pour lui faire face.

— J'étais de toute évidence très ignorante des hommes et de ce qui les motive. Et pour être franche, Oliver, je n'avais jamais rencontré quelqu'un comme vous. Vous me fascinez. Un temps, j'ai pensé que le destin vous envoyait à titre de compensation pour tout ce que j'avais supporté de la part de Frederick. Puis vous vous êtes envolé, et j'ai compris que vous étiez juste la phase ultime de la rude leçon que la vie était en train de m'inculquer.

Il n'aimait pas du tout la façon dont elle venait de dire cela.

— Quelle leçon ?

— Celle qui dit qu'une femme ne doit jamais se reposer sur un homme si elle veut être heureuse ou se sentir en sécurité. Je n'ai pas très envie de vous remercier, mais je crois que sans vous, je n'aurais jamais trouvé le courage et l'énergie de créer le Tantale club.

Bien qu'elle se soit exprimée avec calme et détachement, il avait bien compris qu'elle n'était pas en train de lui adresser un compliment.

— Si vous me détestez à ce point, pourquoi n'avez-vous pas cherché quelqu'un d'autre pour vous soutenir dans cette entreprise ?

— Parce que j'avais le moyen de vous y contraindre. Et que cette idée n'était pas pour me déplaire. Et puis, soyons honnêtes, nous avons passé des moments très agréables à Vienne. Je dois juste me souvenir de ne pas les prendre trop à cœur.

Comme on frappait de nouveau à la porte, elle quitta la fenêtre et posa sa tasse de thé sur la table.

— Ce sont mes vêtements, je suppose.

Comme elle disparaissait de son champ de vision, Oliver tendit l'oreille pour s'assurer qu'elle ne tentait pas de s'échapper. Mais la porte se referma et il entendit le bruit de ses pas tandis qu'elle regagnait la chambre. Il se détendit et, approchant la table basse, se servit des œufs pochés et du jambon.

Ainsi, quelle que soit sa façon de le dire, elle était bel et bien tombée amoureuse de lui, à Vienne. Et sacrebleu, lui aussi s'était épris d'elle ! La seule différence, c'était qu'il n'avait pas du tout aimé cette sensation et qu'il avait tout fait pour s'en débarrasser – et se débarrasser d'elle par la même occasion, la chasser de sa vie et de sa mémoire.

Il avait bien cru avoir réussi. Jusqu'à ce qu'elle fasse son apparition à Londres.

Et à présent les choses étaient pires. Avait-il vraiment tenté de se prouver qu'elle ne lui était rien ? N'avait-il pas plutôt cherché à revivre les instants délicieux qu'ils avaient partagés, à retrouver la douceur de sa peau ? Leurs joutes verbales l'enchantaient, même quand elle le lacérait au sang. Sa rapière était bien plus aiguisée qu'autrefois. Et il adorait s'être fait embarquer dans son projet insensé de club de jeu, car Lucifer savait qu'il aurait pu dix fois la forcer à lui remettre cette lettre compromettante s'il l'avait vraiment voulu. Elle se serait défendue bec et ongles, à n'en pas douter, et il aurait été obligé de la détruire.

Et maintenant ?

Dans sa vie, il n'avait pas hésité à dépouiller de pauvres idiots qui avaient perdu au jeu plus qu'ils ne pouvaient se permettre. Il avait aussi ruiné sans états d'âme la réputation de certaines femmes qui se cramponnaient à lui comme des sangsues. Pourtant, cette fille qui le haïssait s'était imposée dans sa vie et il l'avait laissée faire. Voire encouragée.

Et il n'y avait pas que cela. Cette idée qu'elle avait eue d'enfiler sa chemise, le fait qu'elle ait accepté de lui consacrer vingt-quatre heures. Tout bien considéré, soit elle le détestait beaucoup moins qu'elle ne le prétendait, soit elle cherchait à lui briser le cœur pour se venger et lui rendre la pareille.

Sur le point d'avaler une bouchée de jambon, il se figea et un lent sourire naquit sur ses lèvres. La Diane de Vienne était naïve et inexpérimentée, mais celle de Londres savait se défendre. Elle l'affrontait pied à pied, avec une audace incroyable. Depuis quand n'avait-il pas eu un adversaire de ce calibre ?

Le duel s'annonçait joyeux. Il devrait trouver le moyen de se rapprocher d'elle, mais aussi de la laisser s'approcher. Comment tout cela finirait-il ? Il l'ignorait, et le plus curieux, c'était que cela ne le tracassait pas outre mesure.

Rasséréné, il termina ses œufs au jambon, puis se leva pour aller tirer le cordon de la sonnette. Il avait encore quelques instructions à donner.

Diane laissa ouvert les deux derniers boutons du dos de sa robe de mousseline noire toute simple et ajouta quelques épingles pour achever de fixer son chignon.

Dieu merci, Oliver l'avait interrogée sur Vienne. Après cette nuit, elle voulait qu'il sache qu'elle n'avait pas perdu la tête et oublié quel goujat il était. Et elle voulait aussi être sûre qu'elle-même ne l'oublierait pas.

Bien sûr, il lui plaisait. Mais quelque chose clochait chez lui apparemment. Elle se présentait uniquement vêtue de sa chemise, et il se contentait de commander le petit déjeuner ! Cet homme avait grand besoin d'un chagrin d'amour salutaire, et elle était toute prête à lui en infliger un. Du moment qu'elle n'oubliait pas ce qui s'était passé à Vienne.

Elle glissait le pied dans sa chaussure, lorsque ses orteils heurtèrent un petit objet. Elle s'assit pour le récupérer : c'était un petit bout de papier soigneusement plié.

Elle reconnut l'écriture déliée de Geneviève : *Si tu as besoin d'aide, arrange-toi pour prononcer le mot « marmelade » en quittant ses appartements.*

Elles avaient déjà utilisé cette tactique auparavant, quand Diane avait dû affronter les créanciers de Frederick, qui n'étaient guère enclins à la bienveillance. Comme elle avait toujours détesté la marmelade, ce mot leur était naturellement venu à l'esprit comme signe d'alerte. Fourrant le mot dans sa poche, Diane finit de s'habiller et quitta la chambre.

Oliver était toujours dans le salon en train de siroter son thé. À en juger par ce qui restait sur le plateau, il avait pris un petit déjeuner conséquent.

— Voulez-vous me boutonner, s'il vous plaît ? demanda-t-elle en s'approchant.

Il se leva. L'instant d'après, elle sentit ses mains sur ses épaules.

— Possédez-vous des robes qui ne soient pas noires ?

— Oui.

— Quand comptez-vous les porter ?

— Quand j'en aurai envie.

Elle tira le mot de sa poche, le lui tendit. Il s'en saisit, le lut rapidement.

— Votre amie est décidément pleine de ressource.

— Oh, vous n'avez pas idée !

— Pourquoi me montrez-vous ce message ?

— Pour vous prouver que j'honore notre accord. Et pour que vous ne prononciez pas le mot « marmelade » par inadvertance. Elle serait capable de vous tirer dessus.

— J'essaie de ne pas me faire trouer la peau plus d'une fois par mois. Merci de l'avertissement. Qui est cette fille ? demanda-t-il en lui rendant le mot.

Bon sang. Elle aurait dû se douter qu'il ne serait pas du genre à en rester là.

— Une vieille amie, je vous l'ai déjà dit.

— Comme vous voudrez. Je peux aussi bien me renseigner par moi-même. C'est d'ailleurs assez gratifiant de solliciter les services de tous ces gens qui ont une dette envers moi.

Diane se mit à picorer ce qui restait sur le plateau, le temps de rassembler ses idées. Elle n'aimait pas être sur la défensive. En général cela ne menait nulle part.

— Puisque vous avez demandé qu'on m'apporte mes habits, j'en conclus que vous avez en tête une autre activité que la fornication. À moins que vous n'ayez fait amener cette robe pour le simple plaisir de la déchirer ?

— Je vous signale que je suis tout à fait capable de penser à la fornication *et* à autre chose en même temps. Mais vous avez raison, nous allons sortir.

Voilà qui était inattendu.

— Pour aller où ?

— Vous verrez bien. Il faut que j'aille m'habiller. Je reviens dans un instant, dit-il en s'emparant de sa main pour la porter à ses lèvres.

Dès qu'il eut quitté la pièce, elle secoua la main. Elle ne voyait pas pourquoi il tenait à s'afficher avec elle en public. Quel bénéfice comptait-il en retirer ?

Depuis la soirée d'inauguration, elle avait à peine eu le temps de manger, et ce n'était pas la tartine grignotée un peu plus tôt qui l'avait rassasiée. Elle jeta un coup d'œil à la porte de la chambre restée entrouverte, puis se décida à s'asseoir et mangea rapidement une tranche de jambon et ce qui restait des œufs.

— Voulez-vous me boutonner, s'il vous plaît ?

Diane tressaillit.

Oliver avait enfilé un pantalon noir, une veste noire et un gilet noir dont les pans étaient ouverts sur sa chemise blanche. Sa cravate aussi était noire.

— Vous vous moquez de moi ?

— Je voulais juste assortir ma tenue à la vôtre. J'aurais du mal à m'habiller de manière plus colorée sans passer pour un parfait dandy, à côté de votre tenue si sobre. Boutonnez-moi, je vous prie.

— Vous n'avez pas besoin de mon aide.

— Vous n'aviez pas besoin de la mienne tout à l'heure.

Diane poussa un soupir, sans trop savoir si elle jouait la comédie ou si elle était vraiment excédée. Comment pouvait-on être aussi horripilant et aussi séduisant en même temps ?

Elle se leva, saisit sans douceur les pans de son gilet. Il ne bougea pas d'un millimètre. Refusant de croiser son regard, elle accrocha rapidement les six agrafes, puis recula.

— Voulez-vous que je vous peigne, à présent ? Que je vous rase ?

— Non. Avez-vous besoin d'un réticule ?

— Cela dépend. Avez-vous l'intention de m'abandonner quelque part pour m'obliger à rentrer à pied ?

Il plissa les paupières.

— Je n'ai pas l'intention de vous abandonner où que ce soit.

La belle ouverture. Elle n'hésita pas.

— Eh bien, cela nous change agréablement.

Elle l'entendit marmotter quelque chose qui ne devait pas être flatteur tandis qu'il se dirigeait vers la porte. Quand il l'ouvrit, il se retrouva nez à nez avec Geneviève, qui le fusilla du regard.

— Bonjour, lui dit-il. Nous sortons et nous serons de retour avant la tombée de la nuit.

— J'espère bien, rétorqua Geneviève. Diane, veux-tu autre chose pour ton petit déjeuner ?

Diane hésita. Si elle lui faussait compagnie maintenant, Oliver reprendrait sans doute ses cinq mille livres. Le club fermerait avant même d'avoir réellement ouvert. Et puis, elle ne saurait jamais ce qu'il avait prévu de faire pour la journée.

— Non, je n'ai besoin de rien, mais merci de t'en inquiéter. À tout à l'heure.

— Très bien, acquiesça Geneviève.

Diane avait déjà descendu quelques marches lorsqu'elle s'avisa soudain qu'elle avait oublié de poser une question suprêmement importante.

— Geneviève, avons-nous reçu des demandes d'adhésion ?

— Quarante depuis ce matin. Les premiers coursiers sont arrivés à l'aube.

Oh, Dieu merci !

— Parfait. Tu es sûre que tu pourras tenir la boutique en mon absence ?

— Elles s'en sortiront, intervint Oliver. Et vous empiétez sur le temps qui m'est dévolu. Assez parlé.

Diane fronça les sourcils, mais cette manifestation de contrariété était surtout destinée à Geneviève. Ils gagnèrent le hall et sortirent. Le phaéton d'Oliver, attelé à deux chevaux d'un noir de jais, les attendait dans l'allée. Quelle que soit leur destination, il ne comptait pas passer inaperçu.

Diane saisit le chapeau noir que lui tendait Juliet, s'en coiffa et noua les rubans sous le menton. Cela faisait une éternité qu'elle n'était pas montée dans un phaéton. Malgré elle, un petit frisson d'excitation la parcourut. Elle accepta la main que lui offrait Oliver pour l'aider à se jucher sur la banquette, puis attendit qu'il s'installe à son côté.

Sans un mot, il s'empara des rênes, adressa un signe de tête au palefrenier qui retenait les bêtes, puis fit claquer les rênes. L'instant d'après, ils partaient au petit trot en direction de Hyde Park.

— Voulez-vous me dire où nous allons, à présent ? s'enquit Diane qui, tenant son chapeau d'une main, faisait de gros efforts pour ne pas sourire de plaisir.

— Non.

— Non ? Pourquoi ?

— Parce que dès que vous le saurez, vous commencerez à cogiter et à ourdir je ne sais quel plan. Il va vous falloir accepter… d'être surprise.

— Savez-*vous* seulement où nous allons ? répliqua-t-elle en lui jetant un regard de biais.

Il se mit à rire, d'un rire inattendu et contagieux. Elle ne put s'empêcher de sourire. Oliver Warren n'était pas un joyeux drille. À Vienne, elle ne l'avait entendu rire qu'une ou deux fois. Soudain, entendre son rire grave et franchement amusé, c'était… eh bien, elle aimait cela ! Ce qui l'ennuyait franchement.

— Ne vous inquiétez pas, je sais parfaitement où nous allons, assura-t-il.

Depuis son retour à Londres, Diane tentait de se familiariser de nouveau avec la ville. Au temps de ses débuts dans le monde, elle n'avait profité des plaisirs de la saison que quatre petites semaines, tant la famille Benchley avait hâte de la marier. Pour l'heure, elle savait juste qu'ils se dirigeaient vers la Tamise, à l'ouest de Bond Street où se trouvaient toutes les boutiques chics.

Ils croisèrent un buggy qui transportait trois passagères. Celles-ci les regardèrent avec une curiosité non dissimulée, avant de se mettre à chuchoter avec animation.

— Ne devrions-nous pas nous rendre à Hyde Park si vous voulez m'exhiber ? s'enquit Diane.

— Je n'ai nul besoin de vous exhiber. Tout le monde sait qui vous êtes.

Ils venaient d'emprunter l'un des ponts qui franchissaient la Tamise, pour passer sur la rive sud. Alors qu'Oliver garait le phaéton dans une écurie publique, Diane aperçut non loin des bosquets et le toit d'une pagode orientale. Elle comprit alors où ils se rendaient.

— Vauxhall[1] ?

— Oui. L'endroit est un peu passé de mode et pas très bien entretenu, mais il a ses agréments.

---

1. Sorte de parc d'attractions avec jardins, jets d'eau, pavillons exotiques, en vogue à l'époque et prisés par les gens huppés. *(N.d.T.)*

Un palefrenier accourut pour prendre les chevaux en charge. Oliver sauta à terre et contourna le véhicule pour aider Diane à descendre. Elle tendit la main vers la sienne, mais il se rapprocha, la prit par la taille et la souleva avant de la déposer sur le sol.

Elle sortit du cercle de ses bras le plus naturellement possible. On était susceptible de les observer et elle ne devait pas donner l'impression de trouver sa proximité répugnante.

— Et lequel de ces agréments vous attire plus particulièrement aujourd'hui ? s'enquit-elle. Une mare bien profonde où l'on peut aisément noyer les gens ?

— J'ignore pourquoi vous semblez convaincue que je veux attenter à vos jours.

— C'est peut-être que je confonds mes envies avec les vôtres.

— Peut-être. Par ici, je vous prie.

Il lui offrit son bras. Ils traversèrent un petit pont de bois, puis s'engagèrent dans un charmant jardin un peu envahi de broussailles, avant de contourner des loges privées pour s'approcher du pavillon central et de la fontaine. Plus ils s'enfonçaient dans le parc, plus la foule se faisait dense. Il y avait là des gens de la haute société, mais aussi toute une foule de marchands, camelots et cocottes en robes de couleurs vives.

Tout ce petit monde s'était attroupé dans une clairière et faisait cercle autour d'une sorte de dôme en tissu jaune et rouge, protégé par une barrière en corde.

Une montgolfière !

— Vous m'avez emmenée voir un ballon ! s'exclama-t-elle, alors qu'elle suivait Oliver qui se frayait un chemin avec aisance à travers la foule de badauds.

— Non, pas du tout.

Parvenu devant la corde, il fit signe à l'un des employés qui s'activaient autour de l'engin. Un grand feu crépitait un peu plus loin et un petit chaudron empli de braises était fixé entre la nacelle en osier et le ballon.

— *Oui, monsieur ?* fit l'employé en français.

— *Nous aimerions monter,* dit Oliver dans la même langue, avec un accent irréprochable.

Diane s'affola.

— Il n'en est pas question !

— Mais si, rétorqua-t-il.

— *Les montées en ballon ne commencent que demain,* objecta l'employé. *Aujourd'hui nous nous contentons de faire une petite exhibition, pendant que nous nous assurons d'avoir réparé tous les trous.*

— Les trous ? répéta Diane, horrifiée, mais pas très sûre de sa traduction.

— Oui, les trous, confirma l'employé.

— Je suis le marquis de Haybury, reprit Oliver, en anglais cette fois. Et j'ai ici vingt livres que j'offrirai à qui voudra bien nous faire monter dans la nacelle pendant cinq minutes.

L'aéronaute répéta la requête d'Oliver en français à ses compagnons, avant de lever le plus haut possible la corde qui servait de barrière. Olivier se pencha pour passer, tirant Diane dans son sillage.

Miséricorde !

S'ils avaient été seuls, elle lui aurait flanqué un coup de pied avant de prendre ses jambes à son cou. Seulement, avec toute cette foule curieuse et bavarde, elle n'avait d'autre choix que de le suivre en serrant les dents. Il ne fallait pas qu'on la voie autrement que digne, mystérieuse et sûre d'elle. Mais elle ne pouvait s'empêcher de résister à la main qui l'entraînait.

— Vous êtes fou ! chuchota-t-elle, furieuse. Qu'essayez-vous de prouver ?

Il la prit de nouveau par la taille et la souleva comme un fétu de paille pour la déposer dans la nacelle.

— Je ne veux rien prouver du tout. Je veux monter dans ce ballon et voir Londres du ciel. Et je veux que vous veniez avec moi.

D'un bond, il la rejoignit. L'un des aéronautes ne tarda pas à en faire autant, quoique moins élégamment.

— Pourquoi diable voulez-vous me faire monter dans un ballon ? protesta-t-elle de plus belle.

— Parce que vous ne vous y attendiez pas.

— Je ne m'attendais pas non plus à une rivière de diamants !

— La prochaine fois, peut-être.

— *Lâchez !* cria l'aéronaute dans la nacelle.

Les autres dénouèrent les cordes qui retenaient le ballon. Celui-ci, seulement retenu par un filin enroulé autour d'un robuste treuil en bois, commença à s'élever lentement dans les airs.

12

La ville de Londres, vue d'une hauteur de cinq cents pieds.

En contrebas, la Tamise serpentait à travers la cité. Au nord-ouest, Oliver distinguait la masse verte et dense de Hyde Park, et celle de St. James's Park, plus à l'est. La cathédrale St. Paul et ses dômes se dressaient au nord-est. Et juste sous eux, le cercle des curieux faisait penser à un attroupement de fourmis. Ou de souris, plutôt.

Aussi spectaculaire que soit la vue, il était plus intéressé par la réaction de la jeune femme qui lui broyait la main sans même s'en rendre compte. Ses yeux écarquillés et son sourire euphorique le fascinaient encore plus que le panorama, quand bien même il ne l'aurait jamais avoué à voix haute.

Avec lui Diane était tellement sur la défensive. Lui aussi l'était, bien sûr. Aucun ne voulait révéler ses faiblesses devant l'autre. Mais c'était seulement maintenant, face à cette fille éblouie, grisée par le vent et l'altitude, qu'il mesurait à quel point elle se surveillait en sa présence.

S'il s'ouvrait un peu plus à elle, au risque de recevoir un ou deux coups de griffes, peut-être finirait-il par l'apprivoiser. Il commençait à se dire que cela valait la peine de prendre le risque.

— J'ai l'impression de voler ! s'écria-t-elle. Oh, regardez ! ajouta-t-elle en pointant l'index vers le sol. C'est ma maison, je la reconnais !

Il était plutôt dubitatif, mais il était de si bonne humeur qu'il ne voyait pas l'intérêt de la contredire.

Entrecroisant ses doigts aux siens, il se perdit dans la contemplation des toits de la ville. Et tout à coup, il se demanda s'il n'avait pas commis une immense erreur, deux ans plus tôt. Il avait fui parce qu'il ne voulait pas que sa vie soit chamboulée. Or depuis quelques semaines, elle l'était assurément, et il trouvait cela sacrément agréable.

Une bourrasque latérale secoua la nacelle. Diane serra sa main encore plus fort.

— Nous n'allons pas tomber, n'est-ce pas ?

— Ça n'arrive presque jamais, mademoiselle, intervint l'aéronaute.

— Comment cela, *presque* ?

Oliver rappela l'homme à l'ordre.

— Vous parlez à lady Cameron.

— Oh, pardon milady !

— Il n'y a pas de mal, assura Diane. Je suis sûre que lord Haybury a l'habitude d'emmener en ballon plein de femmes de basse extraction.

— Ah, vous griffez ! J'en conclus que votre émerveillement est en train de s'émousser. Apprenez que c'est la première fois que je mets les pieds dans la nacelle d'une montgolfière.

— Alors mon émerveillement est intact, affirma-t-elle avec un sourire. C'est assez extraordinaire, enchaîna-t-elle en balayant la ville sous eux du regard.

— Oui, en effet.

Aussi extraordinaire que de découvrir que cette femme, qu'il avait fuie de peur de se perdre, avait autant de facettes qu'un diamant, et étincelait tout autant. Son éclat l'hypnotisait. Et tant que sa fascination surpasserait sa méfiance naturelle, il poursuivrait l'aventure.

Ils demeurèrent presque quarante minutes dans les airs. Diane riait chaque fois qu'une rafale de vent malmenait la nacelle. Enfin l'aéronaute actionna la manivelle du treuil pour ramener le ballon sur le sol.

De retour sur la terre ferme, Diane leva les yeux sur la montgolfière et, rectifiant l'inclinaison de son chapeau, reconnut :

— C'était formidable.

— C'est aussi mon avis. Cela me donne envie de louer un ballon cet automne pour l'installer à Haybury Park. Ce sera intéressant de voir le domaine du ciel.

Il lui offrit son bras et elle glissa la main au creux de son coude.

— C'est vrai que vous n'aviez jamais fait cela auparavant ? demanda-t-elle en lui jetant un regard sceptique.

— Jamais.

— Et comment l'idée vous en est-elle venue ?

Il haussa les épaules.

— J'ai lu dans le journal que le ballon serait installé ici cette semaine, et j'ai pensé que cela vous plairait.

— Alors merci.

— De r…

— D'autant que nous aurions pu passer l'après-midi occupés à des activités bien moins plaisantes, auxquelles j'aurais été obligée de me soumettre pour respecter notre accord.

Oliver reprit son masque impassible. L'espace d'un instant, il avait oublié que, si de son côté il avait décidé de la séduire, Diane, elle, continuait d'attaquer et de battre en retraite au triple galop.

— Vous avez retrouvé votre langue de vipère, on dirait. Ou ce petit commentaire était-il juste destiné à me convaincre de vous libérer de votre obligation ?

— Et alors, cela a marché ?

Elle le bravait du regard.

— Non. Mais je vais vous donner le choix entre une promenade dans Bond Street ou un tour en voiture dans Hyde Park.

— Vous avez perdu votre sens de la repartie ? Je suis déçue.

Seigneur, elle ne baissait jamais la garde.

— Et que diriez-vous d'un déjeuner au White's ?

Cette fois elle sursauta.

— Vous n'êtes pas sérieux ?

— Si, bien sûr. Vous êtes propriétaire d'un club, cela ne peut être que bénéfique d'observer la concurrence.

— J'en conviens, mais il existe des règles, certes lamentables, qui interdisent aux femmes de franchir le seuil du White's, ainsi que de la plupart des clubs masculins. Et je ne me sens pas l'âme d'une suffragette, ce serait très dissuasif vis-à-vis de mes clients. Il s'agit de tracer ma route, pas de risquer d'être jetée dehors comme une malpropre.

— Remettez-vous-en à moi.

— Je n'ai pas assez confiance pour cela.

Il l'aida à s'installer sur la banquette du phaéton, grimpa à son tour et s'empara des rênes.

— Vu que vous m'appartenez pendant encore… quatorze heures, vous n'avez guère le choix, de toute façon. Tant pis pour vous, vous auriez dû choisir Bond Street, dit-il en secouant les guides.

— Je choisis Bond Street.

— Trop tard. Mais ne vous inquiétez pas, je ne vous attire pas dans un piège.

— Si vous osez me ridiculiser, les dix mille livres que vous m'avez prêtées sont à moi. Et aussi dix mille de plus.

Tout cela commençait à lui revenir cher. Mais il avait toujours adoré parier. Sauf que depuis qu'il était marquis, perdre ne lui faisait plus ni chaud ni froid. Alors pour une fois que l'enjeu l'excitait… il n'allait pas laisser passer l'occasion.

— Et quelle sera ma récompense si je réussis à nous faire entrer au White's pour déjeuner et que le soleil ne se décroche pas du ciel ?

— Je n'ai pas d'argent à perdre.

— Qui parle d'argent ? Voyons... si je réussis, vous m'accompagnerez à Drury Lane mardi prochain.

— Vous allez au théâtre ? *Vous ?*

— C'est l'endroit idéal pour trouver des femmes qui s'ennuient à périr et sont donc avides de distractions.

Et puis, il aimait beaucoup le théâtre, mais cela, elle ne le croirait jamais, de toute façon.

— Alors, sommes-nous d'accord ? Mais attention, si vous sabotez délibérément ma tentative au White's, je gagne par défaut.

— Très bien, acquiesça-t-elle en pinçant les lèvres. Il n'est pas utile que je crache dans ma main avant de serrer la vôtre, j'espère ?

— Nous pouvons sauter cette étape.

Prenant les rênes de la main gauche, il lui tendit la droite. Diane l'accepta, mais veilla à ce que le contact soit le plus bref possible. Il ne lui avait pas échappé qu'elle l'avait déjà touché à maintes reprises aujourd'hui, et volontairement. Et Oliver s'en était probablement aperçu.

Ils longèrent St. James's Street et son cortège de clubs masculins. Diane sentait l'appréhension la gagner, mais depuis la mort de Frederick, elle s'était promis de ne plus jamais se laisser paralyser par la peur et de se battre pour sa survie. Certes, ce déjeuner au White's n'était pas nécessaire, mais elle n'avait pas vraiment le choix. Elle avait déjà dépensé une partie des cinq mille livres de bonus, et elle avait des projets immédiats pour le reste.

Cependant, la vraie raison qui l'avait poussée à accepter ce pari, c'était qu'elle avait beaucoup apprécié les dix heures qui venaient de s'écouler.

— Vous êtes bien silencieuse, observa-t-il.

Elle fit un effort pour se ressaisir. Dieu sait qu'il lui fallait garder toute sa vivacité d'esprit en présence de ce démon.

— Je réfléchis à ce que je vais pouvoir faire avec dix mille livres dans mon escarcelle et l'effacement d'une dette du même montant. Voyager, peut-être. On m'a dit que la Grèce était un pays très agréable.

— Ne faites pas vos valises trop vite, ma chère.

Parvenus devant le White's, ils confièrent le phaéton et les chevaux à un palefrenier. Diane accepta le bras d'Oliver en s'exhortant au calme. Elle n'était pas une ardente féministe, et se préoccupait surtout de son propre épanouissement et de celui de son club. Elle n'était pas là pour revendiquer quoi que ce soit au sujet des droits des femmes, mais pour en apprendre le plus possible sur ses rivaux. Et aussi pour montrer à Oliver Warren qu'elle ne se laisserait pas intimider par lui.

La porte s'ouvrit. Un valet en livrée noire jeta un bref coup d'œil à Diane avant de reporter son attention sur Oliver.

— Bonjour, milord.

— Bonjour, Winston. Y a-t-il foule aujourd'hui ?

— Non, la clientèle habituelle, milord.

Comme Oliver avançait, le valet fit mine de s'effacer, puis se figea soudain, manifestement très embarrassé.

— Lord Haybury, euh... vous êtes le bienvenu, mais... votre amie... ne peut pas entrer, finit-il par balbutier.

— Nous allons attendre dans le hall ; allez chercher M. Raggett, voulez-vous ? répliqua Oliver avec désinvolture.

— Oui. Tout de suite, milord. Mais je vous en prie, n'allez pas plus loin.

Diane attendit que le domestique se soit éclipsé pour chuchoter à Oliver :

— Vous voyez, c'était une très mauvaise idée. Ils vont nous refouler et vous allez perdre vingt mille livres à cause de votre arrogance inouïe.

— Cela devrait vous réjouir.

— Vous avez déjà perdu ! Je vous fais seulement remarquer que vous vous épargneriez une scène humiliante en l'admettant tout de suite et en m'emmenant déjeuner ailleurs, dans un endroit où les femmes sont acceptées.

— Vous parlez comme quelqu'un qui est sur le point de perdre son pari, ma chère.

Un petit homme sec aux cheveux bruns semés de mèches argentées fit son apparition.

— Que se passe-t-il, milord ? Vous n'ignorez pas qu'il est impossible…

— Non, en effet, coupa Oliver en fronçant légèrement les sourcils. Je vous présente lady Cameron.

— Ah. Le Tantale club. Tout le monde en parle en ce moment. Vous espérez me faire concurrence, milady ?

— En effet, acquiesça Diane, tout sourire.

— J'ai pourtant tenté de la dissuader de se lancer dans cette folle entreprise, soupira Oliver en secouant la tête. Vous êtes mon dernier espoir, George. Si elle pouvait voir l'intérieur du club et goûter votre célèbre poulet rôti, elle se rendrait compte qu'un club géré par une femme n'a aucune chance de rivaliser avec le White's, ni même un club de seconde catégorie.

C'était si malin de sa part. Pour parvenir à ses fins, il flattait la vanité de cet homme et en profitait pour rabaisser Diane.

— Voyons, milord, je perdrai la moitié de ma clientèle si cette dame s'assoit dans la salle à manger ! s'écria Raggett.

— Et ? lâcha Oliver en haussant un sourcil.

Diane aurait adoré posséder ce talent de faire passer une menace sous-jacente dans un unique mot, et le plus banal. Pour accomplir un tel exploit, il lui aurait fallu quant à elle au moins une douzaine de syllabes.

Raggett toussota.

— Peut-être une visite rapide des lieux… par courtoisie, d'un propriétaire de club à un autre. Mais pas de déjeuner, c'est impossible.

— Très bien. Montrez-nous le chemin, monsieur Raggett.

Oliver prit la main de Diane et la posa sur son bras avant d'emboîter le pas au propriétaire du club.

Ils pénétrèrent dans une pièce où Diane découvrit la fameuse fenêtre en encorbellement devant laquelle Beau Brummel aimait se réunir avec ses amis.

Il y avait là un groupe de messieurs élégants. À la vue de Diane, l'un d'eux manqua de s'étouffer avec le contenu de son verre. Un autre se leva d'un bond, avant de retomber assis. Et un troisième recracha la bouchée qu'il venait d'avaler.

— Qu'est-ce que cela signifie ? se récria un vieil homme, sa canne serrée dans le poing. J'exige une explication, monsieur Raggett !

Oliver fit un demi-pas de côté, comme s'il se mettait en position de la défendre.

— Lord Frist, je vous présente lady Cameron. À mon insistance, elle vient visiter le plus prestigieux des clubs, dans l'espoir vain qu'elle améliore un peu le sien.

— Je vous interdis de me critiquer, lui siffla Diane à l'oreille. Ou je vous arrache ce qui vous donne le droit d'adhérer aux clubs masculins !

— Je dois cependant reconnaître qu'on déguste d'excellents desserts au Tantale club, poursuivit Oliver en avançant encore d'un pas.

Quelques rires fusèrent. Diane n'en fut pas ravie, mais à tout prendre, c'était quand même mieux que de se faire expulser à coups de fourchette et de canne.

— Par ici, milady, lui dit M. Raggett en la guidant d'un geste vers la pièce suivante.

Tandis qu'ils poursuivaient leur visite, Diane réalisa que l'aménagement du Tantale club était à peu près similaire à celui du White's.

On trouvait ici une suite de petits salons qui autorisaient les conversations intimes. On pouvait y prendre le thé ou quelque collation. Il y avait également un fumoir et une salle de billard. Et dans les salles plus spacieuses, on prenait ses repas en bonne compagnie ou bien l'on jouait aux cartes.

Des valets diligents s'activaient un peu partout, veillant à satisfaire les moindres besoins de la clientèle.

Toutefois, la salle de jeu principale du White's n'était pas desservie par un couloir ingénieux qui permettait la circulation du personnel. Et le Tantale club disposait en outre d'appartements privés à l'étage, la comparaison n'était donc pas à son détriment, estimait-elle – quand bien même lesdits appartements n'étaient réservés qu'à Oliver et à elle.

Néanmoins, de temps à autre, Oliver attirait son attention sur quelque détail digne d'intérêt. La visite était donc profitable, et si l'on songeait qu'elle allait en plus empocher vingt mille livres – puisqu'il était exclu qu'ils déjeunent sur place –, on pouvait sans nul doute considérer cette journée comme exceptionnelle.

Suite à une nuit qui l'avait été tout autant.

Serait-elle capable à l'avenir de humer le parfum des roses sans penser à Oliver ? C'était peu probable, mais elle se serait fait arracher la langue plutôt que de l'avouer à ce dernier.

La vaste cuisine grouillait de marmitons. Elle ne fermait jamais, spécifia M. Raggett, grâce aux trois chefs qui se relayaient aux fourneaux. À ce stade de la visite, Oliver lâcha le bras de Diane pour aller glisser quelques mots à l'oreille du propriétaire. Diane ne parvint pas à saisir ses propos, mais elle était quasi certaine que quelques billets venaient de changer de main.

De fait, M. Raggett s'inclina dans une petite courbette et alla tirer une table dans un coin de la cuisine.

Puis, sous le regard ébahi de Diane, il se fit aider d'un marmiton pour installer deux chaises et mettre le couvert.

— Je vous en prie, dit Oliver en invitant d'un geste Diane à s'asseoir.

— Mais nous ne sommes pas dans la salle à manger !

— Peut-être, mais nous sommes au White's.

Amusée et impressionnée malgré tout, elle obtempéra.

— Combien cela vous a-t-il coûté ? voulut-elle savoir.

— Disons juste que c'est le déjeuner le plus cher de ma vie.

Alors que les domestiques s'affairaient autour d'eux, Diane dégusta un blanc de poulet rôti plutôt banal, ainsi qu'une tourte à la viande sans grand intérêt gustatif.

Lorsqu'elle leva le nez de son assiette, elle surprit Oliver en train de la dévisager.

— Quoi ?

— La nourriture qu'on sert chez vous est bien meilleure, ne trouvez-vous pas ?

— Et moins chère.

— C'est vrai. Mais j'ai gagné mon pari. J'espère que vous aimez Shakespeare.

Il fallait bien reconnaître qu'il venait de réaliser l'impossible.

Diane hésitait depuis un moment à aborder un sujet qui la tracassait. Le Tantale club ouvrirait ses portes d'ici quelques heures. Et même si elle ne doutait pas des capacités de Geneviève en son absence, l'idée de ne pas assister à la première vraie soirée la contrariait beaucoup.

Elle prit une inspiration et se jeta à l'eau :

— Oliver, vous savez que ce soir est très imp…

— Si vous voulez que je vous libère, c'est d'accord, coupa-t-il. Mais vous me devrez une autre nuit, celle de mon choix.

Elle referma la bouche. Il était capable de lire dans les esprits à présent ?

Plus probablement, en bon joueur de cartes qu'il était, il avait l'habitude de déchiffrer l'expression de ses adversaires.

— Entendu, dit-elle.

— Parfait. Finissez votre assiette. Il me reste encore quelques heures et je n'ai pas encore décidé de quelle manière les occuper. Quoiqu'il me vient une idée ou deux, ajouta-t-il en lorgnant ostensiblement son décolleté.

— Voilà qui ne m'étonne pas de vous, soupira-t-elle.

Pour certaines choses, Oliver se considérait comme un maître de l'autodiscipline. Ainsi, il n'avait aucun mal à s'interdire de boire quand les enchères montaient, ou à quitter une partie lorsque la chance était manifestement contre lui.

Avec les femmes, c'était un peu différent. Elles plaisaient plus à son corps qu'à son intellect, aussi se privait-il rarement des plaisirs qu'elles lui procuraient.

Sauf aujourd'hui, curieusement.

Il tira sur les rênes et fit signe à un vendeur de glaces d'approcher.

— Deux sorbets au citron, commanda-t-il en jetant une piécette à l'homme.

Diane saisit les cornets que lui tendait le marchand et adressa un regard circonspect à Oliver.

— Des glaces ? C'est très… galant de votre part.

— Qu'étiez-vous sur le point de dire ? « Galant » n'est sûrement pas le mot qui vous vient à l'esprit quand vous pensez à moi.

— Idiot, alors ?

Après avoir longé une allée de Hyde Park, le phaéton venait de s'immobiliser à l'ombre d'un frêne. Oliver sauta à terre et attacha les guides au tronc, avant de venir aider Diane à descendre.

« Idiot » était le mot idoine pour décrire un homme qui préférait offrir une glace à une dame plutôt que de la trousser. Il la désirait toujours. Ardemment. En fait, il avait dû imaginer des pustules et des parlementaires saouls toute la journée pour s'empêcher d'afficher publiquement son désir physique. Mais en même temps il n'oubliait pas la nuit passée. Elle lui avait appartenu et il aurait parié qu'elle y avait pris plaisir, néanmoins elle avait mis un point d'honneur à ne rien dire ni faire qui puisse laisser supposer qu'elle lui avait pardonné.

L'idée de réitérer l'expérience dans les mêmes conditions ne le tentait pas du tout. Il voulait qu'elle se donne à lui parce qu'elle en avait *envie* ; ce qui était bizarre, car avec n'importe quelle autre femme il aurait trouvé tout à fait normal de prendre son plaisir sans états d'âme.

Était-il devenu fou en l'espace de quelques heures ?

Peut-être était-il piqué dans sa fierté masculine. Quoi qu'il en soit, il voulait être désiré. Et cela présentait au moins un avantage : Diane était manifestement désorientée par son attitude.

— Vous n'avez pas changé d'avis à propos de ce soir, n'est-ce pas ? Vous allez me laisser ouvrir le club ? s'inquiéta-t-elle en s'asseyant sur le banc de pierre, sous les frondaisons.

— Je vous ai donné ma parole. En échange de la vôtre.

— Je sais. Je vous accompagnerai au théâtre et vous aurez votre seconde nuit, à la date qui vous siéra. Et de votre côté; vous ferez une apparition ce soir au Tantale club, pour jouer au whist par exemple, ajouta-t-elle en le dévisageant au-dessus de son cornet de glace.

Voilà qu'elle réclamait de nouveau les rênes. Oliver acquiesça :

— D'accord. Vous savez, j'aime assez l'idée que, même si je perds contre la banque, l'argent servira à rembourser votre dette. Dans tous les cas de figure, je suis gagnant.

— Frederick aussi prétendait qu'il ne pouvait pas perdre. Jusqu'à ce qu'il rentre les poches vides.

— Je ne suis pas Frederick.

— Vous n'êtes pas plus invincible que lui.

— Je n'ai pas dit cela. Mangez votre glace. Je suppose que vous voulez rentrer à temps pour choisir quelle robe noire vous porterez ce soir ?

— Mes toilettes sont un message.

— Je sais, je sais. Vous êtes mystérieuse. Mais attention de ne pas trop en faire. Vous obtiendriez l'effet inverse.

Elle s'esclaffa.

— Je sais, l'exercice est délicat. Et quand vous en parlez ainsi, cela paraît juste ridicule.

Il n'avait pas l'habitude de l'entendre rire. Deux ans plus tôt, elle était solitaire, pleine d'amertume ; et depuis son retour à Londres, elle n'avait pensé qu'à son club.

Ils savourèrent leurs sorbets en silence dans une ambiance presque « conjugale ». Et la sensation, à vrai dire, n'était pas si détestable que cela.

— Vous avez parlé d'instaurer une soirée réservée aux dames, reprit-il au bout d'un moment. Je sais que vous n'avez que faire de mon avis, mais il se trouve que je connais des femmes qui sont des joueuses invétérées. Et elles n'ont pas beaucoup d'endroits où se réunir.

— J'y réfléchis. Je pense que lorsque l'excitation des débuts sera un peu retombée, lancer une idée aussi originale pourrait attirer de nouveau l'attention sur mon club.

— Comptez-vous en faire un événement régulier ?

— Possible. Une ou deux fois par mois, mais pas plus. Ce sont les messieurs qui ont de l'argent, pas les dames.

— Vous êtes vénale.

— Je constate un fait, c'est tout, objecta-t-elle avec un petit geste de la main. En général, ce sont les hommes qui tiennent les cordons de la bourse. N'êtes-vous pas d'accord ?

— Si.

— Vous voyez. Et maintenant, s'il vous plaît, j'aimerais rentrer à Adam House.

À cet instant, une voix masculine s'éleva dans leur dos :

— Vous ne m'avez pas invité à votre soirée d'inauguration.

Oliver parvint à masquer sa surprise, mais Diane sursauta visiblement. D'un même mouvement, ils se retournèrent.

— Qui êtes-vous ? demanda Oliver.

— Je suis le beau-frère de Diane, répondit l'homme au menton pointu et au regard réprobateur.

— Mon ex-beau-frère, corrigea-t-elle en se levant. Nous ne sommes pas du tout de la même famille.

— Mais nous partageons le même nom et le même titre, rétorqua lord Cameron, avant de darder sur Oliver un regard dédaigneux : Et vous, qui êtes-vous, je vous prie ?

— Haybury. Vous devez être le nouveau comte de Cameron. Je ne vous ai pas souvent croisé à Londres.

— Je ne sors pas beaucoup. Et j'aimerais parler en tête à tête avec ma belle-sœur, s'il vous plaît.

Oliver avait senti la réticence de Diane, mais il aurait été de toute façon peu enclin à la livrer à un autre homme.

— Dans ce cas, passez lui rendre visite à Adam House, suggéra-t-il.

Cameron se tourna vers la jeune femme.

— Diane ?

— Je suis occupée, Anthony. Pour ce qui est de la soirée d'inauguration, j'avais cru comprendre que vous réprouviez qu'Adam House soit transformé en club de jeu. Je n'ai donc pas vu l'intérêt de vous envoyer une invitation.

— Je souhaite pourtant m'inscrire.

— Alors venez ce soir, à partir de 21 heures.

Cameron s'inclina avec raideur.

— Comptez sur moi. Haybury. Diane.

— Au revoir, Anthony.

Oliver regarda Cameron se faufiler entre deux buissons pour récupérer sa monture qu'il avait attachée un peu plus loin, de l'autre côté du sentier. De toute évidence, l'homme les avait suivis et épiés.

— La famille de votre mari ne vous a pas accueillie à bras ouverts, je présume ?

— Ils ont très chaleureusement accueilli ma dot. Mais ils ont autant de considération pour moi que pour une pomme de terre.

— Ma chère, vous n'avez rien d'une pomme de terre. Une rose couverte d'épines, peut-être, mais pas un légume. Jamais de la vie.

Il la vit ravaler un sourire.

— Inutile de me faire des compliments. Et je n'ai pas non plus besoin de votre protection ou de vos interventions intempestives.

— Je ne vous propose pas une alliance. Je fais juste remarquer qu'on vous a rangée dans la mauvaise catégorie. Et j'ajoute que je n'ai aucune sympathie pour le comte de Cameron, si je me fonde sur cette première rencontre.

Elle soutint un instant son regard, puis :

— Y allons-nous ?

Il avait d'autres questions à lui poser, et d'autres conseils à lui donner au sujet du club, mais il voulait qu'elle le prenne au sérieux. Il souhaitait vraiment lui venir en aide, pas être considéré comme quelqu'un qui se mêlait de ce qui ne le regardait pas. Heureusement, le joueur qu'il était avait appris à patienter quand cela était nécessaire.

À peine rentrée au Tantale club, Diane disparut. Oliver ne s'était pas attendu à des remerciements éperdus après cet enlèvement volontaire, mais tout de même... un tour en montgolfière et un déjeuner au White's, cela n'arrivait pas tous les jours.

— Bonjour, Langtree.

Comme il gravissait l'escalier pour rejoindre ses appartements, la majordome le rappela :

— Il y a un message pour vous, milord.

Elle monta quelques marches pour lui tendre un plateau d'argent sur lequel reposait une lettre. Oliver s'en saisit avant de continuer son ascension. Il avait reconnu l'écriture. C'était celle de Katherine Falston.

Il déchira l'enveloppe avec un soupir agacé. La missive était concise. Lady Katherine s'était lassée de dormir dans un lit froid et s'était trouvé un autre amant. Tant mieux. Il n'avait plus à se soucier d'adieux embarrassants. Parvenu chez lui, il jeta le papier dans l'âtre et gagna sa chambre.

Les domestiques avaient fait le lit. Ses habits de la veille avaient été pliés et rangés. La baignoire avait été vidée, les pétales de rose jetés. Toutes traces de la présence d'une visiteuse avaient été effacées.

D'ordinaire Oliver se moquait qu'une fille ait oublié un bas ou un peigne dans sa chambre. Il est vrai que c'était plutôt lui qui rendait visite à ses maîtresses et non l'inverse, lui qui s'en allait en fin de soirée ou, plus rarement, au petit jour.

Alors pourquoi diable ne pouvait-il s'empêcher de chercher des traces du passage de Diane ?

— Imbécile ! s'invectiva-t-il à mi-voix.

Il se servit un verre de whisky. Il se comportait vraiment de manière stupide, et l'on n'allait jamais nulle part de cette façon.

Mais après quoi courait-il au juste ?

C'était assez clair : il voulait que Diane le rejoigne au lit de son plein gré, qu'elle réclame ses caresses et soit impatiente de le toucher.

Comment y parvenir ? C'était une autre paire de manches...

13

— Combien ce matin ? s'enquit Geneviève en entrant dans la salle à manger.

— Quatorze de plus, répondit Diane en lui tendant les derniers formulaires reçus. J'ai pensé qu'une fois notre cercle de membres fondateurs choisis, nous pourrions les faire coopter de nouveaux membres. C'est ainsi que procèdent la plupart des clubs.

— Et ces membres fondateurs devraient chacun avoir une plaque à leur nom au Tantale club, ajouta Geneviève qui s'était assise pour feuilleter les formulaires. Tiens, je vois que lord Cameron souhaite devenir membre ? As-tu l'intention de l'accepter ?

— Une plaque ? Mais oui, cela les rendra fiers comme des paons et les incitera à revenir. Quelle brillante idée ! Et non, je n'ai pas l'intention d'accepter Cameron. Il ne dispose pas de revenus suffisants.

— Mais si c'était le cas, serais-tu prête à…

— Non. Je lui ai dit que je l'autorisais à assister à la première soirée. Je ne vais sûrement pas le laisser entrer ici comme dans un moulin. Il se croirait ensuite autorisé à me faire des suggestions.

— Il comptait faire de cette maison sa résidence londonienne.

— Il peut continuer d'habiter Benchley House. Elle est plus petite qu'Adam House, mais elle fait partie des biens incessibles. Personne ne pourra, de son vivant ou plus tard, en faire don à son épouse.

— Sois prudente, Diane. Je suis tout à fait d'accord, tu méritais de recevoir Adam House et tu as le droit d'en faire ce que tu veux, mais les tribunaux en jugeraient tout autrement.

— Écoute, Anthony a déjà soumis l'acte de donation à ses juristes et tous ont certifié authentique la signature de Frederick. Et je ne me laisserai pas arrêter par un Benchley, martela Diane, avant de s'éclaircir la voix. Bien, revenons au Tantale club. Emily vient de m'annoncer que nous avons treize clients au petit déjeuner.

— Beau début, si l'on songe que c'est seulement notre deuxième journée de service pour la restauration. Et je suis contente de voir que Mlle Portsman se débrouille aussi bien.

— Oui, quel que soit son vrai nom. Dieu merci, nous avons trouvé du personnel capable. Je nous imagine mal tout gérer à deux, vingt-quatre heures sur vingt-quatre. Je songe aussi à retirer Sophia White de la table de faro pour lui demander d'accueillir et de placer les clients dans la salle à manger. Il semblerait que les messieurs apprécient… ses yeux.

— Hum. Et ses cheveux, et tout le reste de sa personne. Certes, elle est tout à fait charmante, acquiesça Geneviève avec un petit rire.

— Et c'est exactement ce dont j'ai besoin.

Geneviève but une gorgée de thé et entreprit d'étaler de la marmelade sur une tranche de pain grillé.

— Tu n'as pas peur que ses origines fassent jaser ?

— J'espère bien qu'elles feront jaser !

— Et Mlle White ? Ne trouve-t-elle rien à redire au fait que tu l'utilises comme une curiosité ?

Diane se rembrunit.

— À l'évidence, tu n'approuves pas. Tu aurais pu le dire, tout simplement.

— Il ne s'agit pas de cela, *meine Freundin*. C'est juste que tu ne lui as pas posé la question. Elle est peut-être une enfant illégitime, mais nous avons tous notre fierté, à divers degrés.

— Très bien, je lui en toucherai un mot.

— Merci.

— Y a-t-il d'autres employées à qui je dois également demander la permission pour quoi que ce soit ? s'enquit encore Diane d'un ton acide.

— Ne te braque pas. Sophia est dans une situation un peu particulière. Les amis de son père – son père lui-même ! – sont susceptibles de venir au club. Et il ne l'a pas reconnue. Peux-tu imaginer cela ? Être la fille du duc de Hennessy et la femme de chambre de son épouse ? Ce n'est pas une position enviable.

Ce n'était pas faux, admit Diane en son for intérieur. Une douzaine au moins de ses employées étaient de noble lignage, et deux s'étaient présentées sous de fausses identités. Sophia avait beau être une bâtarde, c'était l'une des plus cultivées du lot. Pourtant, elle ne serait jamais invitée à une réception dans aucune maison respectable, et jamais un homme bien né n'aurait l'idée de la courtiser.

Ah, les hommes !

Avec un soupir, Diane tendit la main pour presser celle de Geneviève.

— Je t'accorde que tu as raison sur ce point. Je lui parlerai. Gentiment, promis.

Elles bavardèrent encore une vingtaine de minutes, tandis que Geneviève terminait son petit déjeuner et que Diane buvait une autre tasse de thé. C'était la première fois qu'elle restait assise aussi longtemps depuis trois jours, du moins en avait-elle l'impression. Le club recevait un excellent accueil, mais il y avait tant à faire que Diane envisageait sérieusement d'acquérir un agenda comme celui que Geneviève emportait partout.

— Haybury, chuchota cette dernière.

Diane tressaillit et releva vivement la tête. Dans la pièce, il n'y avait que deux femmes-valets en poste du côté de la desserte. Diane fronça les sourcils.

— Quoi, Haybury ?

Geneviève fit signe aux deux domestiques.

— Pouvez-vous nous laisser, s'il vous plaît ?

Dès qu'elles furent seules, Geneviève posa les mains à plat sur la table et attaqua :

— Il s'ingère dans nos affaires.

— Comment cela ? Qu'a-t-il fait encore ?

— Aujourd'hui ? Rien du tout. Pas encore, en tout cas. Mais il paraît que tu vas l'accompagner au théâtre ce soir.

Diane parlait toujours à cœur ouvert avec Geneviève. Et le plus souvent, son amie tombait d'accord avec elle.

— J'ai perdu un pari. Drury Lane est mon gage.

— Ce déjeuner au White's. Oui, tu m'as raconté, murmura Geneviève, les yeux rivés sur ses doigts écartés. Je comprends que tu aies accepté ses conditions pour obtenir cinq mille livres supplémentaires. Cela va nous faciliter grandement la vie. Ce qui m'étonne, c'est que… tu n'avais pas *besoin* de visiter le White's.

— Cette visite a été très profitable, au contraire. Va droit au but, s'il te plaît.

— Très bien. J'ai peur que tu ne sois en train de chercher des prétextes pour passer du temps avec Oliver Warren.

Diane émit un ricanement.

— Je t'en prie ! Je le déteste.

— Tu le détestais il y a deux ans, en effet. Son caractère aurait-il changé depuis ?

— Eh bien…

Bonne question. Oliver ne lui avait pas présenté ses excuses pour l'avoir abandonnée à Vienne, et n'avait pas été rongé par les remords au point de s'abstenir de toute conquête féminine depuis. Il est vrai que s'il avait tenté de lui présenter ses excuses, elle les lui aurait illico retournées en pleine face. Et il le savait pertinemment.

Il y avait entre eux un lien indéniable. Il suffisait pour s'en convaincre de voir avec quelle rapidité elle était retombée dans son lit, et comment sa fuite à Vienne l'avait laissée exsangue, meurtrie. Mais ces derniers temps…

Bah, ce n'était même pas la peine d'y penser.

— J'ignore si son caractère a changé, mais mon point de vue, oui. Je vais donc me servir de lui pour obtenir ce que je veux.

— Tu as envie de l'accompagner au théâtre ce soir ?

— J'aime Shakespeare. Et voir le White's de mes propres yeux a été édifiant. J'étais persuadée que ce serait impossible. Et toute seule, je n'y serais jamais arrivée, c'est certain.

— Veille juste à protéger ton cœur, Diane.

— Ne t'inquiète pas. Si un cœur se brise, ce sera le sien. Chat échaudé craint l'eau froide.

— Je l'espère. Au moins, n'oublie pas que maintenant qu'il loge ici, le faire disparaître serait un jeu d'enfant. Même si cela risque d'éveiller quelques soupçons.

Diane se leva, rassembla les formulaires, puis alla ouvrir la porte de la salle à manger. Elle avait beau savoir que Geneviève avait plus d'un tour dans son sac, elle avait du mal à croire que Haybury puisse se laisser anéantir aussi aisément.

— Promets-moi que tu ne tenteras rien sans m'en parler au préalable.

— Promis, acquiesça Geneviève avec un sourire.

Diane n'avait pas fait deux pas dans le couloir qu'elle s'immobilisa en apercevant Oliver. Son cœur s'emballa brièvement – la contrariété, très certainement.

— Que faites-vous dans cette partie de la maison ? Allez-vous-en ! ordonna-t-elle en se remettant en mouvement.

Comme elle le dépassait, il lui emboîta le pas.

— J'ai demandé que ma voiture vienne nous chercher à 19 heures.

— Je serai prête ; je n'avais pas oublié. Maintenant partez.

— J'ai une question à vous poser.

— Vous me la poserez ce soir. Pour le moment, je suis occupée.

Il la saisit par l'épaule pour la plaquer dos au mur. Sapristi, elle détestait quand il faisait cela ! Cela prouvait juste que, si sur le plan intellectuel elle était son égale, physiquement il avait quarante kilos de muscles et quinze bons centimètres de plus qu'elle. Et s'en servait à son avantage.

— Ai-je besoin de vous rappeler une fois de plus que je ne suis ni un de vos domestiques ni un de vos employés ? murmura-t-il, le bras en travers de sa poitrine.

— Mon cher, si je vous demande de partir, cela n'a rien à voir avec votre position. C'est juste que votre présence m'importune, rétorqua-t-elle en le regardant droit dans les yeux.

Il garda le silence un moment, avant de répliquer :

— Votre présence me trouble, mais jamais vous ne m'importunez.

Sur ce, il tourna les talons.

La réaction instinctive de Diane fut d'être touchée par ce qu'il venait de dire, et de penser qu'en vérité il tenait bien plus à elle qu'il ne voulait l'avouer. Puis la raison reprit le dessus. Elle venait de marquer un point, non ?

L'émotion qu'elle ressentait était donc un sentiment de triomphe et de jubilation, décida-t-elle avant de grimper au deuxième étage pour se mettre en quête de Sophia White.

Quatre croupières s'étaient réunies dans un salon pour jouer au whist. Elles pariaient des cacahuètes.

— Sophia ? s'enquit Diane en cherchant celle-ci du regard.

— Elle est en bas, dans le salon Aphrodite, avec Emily, milady. Nous avons pensé que nous devrions être plus nombreuses à apprendre à jouer aux cartes et à servir à table.

— C'est une bonne idée, approuva Diane avec un sourire.

Ces filles ne cessaient de la surprendre. Elles se moquaient d'être des parias et se réjouissaient d'avoir trouvé un emploi stable qui leur permettait d'utiliser leur intelligence, plutôt que de travailler comme gouvernante ou dames de compagnie de vieilles aristocrates aigries.

De retour au rez-de-chaussée, Diane trouva Sophia et Emily qui, au sein d'un petit groupe d'hôtesses, bavardaient avec une tablée de clients dans la salle à manger où était servi le petit déjeuner.

— Sophia, puis-je prendre un peu de votre temps ?

La rousse fille du duc de Hennessy fit une révérence avant de la suivre hors de la pièce.

— Je sais que je ne suis pas censée travailler avant ce soir, milady, mais Emily a dit que si vous ou Mlle Geneviève tombiez malades, il n'y aurait personne pour…

Diane l'interrompit :

— J'apprécie vraiment vos initiatives, Sophia. Je me demandais justement si vous accepteriez de devenir notre hôtesse principale. Votre mission consisterait à accueillir les clients dès leur arrivée, les placer à table et, de manière générale, veiller à leur bien-être.

Sophia baissa brièvement les yeux.

— Certaines personnes ne verront sans doute pas d'un bon œil que j'occupe ce poste, milady.

— Dans ce cas, elles ne seront pas les bienvenues ici.

— Ma mère m'a toujours dit que j'étais trop roturière pour être une vraie dame, et trop noble pour être gouvernante. Je n'ai jamais réussi à trouver d'emploi avant de lire votre annonce dans le journal. Je commençais à envisager… Bref, je serais heureuse de travailler dans le salon Déméter. Dès lors que vous êtes consciente des répercussions éventuelles.

En échafaudant ses beaux projets, Diane avait imaginé que ses employées auraient des pedigrees impeccables. Puis elle avait fait la connaissance de celles qui avaient répondu à son annonce. Elle ne pouvait guère se présenter comme l'archétype de la bienfaitrice, et cependant l'idée qu'elle avait pris toutes ces filles sous son aile la séduisait, et même la rendait fière.

C'était totalement inattendu.

— J'en suis consciente. Je me rends au théâtre ce soir, mais Geneviève sera là. Alors, sommes-nous d'accord ?

— Oh oui, milady ! s'exclama Sophia avec un grand sourire, avant de plonger dans une élégante petite révérence.

Diane aurait aimé parcourir le club pour vérifier que tout était en ordre, mais elle passa le reste de la journée à compulser les formulaires d'adhésion.

Elle sentait bien qu'il valait mieux limiter le nombre de membres fondateurs. Ces gens n'en seraient que plus attachés au club qui gagnerait en prestige. Du moins l'espérait-elle, mais elle avait appris à ne pas se reposer sur l'espoir. Espérer ne l'avait jamais menée nulle part.

Alors combien ? Deux cents ? Ou était-ce exagéré ?

Indécise, elle étudiait sa liste de présélection. Bien sûr, elle aurait pu demander l'avis d'Oliver, et c'était d'ailleurs dans ce but qu'elle avait recherché sa collaboration. Mais elle n'aimait pas quémander son aide. Ou plutôt la logique aurait voulu que cela la dérange, ce qui n'était pas vraiment le cas. C'était surtout cela qui la perturbait.

Elle avait commencé à comprendre, entre une promenade en ballon et deux glaces au citron, qu'elle ne le connaissait pas vraiment. L'homme qu'elle découvrait aujourd'hui était intelligent, intuitif, captivant. Avait-il changé ? S'était-il bonifié ? Comment en être sûre, si elle ne l'avait cerné que de manière superficielle à Vienne ?

Elle ne voulait pas retomber amoureuse de lui, mais ça ne l'empêchait pas d'être curieuse, de se poser toutes ces questions et de se demander si elle était la cause de ce changement éventuel.

S'il avait bel et bien changé, elle s'en voudrait moins de s'être radoucie à son égard. Sinon, elle était en passe de se ridiculiser une fois de plus.

— Miséricorde, soupira-t-elle, avant d'appeler Sally, l'une des femmes de chambre qui s'occupaient des étages. Sally, pouvez-vous voir si lord Haybury est disponible pour un entretien, voulez-vous ?

— Tout de suite, milady.

Quelques minutes plus tard, Oliver frappait à la porte entrebâillée du bureau.

— Vous avez demandé à me voir ?

— N'êtes-vous pas censé siéger au Parlement et voter, je ne sais pas, des lois ou ce genre de choses ?

— Ce ne sont pas vos oignons, très chère, mais, pour votre gouverne, il n'y a pas de séance parlementaire aujourd'hui.

Le ton acerbe ne la surprit pas. À peine trois heures plus tôt, elle l'avait envoyé paître comme un malpropre.

— Oh, loin de moi l'idée de chercher à influencer votre vote ! Je m'étonnais juste que vous soyez presque tout le temps ici.

Bras croisés sur la poitrine, il appuya l'épaule au chambranle.

— Ma foi, j'habite au-dessus d'un club pour messieurs qui propose le petit déjeuner, le déjeuner et le dîner, qui me permet de jouer et d'assouvir mon esprit de compétition toute la journée. Vous m'avez en outre prié de ne pas rendre visite à mes maîtresses. Dans ces conditions, je n'ai pas vraiment de raisons de sortir.

— Décidément, vos réponses sont de plus en plus longues.

— C'est vous qui m'avez interrogé, riposta-t-il. Que voulez-vous ? Ou m'avez-vous demandé de venir dans votre bureau juste pour le plaisir de me congédier une fois de plus ?

Oh, qu'il aille au diable !

— J'ai besoin de votre avis.

— Je vous demande pardon ?

— Vous m'avez bien entendue. Approchez et asseyez-vous, que nous en finissions.

Sans doute sous le coup de la stupeur, il obtempéra sans broncher et vint s'installer dans le fauteuil en face d'elle sans un mot. Son regard tomba sur la pile de formulaires, puis glissa sur la liste qu'elle venait d'établir, et enfin sur son thé qui tiédissait dans sa tasse.

— Bien, je suis assis. Dites-moi ce qui vous tarabuste ?

— J'envisage de choisir des membres fondateurs pour le club.

— Ils ne l'ont pas « fondé » à proprement parler, mais l'idée me paraît plutôt bonne. Cela leur donnera une raison de fréquenter votre établissement plus régulièrement, et d'y amener des invités. Surtout si vous réservez des tables ou des salons à leur usage exclusif.

Des tables réservées. Encore une trouvaille.

— J'ai aussi songé à faire graver des plaques à leur nom. Mon souci est de savoir combien de membres auront cet honneur.

— Vous avez dressé une liste préliminaire ? fit-il en indiquant le feuillet posé devant elle.

— Oui.

— Sur quels critères ?

— Ceux que j'ai présélectionnés ont tous postulé le premier soir.

— Vous récompensez leur motivation, alors ?

— Je ne veux surtout offenser personne parmi ceux qui ont les moyens de miser gros.

— Alors faites payer le privilège d'être membre. Et exigez une somme exorbitante, disons... cinq cents livres.

— Ils seraient prêts à payer cela ?

— Pas tous. Acceptez ceux qui ont demandé à adhérer, et envoyez-leur à tous une lettre disant que vous aimeriez créer un statut particulier de membre fondateur. Ils devront coopter les autres membres et auront leur mot à dire sur le règlement intérieur, se verront accorder certains avantages, par exemple... l'exonération des droits d'entrée la première année.

Diane le considéra un long moment, avant d'admettre :

— J'ai du mal à l'avouer, mais votre idée me plaît. Je veux néanmoins avoir mon mot à dire quant au choix des membres du club.

— Vous n'avez qu'à rédiger un ensemble de principes sur lesquels les fondateurs se baseront afin d'établir le règlement intérieur.

Le règlement. Diane avait ses propres règles bien sûr, pour autant elle n'avait jamais pris la peine de les coucher sur le papier. Et elle savait très bien pourquoi. Elle entendait que chacun se plie à sa volonté, surtout les hommes. Et devoir s'expliquer... la mettait mal à l'aise.

Au moins comprenait-elle maintenant pourquoi ce serait quand même nécessaire.

Oliver semblait avoir suivi son cheminement de pensées.

— Lorsque tout le monde connaîtra le règlement, il sera beaucoup plus simple de le faire respecter. Les membres fondateurs, ou membres premiers, contribuent à forger les codes et règles de vie dans la plupart des autres clubs. Ainsi, si quelqu'un les enfreint ici, vous ne serez peut-être même pas obligée d'intervenir, les fondateurs se chargeront du rappel à l'ordre.

— Combien dois-je en accepter, alors ?

— Vingt-cinq ou trente. Tous ne seront pas forcément en ville au même moment.

Elle n'avait pas non plus pensé à ce détail. Finalement, elle ignorait pas mal de choses sur la gestion d'un établissement à long terme. Ce n'était pas réjouissant.

— Votre avis m'a éclairée. Merci.

— Tant mieux. Désirez-vous autre chose ?

Avec un soupir, elle lui tendit les quatorze formulaires qu'elle avait séparés des autres.

— Oui. J'aimerais connaître votre opinion sur ces gens-là.

— Mon opinion dans quel domaine ?

Comme il s'emparait des formulaires, leurs doigts se frôlèrent. Un frisson remonta le long du bras de Diane.

— Je ne cesse d'attendre que vous disiez quelque chose de désobligeant ou de sarcastique, remarqua-t-elle.

Il sourit.

— Quand nous en aurons fini avec cette paperasse, peut-être ? Je commence à vous intriguer, n'est-ce pas ?

— Si on veut, lâcha-t-elle avant d'enchaîner : Je souhaite refuser la candidature des hommes qui n'ont pas les moyens de jouer. Surtout s'ils sont mariés.

Oliver étudia les formulaires en silence durant un long moment. Diane en profita pour l'observer. Quoi qu'elle pensât de lui et de son caractère, elle devait admettre qu'il était follement séduisant avec son visage mince, ses cils épais et ses pommettes saillantes. Il en était du reste conscient et savait parfaitement en tirer parti.

Enfin il releva la tête.

— Je n'en vois aucun dans cette liste qui soit aussi stupide et téméraire que Frederick Benchley.

— Je ne veux pas qu'une femme, une épouse, se retrouve dans la misère par ma faute, et à cause de l'inconséquence de son mari.

Oliver soupira.

— Diane, chaque jour des hommes gagnent et perdent des fortunes aux tables de jeu. Certains en ont les moyens, d'autres pas. Plusieurs seront ruinés. Mais à moins d'encadrer les paris – ce qui serait idiot de votre point de vue –, vous n'y pourrez rien.

— En revanche je peux interdire à ceux qui disposent de petits revenus d'adhérer à mon club. Frederick avait des dettes un peu partout, pourtant pas un club ne lui a fermé ses portes. Ils ont fini par nous envoyer les huissiers, sans jamais lui interdire de jouer. Mon club sera différent.

Cela lui semblait logique, et sur ce point elle n'entendait pas se laisser influencer. Elle fut cependant soulagée de le voir acquiescer d'un hochement de tête. Peut-être pressentait-il juste qu'argumenter ne servirait à rien ; il n'empêche, qu'il accepte sa décision la touchait.

— Dans ce cas n'acceptez aucun de ces hommes, dit-il en lui rendant les quatorze formulaires. Je vous dirais bien que vous avez l'œil pour détecter ceux qui ont plus de témérité que de cervelle, mais vous risqueriez d'être encore plus difficile à vivre que vous ne l'êtes déjà.

Elle s'autorisa un petit rire.

— J'accepte le compliment, puisque nous ne vivons pas ensemble.

Elle but une gorgée de son thé devenu froid, grimaça.

— Pouah. Merci, donc.

— Et maintenant vous me congédiez ?

La plus élémentaire courtoisie aurait dû la pousser à lui demander pourquoi il était venu la trouver dans ses appartements un peu plus tôt. Mais elle n'était pas prête à se montrer courtoise avec lui. Pas encore.

— Oui. J'en ai fini avec vous.

Il se leva. Puis, avant qu'elle puisse réagir, il se pencha par-dessus le bureau et lui planta un baiser sur les lèvres.

— Certainement pas, contra-t-il, avant de se diriger vers la porte. Ce soir, 19 heures. Et j'insiste pour que vous portiez du noir.

Quel individu horripilant !

— Est-ce censé me pousser à choisir une robe de couleur ?

— Nous aurons la réponse à cette question tout à l'heure, répliqua-t-il d'un ton amusé, avant de sortir.

Oliver descendit dans l'entrée commune à ses appartements et au Tantale club. Il était 18 h 58 et, à cette heure, des groupes de clients venaient dîner ou, au contraire, se rendaient au théâtre ou à la première des trois réceptions qui se succéderaient au cours de la soirée.

— Votre voiture vous attend, annonça Langtree en l'apercevant.

— Merci, Langtree. Dites-moi, vos fonctions se sont élargies dernièrement, non ?

— J'étais prévenue quand j'ai accepté cet emploi chez lady Cameron, milord.

La majordome envoya une femme-valet au vestiaire chercher le chapeau et le manteau de lord Avery. Dans la foulée, elle indiqua à M. Walter Jorie le salon Héra, où il trouverait le meilleur choix de vins fins.

— Vous ne regrettez donc pas d'avoir quitté la boutique de votre père ? insista Oliver.

Langtree sourit, salua un groupe de messieurs qui venaient d'entrer, et répondit à voix basse :

— Je gagne ici cinq fois ce que mon père avait les moyens de me payer. Et personne ne m'oblige à épouser Bertram Marks, et à passer du destin de fille de marchand à celui d'épouse de boulanger. Non, je n'ai aucun regret, milord.

Encore une fille que Diane avait sauvée d'un funeste sort. Oliver se demandait si cette dernière le faisait consciemment, ou si elle se contentait d'embaucher du personnel pour les besoins de son club sans se soucier du reste. À l'entendre, elle voulait prendre sa revanche sur la vie par le biais du jeu qui l'avait auparavant dépossédée. Lui faire croire que seule l'ambition la motivait. Pourtant Oliver commençait à en douter.

— D'habitude, un homme qui invite une dame au théâtre lui apporte des fleurs, non ? fit la voix suave de Diane dans son dos.

Un chœur de « Bonsoir, milady » s'éleva aussitôt du côté du groupe de clients présents dans le vestibule.

— Qui a dit que je n'avais pas de fleurs ? répliqua Oliver en pivotant.

Le compliment qu'il s'apprêtait à prononcer resta coincé dans sa gorge.

Diane Benchley, comtesse de Cameron, n'était pas en noir.

Elle avait revêtu une toilette de soie émeraude au corsage ajusté, dont la jupe épousait ses hanches pour s'évaser en plis scintillants semblables au ruissellement de l'eau. Ses gants de satin noir s'arrêtaient au coude. Un pendant d'émeraude reposait au creux de ses seins, attirant l'attention sur son décolleté profond. D'autres émeraudes étincelaient à ses oreilles et à son poignet.

— Vous vous sentez bien, ou dois-je vous taper dans le dos ? s'enquit-elle en arquant les sourcils.

Il était attiré vers elle comme par un aimant. Il lui fallut fournir un véritable effort pour résister à cette attraction, tant sur le plan mental que physique. Puis, son instinct de possession se réveillant, il se plaça entre elle et les trois hommes qui la fixaient bouche bée.

— Gardez vos tapes pour d'autres occasions, ma chère.

Il l'escorta jusqu'à la voiture, l'aida à monter avant de s'installer en face d'elle. Il avait décidé d'attendre encore, de ne pas exiger qu'elle le rejoigne dans sa chambre ce soir-là, mais sa résolution était déjà en train de faiblir. Il faillit lui demander si elle souhaitait la présence d'un chaperon. Un comble !

Le véhicule s'ébranla.

— Avez-vous choisi cette teinte parce qu'elle vous va ou parce que c'est la couleur exacte de vos yeux ? s'enquit-il.

— Les deux, bien sûr. Alors, où sont mes fleurs ?

— Les chevaux ont dû les manger.

— Hum. Vous pourriez me dire franchement que vous n'avez pas pensé à en acheter, fit-elle, la tête inclinée de côté, en le regardant entre ses longs cils noirs avec une expression qui le fit aussitôt réagir physiquement.

Il remua sur la banquette pour trouver une position moins inconfortable.

— Pour ma défense, je n'ai même pas à quitter mon domicile pour passer vous chercher. Mais pourquoi ce vert émeraude ? insista-t-il.

D'un geste languide, Diane lissa les plis de sa jupe sur ses cuisses. Pour un peu, il aurait pu croire qu'elle tentait de le séduire…

— Le vert émeraude est une couleur inattendue, et assez sombre. Je la qualifierais donc de mystérieuse. À propos, ces bijoux sont faux, ajouta-t-elle en donnant une pichenette à un des pendants qui se mit à scintiller à la lueur de la lanterne. Je ne voudrais pas que vous pensiez que j'ai dépensé votre argent à mauvais escient.

— Cette pensée ne m'a jamais traversé l'esprit.

Il remua de nouveau sur la banquette, s'efforça de s'arracher à sa contemplation, de s'empêcher de tomber dans les profondeurs sans fond de ce regard vert. Il s'y noierait sûrement et elle lui tiendrait probablement la tête sous l'eau, pour accélérer sa fin. Dieu merci, il était un homme du monde, blasé et cynique, qui en avait vu d'autres et se gardait de suivre les élans de son cœur. Sans quoi il aurait été en grand danger de le perdre.

— Vous savez que si nous arrivons ensemble au théâtre, cela confirmera la rumeur de notre liaison, reprit-il.

— Rien ne sera confirmé tant que l'un de nous ne s'en sera pas chargé. Ce que nous ne ferons pas.

— Comme vous voudrez. Les messieurs vont peut-être se demander si vous êtes disponible, mais des douzaines de femmes s'interrogeront pareillement à mon sujet.

— Essayez-vous de me rendre jalouse ? s'enquit-elle avec un sourire amusé. Parce que cela ne marche pas du tout.

Ce seau d'eau glacée doucha ses ardeurs et lui permit enfin de reprendre ses esprits.

— Ne soyez pas ridicule. Je vous mets en garde, c'est tout. Vous plaisez aux hommes et je plais aux femmes. Maintenant que le Tantale club est ouvert et suscite l'attention, vous allez peut-être faire l'objet de... critiques.

— Je m'attends à être insultée, en face et dans mon dos. Cela ne me gêne pas outre mesure, mais si quelqu'un dépasse les bornes, je lui interdirai ma maison, qu'il s'agisse d'un homme ou d'une femme.

— Vous gardez l'esprit pratique. Vous allez donc consacrer une soirée aux dames ?

— Oui. J'ai pensé au premier et troisième mardi de chaque mois.

— Le parlement se réunit le mercredi matin, vous aurez de toute façon moins d'affluence masculine le mardi soir.

— Je sais.

Bien sûr. Elle s'était renseignée avant d'ouvrir un club pour gentlemen. Et les informations qu'elle n'avait pu obtenir par elle-même, elle les avait extorquées à Oliver.

Elle avait vraiment l'esprit pratique. Mais elle était moins sûre d'elle lorsqu'il s'agissait des émotions. Il devait en profiter, mais avant tout il devait y voir un peu plus clair dans ses propres sentiments. Car à présent il ne pensait pas se satisfaire d'une simple coucherie.

— Pourquoi êtes-vous si silencieux ? s'agaça-t-elle. Cela me donne l'impression que vous mijotez quelque chose, et je sais que ce ne sera pas à mon avantage.

— Je me demandais où vous pourriez trouver des croupiers pour travailler chez vous deux jours par mois. Jamais les dames comme il faut ne voudront fréquenter vos jolies poupées.

— Ce n'est pas ma faute si elles sont snobs. Si mes « jolies poupées », comme vous dites, étaient gouvernantes ou dames de compagnie, on les dédaignerait de la même façon.

— Je ne vais pas lancer un débat sur les infinies variations du mépris, mais il y a une différence entre être considéré comme inférieur sur le plan social et être carrément mis au ban de la société. On n'invite peut-être pas les gouvernantes et les dames de compagnie au bal, mais on leur permet quand même d'entrer dans les bonnes maisons.

— Et pourtant, toutes les femmes bien élevées ne trouvent pas forcément un emploi respectable. Que sont-elles censées faire alors, se prostituer ?

Oliver ravala un commentaire sarcastique. Elle lui avait demandé son avis tout à l'heure, et il ne voulait pas perdre le terrain gagné.

— Vous commencez à avoir une attitude très protectrice envers vos employées, remarqua-t-il. Cela fait de vous une fleur rare, Diane.

Elle écarquilla les yeux.

— Pourquoi me complimentez-vous au milieu d'une dispute ? Si vous espérez me faire rougir ou bredouiller, vous en serez pour vos frais. Et cela vous rend pathétique.

Bras croisés, il la considéra un long moment avant de reprendre, en priant pour qu'elle n'ait pas un pistolet attaché à la cuisse :

— Je remarque que chaque fois que je vous adresse un éloge, vous répliquez par une insulte. Parce que vous êtes mal à l'aise, selon moi. Car en vrai, vous aimez que je vous complimente.

— Oh, sottises ! Nous sommes arrivés, annonça-t-elle en glissant à l'autre bout de la banquette pour regarder par la vitre.

— Froussarde.

— Ah, ah ! Vous oubliez que vous étiez un scélérat bien avant que je succombe au pragmatisme. Et autre chose, ajouta-t-elle comme le véhicule s'immobilisait. J'apprécie peut-être vos compliments, mais soyez sûr qu'aucun ne me tournera jamais la tête.

Mouais. Tout cela ressemblait fort à un progrès. Et dans cette bataille enragée et déloyale qui les opposait, c'était presque une victoire.

14

Leur arrivée au théâtre de Drury Lane se passa exactement comme Diane s'y attendait. On les accueillit avec des murmures étouffés, des regards obliques, et même quelques exclamations outrées tandis qu'ils traversaient le grand hall.

La main posée au creux du bras d'Oliver, elle écoutait et soutenait les regards. Toute autre femme soucieuse de sa réputation et des convenances aurait été mortifiée. Mais Diane n'était plus cette femme-là.

En un sens, avoir tout perdu avait été libérateur. Cela avait élargi son horizon. Son but, désormais, était d'avoir assez d'argent pour vivre confortablement sans dépendre de quiconque et décider seule de son avenir. Cela seul importait. Qu'on la regarde de travers ou qu'une marquise lui tourne ostensiblement le dos ne valait vraiment pas qu'elle perde une minute de sommeil.

— Vous êtes bien silencieuse, remarqua Oliver.

— Je suis occupée à me faire remarquer. Ne nous arrêtons pas.

Il fallait néanmoins admettre que sans lui elle aurait eu du mal à garder la tête haute. Avant de le rencontrer, elle ne savait pas comment survivre dans le monde, ni comment se défendre face à des hommes tels que lui.

— Bien, madame, souffla-t-il en la guidant vers l'escalier. Mais si quelqu'un vous offense, je suis prêt à lui en demander raison.

— Tant qu'on parle de moi, c'est bon pour les affaires. Je ne suis pas offensée.

— Mais ce doit être dur à supporter, j'imagine.

C'en était trop. Déjà qu'elle ne pouvait s'empêcher de penser à lui avec une bienveillance croissante, voilà maintenant qu'il faisait preuve à son égard d'une touchante sollicitude.

Elle se rebiffa :

— Comment, il vous arrive de penser aux autres ? Vous sentez-vous mal ? Désirez-vous vous allonger un instant ?

— Normalement, je prendrais cela pour une invite et vous demanderais de me rejoindre au lit, mais depuis un moment, je vous soupçonne de chercher à m'aguicher pour hâter les choses et vous... débarrasser de votre obligation.

— Qu'est-ce qui pourrait vous faire penser cela, sinon votre suffisance excessive ?

— Ma suffisance n'a rien à voir là-dedans, très chère. J'exigerai mon dû quand *je* l'aurai décidé, c'est tout.

Il n'avait pas l'air de se douter que la perspective d'une autre nuit en sa compagnie lui donnait déjà des insomnies. Ou bien il le savait et s'en moquait. La deuxième option était sans doute la bonne.

Ils venaient de passer devant un trio de dandys bouche bée qui étaient assurés de ne *jamais* franchir le seuil du Tantale club.

— Alors vous avez vraiment l'intention de rester assis pendant trois heures à regarder *Le Roi Lear* ? demanda-t-elle.

— Mais oui. Et à propos, j'ai menti.

— Pardon ?

— Nous n'allons pas voir *Le Roi Lear*.

— Que sommes-nous venus faire ici, alors ?

— Nous venons voir une autre pièce. *La Mégère apprivoisée*.

Il tira le rideau qui protégeait l'entrée de sa loge privée et, d'un geste, invita Diane à y pénétrer.

Si la plupart des gens assis à l'orchestre n'avaient été en train de les observer, elle l'aurait frappé.

— Si vous sous-entendez que je suis une mégère, Haybury, cela signifie que j'ai gravement surestimé votre intelligence et votre perspicacité. De plus, si j'en avais besoin, vous ne risqueriez pas d'être l'homme qui me dompterait. Car il n'existe pas, conclut-elle avec un reniflement méprisant, avant de prendre place dans l'un des fauteuils de velours.

— Je n'ai aucune envie de vous dompter, ma chère Diane. Je vous aime telle que vous êtes.

Il avait parlé d'une voix si basse qu'elle eut du mal à l'entendre par-dessus le brouhaha de la salle.

— Assez avec ces vaines flatteries, riposta Diane en affichant une expression amusée destinée à tous ceux, et ils étaient de plus en plus nombreux, qui les regardaient sans vergogne. Expliquez-moi pourquoi vous m'avez caché que l'on jouait cette pièce, si ce n'est parce que vous me voyez comme une mégère ?

— Parce qu'alors nous nous serions disputés en tête à tête. Et je tenais vraiment à venir.

— L'une de vos maîtresses jouerait-elle le rôle principal ?

À peine eut-elle posé la question qu'elle eut envie de se plaquer les mains sur les oreilles pour ne pas entendre la réponse. Ce qui était absurde, car elle s'en moquait.

— Non, curieusement. Vous ai-je dit que vous étiez éblouissante, ce soir ? ajouta-t-il en effleurant du doigt le tissu de sa jupe. Et si je n'étais pas aussi blasé, je dirais même que vous êtes à couper le souffle.

Ce compliment la prit de court. Et la jeune fille en elle qui regrettait encore de ne pas avoir été dûment courtisée, à l'époque où on l'avait troquée contre un titre, fut touchée.

Mais cette jeune fille naïve avait eu par la suite le cœur brisé. Par ce même homme. Qui avait l'air d'attendre sa prochaine réplique explosive.

Après avoir pris une inspiration, elle répondit avec calme :

— Merci, milord.

Il sursauta.

— C'est tout ?

— Votre compliment était charmant.

— C'était mon intention.

Diane tourna les yeux vers la loge voisine. Au bout d'un moment, elle demanda :

— Savez-vous qui est en train de me regarder avec sa lorgnette, là-bas ?

— Tous les hommes vous regardent, rétorqua-t-il d'un ton sec qui eût pu laisser croire qu'il était un tantinet jaloux. En quoi celui-ci se distingue-t-il des autres ?

— Ce n'est pas l'un de vos amis, j'imagine ? dit-elle en guise de réponse.

— Il s'agit d'Adam Baswitch, duc de Greaves. Il était à York lors de la soirée d'inauguration du Tantale club, je crois. Je suppose qu'il vient juste de rentrer.

— Et vous ne l'aimez pas parce que… ?

— D'où tenez-vous que je ne l'aime pas ?

— Quel terme employer, alors ?

Toute personne vis-à-vis de laquelle Oliver Warren éprouvait de l'hostilité valait la peine d'être connue.

— Ma parole, vous êtes plus têtue qu'un chien qui a trouvé un os à ronger ! grommela-t-il. Oubliez cela. Le rideau se lève.

Cela devenait décidément intéressant.

Diane se cala contre le dossier et reporta son attention sur la scène, où venaient d'apparaître Christopher Sly et l'Hôtesse. Elle attendit que les regards des spectateurs se soient braqués dans la même direction pour se pencher vers son voisin et chuchoter :

— Votre querelle avec le duc aurait-elle quelque chose à voir avec une femme ?

— Pas encore, répondit-il entre ses dents.

— Un cheval ?

— Non.

— Des terres ?

— Non. Chut, taisez-vous !

— Un pari ?

Silence.

Ah !

Elle approchait du but. Bien sûr, l'expression d'Oliver n'avait pas changé d'un iota, enfin pour autant qu'elle pût en juger de profil.

— Il a perdu au jeu contre vous ?

Mais non, car dans ce cas c'est le duc qui en aurait voulu à Oliver. Et ce dernier n'aurait pas été si... tendu.

— C'est *vous* qui avez perdu !

— Techniquement, oui, répondit-il finalement. Mais j'ai des doutes.

— Oh ! Vous pensez qu'il a triché. C'est amusant, si l'on songe que vous-même...

— Cela suffit, gronda-t-il.

Il se leva, la força à se mettre debout dans la foulée, avec une rapidité qui lui coupa le souffle.

— Lâchez-m...

Sans l'écouter, il lui agrippa le poignet et l'entraîna dans le couloir, de l'autre côté du rideau. Là, il la plaqua contre le mur. Diane leva la tête, passant déjà en revue les insultes dont elle pourrait l'agonir quand il aurait fini de l'embrasser...

Mais les yeux gris flambaient de colère et non de passion.

— Vous avez peut-être oublié que je suis à votre service pour une seule raison, dit-il très calmement. Si jamais vous évoquez ce fâcheux épisode, ou si vous osez le mentionner à portée d'oreille en public, non seulement je n'aurai plus aucune raison de vous aider, mais je serai au contraire porté à vous nuire. Est-ce clair ?

— Vous m'avez déjà fait souffrir, lord Haybury. Si vous croyez pouvoir m'infliger pire que ce que j'ai déjà subi, vous vous trompez.

Elle n'avait pu empêcher sa voix de se briser, mais elle s'en moquait. Il n'était pas question qu'elle se laisse écraser par sa volonté. Ni par celle de quiconque.

Il demeura parfaitement immobile et, pendant un long moment, ils se dévisagèrent. Le cœur de Diane battait la chamade. Puis elle vit les muscles de sa mâchoire se contracter. Levant la main, il lui effleura la joue. Son doigt était mouillé.

— Je ne pleure pas, asséna-t-elle.

Et s'il prétendait le contraire, elle lui flanquerait un coup. Dans un endroit bien précis.

— Je sais, dit-il.

Il se pencha et sa bouche se posa très doucement sur la sienne. Diane ferma les yeux, tandis qu'une décharge électrique la parcourait. Une boule de chaleur éclata dans sa poitrine et parut irradier jusque dans ses extrémités. C'était la première fois qu'il l'embrassait ainsi. D'ordinaire il n'y avait rien de tendre ni de gentil chez Oliver Warren.

Il releva la tête de quelques centimètres. Elle s'aperçut qu'elle avait posé une main sur son épaule et l'autre sur son cœur. Celui-ci tambourinait sous ses doigts. Son regard chercha le sien. Pour une fois elle ne savait que penser, et il paraissait tout aussi désorienté qu'elle.

— Je crains d'avoir menti une fois encore, déclara-t-il après s'être éclairci la voix.

Au moins avait-il eu la bonne idée de changer de sujet.

— Quoi encore ?

— Cette lettre que vous détenez n'est pas la seule raison de ma présence ici. Et, oui, je pense que Greaves a triché. Je ne peux pas le prouver, mais cela m'a coûté une amitié.

— Vous étiez son ami ?

Elle préférait discuter de Greaves plutôt que de se demander s'il ne lui avait pas prêté de l'argent parce qu'il éprouvait des remords vis-à-vis d'elle.

— Je le croyais, mais, de toute évidence, je me leurrais. Ma fierté en a pris un sacré coup. J'ai commis deux grosses erreurs de jugement dans ma vie, et cet épisode en est une, reconnut-il, avant de soulever de nouveau le rideau de la loge : Nous retournons voir la pièce ?

Elle ne se risqua pas à demander quelle avait été l'autre erreur. S'il répondait « Quand je vous ai abandonnée », ou pire « Quand je vous ai rencontrée », cela la mettrait en colère. Et s'il répondait tout autre chose, elle serait plus furieuse encore.

— Oui, acquiesça-t-elle. Nous avons donné encore plus de grain à moudre aux curieux, à présent.

À elle aussi il venait de donner du grain à moudre. Car elle n'était pas la seule, apparemment, à être déstabilisée par l'attirance qui persistait entre eux.

Durant le mois qui suivit, le Tantale club put s'enorgueillir de vingt-trois membres fondateurs et de quatre cent douze clients, chiffre qui ne cessait d'aller croissant.

La première « soirée pour dames » avait remporté un franc succès.

— Tu sais, Haybury, dit lord Manderlin qui terminait son faisan au White's, les gens commencent à se demander si tu comptes faire de lady Cameron une honnête femme.

Partagé entre l'amusement et la contrariété, Oliver avala sa bouchée avant de rétorquer :

— L'honnêteté de Diane n'a rien à voir avec moi.

— Peut-être, mais lady Kate Falston raconte partout que tu t'es amouraché d'elle.

— Il faut bien qu'elle invente quelque chose pour justifier le fait qu'elle couche maintenant avec Whiting.

Manderlin ricana.

— Et pourquoi couche-t-elle avec le duc ? Votre liaison serait donc terminée ?

Oliver haussa les épaules et fit signe à un valet de remplir son verre.

— J'aime bien Kate. Je lui souhaite d'être heureuse. Mais je déteste piaffer trop longtemps au même endroit. Cela m'ennuie.

— Ce qui me renvoie à ma première question : est-ce que tu cours après Diane Benchley ? Bon, la moitié de Mayfair pense qu'elle est déjà ta maîtresse. Et comme cela fait six semaines que tu habites chez elle, les gens se demandent quelles sont tes intentions.

Un mois s'était écoulé depuis qu'ils avaient couché ensemble. Et chaque fois que son regard se posait sur cette maudite fille, le sang d'Oliver se mettait à bouillir dans ses veines. Pourtant il tenait bon. C'était sans doute complètement idiot de sa part, mais les circonstances idéales ne s'étaient pas encore présentées, et apparemment il était disposé à attendre le moment parfait.

Manderlin le dévisageait, attendant sa réponse.

— Que les curieux de Mayfair racontent tout ce qu'ils veulent, cela m'est égal, déclara-t-il enfin.

— Et moi ? Vas-tu aussi me laisser dans l'ignorance ? s'insurgea Manderlin.

Quelques mois plus tôt, Oliver lui aurait répondu de se mêler de ce qui le regardait. Il avait tendance à n'écouter que son instinct. Mais depuis quelque temps, il n'était plus allergique à l'idée de parler avec quelqu'un. Peut-être parce qu'il empruntait un chemin tout nouveau pour lui.

Il but une gorgée de vin, en profita pour observer son entourage.

La salle à manger du White's semblait moins peuplée depuis peu. Fallait-il y voir la conséquence de l'excellente cuisine servie au Tantale club ? Car, c'était un fait, Diane se débrouillait bien. Bien mieux qu'il ne s'y était attendu.

— Je ne sais que te dire, Jonathan. J'ai goûté à ses charmes, mais je continue d'en être affamé.

— Alors tu lui cours *vraiment* après, chuchota Manderlin en se penchant par-dessus la table, les yeux écarquillés.

Oliver regarda ses mains.

— Nous avons été amants à Vienne. Et je l'ai laissée partir. J'ai l'intention d'être plus prudent cette fois. Je veux être certain... de ce que je veux. Parce que je n'aurai pas de troisième chance.

Ce n'est qu'en prononçant ces paroles à voix haute qu'il se rendit compte que sa décision était déjà prise.

Le plus difficile serait de convaincre Diane. Mais aussi conflictuelle que soit leur relation – ou peut-être justement parce qu'elle ne le ménageait jamais –, il aimait mieux sa vie depuis qu'elle en faisait partie.

Ce n'était pas une de ces filles en quête du grand amour ou d'un riche protecteur, prêtes à tout pour lui faire plaisir. Non, pas Diane Benchley ! Comme lui, elle abhorrait la passivité. Pour le moment, il ne pouvait qu'espérer qu'ils avançaient de conserve. Et même dans ce cas, il était conscient que ses chances de réussite étaient si minces qu'il n'aurait peut-être pas parié sur lui-même.

— Tu la finances et tu es membre fondateur de son club. Cela compte, non ? observa Manderlin.

Plus exactement elle l'avait fait chanter et l'avait contraint à l'aider. Mais il ne pouvait pas le dire à Jonathan. Et il ne souhaitait pas non plus parler de cette émotion poignante qui l'avait saisi lorsqu'il avait compris combien il l'avait blessée à Vienne.

À l'époque il n'avait pris en considération que ses propres sentiments, cette impression que des liens se tissaient autour de lui pour l'emprisonner, l'étouffer... Il s'était affolé.

Aujourd'hui, la panique s'emparait de lui quand il plongeait le regard dans le sien, mais ce n'était plus l'émotion dominante. Il n'aurait pas su dire au juste ce qui était en train de se produire, mais il savait que poursuivre Diane de ses assiduités était le seul moyen de le découvrir.

— Intéressant, murmura soudain Manderlin en indiquant discrètement la porte.

Oliver leva son couteau d'argent et orienta la lame de façon à voir ce qui se passait sans être obligé de se retourner.

Trois hommes venaient de pénétrer dans la salle. Reconnaissant le duc de Greaves, il serra les dents. Puis son cerveau se mit en alerte à la vue du deuxième dont il reconnut aussitôt le regard faux et la posture arrogante. Le troisième larron était le comte de Larden.

Oliver reposa son couteau.

— Que fait lord Cameron avec Greaves et Larden ? J'ignorais qu'ils gravitaient dans les mêmes cercles.

— Moi aussi.

Et si ces trois-là s'étaient acoquinés, il ne pouvait y avoir qu'une raison : le Tantale club.

Oliver eut soudain envie de se lever d'un bond et de courir retrouver Diane. Cette impulsion le stupéfia. D'ordinaire, son instinct de survie était bien plus fort que ses élans philanthropiques.

— Diane n'acceptera jamais Cameron comme membre du Tantale. Il n'est pas assez en fonds. Alors peut-être essaie-t-il de se faire de riches amis pour la convaincre ?

— Ce serait une démarche plutôt humiliante. Et ni Greaves ni Larden n'apprécient d'ordinaire la fréquentation des pauvres.

— Tu as raison.

Jusqu'à présent Oliver avait considéré Cameron comme un simple fâcheux, une source d'irritation mineure. Soudain, son instinct lui criait que les choses étaient en train de se corser. Il devait tenter une approche prudente. Larden, et surtout Greaves, pouvaient représenter une menace qui n'était pas à prendre à la légère.

— Oliver ? Tu as vraiment la tête de quelqu'un qui mijote un plan machiavélique. C'est assez perturbant.

Oliver se ressaisit.

— Pardon. C'est exactement ce que je faisais. Bien, maintenant veux-tu continuer tes bavardages ou allons-nous chez Gentleman Jackson ?

— Allons-y. Je te dois toujours une défaite cuisante.

— Pas aujourd'hui, mon ami, répliqua Oliver en s'efforçant de sourire.

En dépit de ses fanfaronnades, Oliver était préoccupé. Greaves et Larden étaient rusés et dangereux. Et pour ce qu'il en savait, ils ne pensaient qu'à leurs intérêts personnels. L'association des trois lascars ne présageait donc rien de bon.

Quelques mois plus tôt, Oliver ne se serait pas soucié de leurs desseins secrets, aussi noirs soient-ils. Là, c'était différent. Pour la première fois de sa vie, il s'inquiétait pour quelqu'un d'autre.

À son retour à Adam House en fin d'après-midi, il trouva deux bouquets de roses sur la table du vestibule.

— Ils sont pour lady Cameron, je suppose ? dit-il à Langtree en lui tendant son chapeau et ses gants. Cadeau d'Oberley et de Henning, je parie ?

— En effet, acquiesça la majordome, qui ajouta : Si je puis me permettre, milord, comment avez-vous deviné ?

— Oberley la suit partout comme un petit chien dodu, et l'autre soir, Henning a insisté pour lui lire le poème qu'il lui avait dédié. Est-elle là ? s'enquit-il après une courte pause.

— Lady Cameron est en réunion avec ses capitaines. Dois-je l'informer que vous souhaitez vous entretenir avec elle ?

Oliver hésita. Devait-il informer Diane que son ex-beau-frère s'était allié à deux puissants aristocrates ? Ou ne pas se mêler de ses affaires, comme elle ne cessait de le lui ordonner ?

— Non, je me débrouillerai, répondit-il.

Après tout, il s'était peut-être emballé. Il pouvait s'agir d'une coïncidence. Anthony Benchley était peut-être camarade d'université avec Larden, et ils avaient décidé de déjeuner au White's pour parler du bon vieux temps. Et puis, Diane était la propriétaire légale d'Adam House, du moins aux yeux de tous. Cameron n'avait aucun recours. Il pouvait bien geindre et se lamenter, cela restait somme toute inoffensif.

Certes. Et les poules avaient des dents.

Si Oliver avait été malin, il se serait dit que cela ne le concernait en rien et il serait allé s'habiller pour le dîner. Ç'aurait été la solution la plus intelligente. Diane ne lui opposait-elle pas à tout bout de champ cette logique dictée par l'instinct de conservation ?

Fronçant les sourcils, il redescendit les quelques marches qu'il venait de gravir.

— Dans quel salon se tient la réunion, Langtree ?

La majordome se planta devant lui.

— Si vous avez l'intention de la perturber, je vais être dans l'obligation de vous arrêter, milord.

La maîtresse de maison n'avait donc pas réitéré son ordre de lui tirer dessus si jamais il outrepassait les limites imposées.

— Ce n'est pas du tout mon objectif.

— Tant mieux. Elles sont dans le salon Aphrodite.

— Merci, Langtree.

Il traversa la salle à manger quasi déserte, passa par une des deux portes du fond, puis s'immobilisa sur le seuil. Diane, Mlle Martine et cinq autres jeunes femmes étaient installées à la table du petit déjeuner et discutaient horaires, menus, réservations et service.

Il les écouta un moment avant de lancer :

— Si vous exigez que les clients réservent avant de prendre leur repas au club, ils vont se battre pour obtenir une table.

Sept paires d'yeux convergèrent dans sa direction. Il poursuivit :

— On vous enverra un domestique avec un mot de réservation une heure à l'avance, puis deux heures, puis une journée à l'avance, et puis...

— Nous avons compris, l'interrompit Diane. Où voulez-vous en venir ?

Au moins ne lui avait-elle pas lancé un chandelier à la figure. Elle ne lui avait même pas demandé de sortir.

— Tous ne viendront pas. Vous vous retrouverez avec des tables entières réservées et à moitié vides.

— Pourquoi ne pas faire payer un shilling la réservation ? Voire plus, suggéra Sophie White, la rouquine.

Diane secoua la tête.

— Nous faisons déjà payer un droit d'adhésion. Bien que cela me coûte, je dois admettre que lord Haybury a raison. Nous bloquons déjà cinq tables pour les membres fondateurs. Abandonnons l'idée de réservations.

Oliver attendit encore quelques minutes, le temps que la réunion s'achève et que les hôtesses aillent prendre leur poste pour la soirée. Puis, quand il ne resta plus que Diane et Mlle Martine, il demanda :

— Vous avez une minute, Diane ?

— Que voulez-vous ?

La girafe française semblait boulonnée au sol. Il n'en fut pas surpris. Depuis leur sortie au théâtre et ce baiser qui lui avait serré le cœur, Diane s'était arrangée pour qu'ils ne soient jamais en tête à tête.

Il ne put s'empêcher de regarder Mlle Martine de travers avant de déclarer :

— J'ai déjeuné au White's aujourd'hui. Anthony Benchley s'y trouvait en compagnie du comte de Larden et du duc de Greaves. J'ai eu beau chercher ce qu'ils faisaient ensemble, je ne suis arrivé à aucune conclusion positive.

Diane n'était pas si surprise que cela. Elle considérait Anthony Benchley comme un élément du passé, certes irritant, mais qui n'avait plus prise sur elle et qu'elle devait oublier. Cependant la clientèle du club ne cessait de s'accroître et ils avaient commencé à engranger des profits. Et en secret, une part d'elle-même doutait encore de ses chances de réussite. Elle n'était donc pas plus étonnée que cela que des obstacles se dressent sur sa route.

— Merci de me prévenir, dit-elle. Y a-t-il autre chose ?

— Diane, nous devons…

— Ce club est le mien, Oliver. Pas le vôtre. Maintenant désiriez-vous m'entretenir d'un autre sujet ?

— Non, pas pour le moment.

À sa mine, elle voyait bien qu'il brûlait de la mettre en garde, de lui donner des conseils. Et si elle l'avait détesté comme aux premiers temps de leur partenariat, sans doute l'aurait-elle écouté. Mais à présent tout était plus compliqué.

S'il l'embrassait encore comme l'autre soir au théâtre, cela risquait de réveiller en elle cet espoir insensé qui l'avait tenaillée à Vienne, durant les quinze jours qu'avait duré leur liaison.

— Alors à ce soir, conclut-elle.

— Venez dîner à ma table. Je vous invite.

— Nous verrons, rétorqua-t-elle, évasive.

— Si vous n'avez pas l'intention d'accepter, dites-le franchement.

— J'ai dit « Nous verrons », et c'est exactement ce que je voulais dire. Maintenant pourquoi n'allez-vous pas essayer ma nouvelle roulette ?

— Diane, je ne vais pas vous expliquer que ces hommes peuvent vous créer des ennuis, vous le savez déjà. Et je ne suis pas en train d'essayer de prendre les commandes.

— Allez-vous-en.

— Froussarde.

Là-dessus, il quitta le salon.

Diane compta jusqu'à cinq et s'assit. Geneviève se laissa tomber sur la chaise voisine et lui saisit la main.

— Tu crois qu'Anthony Benchley a les moyens de te nuire ?

— Si je me fie aux souvenirs qu'il m'a laissés, le titre de comte devrait suffire à le contenter. Il a toujours été frustré de n'être que le cadet.

— La question est de savoir s'il sortait juste en ville avec des amis, ou si Haybury a effectivement reniflé une entourloupe.

— Oui. Par acquit de conscience, je vais prévenir Juliet que le comte de Cameron est susceptible de revenir au club.

— Il est aussi possible que lord Haybury cherche à te faire peur dans l'espoir de te pousser aux confidences.

Diane se rembrunit.

— Non, je ne pense pas qu'il ferait cela.

Avant que Geneviève l'accuse d'être retombée amoureuse d'Oliver Warren et qu'elles recommencent à se disputer, elle se leva.

— Quoi qu'il advienne, Oliver a tout intérêt à ne pas oublier que je suis ici chez moi. Vu l'état dans lequel Frederick a laissé les finances familiales, je doute qu'Anthony puisse se permettre de jouer. En tout cas, ce n'est pas moi qui l'aiderai à dilapider ce qui reste du patrimoine des Benchley. Il devrait m'être reconnaissant d'avoir refusé sa candidature.

— Mais tu encourages tous les autres à jouer, répliqua Geneviève avec un geste en direction du salon Perséphone.

— Tu oublies que j'ai refusé quinze candidatures. Mes hôtesses ont pour consigne de m'informer immédiatement si un joueur aviné se met à miser à tort et à travers. Je ne veux pas ruiner des familles entières. Même pas celle qui m'a ruinée. Voilà, conclut-elle en libérant sa main.

Geneviève se leva à son tour et la suivit jusqu'à la porte.

— Tu sais, je me fâcherai vraiment s'il nous met des bâtons dans les roues. Tu te démènes et tu réussis, Diane. Et pas seulement pour nous deux. Pour toutes ces filles.

— Ce n'est pas ce que pensent lady Dashton et ses amies de la Ligue de Tempérance, observa Diane avec un petit rire. À leurs yeux, je suis Eve, Jézabel et Dalila réunies dans un même corps.

Alors qu'elles gagnaient les cuisines, Geneviève demanda :

— Tu as vu Camille aujourd'hui ? Elle a ri. Deux fois !

— Je doute qu'elle rie beaucoup si son père ou l'homme qu'elle a refusé d'épouser viennent au club.

— Elle se sent en sécurité ici, je suppose. Après tout, tu lui as sauvé la vie en l'engageant.

— Oh, inutile d'être aussi mélodramatique !

— Je ne suis pas mélodramatique. La fille d'un comte en fuite ne peut se tourner ni vers sa famille ni vers ses amis pour trouver un refuge ou un emploi. Que lui serait-il arrivé, à ton avis, si tu ne l'avais pas engagée ?

— Cela tombait à pic, c'est tout.

Diane n'avait jamais eu pour ambition de devenir la protectrice de toutes ces jeunes filles de bonne famille en perdition, et pourtant, c'était bel et bien ce qui était en train de se produire. Et, à dire vrai, ce constat lui procurait une satisfaction inattendue. Elle seule avait écrit l'équation de sa réussite, mais elle n'en était manifestement plus le seul élément.

— Et Haybury ? s'enquit Geneviève.

Lui, c'était encore un autre élément. Le plus troublant, à coup sûr.

— Il remplit correctement sa mission. Il finira bien par arrêter de me défier à tout bout de champ. Et une fois que j'aurai remboursé ce que je lui dois, nous n'aurons plus besoin de ses services.

En dépit de la moue sceptique de Geneviève, Diane s'éloigna, le sourire aux lèvres. Elle jonglait déjà avec beaucoup de choses, elle n'allait pas en ajouter sous peine de mettre en péril tout ce bel équilibre.

Oliver Warren demeurait son problème le plus pressant. Elle devait se forger une carapace contre lui, car elle savait combien il pouvait être acerbe, spirituel, ergoteur et ô combien séduisant. Mais ce baiser… Rien que d'y penser, son cœur s'emballait ! Contre cela, elle ne savait comment se défendre.

Et puis, sans vraiment savoir pourquoi, elle était persuadée que les ennuis n'allaient pas tarder. Et elle ignorait si, le cas échéant, elle solliciterait l'aide d'Oliver.

Ou s'il serait prêt à la lui offrir.

15

— Bonsoir, lord William, dit Diane, souriante. Je suis ravie que lord Cleves vous ait invité. Profitez de votre soirée.

Le fils du marquis de Plint lui rendit son sourire.

— Ce club est magnifique ! Une chose est sûre, il y a plus de jolies filles ici qu'aux bals de l'Almack.

Cleves posa la main sur l'épaule de son jeune compagnon.

— Tiens-toi correctement, Billy, ou les deux gaillards qui se cachent derrière ces portes vont t'apprendre la politesse.

Apparemment, Haybury avait eu raison en affirmant que les membres du club feraient eux-mêmes respecter le règlement.

Remerciant Cleves d'un sourire reconnaissant, Diane s'en alla trouver Pansy Bridger pour s'assurer qu'on avait bien réservé au baron une tartelette – son dessert préféré – supplémentaire.

— J'y veillerai, milady, promit la brune Pansy en griffonnant quelques mots sur son ardoise. Vous vouliez que je vous tienne au courant des allées et venues de lord Haybury, enchaîna-t-elle. Il s'est installé dans le salon Déméter il y a dix minutes.

— Merci, Pansy.

Diane avait besoin de manger un peu, et si elle continuait d'éviter Oliver, il lui faudrait faire face aux avances de plus en plus pressantes des autres hommes. Elle croulerait sous les fleurs, lettres, poèmes, déclarations enflammées et même demandes en mariage.

Dans la grande salle à manger, Oliver était assis à une table réservée, près d'une des quatre hautes fenêtres qui surplombaient le jardin illuminé par des lanternes. Il était seul, mais le couvert était mis pour deux. Un verre de vin blanc – le préféré de Diane – l'attendait devant son couvert.

— Bonsoir, lady Cameron.

Il se leva, contourna la table pour aller lui tirer sa chaise.

— Quelle galanterie, commenta-t-elle en s'asseyant.

— Oui, je m'essaie à cette nouveauté. C'est la première fois que vous portez cette robe si je ne m'abuse. Je sais que vous n'avez que faire de mon opinion, mais elle vous va à ravir.

— C'est une robe noire. Comment savez-vous que je ne l'ai encore jamais mise ?

— J'ai l'œil.

Réprimant un sourire, elle s'empara de son verre et le porta à ses lèvres.

— Et comment saviez-vous que je me joindrais à vous pour dîner ? Vous n'étiez pas si sûr de vous tout à l'heure.

— Vous n'avez pas dit non.

Patricia apparut pour prendre leur commande. Diane opta pour du porc grillé, Oliver pour le gibier. Peu à peu, la salle se remplissait. Sophia avait rapidement acquis un vrai talent pour placer les invités, assembler les tablées et persuader les plus dociles de rejoindre les salons de jeu lorsque les chaises libres se faisaient rares.

— Comptez-vous ouvrir le club à longueur d'année ? s'enquit Oliver.

Il la dévisageait avec attention, ce qui lui arrivait très souvent, elle l'avait remarqué, comme s'il s'efforçait de la cerner. Et elle se plaisait à croire qu'il n'avait toujours pas réussi.

— Les autres clubs ferment-ils à la fin de la saison ?

— Certains, oui. D'autres réduisent leurs effectifs et leurs horaires.

Réduire les effectifs. Telle était l'intention de Diane aux prémices de son projet. Moins de clients, cela signifiait moins de rentrées d'argent. Moins d'employées, c'était moins de dépenses. Mais la situation apparaissait à présent beaucoup plus complexe que cette simple logique financière.

— Et que font les employés qui se retrouvent ainsi sans travail ?

— Aucune idée. Je ne leur ai pas posé la question.

— Dommage. Un instant, j'ai cru que vous alliez m'être utile.

Il sourit.

— Rendre service est encore une expérience nouvelle pour moi. Voulez-vous que je me renseigne du côté du Society ? Je dois y retrouver Manderlin demain pour le petit déjeuner avant d'aller siéger au Parlement.

— Oui, s'il vous plaît.

Il but une gorgée de whisky.

— En contrepartie, vous me devrez… une promenade dans le parc de votre choix, mardi après-midi.

— Non ! se récria-t-elle.

— Dans ce cas, désolé. Je ne perdrai pas mon temps à discuter avec des valets et des croupiers de la manière dont ils comptent occuper leur temps cet automne et cet hiver.

Diane plissa les paupières, contrariée et… en même temps un peu flattée qu'il insiste tant – même si elle savait cet homme aussi insensible que suffisant.

— St. James's Park, alors.

— Parfait, opina-t-il.

— Vous avez une curieuse conception de ce qu'implique « rendre service ».

— Et vous, de ce qu'est une propriétaire de club uniquement soucieuse de logique et d'indépendance.

Il grimaça, devinant sans doute qu'elle était sur le point de bondir sur ses pieds pour le planter là.

— Ah, reprit-il. Un peu trop près du point sensible, pas vrai ? Aurais-je plutôt dû dire que j'admirais la façon dont vous gérez une entreprise dans laquelle aucune femme ne s'est lancée avant vous ? Et que la loyauté et l'affection réciproques qui existent entre vos employées et vous sont tout aussi dignes de louanges ?

— Vous êtes…

Elle s'interrompit juste avant de dire quelque chose de totalement stupide.

— Vous vous moquez de moi, n'est-ce pas ? reprit-elle. C'est très méchant.

— Non, je ne me moque pas de vous. J'admets que le sarcasme est sans doute mon mode d'expression favori, mais pour une fois je suis parfaitement sincère. Vous êtes une femme remarquable et je vous admire vraiment.

Il s'était exprimé à mi-voix, pour que les clients des tables voisines ne puissent l'entendre. Diane prit une profonde inspiration, s'efforçant d'ignorer la sensation euphorique qui était en train de se répandre en elle, exactement semblable à celle qui l'avait envahie le soir où il l'avait embrassée à Drury Lane ; ou était-ce le jour où ils étaient montés dans la nacelle de la montgolfière ? Elle n'arrivait pas à se rappeler avec précision le moment où elle avait commencé à l'aimer un tout petit peu…

— Alors merci, en toute sincérité, répondit-elle.

— De rien. Mais je veux quand même que vous m'accompagniez au parc.

Et cette perspective ne la dérangeait décidément pas autant qu'elle l'aurait dû.

— Voilà pourquoi de mon côté je ne vous fais pas de compliment, rétorqua-t-elle.

— Il va falloir que j'intensifie mes efforts, alors.

Était-elle trop dure, alors qu'il venait de se montrer étonnamment *gentil* avec elle ? Elle n'allait pas s'excuser, mais peut-être pouvait-elle adoucir le coup.

— Oliver, je tiens à dire que j'apprécie vraim…

— Bon sang, murmura-t-il en se renfrognant.

— Oh, bon, peu importe…

— Je ne m'adressais pas à vous, ma chérie.

Il détourna brièvement le regard avant de revenir le poser sur elle.

— Anthony Benchley vient d'entrer, souffla-t-il. Avec ses nouveaux amis.

C'était là la chose la plus gentille qu'il ait faite pour elle : l'alerter pour lui permettre de se ressaisir avant d'affronter la tempête qui s'annonçait.

Elle avait relégué Frederick au passé à l'instant où il était mort, et depuis, à l'exception d'une grosse ornière qui avait gêné sa progression, elle traçait sa route. Mais chaque fois qu'Anthony faisait son apparition, elle avait l'impression d'être tirée en arrière, vers l'abysse dont elle s'était extirpée à la force du poignet : le temps où elle n'était que cette pauvre lady Cameron, si impuissante et désarmée face à la vie.

Bien sûr, ce n'était pas la faute d'Anthony, mais pourquoi s'obstinait-il à revenir ? À l'heure qu'il était, il devait avoir compris qu'elle n'avait aucune envie de le fréquenter.

— Diane ?

Elle redressa la tête en se rappelant soudain qu'elle était *chez elle*, dans *son* club, dont Anthony ne faisait même pas partie. Il s'était juste arrangé pour se faire inviter par un ami membre.

Elle se leva pour être à sa hauteur.

— Anthony, fit-elle. Je constate que vous ne pouvez résister à l'attrait du Tantale club.

Elle aurait aimé ajouter qu'il n'y était pas le bienvenu, mais s'en abstint. La propriétaire d'un club devait être capable de supporter un instant la présence d'un importun.

— On dirait, en effet, acquiesça-t-il avec un sourire faux.

Un frisson désagréable parcourut Diane. Au même moment, elle entendit les pieds de la chaise d'Oliver racler le sol. *Oh non !*

— Je connais lord Trainor, bien sûr, reprit-elle, citant l'unique personne du groupe qui était membre du club. Mais voudriez-vous me présenter vos autres amis ?

— Avec plaisir. Voici Sa Grâce le duc de Greaves, et le comte de Larden. Messieurs, mon... ex-belle-sœur, lady Cameron.

En dépit du ton cordial, l'atmosphère s'était tendue. Une agressivité toute masculine vibrait dans l'air, et elle émanait en grande partie de la personne qui se tenait juste derrière elle.

Si Oliver voulait jouer les protecteurs, il allait devoir se calmer.

Elle se déplaça légèrement afin d'être en mesure de le saisir par le bras s'il faisait mine de sauter à la gorge de qui que ce soit. Étrange. D'ordinaire, sa violence était beaucoup plus cérébrale que physique...

— Connaissez-vous lord Haybury ? Oliver, voici le duc...

— Nous nous connaissons, l'interrrompit Oliver qui contourna la table pour rejoindre Diane. Je vous souhaite un bon dîner, messieurs. Les cuisiniers du Tantale club sont exceptionnels.

Les yeux d'Anthony étincelèrent.

— Vous voulez vous débarrasser de moi, Haybury ? Vous et votre harpie ? Je me suis renseigné, vous savez. J'ai appris que vous vous trouviez à Vienne quand mon frère est mort. Aujourd'hui vous vivez sous son toit, avec sa veuve. Vous croyez vraiment que je ne vais voir là qu'une coïncidence ? Diane, vous m'avez volé...

— Si les deux prochains mots que vous prononcez ne sont pas « mon cœur », coupa Oliver d'un ton sec, vous et moi allons avoir un sérieux désaccord.

— Je ne me laisserai plus intimider, aboya Anthony. Jusqu'à présent, j'ai été poli. Mais maintenant j'ai des alliés. Diane. Je veux récupérer mon bien. Vous...

Le duc de Greaves asséna une claque sur l'épaule d'Anthony, tandis que son regard restait braqué sur Oliver.

— Nous sommes venus essayer la table du club, Cameron. Il n'y a pas lieu de s'insulter ou d'élever la voix. Le débat est peut-être passionné, mais nous restons des hommes... et des femmes du monde.

— En effet, renchérit lord Larden. Votre club plutôt inhabituel suscite l'intérêt, milady. Vous ne pouvez pas nous le reprocher.

Anthony ricana.

— Certes, cet endroit est une sacrée curiosité si l'on songe que la dernière fois que je l'ai vue, elle savait à peine composer un menu.

Diane serra les poings. Elle aurait eu tant à lui répliquer ! Comme par exemple qu'il n'était pas facile de composer un menu quand on avait à peine de quoi s'acheter des pommes de terre.

Des doigts tièdes frôlèrent les siens.

— Il veut vous faire perdre votre sang-froid, chuchota Oliver. N'entrez pas dans son jeu.

— Vous non plus, chuchota-t-elle en réponse.

Elle s'obligea à décrisper ses doigts, puis regarda son ex-beau-frère droit dans les yeux et rétorqua sans ciller :

— Seriez-vous jaloux de ma réussite, Anthony ?

— Je m'en contrefiche ! Ce que j'aimerais savoir, c'est comment vous en êtes arrivée là. J'aimerais être absolument sûr que vous n'avez pas conclu quelque pacte sordide avec Haybury, en lien avec la mort de Frederick... et du précédent marquis de Haybury par la même occasion ?

— Je ne discute pas avec autrui de mes finances, Anthony. En revanche, vous pourriez peut-être m'expliquer comment vous avez persuadé lord Trainor de vous inviter ici ? J'ignorais que les Benchley avaient encore à Londres des amis disposés à leur rendre service.

Oliver émit un ricanement sardonique et Anthony s'empourpra. À sa décharge, c'était la première fois qu'il voyait Diane lui tenir tête. La femme qui lui faisait face en cet instant n'avait rien de commun avec la jeune fille effacée qu'il avait côtoyée durant trois ans, avant que Frederick ne la traîne à Vienne.

Greaves obligea Anthony à reculer d'un pas.

— Allons au salon. J'aimerais jouer un peu avant de dîner. Inutile de perdre son temps en palabres avec une bonne femme.

Anthony hocha la tête avec raideur et tourna les talons.

Diane attendit qu'ils aient disparu dans le salon Perséphone pour murmurer à Oliver :

— Selon vous, Greaves et Larden représentent-ils une menace réelle pour mon club ?

Elle ne faisait visiblement aucun cas des injures que Greaves et Anthony lui avaient adressées. Seul le Tantale comptait et, l'espace d'un instant, Oliver se demanda s'il y aurait un jour un peu de place pour lui dans son cœur.

— Il n'est pas impossible que Larden se mette à jouer comme un forcené pour tenter de faire sauter la banque et vous contraindre à lui céder le club. Greaves est plus retors. Il cherchera une faille et creusera jusqu'à l'élargir et tout faire craquer. Ce sont des adversaires de taille. Cela dit, vous ne vous êtes pas démontée une seconde. Je vous ai trouvée… impressionnante !

Diane sourit et se détendit un peu.

— Merci.

— Que diriez-vous de terminer notre dîner, à présent ?

Comme ils se réinstallaient à table, Diane se rendit compte qu'un événement bizarre venait de se produire durant les quelques minutes écoulées : Oliver et elle étaient devenus alliés.

Et, plus étrange encore, aucun d'eux n'était tombé raide mort.

Une meute de loups était entrée au Tantale club.

Du moins deux loups et une hyène.

Alors qu'ils achevaient leur repas, Oliver ne pouvait s'empêcher de couler des regards en direction de la porte. Il était temps de prendre Cameron un peu plus au sérieux. Celui-ci avait compris qu'il n'avait aucun poids et s'en était allé chercher deux puissants soutiens. La question était de savoir pourquoi Larden, et surtout Greaves, avaient pris son parti. Quelle que soit la réponse, cette association était de mauvais augure.

— Greaves se serait-il impliqué à cause de vous ? demanda soudain Diane sans ambages.

— Ce n'est pas impossible. Il a dû apprendre que j'habitais au-dessus du club et que j'y passais la plupart de mes soirées.

— Si c'est *lui* qui a triché contre vous, que cherche-t-il ?

— Je l'ignore, avoua Oliver en fixant son verre presque vide. Mais je soupçonne Cameron de l'avoir appâté d'une manière ou d'une autre, par exemple en lui faisant miroiter une part du Tantale club.

— C'est *mon* club. Je ne vois pas comment ces trois-là pourraient mettre la main dessus.

— Ce n'est pas moi qu'il faut convaincre, chérie.

Diane planta férocement la lame de son couteau dans sa tranche de porc rôti.

— À quand remonte votre différend avec Greaves ?

— Trois ans.

— L'époque où vous avez quitté Londres pour le continent. Je suppose qu'il ne s'agit pas d'un hasard ?

— Pas vraiment, reconnut-il, songeant que, parfois, il aurait aimé qu'elle soit moins clairvoyante.

— Et Larden, dans tout cela ?

— Je ne l'ai jamais aimé. C'est le genre de type à s'approprier le bien et la vie des autres.

— Je ne tolérerai pas cela ici, décréta Diane en se levant. Je crois qu'une petite visite au salon Perséphone s'impose.

Oliver se leva également pour la retenir par le poignet. Il aimait la toucher, et elle ne chercha pas à se dégager.

— Laissez-moi aller voir d'abord ce qu'ils mijotent.

— Le Tantale club m'appartient. Leurs agissements ont des répercussions sur ma vie, pas sur la vôtre.

Avec une grimace, elle ajouta :

— Je craignais que votre succès auprès de la gent féminine ne m'attire des ennuis et perturbe le travail de mes hôtesses, mais je n'avais pas pensé à vos ennemis.

Il aurait pu lui faire remarquer que les ennuis avaient commencé quand elle avait imité la signature de son époux sur l'acte de propriété d'Adam House. Mais elle avait bien mérité cette deuxième chance, il ne discuterait pas là-dessus.

— Diane, je vais régler cela.

— Certainement pas. Merci pour le dîner. Si vous voulez bien m'excuser.

Bon sang. Chaque fois qu'il faisait deux pas en avant pour gagner un peu de sa confiance, quelqu'un – en général Diane elle-même – le forçait à reculer d'un pas.

Il quitta la salle à manger pour traverser le salon Ariane, puis pénétra finalement dans le salon Perséphone par la porte de derrière. Lorsqu'il se retournait sur son parcours personnel – ce qui arrivait assez rarement, il fallait l'avouer –, il se disait qu'il avait passé beaucoup de temps à patauger dans la fange, pour des raisons diverses. D'un côté il en avait assez, mais de l'autre, il devait reconnaître qu'il savait naviguer dans ces eaux boueuses. Il était même carrément doué pour cela.

Les trois compères étaient installés à la roulette.

Oliver nota tout de suite que seuls Greaves et Larden plaçaient des mises sur le tapis. Cameron semblait plutôt s'intéresser à son environnement. Sans doute essayait-il d'estimer la valeur du club parce qu'il pensait pouvoir le confisquer à Diane. Cette dernière s'était tellement battue pour ce club que cette idée le hérissa.

Au milieu de la pièce, Diane était en train de s'extasier sur la nouvelle montre de gousset de John Welling, tout en gratifiant un autre client qui lui contait fleurette d'un charmant sourire.

Conscient qu'elle jouait un rôle, Oliver n'en prit pas ombrage. Il avait, en revanche, plus de mal à supporter la façon dont certains hommes la regardaient quand elle n'en avait pas conscience.

Greaves était d'ailleurs en train de la regarder de cette façon, tel un loup qui considère sa future proie. Oliver se raidit. Diane avait beau s'estimer capable de se défendre, il ne l'en protégerait pas moins. Il allait sans doute s'attirer ses foudres, mais tant pis, il en acceptait les conséquences. Il était grand temps qu'il s'en mêle, de toute façon.

Il rejoignit la table de la roulette, répondit au salut de Mlle Sylvie Hartford, la croupière, et plaça sa mise – vingt livres – sur le numéro onze.

— Seulement vingt ? s'esclaffa Larden. C'est du pipi de chat pour vous, monsieur Warren. Lord Haybury, devrais-je dire. Toutes mes excuses.

— Essayez-vous de m'insulter ou commencez-vous à perdre la tête, Larden ? Je vous avais pourtant mis en garde contre les catins vérolées.

Le comte pâlit et une veine se mit à palpiter sur son front. Greaves se racla la gorge et lui donna un petit coup de coude.

— Ne commettez pas l'erreur d'entamer une joute verbale avec Oliver, Larden, conseilla-t-il. Si vous voulez l'affronter, faites-le au jeu.

— Vous avez raison, opina Larden. Nous savons tous que dans ce domaine, il est loin d'être invincible.

— Vous jouez ou vous jacassez ? Ou devons-nous tous attendre que vous vous décidiez ? riposta Oliver en plaçant encore vingt livres sur le noir.

Il pariait presque toujours sur le noir. Jusqu'à présent, cela lui avait réussi.

— Messieurs, les jeux sont faits ! dit Sylvie en lançant la bille sur la roue, avant d'annoncer le résultat quelques secondes plus tard : Dix-sept, noir.

Elle distribua les jetons aux gagnants, puis dégagea le tapis.

— Je comprends pourquoi le Tantale club est devenu si populaire, commenta Larden. Même perdre a son charme, ici. Voilà pour vous, ma jolie, ajouta-t-il en lançant un shilling sur la table.

Sans hésiter, Sylvie se pencha pour saisir la pièce, qu'elle posa près de son coude.

— Celle-ci est pour moi, et la prochaine sera pour lui, déclara-t-elle en désignant l'imposant M. Smith qui venait de surgir de nulle part. Néanmoins, M. Smith vous remerciera dehors.

Oliver réprima un sourire. Il éprouvait pour ses élèves croupières une sorte de fierté paternelle assez surprenante vu son âge. Sapristi, il n'avait que vingt-neuf ans ! Seulement dix de plus que Sylvie. Mais il lui avait appris à gérer une table de jeu et à réagir face à la stupidité masculine. Et elle se débrouillait à merveille.

— Je ne comprends pas, protesta Larden. Si on ne peut ni toucher ni regarder, à quoi servent ces fichues croupières ?

Avant qu'Oliver ait seulement le temps de serrer le poing, Diane se matérialisa près de la table.

— Si c'est là votre façon de penser, milord, vous préférerez sans doute aller miser dans un autre club.

— Vous menez donc tous vos membres par le bout du nez, milady ? rétorqua Larden. Ou est-ce par une autre partie du corps, située entre les jambes ?

— La plupart des messieurs aiment jouer et retrouver leurs amis dans un environnement calme et élégant, sans être dérangés par les débordements vulgaires, lord Larden.

Un chœur d'approbations s'éleva dans son dos. Larden s'était fait de nombreux ennemis durant son règne sur les tables de jeu de Mayfair, et même si ces derniers n'auraient pas osé le critiquer ouvertement, ils étaient tout prêts à le dénigrer tapis dans l'ombre.

— Je crois que je suis tout à fait qualifié pour intégrer votre petit cercle de broderie, répliqua le comte d'un ton glacial.

— Je ne pense pas, non. Vos amis sont les bienvenus ici, mais il me semble me souvenir que vous avez rendez-vous ailleurs.

Elle trouvait même le moyen de ménager la fierté de son ennemi. À moins d'être complètement idiot – ce qu'il n'était pas –, Larden sauterait sur l'occasion plutôt que d'être jeté dehors comme un malpropre. Oliver aurait volontiers applaudi s'il n'avait craint d'envenimer la situation.

Larden tourna vers lui son regard pâle.

— Vous permettez à cette harpie de parler ainsi aux gens comme il faut ?

— Je ne pense pas que lady Cameron ait besoin de la permission de qui que ce soit pour prendre les décisions dans son propre établissement. Quant à vous faire passer pour un homme « comme il faut », nos avis divergent sur ce point. Et si jamais vous recommencez à insulter lady Cameron, je vous en demanderai raison. Au pistolet, si vous vous posiez la question.

— Vous le regretterez, Haybury, gronda le comte. Et vous aussi, espèce de traînée !

Il se leva et sortit d'un pas rageur, talonné par le robuste M. Smith.

Diane décocha un regard éloquent à Greaves et à Cameron.

— Amusez-vous, messieurs.

Puis, d'une démarche nonchalante, elle se dirigea vers les tables de faro voisines.

À mi-chemin, elle se tourna légèrement et demanda :

— Lord Haybury, auriez-vous un moment ?

— Pour vous, toujours.

Oliver rassembla ses jetons et quitta la table.

Diane le précéda dans le salon Déméter, puis se faufila par une des portes-mystère pour s'arrêter dans l'étroit corridor.

— Lord Larden aurait-il des raisons de vous en vouloir personnellement ?

— Je l'ai battu plusieurs fois aux cartes, mais il n'a jamais perdu des sommes folles. Donc, non. Je crois qu'il a juste été attiré ici par Anthony Benchley.

— Je le pense aussi, murmura-t-elle en l'étudiant.

Puis elle fit un pas en avant, posa les mains sur ses épaules et l'embrassa. Comme il lui encadrait le visage de ses mains, elle gémit doucement.

— N'allez pas tirer des conclusions hâtives, murmura-t-elle avant de lui mordiller la lèvre inférieure.

Il se retint de lever les yeux au ciel.

— Non, bien sûr, acquiesça-t-il en emmêlant sa langue à la sienne.

— À mes yeux, vous êtes toujours un vaurien.

— Je comprends.

Le désir l'enflammait, lui tournait la tête.

— Et je n'ai pas besoin de votre aide.

— Seul un fou penserait le contraire.

Elle lui pétrissait les épaules, ses seins étaient pressés contre son torse et elle avait passé un pied derrière sa botte. Elle avait l'air plutôt consentante et il commençait à perdre toute faculté de réflexion.

— À moins que vous ne me lâchiez immédiatement, je vais réclamer mes huit heures sur-le-champ, murmura-t-il contre sa bouche. J'ai envie de vous.

Il la sentit hésiter, perçut le frémissement de ses muscles. Elle s'était de toute évidence laissé emporter, encore sous le coup de l'émotion après avoir tenu tête à ces hommes dangereux. Elle n'avait pas vraiment envie de *lui*. Elle avait juste... envie. Bonté divine. C'était justement ce qu'il avait cherché à éviter : commettre une erreur qui le renverrait à la case départ.

Diane enfouit les doigts dans ses cheveux.

— Je déteste avoir des dettes, chuchota-t-elle. Le temps de prévenir Geneviève que je m'en vais, et je vous rejoins là-haut.

S'il lui laissait le temps de réfléchir, elle était capable de changer d'avis.

— Non. Venez avec moi, et nous avertirons Langtree au passage.

Pour la convaincre, il l'embrassa à pleine bouche. Maintenant qu'il avait dévoilé ses cartes, il n'avait plus qu'à feindre de l'avoir fait à dessein.

— Comme vous voudrez, capitula-t-elle en lui léchant le lobe de l'oreille.

Nom de Dieu. Si les portes-mystère avaient eu un verrou, il ne lui aurait même pas laissé le temps de quitter le couloir. Encore une minute de ce traitement, et plus personne au club n'ignorerait... l'intérêt qu'il lui portait. Après avoir pris une inspiration, il l'attrapa par la main et l'entraîna vers le vestibule. Devant la dernière porte, il la lâcha, se ratissa les cheveux tout en lui décochant un regard oblique.

Quel idiot il avait été deux ans plus tôt ! Il avait abandonné cette femme parce qu'il était tombé amoureux d'elle, ce qui faisait de lui un lâche doublé d'un crétin.

Qu'il puisse ou non se racheter, si elle le lui permettait, il passerait le reste de sa vie à essayer.

Il tendit le bras, ramena une mèche de cheveux égarée derrière son oreille délicate.

— Nous y allons ?

Diane hocha la tête, ouvrit la porte et pénétra dans le salon Déméter à l'ambiance animée. Les hommes présents tournèrent aussitôt la tête dans sa direction. Elle les attirait tel un aimant. Oliver n'aimait pas cela, mais il comprenait leur réaction. Elle était la reine du Tantale club, une belle femme, énigmatique et captivante. Ils venaient pour elle, pour se montrer et aussi être partie prenante de cette aventure insolite.

Elle était fascinante.

Et elle le fascinait, comme les autres. Il ne put s'empêcher de se rapprocher d'elle comme ils gagnaient le vestibule.

— Juliet, dit-elle en pliant et dépliant les doigts comme pour en vérifier la flexibilité, pouvez-vous dire à Geneviève que je serai indisponible… jusqu'à 5 heures du matin minimum ?

Ce « minimum » emplit Oliver de bonheur. Sacrebleu, il devenait pathétique.

— Hum. Pareil, Langtree, dit-il à la majordome. Que personne ne vienne frapper à ma porte, sauf en cas d'incendie, à la rigueur. Est-ce clair ?

— Ce sera fait, milady, répondit la domestique sans accorder un regard à Oliver.

Il ravala un sourire. On ne pouvait remettre en cause la loyauté des filles à l'égard de Diane.

— Je me souviendrai de cela, Langtree, commenta-t-il en indiquant l'escalier à Diane.

Dès qu'ils furent dans ses appartements, il poussa le verrou. La girafe française était trop imprévisible pour prendre le moindre risque. Puis il fit face à Diane.

À la lumière de la lampe, elle lui apparaissait d'une beauté éthérée, presque irréelle. Son être tout entier, de la moindre parcelle de peau à son âme, la désirait. Et il devait faire appel à toute sa volonté pour ne pas se jeter sur elle.

— Eh bien, approchez, dit-elle d'une voix un peu essoufflée. Un marché est un marché, on se doit toujours de l'honorer.

Il secoua la tête.

— Il ne s'agit pas d'un marché.

— Alors pourquoi suis-je ici ?

Oliver avança d'un pas vers elle.

— Parce que vous en avez envie.

— En êtes-vous si certain ?

Le temps d'un battement de cœur, il mit en balance l'urgence de son désir contre son envie d'être *choisi*. Il savait qu'il ne devait pas se bercer d'illusions. Après ce qu'il avait fait à Vienne, il aurait beaucoup de mal à l'amadouer. En fait, il comptait sur certains de ses talents. Mais ceux-ci ne lui serviraient pas à grand-chose tant qu'elle gardait ses vêtements.

— Si vous préférez partir, partez, lâcha-t-il.

— Et les huit heures que je vous dois ?

— Je les efface de nos comptes.

— En êtes-vous sûr ?

« Non ! » cria une voix dans sa tête.

— Tout à fait. Cette dette n'existe plus. Mais vous me devez toujours une promenade au parc.

Un sourire incurva ses lèvres sensuelles.

— Donc, je peux m'en aller si je le souhaite ?

— En effet.

— Pourquoi une telle générosité ?

— Je trouve que vous contraindre à partager mon lit a quelque chose de... déplaisant. Oui, je sais, c'est étrange, venant de moi, ajouta-t-il avec un haussement d'épaules.

— Étrange, en effet, confirma-t-elle, les bras croisés sur sa poitrine. Eh bien, dans ce cas, écartez-vous.

Oliver se maudit dans toutes les langues qu'il connaissait, mais obtempéra néanmoins.

Il avait risqué des milliers de livres au faro et au whist. Il avait parfois perdu des sommes folles, quoique assez rarement. Et il venait juste de perdre cette partie-là.

Elle passa devant lui, posa la main sur le verrou.

— Vous êtes sûr que vous n'allez rien faire pour m'empêcher de partir ?

— Rien du tout.

— Vous n'avez pas envie que je reste ?

— Bien sûr que si.

— Alors demandez-le-moi.

Tout cela se résumait-il à un jeu cruel ? Voulait-elle le ridiculiser davantage ? Bon, sans doute le méritait-il.

— Diane, voulez-vous passer la nuit avec moi ? demanda-t-il d'une voix frémissante.

Elle le regarda droit dans les yeux. Puis murmura finalement :

— Peut-être. Mais pas ce soir.

Elle ouvrit la porte.

— Si vous me voulez de nouveau, Haybury, il va falloir me prouver que vous avez vraiment changé depuis Vienne.

Sur ces mots, elle se glissa sur le palier et referma le battant derrière elle.

16

C'était tout à l'honneur d'Oliver de ne pas la poursuivre dans l'escalier, dut admettre Diane.

Mais s'il était dans le même état d'excitation qu'elle, il n'était peut-être pas en mesure de courir. Elle réprima un rire nerveux tout en continuant de descendre l'escalier. Oh, elle le désirait ! Mais au moins étaient-ils presque à égalité désormais. Et avec Anthony qui tempêtait et commençait à proférer menaces et accusations, elle avait besoin de réfléchir. Auprès d'Oliver, c'était tout bonnement impossible.

— Milady ?

Elle tressaillit à la vue de Juliet.

— Ah, euh... oui. Ne tenez pas compte de ce que je vous ai dit tout à l'heure, Juliet. Finalement je vais me retirer dans mes appartements. Quelqu'un peut-il me préparer un bain frais ?

— Un bain *frais*, milady ?

Diane s'éloignait déjà.

— Je sais que vous ricanez, Juliet, lança-t-elle sans se retourner. Un bain *froid*, s'il vous plaît.

— Bien, milady.

Une demi-heure plus tard, Diane se plongeait en frissonnant dans son bain froid. Malgré tout, son corps continua de se battre avec sa raison. Pourquoi se priver d'une nuit de plaisir avec Oliver Warren simplement parce que celui-ci avait commis un faux pas deux ans plus tôt ?

— Un faux pas, marmonna-t-elle.

Elle se redressa en position assise et retint un cri comme l'eau lui éclaboussait la poitrine. Si abandonner les gens sans un mot d'explication constituait un « faux pas », il en avait bel et bien commis un. Énorme, même.

Et elle n'était pas une jeune fille évanescente qui allait lui tomber dans les bras sous prétexte qu'il embrassait bien, qu'il avait la langue bien pendue et qu'il l'avait aidée au-delà de tout espoir. Le scélérat.

L'eau froide finit par calmer ses ardeurs. Seigneur, une demi-heure plus tôt, elle était à peine capable d'enchaîner deux phrases. Avec un soupir, elle ferma les yeux et s'aspergea le visage. S'il avait le mérite de ne pas l'avoir pourchassée, elle avait celui de lui avoir échappé alors qu'elle se consumait de désir pour lui.

À cet instant, une sorte de déflagration parut ébranler la pièce et faire vibrer les murs. Diane poussa un cri étouffé.

— Mary ? appela-t-elle.

Nouvelle déflagration. Cela provenait de la pièce au-dessus.

Mary, sa femme de chambre, devait donner un coup de main en cuisine.

Un autre coup sourd. Cette fois de la poussière de plâtre tomba en pluie. Au coup suivant, l'extrémité de ce qui ressemblait à la lame d'une hache apparut dans le plafond.

— Bonté divine ! s'exclama Diane, qui sortit maladroitement de la baignoire pour se jeter sur son déshabillé.

Elle l'enfila, noua la ceinture, puis plongea vers la table de chevet et le pistolet caché dans le tiroir.

Le bruit s'intensifia soudain, et une cascade de morceaux de plâtre et d'esquilles de bois s'abattit sur la baignoire.

Diane s'empara de l'arme et la pointa vers le plafond.

Dans un ultime coup de hache, celui-ci explosa.

Une bonne partie s'écroula sur le parquet, à quelques mètres de Diane, suivi d'une silhouette masculine qui roula sur le sol avant de se redresser d'un bond.

— Oliver ?

— Langtree et vos maudits gros bras m'ont refusé l'entrée du club, s'insurgea-t-il en époussetant le plâtre de ses épaules. Et ne me tirez pas de nouveau dessus, nom de Dieu !

— Vous avez fait un trou dans mon plafond !

— Non, dans le parquet du couloir du dessus. J'espère que personne ne va passer à travers. J'ai mis un vase de chaque côté, par mesure de précaution, mais on ne sait jamais.

— Vous avez perdu la tête, ma parole !

En deux enjambées, il la rejoignit, lui confisqua le pistolet qu'il jeta dans la baignoire. Au passage, il glissa le bout des doigts dans l'eau et remarqua d'un air entendu :

— Ah. Froide.

C'était vraiment de la folie.

— Vous m'avez libérée de ce stupide marché. Allez-vous-en !

— Je dois vous convaincre que j'ai changé. C'est ce que vous avez dit, non ?

— Oui. Me *convaincre*. Je n'ai pas dit que vous deviez me terroriser en passant à travers mon plafond.

— Et comment suis-je censé vous convaincre de quoi que ce soit si vous m'évitez ? Je vous connais et vous me connaissez mieux que n'importe quelle femme au monde. Vous voulez des fleurs, je suppose ? Des bijoux ? Des toilettes ? Des poèmes ? Pour que vous puissiez me rire au nez, c'est ça ?

— J'aime bien les fleurs.

Elle recula en direction de la porte qui menait à son salon privé, dérapa légèrement sur le sol humide couvert de débris.

— Des hommes vous offrent des fleurs tous les jours. Je parie que vous ne vous rappelez même pas le nom de ceux qui vous en ont fait livrer aujourd'hui.

— Je vous l'ai déjà dit, je ne parie pas.

— Lord Quence, Michael Penn-Haller et lord Peter Selse. Non, je ne vous offrirai pas de fichues fleurs ! s'écria-t-il en s'avançant vers elle.

— Vous... tenez la liste des cadeaux qu'on me fait ?

— Tous les jours, répliqua-t-il, les yeux étrécis.

Diane recula encore. Son dos heurta le chambranle.

— Vous devriez vous rendre compte qu'en détruisant mon plafond et en refusant de m'offrir des fleurs, vous ne me convaincrez de rien d'autre que de votre dérèglement mental.

— Effectivement.

Il s'immobilisa devant elle, fit courir son index de sa gorge au creux de son décolleté, là où les pans du déshabillé se croisaient sur sa poitrine.

— Je sens battre votre cœur.

— C'est sa fonction, en général.

— Vous avez risqué votre réputation, votre argent, *mon* argent, tout ce que vous possédez pour le Tantale club. Et vous me tomberiez dans les bras en échange de quelques fleurs ? Ne soyez pas ridicule !

Soit, il n'avait pas tort. Depuis un mariage arrangé qui s'était fini dans le dénuement, elle trouvait les fleurs inutiles et bêtement sentimentales.

— Donc, pour me séduire, vous avez choisi la méthode qui consiste à démolir ma maison ?

— Ai-je atteint mon but ?

À cet instant, le corps en feu, les mains tremblantes, elle n'imaginait rien de plus excitant qu'un homme – celui-ci en particulier – traversant sol et plafond pour la rejoindre.

Si elle avait eu un tout petit peu plus confiance en lui, elle n'aurait pas résisté une seconde de plus. Et cette pensée l'ébranlait quelque peu.

— Vous êtes loin du compte, mon ami.

Oliver inséra son index recourbé dans son décolleté pour l'attirer à lui. Elle se retrouva plaquée contre son corps musclé. Elle n'aurait su dire lequel embrassa l'autre en premier, mais quelques furieux battements de cœur plus tard, ils étaient tellement enchevêtrés qu'elle ne savait plus où il commençait et où elle finissait, même à travers leurs vêtements.

— Dites-moi que vous avez envie de moi, murmura-t-il en faisant glisser son déshabillé sur ses épaules pour lui embrasser la gorge.

Sa voix rauque suffit à l'enflammer de nouveau. Il venait de s'introduire dans ses appartements par le plafond, mais il voulait entendre de sa bouche qu'il était le bienvenu. Cela ne ressemblait pas du tout à ce gredin de marquis si arrogant qu'elle croyait bien connaître.

Mais qu'il joue un jeu ou pas, désormais, elle prenait ce qui lui faisait plaisir. C'était même devenu une règle chez elle.

— Oui, j'ai envie de vous, Oliver, souffla-t-elle, les doigts enfouis dans ses cheveux. Mais pas ici.

— Que voulez-vous dire ?

— Il y a un trou dans mon plafond. Je ne veux pas que mon personnel nous écoute… ou nous voie.

— Ah. Toutes mes excuses. Le sang a quitté mon cerveau pour se concentrer un peu plus bas. Vous devez être au courant.

— En effet.

Elle tendit le bras derrière elle, et tourna la poignée de la porte de son boudoir. Le battant s'ouvrit et ils titubèrent à l'intérieur de la pièce. Le dossier du canapé les arrêta dans leur élan. Oliver reprit sa bouche et elle ferma les yeux, goûtant la sensation de son corps contre le sien et de ses mains sur sa peau nue.

— La porte, parvint-elle à articuler en usant de toute sa volonté pour le repousser.

— On m'aurait suivi, vous croyez ?

— La porte.

Oliver appuya le front contre le sien, puis l'embrassa de nouveau avant de soupirer :

— Comme vous voudrez.

Il poussa le battant, plus violemment qu'il ne l'avait souhaité. Il avait perdu toute maîtrise à l'instant où elle avait quitté son appartement en lui fermant la porte au nez.

Durant une minute, il s'était efforcé d'être logique et magnanime, de comprendre ce besoin qu'elle avait de lui faire mal, pour qu'ils se retrouvent en quelque sorte à égalité.

Puis il avait soudain compris que s'il la laissait dicter les règles de leur relation, il perdrait trop de terrain et serait ravalé au rang de subordonné. Or avec Diane, il était vital de n'être ni le suiveur ni le suivi.

Et puis, s'il ne faisait rien, il irait se coucher furieux et malade de frustration.

Alors il était allé chercher la hache.

Il revint vers elle, dénoua la ceinture de son déshabillé qui s'ouvrit.

Seigneur, elle était magnifique.

— Vous êtes sublime, dit-il dans un souffle.

Diane réagit en repoussant sa veste sur ses épaules. Puis elle lui enleva son gilet, si prestement qu'un des boutons sauta.

— Oh, pardon ! dit-elle en jetant le gilet par terre.

— Un bouton contre un plafond, Diane. Je ne vais pas me plaindre.

Il inclina la tête, happa la pointe d'un sein entre ses lèvres, la taquina de la langue. Diane gémit. Il reporta son attention sur l'autre sein, le cajola de la même façon, tâchant d'ignorer la pression douloureuse de son sexe gonflé prisonnier de son pantalon.

Il se rappelait la Diane Benchley qui n'hésitait pas à montrer son désir et à exprimer son plaisir. Aujourd'hui elle ne lui faisait pas encore tout à fait confiance, mais cela venait.

Dieu merci le canapé était long et profond. Une fois débarrassé de ses bottes, il s'étendit à côté d'elle. Doucement il ôta les épingles qui retenaient ses cheveux, et la masse de boucles brillantes au parfum de lavande retomba en cascade sombre sur ses épaules.

Comme il se positionnait au-dessus d'elle pour reprendre sa bouche, elle déboucla la ceinture de son pantalon, le déboutonna et le fit glisser sur ses cuisses. Il s'en débarrassa prestement.

— Vous êtes brûlant, chuchota-t-elle en s'arquant contre lui.

— Vous venez de prendre un bain froid. Laissez-moi vous réchauffer.

Il lui embrassa les seins, le ventre, les cuisses, puis lui écarta les jambes. Elle laissa échapper une plainte sensuelle lorsqu'il caressa de la langue les replis de sa féminité. Doux Jésus, si elle gémissait encore ainsi, il allait jouir sur-le-champ, comme un puceau avec sa première catin !

— Je suis assez réchauffée maintenant, assura-t-elle d'une voix enrouée, les mains crispées sur son crâne.

Il sourit, pencha de nouveau la tête. Elle frémit sous la caresse de sa langue et il continua de la savourer jusqu'à ce qu'il ne puisse plus tenir. La seconde d'après, il s'allongeait sur elle et capturait ses lèvres avec fougue. Elle se cambra sous lui en une invite fébrile et, d'un puissant coup de reins, il entra en elle.

Tout ne fut plus que sensations : sa bouche sous la sienne, sa peau moite, leurs mains, partout, ses chevilles calées contre l'arrière de ses cuisses… Le temps parut s'arrêter et l'on n'entendit plus dans la pièce que leurs respirations hachées, des gémissements étouffés et le grincement du canapé.

Il sentit ses muscles intimes se contracter autour de lui quand l'orgasme la balaya, et se contint tant bien que mal, ralentissant le rythme de ses coups de boutoir pour prolonger son plaisir, tandis qu'il plongeait le regard dans ses yeux d'émeraude.

Voilà ce qu'il avait fui, deux ans plus tôt. Pourquoi, au nom du ciel ?

Lorsque la respiration de Diane devint moins anarchique, il accéléra de nouveau la cadence, jusqu'à atteindre à son tour la jouissance dans un grondement sourd.

Durant de longues minutes, ils demeurèrent enlacés et confondus, à échanger un baiser languide de temps à autre. Enfin il roula de côté, sans cesser de la toucher, de la caresser.

Et il se souvint.

C'était cela qui avait provoqué sa fuite. Non pas leurs étreintes éblouissantes et le plaisir fulgurant, mais cette nécessité qu'il avait de se rapprocher d'elle, toujours plus, et ce désir de lui plaire, de la protéger, d'effacer tous ses soucis et ses angoisses…

Le plus curieux, alors qu'il se remémorait l'horreur et la panique qui l'avaient saisi à l'époque, c'était qu'aujourd'hui l'idée d'un tel attachement ne le… perturbait plus. À cause de ces deux années écoulées et des événements qui s'étaient produits entre-temps ? Ou de ses vaines tentatives pour trouver le plaisir physique dans d'autres bras, au cours d'étreintes qui n'éveillaient en lui aucune émotion particulière ?

— J'ai une question à vous poser, murmura-t-elle d'une voix encore un peu haletante.

— Je n'ai pas encore récupéré toutes mes facultés mentales, mais je vais essayer d'y répondre.

Fasciné par la ligne de sa gorge, il se pencha pour y déposer un baiser, sentit une petite veine palpiter sous sa bouche.

— Vous avez renoncé à vos huit heures en espérant que je serais assez reconnaissante pour venir quand même dans votre lit, n'est-ce pas ?

— Non.

Elle lui adressa un regard étonné.

— Vous avez pourtant pris des mesures extrêmes pour venir me retrouver !

— Je voulais faire l'amour avec vous, mais d'égal à égal, expliqua-t-il en traçant un cercle du bout du doigt autour de son mamelon.

— Vous voulez dire que vous ne vouliez pas me forcer ?

— Je n'aurais jamais fait cela, mais, oui, je voulais que vous participiez de votre plein gré.

Il était décidément très franc ce soir. L'accès de folie qui l'avait saisi quand il s'était emparé de la hache pour saccager le plafond n'avait pas entièrement disparu, apparemment.

Comme elle s'étirait, telle une chatte, il sentit son sexe reprendre vie et durcir.

Elle soupira.

— Ah, Oliver, vous et moi sommes parfaitement compatibles dans un lit. Mais ailleurs, j'ai des doutes.

— Vous savez, vivre ici, c'est ce qui se rapproche le plus d'une vie de famille depuis mes douze ans. Il va sans doute me falloir un petit temps d'adaptation.

Elle gloussa, fit courir sa main le long de sa hanche.

— Si vous trouvez l'ambiance du Tantale club « familiale », certes, cela doit vous faire un sacré changement !

Son sourire s'effaça et elle demanda :

— Allez-vous enfin m'expliquer pourquoi vous avez fui Vienne ? Et ne me dites pas que c'était pour vous réconcilier avec votre oncle.

Il savait qu'un mensonge ruinerait l'embryon de relation qui s'était formé entre eux. Mais il n'était pas exclu que la vérité ait les mêmes conséquences. D'autant qu'il en était encore à tenter de déchiffrer ses sentiments, les anciens comme les nouveaux.

— Je le ferai, mais pas aujourd'hui.

— Ce n'est pas très rassurant.

— Sachez juste que, cette fois, je ne fuirai pas.

Son regard vert retint le sien un moment.

— Il va vous falloir être convaincant, et me fournir quelques preuves.

Oliver la tourna de côté et se colla contre son dos pour lui caresser les seins.

— Je ferai de mon mieux, promit-il.

Une main glissée sous son genou, il lui souleva la jambe et s'enfonça lentement en elle. Dès lors qu'il possédait le corps de Diane Benchley, il était plus que prêt à faire amende honorable.

L'aube approchait quand il s'endormit sur le canapé, Diane reposant sur son torse, sous une fine couverture qui les protégeait de l'air frisquet du matin.

Il lui semblait que dix minutes à peine s'étaient écoulées quand il fut réveillé en sursaut par un cri aigu de femme.

— Diane !

La porte du salon s'ouvrit à la volée sur la girafe française, suivie de deux hôtesses – choisies parmi les plus athlétiques. Cette fois, Mlle Martine brandissait un pistolet. Et donnait l'impression de savoir s'en servir !

Diane se redressa, emportant presque la totalité de la couverture enroulée autour d'elle.

— Tout va bien, Geneviève, dit-elle d'une voix ensommeillée. J'ai prévenu Juliet que je ne serai pas disponible.

— Oui, mais tu étais dans l'appartement du marquis, et quand tu l'as quitté, Juliet en a déduit que tes plans avaient changé, rétorqua Mlle Martine en foudroyant Oliver du regard par-dessus l'épaule de Diane. Il y a un trou dans le couloir du quartier des domestiques et il donne directement dans ta chambre. Tu es au courant ?

— Hum… oui, répondit Diane, une note d'humour dans la voix. Il va falloir rappeler M. Dunlevy pour effectuer les réparations.

— C'est tout ce que tu trouves à dire ?

— Pour le moment, oui. Nous parlerons plus tard, si tu veux bien. D'abord j'aimerais dormir un peu.

— Avec *lui* ?

— Lui voudrait rester, oui, intervint Oliver, qui commençait à trouver agaçant qu'on parle de lui comme s'il n'était pas là. Nous bavarderons demain, si vous le voulez bien.

— *Espèce de porc !* lança Mlle Martine en français.

— Il est bien tard pour échanger des insultes, rétorqua-t-il en se rallongeant, non sans avoir ponctué son commentaire d'un bruit porcin, histoire de lui montrer qu'il avait compris.

Diane lui décocha un coup de coude dans les côtes avant de préciser :

— Je te rejoindrai pour le petit déjeuner, Geneviève. À 10 heures.

— Oui, oui. Je constate que je n'ai rien à faire ici.

Oliver faillit rétorquer que tout ce qu'il y avait à faire l'avait déjà été, mais il craignait de se faire trouer la peau et préféra se taire.

Dès qu'ils se retrouvèrent seuls, Diane retomba sur le canapé.

— Hum. Cela ne s'est pas très bien passé.

— Dans la mesure où personne ne m'a tiré dessus, permettez-moi de vous contredire.

Il perçut son rire plus qu'il ne l'entendit.

— Peut-être que les choses sont en train de s'améliorer pour vous, finalement.

Oh, il était bien d'accord ! Et maintenant, il allait pouvoir s'inquiéter de ce que mijotaient Cameron et Greaves.

— Il voulait juste attirer mon attention, dit Diane, qui commençait à perdre patience. Il a d'ailleurs réussi.

Elle quitta la table du petit déjeuner pour aller chercher une autre tranche de jambon sur la desserte.

— Il a troué le plafond de ta chambre ! lui rappela Geneviève pour la quatrième ou cinquième fois.

À croire qu'elle pensait que Diane était devenue sourde.

— S'il voulait faire son intéressant, il aurait pu t'offrir des fleurs.

— C'est ce que je lui ai suggéré.

Diane alla se rasseoir. Comme Geneviève continuait de la regarder d'un air renfrogné, elle posa sa fourchette.

— Je ne suis pas en train de retomber amoureuse de lui, si c'est ce qui t'inquiète. Je ne refais pas les mêmes erreurs.

— Alors pourquoi as-tu passé la matinée à sourire ? Tu détestes lord Haybury, l'aurais-tu oublié ?

C'était là le *hic*. Elle ne comptait plus les fois où elle avait dénigré Oliver devant Geneviève. Et ce n'était pas dans le but d'obtenir la sympathie de son amie ou de le faire passer pour un goujat simplement parce qu'elle estimait avoir été trahie. Elle était sincère

Mais c'était *avant*...

— Non, je n'ai pas oublié.

— Alors quoi...

— J'espère que tu as remarqué que, ces derniers temps, il était bien plus coopératif. Et je n'ai pas à me plaindre de ses performances nocturnes.

Non, vraiment pas.

Geneviève fronça les sourcils.

— J'espère juste qu'il n'est pas en train de te rouler dans la farine. Tu l'as peut-être pris de court au début, mais il n'est pas idiot. Et il n'aime pas perdre. Je peux te garantir qu'il poursuit un but.

— Je n'en doute pas.

Quant à savoir ce qu'était ce but – après qu'il eut parlé de « vie de famille » et promis de ne pas fuir –, elle était plutôt déconcertée.

— À ton avis, le duc de Greaves et lord Larden sont-ils venus à cause de toi ou à cause de lui ? s'enquit Geneviève. Crois-moi, ce type ne te causera que des ennuis.

— Ce n'est pas lui qui a amené Anthony.

— C'est vrai, j'en conviens. Le comte a passé son temps à faire courir ses doigts sur les tapisseries, à caresser les tentures et à compter chaque penny que le club a engrangé hier soir.

Avec un soupir, Diane reprit sa fourchette.

— Je voulais qu'on me croie dans une certaine aisance financière, j'en ai sans doute fait un peu trop. Je suis parvenue à mes fins en persuadant les gentlemen de Mayfair que mon établissement était honnête, mais du coup, Anthony semble convaincu que j'ai un porte-monnaie bien rempli.

— Et comment te proposes-tu de décourager son intérêt ?

Un instant, Diane se demanda si Geneviève parlait d'Anthony ou de lord Haybury. Chaque chose en son temps, se rappela-t-elle. Elle devait d'abord protéger le club, ensuite elle pourrait se soucier de son cœur.

— Je ne sais pas encore. Je peux interdire à Anthony de devenir membre du club, mais si un membre actuel l'amène en tant qu'invité… Dieu que c'est contrariant ! s'exclama-t-elle. C'est *mon* club. Anthony n'a aucun droit dessus. Et il n'obtiendra rien, sois-en sûre !

— Bien, approuva Geneviève en reportant son attention sur son petit déjeuner. À propos, puisque nous devons faire revenir M. Dunlevy, as-tu envisagé d'aménager des appartements privés pour les domestiques les plus âgés ?

— Oui. Il faudrait cloisonner un ou deux dortoirs pour les transformer en chambres individuelles. C'est tout à fait possible. Je tiens à ce que mes capitaines se sentent en sécurité sous mon toit. Et comme chez elles.

Geneviève la considéra un long moment avant d'avouer :

— Jamais je n'aurais imaginé t'entendre parler ainsi un jour.

— J'ai lu ces pamphlets idiots que publient lady Dashton et ses amies moralisatrices de la Ligue de Tempérance. Si elles n'avaient pas d'argent pour entretenir leurs filles, elles comprendraient peut-être mieux la situation et s'abstiendraient de traiter mes employées de prostituées. Tout le monde n'a pas envie d'être gouvernante ou dame de compagnie, au nom du ciel !

— Ou de se marier, renchérit Geneviève. Le Tantale est quand même bien plus excitant qu'un cercle à broderie.

Riant, Diane leva sa tasse de thé comme pour porter un toast.

— Tu ne sais pas à quel point, ma chérie !

— Nous voilà donc de retour au point de départ. Promets-moi d'être prudente et de ne pas accorder ta confiance à... n'importe qui, quand bien même cet individu se plierait en quatre pour te faire plaisir.

— Je te le promets. Entrez, Sally, ajouta Diane comme on frappait à la porte entrouverte.

La domestique fit une brève révérence.

— Milady, Grace m'a dit de vous prévenir que vous aviez de la visite.

Grace s'était révélée tout à fait compétente dans son nouveau rôle de majordome, bien qu'elle ne soit pas aussi intimidante que Juliet. Mais la pauvre Langtree ne pouvait tenir son rôle vingt-quatre heures sur vingt-quatre.

— A-t-elle dit de qui il s'agissait ?

— Oui, milady. Il s'agit de lord Cameron.

Ce malaise qu'elle éprouvait chaque fois qu'elle pensait qu'Anthony Benchley pourrait lui prendre le club envahit de nouveau Diane.

— Veuillez le conduire dans mon bureau.

— Tout de suite, milady.

Diane se leva.

— Miséricorde ! Surtout reste dans les parages, Geneviève. J'ignore ce qu'il veut, mais une chose est sûre, il ne l'aura pas.

Au lieu d'aller directement dans son bureau, Diane fit un détour par sa chambre où M. Smith et M. Jacobs avaient fait de leur mieux pour obstruer grossièrement le trou dans le plafond.

Assise à sa coiffeuse, elle ôta le pendentif en forme de poire qu'elle avait glissé à son cou un peu plus tôt. Parfois donner l'illusion de l'opulence servait ses intérêts, mais pas cette fois. Elle le rangea dans un des tiroirs, ainsi que les boucles d'oreilles assorties, les remplaça par un collier et un bracelet taillés dans une verroterie qui imitait l'émeraude. Il fallait quand même porter quelques bijoux, sinon cela paraîtrait bizarre.

Diane regrettait de n'avoir pas pris ces mêmes précautions le premier jour où Anthony avait franchi le seuil d'Adam House. Elle l'avait sous-estimé en le rangeant dans la même catégorie que Frederick, celle des bons à rien inoffensifs.

Certes, d'un point de vue strictement légal, elle lui avait volé Adam House, ainsi que cette minuscule maison à Vienne. Mais après des années de désillusions et de désespoir, elle méritait bien un petit quelque chose, avait-elle décidé. D'autant qu'Anthony Benchley n'était pas à la rue. Il héritait d'une résidence à Londres et de deux domaines ancestraux – incessibles, soit. Quoi qu'il arrive, il aurait toujours un toit.

À la mort de Frederick, Diane avait trouvé en tout et pour tout sept livres et deux pence dans la maison qu'ils partageaient. Alors elle avait fait ce qu'il fallait pour survivre.

Et aujourd'hui, elle estimait ne rien devoir à Anthony.

Forte de cette résolution, elle inspecta son reflet dans le miroir de la coiffeuse. Elle n'était plus Mlle Diane

Hastings, petite-fille du marquis de Clansey. Elle n'était sous la tutelle de personne et ne comptait que sur elle-même, désormais.

Après avoir fait attendre Anthony un bon quart d'heure, elle gagna le bureau. Elle trouva son ex-beau-frère assis devant le bureau, en train de griffer la façade des tiroirs de la pointe de son canif. Paradoxalement, cette vision la rassura un peu. S'il était capable de ce genre de mesquineries, elle ne l'avait pas sous-estimé tant que cela, finalement.

— Bonjour, lord Cameron, le salua-t-elle en s'arrêtant une fois le seuil franchi.

Il se redressa.

— Diane. Je croyais que nous étions convenus que vous m'appelleriez Anthony ?

— Libre à vous de simuler l'entente cordiale. Que cherchiez-vous dans mon bureau ?

— Eh bien, vous ne tournez pas autour du pot, vous !

— Je ne vois pas l'intérêt d'user de délicatesse après que vous avez traîné Larden et Greaves chez moi pour… quoi au juste ? M'intimider ? Oui, je suppose. Alors dites-moi carrément ce que vous voulez.

Dardant sur elle son regard de fouine, Anthony se renversa contre le dossier de son siège et posa ses pieds bottés sur le plateau du bureau. Après les avoir croisées au niveau des chevilles, il tira un cigare de la poche de sa veste.

Cette démonstration de nonchalance appuyée signifiait deux choses. Soit Anthony avait la certitude de la tenir à sa merci, soit il y allait à l'esbroufe pour se donner le temps de trouver la faille dans son armure.

Elle n'allait pas lui donner des munitions contre elle et se garda bien de bouger, laissant l'une des personnes qu'elle détestait le plus au monde trôner à son bureau. La porte située dans le dos d'Anthony était fermée, mais Diane savait que Geneviève se tenait juste derrière, prête à intervenir au moindre appel.

— Puisque vous posez la question, sachez que j'espérais jeter un coup d'œil à vos livres de comptes. À en juger par le monde qui se pressait dans vos salons hier soir, l'argent doit couler à flots au Tantale club.

— Il entre et il sort. On ne me donne pas gratuitement toutes ces caisses d'alcool, et mes employées ne travaillent pas pour la gloire. Ce sont les affaires, et vous ne trouverez rien d'autre dans mes livres de comptes.

— J'aimerais néanmoins m'en rendre compte par moi-même.

Cet homme avait décidément un toupet infernal.

— C'est exclu, rétorqua-t-elle. Nous n'avons plus de liens familiaux et je ne vous dois rien. Vous êtes ici uniquement parce que j'ai été autrefois mariée à votre frère. Rien de plus. Y a-t-il autre chose, ou en avons-nous terminé ?

— Je suis ici, Diane, parce qu'à ma connaissance Frederick n'avait plus un sou et était endetté jusqu'au cou au moment de sa mort. Pourtant cela ne vous a pas empêchée d'ouvrir ce club. Je me suis renseigné auprès de ses créanciers, et j'ai appris que vous aviez remboursé la plupart de ses dettes. Je sais également que vous êtes arrivée à Londres en grand équipage. Adam House, c'est une chose. Mais si vous déteniez de l'argent qui provenait de Frederick, celui-ci me revenait de droit, conclut-il en reposant les pieds sur le sol.

— La seule chose que m'ait laissée Frederick, c'est une bague. Et notre maisonnette de Vienne qui ne comptait que trois chambres. C'est en les vendant l'une et l'autre que j'ai pu rembourser les créanciers.

— Et ceci ? objecta Anthony avec un grand geste de la main. Frederick vous a légué Adam House. Du moins, c'est ce que vous prétendez. Mes hommes de loi ont étudié de très près ce document que mon frère aurait fait établir juste avant de mourir. Avouez qu'il a été bien inspiré et fort prévoyant ce jour-là, non ? Ce qui ne lui ressemblait pas du tout. Et c'est bien ma chance, puisque Adam House était censée me revenir.

— Il y a beau temps que je ne me repose plus sur ce qui est « censé » arriver, Anthony. Frederick nous a tous deux lésés. Sans doute a-t-il été pris de remords pour m'avoir entraînée dans sa chute. Enfin, nous ne le saurons jamais. Il faudra se contenter des faits.

Et, Dieu merci, elle s'était entraînée à imiter à la perfection la signature de son mari.

— Cela n'explique toujours pas comment vous avez pu financer le Tantale. Il a fallu une somme considérable pour ouvrir le club, bien plus que vous n'avez pu tirer de la vente de cette bague et de la maison. Quelqu'un est donc en train de me mentir, Diane, conclut-il en agitant l'index.

— Je ne mens pas et je n'ai pas à me justifier devant vous. Vous commencez à me fatiguer. Et je vous prie de partir à présent.

— Vous n'avez pas l'air de comprendre. À moins que vous ne mettiez le grappin sur un deuxième époux, vous resterez lady Cameron. Nous sommes donc apparentés. En ce qui me concerne, je commence à me fatiguer d'être considéré comme un vague parent pauvre qui quémanderait quelques épluchures.

Quant à elle, elle avait passé deux ans à lutter et à se débattre pour échapper à la misère, seule et sans ressources dans un pays étranger. Vu leurs positions respectives, elle éprouvait bien peu de sympathie pour lui et aurait pu lui voler dans les plumes. Elle préféra cependant une réponse tout en retenue. Question de stratégie, comme aurait dit Oliver.

— Alors cessez de quémander, Anthony. Je ne m'excuserai pas que les choses soient ce qu'elles sont, et dans notre intérêt à tous deux, vous devez en prendre votre parti. Je ne partagerai pas ce que j'ai. Ni avec vous ni avec quiconque.

Il se leva.

— Je ne vous crois toujours pas. En fait, je pense que je vais avoir une petite discussion avec le marquis de Haybury. Si quelqu'un sait comment vous avez eu les moyens d'ouvrir le club, c'est bien lui. Il doit également savoir si vous partagez ou pas. Ou si vous avez un associé.

Il la fixait, l'air supérieur et méprisant. L'agacement de Diane se mua en colère. Les bras croisés sur la poitrine, elle le défia du regard.

— Faites ce que bon vous semble, du moment que vous partez ! Si un membre du club vous invite au Tantale, vous serez le bienvenu. Sinon, tenez-vous à distance.

— Vous avez décidément changé, ma chère. Il est évident que Frederick a été trop faible avec vous si vous pensez pouvoir tenir tête et parler sur ce ton à quelqu'un de mon rang.

— De votre rang ? Je ne vois personne dans cette pièce qui me soit supérieur en quoi que ce soit. Allez-vous-en !

Comme il se dirigeait vers la porte, elle s'écarta d'un pas pour lui livrer le passage. Au fond de la pièce, elle vit la porte s'entrouvrir sans bruit. Geneviève se profila dans l'embrasure, un pistolet à la main.

Anthony franchit le seuil en lançant :

— Je reviendrai, je vous préviens ! Je suis sûr que Frederick n'avait pas pris la précaution de vous mettre à l'abri du besoin. Je l'imagine mal montrant pareil égard envers autrui, vous moins que quiconque !

Alors que le bruit de ses pas décroissait, Diane regarda Geneviève.

— Maudit soit cet homme ! pesta-t-elle.

— Veux-tu que je l'empêche de voir Haybury ? chuchota son amie.

Diane ne voyait pas comment Geneviève pourrait s'y prendre, sinon en abattant Anthony.

— Non. Assure-toi juste qu'il ne cause d'ennuis à personne dans le club.

Apparemment elle avait suffisamment confiance en Oliver pour ne pas craindre qu'il révèle à Anthony son chantage. Mais que Dieu lui vienne en aide si elle se trompait !

17

— Bonjour, Winters, lança Oliver à la majordome qui officiait le matin.

— Bonjour, milord. Votre voiture est prête.

— Merci.

Il s'avança vers la porte qu'elle venait de lui ouvrir, puis s'immobilisa.

— N'est-ce pas une odeur d'huile de Macassar que je sens ?

Dans les autres clubs, cette odeur imprégnait l'atmosphère, mais Diane n'aimait guère les dandys, et seuls les dandys usaient de cette huile pour se gominer les cheveux.

— Lord Cameron est arrivé il y a une demi-heure environ, milord, répondit Winters.

— Pour jouer ?

— Non, pour voir lady Cameron. Mais… je ne suis pas censée vous le dire, avoua la jeune femme en rougissant.

Bon sang !

— Je n'en soufflerai mot, promit-il. Mais j'ai tout à coup besoin de poser une question à lady Cameron. Où puis-je la trouver ?

— Dans son bureau, mais…

À cet instant, la porte du couloir s'ouvrit sur Cameron. Ce dernier tressaillit en voyant Oliver.

— Haybury. Justement, je vous cherchais.

En d'autres circonstances, Oliver n'aurait même pas daigné lui répondre. Ce qu'il savait des membres de la famille Benchley, il l'avait appris de la bouche de Diane. Il les classait tous dans la catégorie des imbéciles arrogants, incapables de voir leurs propres lacunes et n'ayant aucun scrupule à entraîner les autres dans leurs déboires.

— Pour quelle raison ? s'enquit-il.

— J'ai quelques questions, et j'espère que vous serez davantage disposé à me répondre que Diane.

Oliver ravala l'insulte qui lui montait aux lèvres. Ce type voulait des informations. Et lui s'intéressait à ce que Cameron savait ou croyait savoir.

— Je suppose que vous avez quelque chose à me proposer en contrepartie ?

Les joues de Cameron frémirent.

— Vous savez bien que je n'ai pas d'argent à vous offrir !

— Qui parle d'argent ? Lady Cameron est fort séduisante, mais... pas autant que le Tantale club.

Voilà, le ver était accroché à l'hameçon.

— Vous... je... j'ai déjà promis une association à Greaves et à Larden, bredouilla Cameron.

— Dans ce cas, si vous voulez bien m'excuser. J'ai rendez-vous à Tattersall avec lord Manderlin.

— Mais...

— Lady Cameron et moi sommes... amis, coupa Oliver, qui se rendit compte au même moment combien ce mot était inapproprié pour décrire leur relation. Si vous voulez que je vous livre des informations confidentielles, il va falloir vous montrer un peu plus persuasif. Bien le bonjour, lord Cameron.

— Dix pour cent du Tantale club !

Oliver, qui s'était déjà tourné vers la porte, pivota de nouveau.

— Quarante.

— Nous sommes associés à parts égales. Personne ne détiendra quarante pour cent !

Oliver réfléchit. Si Greaves et Larden avaient conclu un tel accord avec Cameron, c'est qu'ils croyaient en l'efficacité de leur petit plan.

— À parts égales, hein ? Très bien. Alors je veux vingt-cinq pour cent, reprit Oliver. Mais pas un mot à quiconque. J'ai une réputation, ajouta-t-il avec un sourire narquois.

Cameron lui adressa un regard hésitant. Oliver avait intérêt à lui tirer les vers du nez au plus vite, car il allait vomir si cette conversation se prolongeait. Même s'il jouait la comédie, l'idée de trahir Diane le révoltait.

— Bon… je devrais pouvoir convaincre Larden et Sa Grâce, admit Cameron.

Oliver avait beau être dégoûté, ce bout de conversation ne lui en avait pas révélé suffisamment. Mais il n'avait aucune envie de la prolonger ici, au Tantale club, où Diane pouvait le surprendre à tout moment. Sa méfiance s'éveillerait aussitôt alors qu'il commençait à peine à gagner sa confiance.

— Voulez-vous m'accompagner à Tattersall ? proposa-t-il.

Lord Cameron hocha la tête.

— J'avais rendez-vous, mais passer la matinée en compagnie d'un expert reconnu en matière de chevaux est un privilège rare. Oui, j'en serai honoré, milord.

— Alors allons-y.

Les deux hommes sortirent. Cameron feignit de s'émouvoir à la vue du fiacre qui attendait dans l'allée.

— Flûte, j'ai oublié ma bourse, dit-il en se tapotant les poches. Haybury, voulez-vous me prêter un shilling, mon vieux ?

Cameron plongea encore d'un degré dans l'estime d'Oliver, qui pêcha cependant une pièce au fond de sa poche et la lança à l'un des palefreniers chargés de faire circuler les voitures et les montures entre l'allée et les écuries.

— Payez le cocher du fiacre, voulez-vous, Robson ?

— Bien, milord, acquiesça le palefrenier en portant la main à sa casquette.

Comme Oliver pivotait vers Cameron pour l'inviter à monter dans sa propre voiture, il crut le surprendre en train d'imiter discrètement le geste qu'il venait d'avoir. Ce bouffon s'entraînait pour le jour espéré où lui aussi pourrait jeter des pièces à la valetaille.

Oliver préféra ne pas faire de commentaire.

Il regrettait de ne pas avoir pu parler à Diane avant de s'éclipser en compagnie de Cameron. Il lui fallait décider de la conduite à tenir face à ce complot, et, plus important, réfléchir à ce que Diane voudrait qu'il fasse. Qu'il soit davantage soucieux de son bien-être à elle plutôt que de ses propres intérêts démontrait de manière éclatante à quel point elle avait bouleversé sa vie et sa façon de penser.

— Comptez-vous acheter un cheval aujourd'hui ? demanda Cameron quand ils se furent installés dans le buggy.

— Peut-être, si j'en trouve un qui me plaît.

En fait, il n'y avait qu'une seule monture qu'il eût aimé chevaucher. Hélas, il allait devoir attendre encore un peu !

— Je vous avoue que j'étais persuadé que Diane vous menait par le bout du nez, déclara Cameron. Surtout depuis cette altercation avec Larden, hier soir. Greaves m'a conseillé de garder mes distances avec vous. Il était sûr que vous ne voudriez rien avoir à faire avec moi.

— Mais vous n'avez pas suivi son conseil.

— Je ne suis pas aveugle. Quelque chose vous retient au Tantale, et ce n'est pas l'argent de Diane. C'est donc soit le vôtre, ou bien l'agrément que procurent la propriétaire et ses hôtesses.

— Je m'en veux de vous contredire, mais je ne me suis jamais laissé mener par les sens.

Par les sens, non. Mais le cœur... Depuis peu, le sien semblait avoir pris la direction des opérations.

— Greaves pense que vous poursuivez un but caché. Il soupçonne que...

— Je me moque des élucubrations de Greaves. C'est avec vous que je suis en train de m'entretenir, Cameron. Et en ce moment, vous m'ennuyez.

— Vous n'aimez pas qu'on parle de Greaves, remarqua Cameron. Pour quelle raison ?

— Aucune en particulier, sauf que c'est un sujet assommant, au même titre que la viande de mouton, l'odeur fétide de la Tamise à marée basse ou la mode en matière de souliers. Et aussi la Cornouaille, maintenant que j'y pense.

Le comte émit un petit rire et fit glisser son doigt sur la couture de la banquette, sans doute pour éprouver la qualité du velours.

— D'accord, d'accord. Alors, que pouvez-vous me dire à propos de Diane ? D'où lui vient tout cet argent ?

— D'abord, éclairez-moi sur ce que vous aviez l'intention de faire avant de me recruter dans votre petite association.

— Pourquoi ?

— Par curiosité, parce que je suis au courant de beaucoup de choses, et que je dispose d'une fortune colossale. Si cette jolie garce a des secrets pour moi... j'aimerais autant le savoir.

— Il y a cinq ans, je ne me serais jamais douté qu'une fille aussi insignifiante était assez futée pour avoir ses petits secrets. Mon frère m'avait promis Adam House pour que j'en fasse ma résidence londonienne. Vous imaginez aisément ma surprise quand j'ai lu dans le journal que lady Cameron était de retour à Londres, puis quand j'ai appris qu'elle avait l'intention d'ouvrir un club masculin chez moi ! Mes hommes de loi ont passé au crible tous les documents qu'elle a rapportés de Vienne. Il semblerait que Frederick lui ait fait don d'Adam House juste avant sa mort.

— Je sais. C'est même la seule chose décente que votre frère ait jamais faite pour sa femme.

— J'ai dit : Il *semblerait* que Frederick lui ait fait don de la maison. Vu l'argent que Diane a dépensé depuis son retour à Londres, et vu dans quelles conditions elle s'est retrouvée propriétaire de cette demeure, qui faisait partie du patrimoine de la famille Benchley depuis des générations, j'ai de sérieux doutes concernant la légalité de toute cette entreprise.

— Mais encore ?

— Je pense qu'elle a imité la signature de Frederick. Et c'est ce que je vais dire au juge de la cour d'assises. Qui choisira-t-il de croire, à votre avis, entre un comte et une obscure veuve à la tête d'une mystérieuse fortune, dont elle se sert pour déshonorer mon nom et ruiner ma famille ?

Oliver prit une lente inspiration pour contrôler la colère qui commençait à bouillonner en lui.

— Avez-vous fait part de vos soupçons à lady Cameron ?

— Évidemment.

— Et quelle a été sa réaction ?

— Elle m'a jeté dehors. Et je crois bien que cette Française qui rôde toujours dans les parages avait un pistolet. Alors je me suis mis à votre recherche. Diane commence à en prendre un peu trop à son aise. Si vous m'aidez, nous allons lui faire ravaler sa morgue. Qu'espère-t-elle de toute façon ? Une fille sans cervelle, avec de grandes ambitions mais aucune aptitude pour les mener à bien, ne peut que courir à sa perte. D'autant que je compte bien récupérer ce qui m'appartient de plein droit.

Diane l'avait donc chassé. Oliver voyait un peu mieux dans quelle direction aller, à présent. Toutefois, le joueur qu'il était aimait connaître les cartes de l'adversaire et les mains gagnantes dont celui-ci pensait disposer.

— Vous êtes résolu à porter l'affaire devant les tribunaux, alors ? fit-il. Et à prendre la direction du club avec deux – ou plutôt trois – associés ? Cela ne me paraît pas vraiment idéal.

Cameron se rembrunit.

— Pourquoi ? Que voulez-vous dire ?

— Il se trouve que je connais Greaves. Et Larden également, à ce propos. Et l'idée qu'ils se font d'un partenariat doit être très différente de la vôtre.

Il marqua une pause. Il n'y avait plus qu'à espérer que Diane ne lui tirerait pas dessus quand elle apprendrait ce qu'il s'apprêtait à faire. Car face à Cameron au tribunal, elle risquait de tout perdre. Et cela l'anéantirait.

— Pardonnez-moi ma franchise mais, de nous quatre, vous êtes quand même celui qui est de plus petite noblesse.

Cameron pâlit.

— Adam House me revient ! Et par extension le Tantale club.

— Ce sont des mots, Cameron. Réfléchissez. Que préférez-vous ? Un quart du Tantale, sachant que d'ici quelques semaines vous n'aurez plus voix au chapitre et qu'on vous refilera tout le boulot, ou quelque chose de plus... tangible ?

— Plus tangible ? Vous voulez parler de Diane ? Mais elle ne m'intéresse pas du tout. Je déteste cette péronnelle !

Cameron était décidément bien naïf pour quelqu'un qui s'engageait dans une conspiration. Ce qui était aussi bien puisque Oliver avait besoin de le manipuler pour mieux se débarrasser de lui.

— Je vous faisais juste remarquer que, pour le moment, Diane se charge de toutes les tâches ingrates. Cela devrait vous arranger.

— Je ne peux pas espérer graviter dans Mayfair sans un sou, pendant que la femme qui porte toujours le nom et le titre des Cameron se conduit comme une patronne de maison de passe ! Je veux ce qui m'appartient. Rien de plus, rien de moins.

— Intéressant. Nous arrivons au cœur de la question.

Oliver se pencha et glissa la main par la fenêtre ouverte pour cogner sur la portière et attirer l'attention du cocher.

— Audley, passez par Hyde Park, je vous prie !

— J'ai du mal à comprendre ce que vous espérez gagner dans une telle affaire, remarqua Cameron, un sourire sarcastique aux lèvres.

Oliver adressa une courte prière pour que Diane ne lui en veuille pas de cette ingérence dans ses affaires et que ses erreurs passées ne lui explosent pas à la figure pour le ramener dans la fange dont il sortait.

— Disons que je trouve Diane un peu présomptueuse à mon goût. Donc, sachant qu'elle préférera éviter un procès public et que vous-même devriez vous tenir à l'écart de certaines personnes, plus soucieuses de se remplir les poches que de remplir les vôtres, comment suggérez-vous de... régler vos soucis pécuniaires ?

Il n'y avait plus qu'à espérer que ce crétin mordrait à l'hameçon. Sinon Oliver devrait se résoudre au meurtre.

Le comte contempla longuement le paysage urbain par la vitre, avant de répondre :

— Je crois pouvoir m'abstenir de porter l'affaire devant les tribunaux pour laisser Diane gérer ce qui devrait être mon club. En échange il me faudrait trois mille livres par mois. Trouvez-vous agréable de résider à l'étage du Tantale ? J'ai ouï dire qu'il y avait deux grands appartements privés là-haut.

La voiture traversait Hyde Park, qui jouxtait Tattersall. Comme elle s'engageait sur un sentier parallèle à la Serpentine, Oliver jeta un coup d'œil par la fenêtre. Il mourait d'envie de jeter Cameron hors du buggy à coups de pied, et de le pousser dans la rivière. Mais l'imbécile semblait décidé à se laisser tenter par son subtil chantage. Alors...

— Je loue les deux appartements, et, oui, ils sont assez spacieux, dit-il en reportant son attention sur Cameron.

— Tant mieux. Nous pourrions peut-être trouver un terrain d'entente, juste vous et moi, afin que je puisse m'installer dans l'un d'eux. Après tout, Diane et moi sommes apparentés, même si ce n'est que par allian...

— Chaque chose en son temps, Cameron.

Oliver frappa de nouveau contre la portière avant d'ordonner :

— À Tattersall, Audley.

— Pourquoi avons-nous fait un détour par le parc ? s'étonna Cameron.

« Parce qu'il n'était pas exclu que je me débarrasse de toi, ordure », répondit Oliver en silence, avant de répliquer à voix haute :

— Je voulais me donner le temps de prendre certaine décision. Bon, c'est entendu, je vous aiderai. Diane mérite une leçon. Elle a bien besoin d'apprendre l'humilité dans certains domaines.

— Parfait, se réjouit Cameron, avant de se renfrogner de nouveau. Vous n'auriez pas une idée de prétexte à me donner pour annuler le pacte que j'ai conclu avec mes ex-associés, par hasard ?

— Oh si, j'ai des idées plein ma musette ! assura Oliver en allumant un cigare à la veilleuse de la voiture.

— Vous en êtes certaine, Grace ? demanda Diane en s'efforçant de contrôler sa voix.

— Oui, ils sont partis ensemble, milady, dans le buggy de lord Haybury. Il a convié lord Cameron à l'accompagner à Tattersall, il y a de cela trois heures maintenant.

— Je t'avais dit qu'on ne pouvait pas lui faire confiance, siffla Geneviève derrière elle, avant de jurer en allemand. Si ces deux-là se liguent contre toi, tu imagines les dégâts qu'ils sont capables de...

— Oui, j'en ai parfaitement conscience, coupa Diane d'un ton sec.

Miséricorde. Oliver avait peut-être du mal à s'impliquer dans une relation, mais elle n'arrivait pas à croire qu'il puisse la trahir aussi froidement. Et pas seulement parce qu'elle avait en sa possession une lettre susceptible de lui fermer l'accès à tous les cercles de jeu d'Angleterre. Non. Ce n'était pas ce genre d'homme. Il était arrogant, cynique, désabusé et retors, certes, mais... ni malhonnête ni déloyal. Du moins pas avec elle.

— Qu'allons-nous faire, Diane ?

— Je dois réfléchir. Si jamais Haybury revient, prévenez-moi sur-le-champ. Je serai dans mon bureau.

Diane tourna les talons.

Elle se reprochait son manque de méfiance vis-à-vis d'Anthony, alors que, par ailleurs, elle s'était montrée très vigilante. Elle avait préféré tirer un trait sur quatre années de déceptions récurrentes, mais Anthony n'était pas Frederick. Contrairement à son défunt frère, il avait conscience de ses propres faiblesses, et était assez malin pour chercher un moyen de les compenser. Ce qu'il avait apparemment décidé de faire en lui volant son club.

Elle aurait peut-être dû le laisser aller au bout de son propos, mais voir ce rat débarquer chez elle, prêt à s'approprier ses jouets, l'avait rendue malade. Et maintenant, ce type se promenait en compagnie du seul homme qu'elle n'arrivait plus à détester.

Pourquoi Oliver se serait-il isolé avec Cameron s'il ne mijotait pas quelque entourloupe ? Les deux hommes n'auraient pu être plus différents de caractère et de tempérament. L'un était un vil serpent, tandis que l'autre était un lion magnifique et altier qui paressait au soleil, jusqu'à ce que quelque chose retienne son attention. Sa réaction était alors rapide, et mortelle.

Mais peut-être que, une fois de plus, elle s'était méprise sur son compte. Deux ans plus tôt, elle s'attendait à tout sauf à ce qu'il disparaisse alors même qu'ils étaient en train de vivre quelque chose de... quelque chose de...

— Milord, vous ne pouvez pas entrer dans les appartements privés de milady !

Sur le point de pénétrer dans son bureau, Diane pivota. Talonné par Grace et Geneviève, Oliver s'immobilisa au bout du couloir en l'apercevant.

— Diane, il faut que je vous parle. Maintenant.

— C'est ce que j'ai cru comprendre.

Pour une fois son visage exprimait des émotions. Colère et inquiétude. Ravalant les paroles acerbes qui lui brûlaient la langue, elle hocha la tête.

— Dans mon bureau. En privé, Geneviève.

Sans dissimuler son mécontentement, Geneviève rebroussa chemin en compagnie de la majordome. Sans doute allait-elle courir dans le salon adjacent au bureau pour presser l'oreille contre la porte. Mais, après tout, il n'était pas impossible que Diane ait besoin de son aide sous peu.

Oliver jeta regard par-dessus son épaule avant de rejoindre Diane.

— Un jour, il faudra me dire où vous avez dégoté cette fille.

— Si vous n'avez pas une très bonne raison d'être parti en compagnie d'Anthony Benchley, cette conversation sera la dernière que nous aurons, l'avertit-elle en entrant dans le bureau.

Il la suivit, claqua la porte et poussa le verrou. Sous le regard de Diane, qui s'était approchée de la fenêtre, il alla verrouiller l'autre porte, celle du salon, avant de revenir s'asseoir à demi sur le bureau.

— Nous avons un problème, annonça-t-il.

— En effet. Vous savez que cet individu menace mon club, et pourtant vous n'hésitez pas à...

— C'est lui qui est venu me trouver, l'interrompit-il. Et arrêtez de me sermonner. Je ne suis pas l'un de vos employés, dois-je vous le rappeler encore ? Et je n'essaie pas non plus de trahir votre confiance.

— Anthony pensait que vous seriez peut-être disposé à répondre à certaines questions à mon sujet et au sujet du club. L'étiez-vous ?

— Hum... Dites-moi d'abord ce qu'il vous voulait au juste.

— Il a tenté de me faire avouer que je n'étais pas la propriétaire légitime d'Adam House, et que vous étiez plus impliqué dans mes affaires que nous ne voulions tous deux l'admettre.

— Merci de me répondre si franchement, Diane. Je sais que vous ne voulez pas d'un associé, mais j'essaie au moins d'être un ami.

— Le resteriez-vous si je n'avais pas en ma possession une certaine lettre ?

La question parut le prendre au dépourvu, comme s'il avait oublié l'existence de cette lettre compromettante.

— À votre arrivée à Londres, je me méfiais de vous, c'est vrai. J'ai mis du temps à comprendre que vous n'étiez pas la seule à avoir changé.

Il avait changé, de toute évidence. Elle ne pouvait ignorer ce fait, désormais. Se rendant soudain compte qu'elle le scrutait, elle s'ébroua.

— Assez parlé de confiance. Vous avez passé trois heures avec Anthony. Vous avez dû en dire, des choses, pendant tout ce temps.

— Il a été à deux doigts de finir dans la Serpentine. J'ai demandé à mon cocher de faire un détour par le parc dans cette intention.

— Et pourquoi avez-vous changé d'avis ?

— J'espère que vous n'êtes pas armée. J'ai dû prendre une décision hâtive.

— Poursuivez.

— Cameron se doute que vous avez imité la signature de Frederick. Il avait l'intention de vous traîner au tribunal, certain qu'un juge saurait statuer entre un pair du royaume et une... patronne de maison de passe. Ce sont ses mots, pas les miens, bien sûr.

— Continuez. Voilà longtemps que je ne me formalise plus de ce que les inutiles pensent de moi.

— Tant mieux. Cameron s'est assuré le soutien de Greaves et de Larden en leur promettant des parts du Tantale club. Du coup, j'ai réclamé ma part du gâteau.

Diane le regardait fixement, avec l'impression que son monde venait de basculer par la fenêtre. Tout à coup, elle avait l'impression qu'un abîme glacé se creusait dans sa poitrine.

— Comment... comment avez-vous p...

— Mais non, ce n'est pas vrai ! Laissez-moi terminer.

— Votre histoire a intérêt à se finir bien !

— Bien, je ne sais pas, mais cette fin-là me semble plus jouable qu'une bataille juridique.

— Jouable ? Vous n'êtes pas à une table de faro !

— Laissez-moi parler, bon sang !

Malgré la peur qui la tenaillait, Diane parvint à conserver son sang-froid.

— Très bien, dit-elle en croisant les bras sur sa poitrine. Allez-y, mais faites vite.

— J'essaie. Croyez-moi. Je lui ai tout d'abord réclamé vingt-cinq pour cent. Et puis, je lui ai fait remarquer qu'il était le moins bien placé d'un point de vue social et que, très vite, il finirait par se coltiner toutes les tâches ingrates pendant que ses trois associés jouiraient des bénéfices du club. Cela l'a déstabilisé, comme je l'espérais. Et je lui ai soufflé une autre solution : le chantage. *Vous* faire chanter. Votre ex-beau-frère va vous réclamer trois mille livres par mois pour ne pas aller demander réparation devant les tribunaux.

Diane le dévisagea, l'air horrifié. Cette fois elle se moquait bien de laisser transparaître ses sentiments.

— Vous avez pensé que la meilleure solution pour contrer les manigances d'Anthony consistait à m'extorquer trois mille livres par mois ? Mais c'est exorbitant ! Pourquoi pas cent mille ? C'est hors de question !

Oliver s'approcha d'elle, referma les mains sur ses poings serrés.

— Vous n'avez pas compris, Diane. Cameron sait que votre mariage avec Frederick n'était pas un mariage d'amour. Il sait que son frère avait le démon du jeu, que son vice vous entraînait dans la pauvreté. Vous n'êtes coupable que d'avoir voulu survivre, mais il a le toupet de vous le reprocher et de réclamer sa part du butin, sans oublier de vous insulter au passage. Je n'ai fait que lui donner la corde qui allait servir à le pendre.

— Vous vous drapez dans la morale, vous qui avez séduit une veuve à peine une semaine après la mort de son époux, puis l'avez abandonnée quinze jours plus tard ?

Oliver ferma les yeux un instant.

— J'étais à la recherche d'une aventure de quelques nuits, pas d'une rencontre qui bouleverserait ma vie. Maintenant pouvons-nous revenir au sujet qui nous préoccupe ?

Diane avait enfoncé les ongles dans ses paumes. Elle s'obligea à desserrer les poings. Était-il possible que leur idylle viennoise ait autant perturbé Oliver qu'elle ? Elle n'avait jamais considéré les choses sous cet angle.

— Très bien, souffla-t-elle. Vous avez voulu l'empêcher d'intenter une action au tribunal. Je comprends. Mais je n'ai pas trois mille livres à lui donner, quand bien même je le voudrais, ce qui n'est pas le cas.

— Nous pouvons toujours recourir à mon plan initial. Je doute que quiconque s'inquiète de la disparition brutale d'un obscur petit comte.

Oh, Dieu tout-puissant !

— Êtes-vous en train de proposer de l'assassiner ? Même si j'étais prête à aller jusque-là, vous ne m'êtes pas redevable à ce point, Oliver.

Il desserra l'étreinte de ses mains, lui caressa les poignets du pouce.

— Il ne s'agit pas de me racheter, Diane, mais de l'importance que vous avez à mes yeux désormais.

Seigneur !

— C'est très gentil à vous, Oliver, mais...

— ... cela ne résout pas notre problème, je sais.

À quel moment Anthony était-il devenu « leur » problème ? Diane n'en avait aucune idée. En dépit de son orgueil, de sa farouche volonté d'indépendance et de ses résolutions, elle était heureuse d'avoir un allié. De l'avoir, lui, Oliver, à ses côtés. Elle s'était sentie seule pendant si longtemps, même quand Geneviève était venue vivre avec elle.

— Quelle solution proposez-vous alors, hormis celle qui consiste à le trucider ? Je n'ai rien contre le principe, mais j'essaie juste de mener la vie qui me convient, et le meurtre n'en fait pas partie. Jusqu'à présent.

— Ni vous ni moi n'avons très bonne réputation. Par conséquent se résigner à de telles méthodes ne serait pas une très bonne idée. Et ne vous inquiétez pas, je ne suggérais pas que vous achetiez le silence d'Anthony durant le reste de vos jours.

— Comment peut-il même imaginer que j'accepterais ? Je sais que d'un point de vue strictement légal, Adam House lui revenait. Mais après un mariage aussi désastreux, je méritais bien quelque chose. Alors je l'ai pris, et il n'est pas question que je le rende.

— Je ne vous le demande pas. Réfléchissez un instant et dites-moi ce que vous voulez, Diane.

Elle avait la très nette impression que sa question allait au-delà du problème posé par Anthony. Mais chaque chose en son temps.

— Je veux qu'Anthony Benchley et ses acolytes me laissent tranquille. Vous savez, avant qu'il ne passe à l'attaque, je ne le détestais même pas, avoua-t-elle dans un soupir. Frederick non plus, je ne le détestais pas. Il était juste... là.

— Comme un chien est là, à côté de vous ?

— Non. Plutôt une plante. On doit l'entretenir, l'arroser, et avec un peu de chance elle vous fournira de l'ombre de temps en temps. Mais elle ne s'intéresse pas à vous et ne vous donne pas d'affection.

Il y eut un silence. Puis Oliver se pencha et prit son visage entre ses mains. Comme il déposait sur ses lèvres de doux baisers, une douleur sourde s'éveilla en elle. Elle plongea ses doigts dans ses cheveux pour plaquer sa bouche plus violemment sur la sienne. En cet instant, elle ne voulait pas de douceur, mais une réalité solide, tangible, un désir brut.

Il s'écarta.

— Je suis en mesure d'affirmer, ma chérie, que vous n'avez rien à voir avec une plante, murmura-t-il en lui caressant la joue. Rien du tout !

— Sans doute, dit-elle avec un sourire. Mais je ne suis quand même pas d'accord pour tuer Anthony.

— Bon, si vous insistez. Mais j'espère que vous n'avez rien contre les coups tordus ?

— Oh non ! C'est ce que je préfère. Et donc... j'imagine que vous avez une idée en tête ?

— En effet. Mais je ne peux la mettre à exécution sans votre autorisation.

— Alors acceptez de dîner avec Geneviève et moi à Adam House ce soir. Nous parlerons stratégie.

— D'accord. Puis-je toutefois vous demander pourquoi vous souhaitez la présence de Mlle Martine ? Je sais que vous ne craignez pas d'être seule avec moi.

En réalité, le nouvel Oliver, celui qui l'encourageait, la soutenait, la troublait beaucoup plus que celui qui se contentait de la désirer.

— Geneviève a toujours un point de vue différent. Et j'ai une confiance aveugle en elle.

— Fort bien. À quelle heure dois-je vous rejoindre ?

— 19 heures.

— Comptez sur moi.

Il alla déverrouiller la porte du salon.

— Mademoiselle Martine, je crois que lady Cameron souhaite vous parler, dit-il en faisant un pas de côté pour permettre à Geneviève d'entrer dans le bureau.

Puis il gagna l'autre porte en ajoutant à l'adresse de Diane :

— À ce soir, donc.

Elle ne put s'empêcher de sourire. Quelle que soit l'issue de cette histoire, elle était désormais certaine qu'elle n'affecterait pas seulement le Tantale club, mais aussi son cœur.

Oliver avait cherché un moyen de prouver sa loyauté à Diane, mais jamais il n'aurait imaginé qu'Anthony Benchley le lui fournirait. Jusque-là, il avait pensé que la mort de Frederick resterait le meilleur service qu'un Benchley puisse rendre à la jeune femme. Mai grâce à l'actuel comte de Cameron, Oliver occupait désormais la position d'allié.

Il était dans le salon de Diane, situé dans la partie privée d'Adam House. Et cette fois, il n'avait pas eu besoin de s'introduire dans les lieux par la force. Oh, il était déjà venu à l'insu de Diane, en profitant des travaux ! Et il avait suffisamment fureté pour savoir que la fameuse lettre que Diane avait menacé de rendre publique ne se trouvait pas ici.

S'approchant de la table près de la fenêtre, il se servit un whisky. Ces derniers temps, il n'avait pas du tout pensé à cette lettre. Depuis un moment déjà il était du côté de Diane, non parce qu'elle le faisait chanter, mais par choix.

Par la fenêtre, on apercevait l'angle des écuries. Plusieurs attelages et montures attendaient leur propriétaire. Il était trop tôt pour crier victoire, surtout avec Cameron qui rôdait dans les parages, mais on ne pouvait nier que Diane ait accompli une sorte de miracle. Chaque saison londonienne voyait s'ouvrir de nouveaux clubs pour messieurs. La plupart ne passaient pas l'été. Mais Diane était parvenue à créer un lieu accueillant où les mondains aimaient se retrouver pour jouer et savourer un bon repas, entourés des attentions des charmantes hôtesses.

La voix de Diane s'éleva dans son dos.

— Que regardez-vous ?

Comme si sa présence le ramenait à la vie, il sentit une chaleur bienfaisante l'envahir.

— Il y a foule ce soir, à en juger par la fréquentation des écuries.

— Notre clientèle ne cesse de croître. Je me garderais de pécher par optimisme, c'est néanmoins encourageant.

Il perçut son hésitation et n'eut aucun mal à deviner ce qui la troublait. Plus le Tantale club aurait de succès, plus il attiserait la convoitise de Cameron.

Il pivota vers elle… et se pétrifia.

Diane avait revêtu une robe en soie garance. Des mules de velours du même rouge profond pointaient sous l'ourlet de dentelle de sa jupe, et des rubans étaient entrelacés dans sa chevelure brune. Il eut envie de la prendre dans ses bras et dut se faire violence pour résister à cette impulsion.

— Je sais que complimenter une femme sur sa toilette est très banal, dit-il tandis que son regard s'attardait sur son décolleté, avant de remonter vers son visage. Mais en cet instant, j'ai les jambes qui flageolent.

Elle sourit et ses yeux verts s'illuminèrent.

— Demain soir, c'est notre soirée « dames ». Je dois donc éblouir les messieurs ce soir pour leur donner envie de revenir mercredi.

Même si elle n'avait pas mis cette robe pour lui plaire, cela ne l'empêchait pas d'apprécier le spectacle.

— Vous n'avez aucune inquiétude à vous faire, ils reviendront.

— Diane, le dîner est servi, annonça Geneviève Martine sur le seuil de la salle à manger.

Puis, après avoir jeté un coup d'œil à Oliver, elle battit en retraite.

Oliver avait déjà compris que s'il voulait Diane, il devrait se faire accepter de son amie. Il offrit le bras à la jeune femme et l'escorta dans la salle à manger.

Plusieurs plats avaient été disposés sur la table : de la soupe de pois cassés, du poisson au court-bouillon, des pommes de terre, un pudding et une corbeille de pain frais. La femme-valet qui se trouvait là s'éclipsa dès qu'ils furent installés. Ainsi ils devraient se servir seuls, mais seraient assurés que personne n'entendrait leurs propos.

Oliver avait fait exprès de s'asseoir face à Geneviève Martine, laissant Diane présider la tablée à sa gauche. Il envisageait ce dîner comme une sorte de partie de cartes. Pour sortir vainqueur, il lui faudrait jauger ses adversaires et adapter sans cesse sa tactique de jeu. Pour autant il ne considérait pas cela comme un divertissement. Au contraire. Diane n'était pas un jouet. La vie lui avait offert une miraculeuse deuxième chance de la conquérir. Et cette fois-ci, il ne quitterait pas la table avant d'avoir gagné.

Cette révélation le frappa tel un direct à l'estomac. Même si Diane avait eu recours à des méthodes un peu discutables pour s'assurer son aide, il voulait qu'elle fasse partie de sa vie. C'était la seule femme à oser lui tenir tête, la seule qui n'ait pas peur de l'affronter pied à pied. Elle n'était plus la Diane de Vienne, mais ces changements ne la rendaient que plus désirable à ses yeux. Aujourd'hui il appréciait sa compagnie dans un lit, mais tout autant en dehors. C'était aussi terrifiant que merveilleux.

— Pourquoi me regardez-vous ainsi ? demanda tout à coup l'objet de son désir et de son affection.

Il se ressaisit, haussa les épaules.

— Vous m'avez dit que vous ne vouliez pas attenter à la vie de Cameron. Mais jusqu'où êtes-vous prête à aller ?

— Si vous voulez une réponse brève, demandez-moi plutôt jusqu'où je ne suis *pas* prête à aller.

— C'est ce que j'espérais vous entendre dire, sourit-il.

18

— Il me faudrait davantage de détails, déclara Oliver en repoussant l'ombrelle de Diane qui lui tapotait la tête.

— À quel sujet ?

— Qu'avez-vous voulu dire hier soir, quand vous avez affirmé : « Geneviève saura le convaincre. Jadis elle a berné Napoléon lui-même. »

— Je suis étonnée que vous ayez attendu cet après-midi pour me poser la question.

Elle s'étonnait aussi d'apprécier cette promenade dans St. James's Park. Cela lui semblait si banal, si conjugal. Pourtant elle ne s'était jamais promenée au parc avec Frederick. Il ne le lui avait jamais proposé.

Elle se doutait que cela aurait dû arriver cinq ans plus tôt, quand elle n'était encore qu'une jeune fille naïve, toute prête à tomber amoureuse. Une simple promenade au parc. Aujourd'hui, Oliver avait dû déployer des trésors de persuasion pour l'y emmener, parce qu'elle ne croyait plus à ces fadaises, l'amour, le romantisme. Mais, en un sens, le mal qu'il s'était donné rendait cette sortie plus… significative.

— Pour être franc, j'ai eu envie de poser la question quand nous avons entamé le poisson, mais j'ai eu peur qu'elle ne me saute à la gorge par-dessus la table.

— Elle ne vous aime pas beaucoup. Et moi non plus, d'ailleurs.

Il s'arrêta, recouvrit sa main, qui reposait au creux de son bras, de la sienne.

— Au risque de m'exposer à un coup de poignard en plein cœur, qu'éprouvez-vous pour moi ? Pas de manière générale, ce serait trop demander. Mais maintenant, en ce moment même ?

Il arborait une expression étonnamment sérieuse.

Bonté divine. Cela ne lui ressemblait pas du tout de baisser sa garde comme ça. Mal à l'aise, elle détourna la tête.

— En ce moment, je vous aime bien. Cela vous suffit-il ?

— Oui. Moi aussi, je vous aime bien. Et maintenant, expliquez-moi Bonaparte. Et Mlle Martine.

— J'ai fait la connaissance de Geneviève quand nous étions enfants. Son père était diplomate en France, mais sa mère passait tous ses étés en Angleterre, dans un cottage non loin de Fenhall où je vivais. Geneviève a toujours eu un don exceptionnel pour les langues. Bien qu'elle se soit toujours considérée comme anglaise, elle parle couramment le français, l'allemand, l'italien, l'espagnol, et Dieu sait encore combien d'autres langues.

— Et Bonaparte, là-dedans ?

— Il y a cinq ans, alors qu'elle venait de fêter ses dix-huit ans, elle a été approchée par le ministère des Affaires étrangères. Ensuite, elle a passé trois années à… eh bien, à aider l'Angleterre pendant la guerre.

Les yeux d'Oliver s'arrondirent.

— Vous voulez dire que c'est une espionne ?

— Ce n'est pas de cette façon que nous la présentons d'ordinaire. Aussi je vous prierais de ne pas le répéter.

— Alors, c'est vrai, vous me faites un peu confiance, remarqua-t-il avec un sourire.

— Un peu, concéda-t-elle. Mais méfiez-vous de Geneviève. N'oubliez pas qu'elle excelle au maniement du pistolet comme du couteau.

— Je ne risque pas.

Ils reprirent leur cheminement. Un buggy les dépassa. Les trois passagères les regardèrent avec insistance, avant de se détourner pour chuchoter derrière leurs mains. Diane reconnut l'une d'elles qui était venue au Tantale club quinze jours plus tôt et avait perdu quarante livres au whist. Une belle hypocrite, donc. Mais elle n'avait que faire de l'opinion de ces gens-là.

— Puis-je vous poser une question ? reprit Oliver.

Elle sentait son regard sur elle tandis qu'elle fixait le buggy qui s'éloignait. C'était très étrange. Ils faisaient une simple promenade, alors qu'elle aurait dû se trouver au Tantale afin de vérifier que personne ne manquait à l'appel pour la soirée qui s'annonçait, et pourtant elle éprouvait la même euphorie que le jour où ils étaient montés dans la montgolfière. Et toute son attention se concentrait sur le fringant vaurien à son côté.

— De quel genre de question s'agit-il, s'il vous faut me demander la permission de la poser ?

— J'essaie juste de me montrer courtois, répliqua-t-il, une lueur amusée dans ses yeux gris.

— Oh, posez votre question, pour l'amour de Dieu !

— Très bien. Avez-vous revu vos parents depuis votre retour en Angleterre ?

Diane se rembrunit.

— Je ne vois pas le rapport avec mon club et la meilleure façon de se débarrasser d'Anthony Benchley.

— Il n'y en a pas. Vous avez quitté le sol anglais depuis presque trois ans, alors que vous aviez à peine vingt ans. Je m'interroge, c'est tout.

Après une courte pause, il enchaîna :

— Mon père est mort quand j'avais douze ans, ma mère sept ans plus tard. Je vous raconte cela parce que je sens que vous allez protester et m'accuser de poser des questions trop intimes alors que je ne vous ai rien révélé de mon histoire personnelle.

Une conversation banale, cordiale. Avec Oliver Warren. Quelques semaines plus tôt, elle n'aurait pu s'imaginer dans une telle situation. Pourtant, aujourd'hui, cela lui paraissait tout naturel. Et même agréable, rassurant.

— Non, je n'ai pas revu mes parents. Ils ont trois autres filles et un fils. À dix-huit ans, on m'a mariée et j'ai quitté la maison, comme on l'attendait de moi. Il n'y a rien d'autre à ajouter.

Elle donna un petit coup d'ombrelle sur le crâne de son compagnon, avant de reprendre :

— C'est une famille tout à fait respectable. Mes parents désapprouveraient catégoriquement que je me sois lancée dans les affaires. Je ne vois donc pas l'intérêt d'aller les voir pour subir leurs critiques.

— C'est assez logique, en effet.

— Je n'ai pas peur d'eux, si c'est ce que vous sous-entendez.

— Je ne vous ai jamais vue avoir peur de qui que ce soit, ma farouche reine guerrière.

— Nous sommes alliés. Je ne suis pas à vous, ni à personne.

— Très bien. Vous n'avez jamais peur, ô farouche reine guerrière. C'est mieux ainsi ?

— Infiniment. Votre curiosité est-elle satisfaite ?

— Pour l'instant. J'avoue que j'avais du mal…

Oliver s'interrompit comme un jeune homme approchait sur son hongre bai. Il le salua d'un hochement de tête.

— Bonjour, Appleton.

— Bonjour, Haybury. Et vous devez être lady Cameron, ajouta le jeune homme en ôtant son chapeau. J'attends désespérément que mon ami Haybury m'invite dans son nouveau club, mais depuis un mois je l'ai à peine vu.

— J'habite au-dessus du Tantale club, James. Tu peux comprendre qu'ayant trouvé le paradis, je sois peu disposé à le quitter.

— Certes, acquiesça Appleton avec un sourire. Et je te dois un déjeuner. Au Society ? Demain midi ?

— Au Tantale club, à 14 heures.

— Comme tu voudras. À demain, alors.

Diane regarda le jeune homme s'éloigner sur sa monture et lâcha :

— J'espère que M. Appleton nous causera moins d'ennuis que vos autres amis.

— Greaves et Larden ne sont pas mes amis, contrairement à Appleton et à Manderlin.

— Savez-vous que Greaves a posé sa candidature pour devenir membre du club ?

— Cela ne me surprend pas. Le Tantale est devenu l'endroit où il faut être vu. Greaves n'aura cependant pas ma voix.

Il n'essayait pas de l'influencer. Il donnait son avis, mais ne tentait plus de s'ingérer dans la gestion du club. Ce n'était peut-être pas grand-chose, mais aux yeux de Diane, cela comptait énormément.

Oliver reprit :

— J'étais sur le point de dire que j'avais du mal à vous imaginer retournant vivre chez vos parents pour bénéficier de leurs largesses en attendant benoîtement de retrouver un mari.

— C'est ce que j'étais censée faire, n'est-ce pas ? Franchement, cela ne m'a jamais traversé l'esprit.

— C'est normal. Je ne vous ai jamais vue battre en retraite. J'ai une autre question à vous poser, ajouta-t-il après s'être raclé la gorge.

— Décidément, vous êtes très curieux aujourd'hui. Gardez juste en tête que j'ai peut-être autant de questions à vous poser et qu'à présent j'attendrai des réponses de votre part.

— D'accord.

— Alors allez-y.

— Avant moi, avez-vous eu un autre amant que Frederick ?

Le cœur de Diane se mit à battre un peu plus vite.

— Non. C'est avec vous que je me suis rendu compte que le « devoir conjugal », comme l'appelait ma mère, pouvait procurer beaucoup de plaisir. Je vous dois des remerciements, je suppose.

De l'autre côté du parc, elle aperçut la voiture de lady Dashton, la vicomtesse, accompagnée de deux de ses amies de la Ligue de Tempérance.

Elle soupira. Elle avait plutôt apprécié la vicomtesse lorsqu'elle avait fait sa connaissance. Et elle avait toujours eu l'impression que si celle-ci vilipendait autant le Tantale club, c'était essentiellement à cause de l'alcoolisme de son époux. Les dames de la Ligue constituaient un problème qu'elle devrait régler ultérieurement. Mais les problèmes semblaient s'accumuler et elle finissait par se demander si elle aurait le temps de s'attaquer à tous.

Oliver lui tira doucement le bras.

— Qu'aviez-vous…

— Oh non, c'est terminé ! coupa-t-elle. Mon tour est venu. Dites-moi ce que vous faisiez à Vienne il y a deux ans. Et je veux la vérité, s'il vous plaît.

— Je ne vous ai jamais menti à ce sujet ; vous ne m'avez pas posé la question, c'est tout.

— Je vous la pose.

Le regard d'Oliver se perdit au loin.

— Il y a deux ans, j'ai contrarié mon oncle une fois de trop et il m'a coupé les vivres. J'avais quelques réserves qui m'ont permis de subsister un moment en jouant, mais quand Greaves m'a confisqué ce pécule, je me suis retrouvé dans l'incapacité d'assumer mon train de vie à Londres. Je suis donc parti en villégiature à Vienne. Et j'ai été contraint d'aider un peu la chance contre DuChamps. Mais est-ce la question que vous vouliez vraiment me poser ? demanda-t-il en lui coulant un regard de biais.

La question suivante exigeait plus de courage. Mais apparemment elle était désormais une farouche reine guerrière. Une reine guerrière pouvait bien se confronter à quelques souvenirs douloureux…

— Vous êtes bien téméraire aujourd'hui. Vous voulez vraiment que j'évoque cette époque ?

— Aucun de nous deux n'oubliera jamais. Je n'en espère pas autant, dit-il en dégageant son bras pour lui prendre la main.

— Ah. Vous cherchez mon pardon, je suppose ? dit-elle avec un petit rire sec. Alors vous avez intérêt à ce que l'histoire soit bonne.

Les mots étaient moins acérés qu'elle ne l'aurait voulu. Sans doute à cause des récentes bonnes actions d'Oliver, ainsi que de l'atmosphère paisible du parc.

— Il est temps de le découvrir, acquiesça-t-il. À mon arrivée chez lady Darham, je vous ai aperçue, assise seule dans un coin, toute de noir vêtue. J'ai demandé à notre hôtesse qui vous étiez, et elle m'a répondu que vous étiez anglaise, et que votre idiot de mari venait de mourir en vous laissant sans un sou. Avec vos longs cheveux noirs et vos yeux magnifiques, vous m'avez littéralement coupé le souffle. Je vous ai tout de suite désirée et je me suis dit… qu'il ne serait pas difficile de vous mettre dans mon lit.

— Et vous aviez raison. Mais c'est là le début de l'histoire. Je vous ai demandé la fin.

— Diane, vous…

— Oh, je reconnais ce ton ! N'essayez pas de changer de sujet.

— Bon, très bien. Mais promettez-moi de ne pas vous enfuir ensuite.

— J'ai posé la question, je dois être capable d'entendre la réponse.

Il lui serra la main un peu plus fort avant de poursuivre :

— Je me suis enfui parce que j'avais vingt-sept ans, pas un sou et que j'étais bien décidé à ne jamais être un mari docile qui, pour jouer, n'aurait d'autre solution que de se glisser hors du domicile conjugal la nuit, avec en poche trois pauvres piécettes mises de côté.

— Je ne vous ai jamais demandé de m'épouser.

— Mais j'en avais envie. Je ne pensais qu'à cela. Et vous aviez raison, cela me terrifiait. C'était l'inverse de tout ce dont j'avais rêvé, l'opposé de la vie que j'avais souhaité mener. Oui, j'ai détalé. Je suis rentré à Londres, je suis allé présenter mes excuses à mon oncle pour ma conduite inqualifiable. Il m'a de nouveau couché sur son testament et, trois semaines après, il tombait raide à la Chambre des lords. Crise cardiaque, selon le médecin. Et depuis deux ans, j'essaie en vain de vous oublier, Diane.

Chaque goulée d'air qu'elle inspirait lui brûlait les poumons. Elle s'attendait à peu près à tout, sauf à l'entendre dire qu'il l'avait abandonnée parce qu'il l'aimait trop.

Oliver la scrutait d'un air anxieux, comme s'il s'efforçait de deviner ses pensées. Et comme elle-même ne comprenait rien à ce qui se passait dans sa tête, elle lui souhaitait bien du plaisir.

— Alors ? dit-il enfin. Allez-vous me frapper, ou me flanquer un coup de pied, ou me tirer dessus ?

— Vous... vous êtes parti parce que vous étiez trop épris de moi ? articula-t-elle d'une voix mal assurée. Et pendant tout ce temps, j'ai cru que...

— Qu'avez-vous cru ?

Elle se ravisa soudain.

— Oh non ! Je ne veux pas que nous parlions de cela. Pas maintenant.

Et peut-être jamais.

— Ma chérie, je sais que je mérite...

— Je veux que nous revenions à Anthony. Vous voulez lui tendre un piège. Êtes-vous certain d'y parvenir ?

Il garda le silence un moment, visiblement réticent à changer de conversation, puis répondit finalement :

— Je suis très doué pour entraîner les autres hors du droit chemin. Vous le savez déjà. Ne craignez rien, notre plan va marcher. Mais s'il essaie seulement de s'en prendre à vous, je l'anéantirai. Et cette fois vous ne parviendrez pas à m'en dissuader, Diane.

— Depuis quand êtes-vous si protecteur ?

Avec un haussement d'épaules, il consentit à lui lâcher la main.

— Je l'ignore. Mais je vous garantis que je ne plaisante pas.

Elle le voyait bien. À son regard déterminé, à sa mâchoire serrée, et même à sa façon de se tenir entre elle et les promeneurs.

L'espace de quelques secondes, elle s'autorisa à se sentir choyée et protégée par cet homme qui, jadis, avait eu envie de l'épouser ; à oublier qu'Anthony Benchley était *son* problème, problème qu'elle réglerait à *sa* façon. Oliver le savait, il connaissait la règle du jeu, mais pendant un court instant, ce fut délicieux et réconfortant de faire semblant.

Elle libéra sa main, et changea son ombrelle de côté.

— C'est très galant de votre part, dit-elle. Toutefois ce ne sera pas nécessaire. Continuez à jouer votre rôle, et je serai satisfaite.

— Et moi, je serai satisfait si vous acceptez de partager mon lit ce soir.

— Il n'est pas question de renégocier les termes de notre accord, objecta Diane, ignorant le petit frisson de plaisir qui la parcourut.

Dieu que c'était agréable d'être désirée.

— Alors venez me rejoindre uniquement parce que vous en avez envie, rétorqua-t-il.

C'était là une offre tentante. N'avait-elle pas pour devise de faire ce que bon lui semblait désormais ? Oliver était dangereux, mais, miséricorde, elle commençait à aimer ce danger-là ! Et encore plus maintenant qu'elle connaissait la vraie raison de son départ de Vienne.

Il n'en restait pas moins qu'il l'avait lâchement abandonnée. Elle n'était pas prête à lui pardonner, ni même à lui trouver des excuses. Mais elle commençait vraiment à croire qu'il avait changé.

En mieux.

— Je viendrai peut-être, déclara-t-elle. Mais dans le cas contraire, promettez-moi de ne pas détruire ma maison en représailles.

— Je vous le promets, dit-il avec un sourire, avant de s'emparer de nouveau de sa main pour la porter à ses lèvres.

Oliver s'y reprit à trois fois pour rédiger la lettre que Diane, Mlle Martine et lui avaient jugée nécessaire pour attirer lord Cameron dans leurs rets. Enfin satisfait, il sabla l'encre, la laissa sécher, puis replia la feuille afin d'écrire l'adresse au verso.

— Myles, appela-t-il.

Le valet arriva du salon.

— Oui, milord ?

— Veillez à ce que ce courrier soit acheminé ce matin, dit Oliver en faisant glisser la missive sur le bureau.

— Bien, milord, dit le valet qui prit la lettre avant de s'en retourner.

— Et, Myles, le rappela Oliver, ne restez pas planté devant la fenêtre en façade. Vous allez effrayer les clients de lady Cameron.

— Je n'ai jamais vu autant de belles dames dans un même endroit, milord. Toute cette agitation, c'est quelque chose !

Oliver eut un petit rire.

— On dirait le premier bal de l'Almack de la saison, sauf que personne ne porte de blanc.

— Puis-je regarder derrière les rideaux, milord ?

— Assurez-vous d'abord que les lampes sont éteintes. Il ne faudrait pas qu'on pense que c'est moi qui espionne ainsi au carreau.

— Merci, milord.

— Ma foi, qu'au moins l'un de nous s'amuse un peu ce soir, soupira Oliver en se levant pour enfiler son manteau. Je sors. À demain matin.

Même si Diane décidait de lui rendre visite cette nuit-là, ce serait bien après minuit. Il se moquait des rumeurs que pouvait déclencher leur liaison supposée, il n'empêche, quelques jours plus tôt, Appleton et Manderlin avaient insinué qu'il se laissait mener par le bout de… son organe intime. Oliver pensait plutôt que l'organe concerné se situait cinquante centimètres plus haut, dans sa poitrine, mais il n'avait pas envie qu'on se gausse de lui à ce propos.

Il avait trois heures à patienter avant de recevoir une réponse à sa lettre. Il demanda donc à son cocher de le conduire au Society.

La clientèle du club l'assommait autant que les jeux, aussi décida-t-il au bout d'une heure de se rendre au White's. Mais ce n'était guère plus amusant là-bas. Et, avec presque trois quarts d'heure d'avance sur son programme, il se retrouva au Boodle's. À ce stade, il fut bien forcé d'admettre que son ennui ne devait rien aux différents clubs. Le problème venait de lui. Il ne tenait pas en place, ne savait pas quoi faire de sa peau et n'avait qu'une idée en tête : regagner le Tantale.

Ce n'était même pas parce que l'atmosphère était plus agréable là-bas. Bon sang, depuis quinze jours il avait à peine joué plus d'une livre ! Ce n'étaient pas les jolies croupières ni la bonne chère qui l'attiraient. C'était une femme. Ravissante, sophistiquée. Et qui ne cessait de lui tenir tête. Elle le fascinait, lui donnait envie d'être là tous les soirs, même quand il avait rendez-vous ailleurs, et même quand l'établissement n'ouvrait ses portes qu'aux dames.

Lui qui jadis avait fui de peur de tomber en quenouille, trouvait maintenant que chaque minute passée loin d'elle était une minute perdue. Ce tour de force, elle ne l'avait pas accompli en brandissant une lettre compromettante, mais en forçant son admiration. Deux ans plus tôt, elle était tout aussi ravissante et désirable, mais vulnérable et sans défense. Aujourd'hui elle débordait d'audace et de détermination. Et il ne pouvait tout simplement plus imaginer l'existence sans elle.

Comme elle, il était résolu à ne pas réitérer ses erreurs. Il l'avait laissée échapper une première fois, il ne la laisserait pas une deuxième.

— Oliver ! Tu arrives à temps pour m'offrir un cognac.

Oliver s'immobilisa au son de la voix de Manderlin, puis revint dans le petit salon situé côté rue.

— À temps, en effet, confirma-t-il en faisant signe à un valet de leur apporter deux verres.

— Sauf que nous aurons sans doute le temps de rendre l'âme avant qu'on vienne nous servir. Le type derrière le bar a dû apporter son cognac à Shakespeare lui-même, et ce doit être le plus jeune de l'équipe.

Tous les clubs fonctionnaient en service réduit ce soir-là. Mais Oliver ne pouvait pas s'en plaindre, car les employés qui manquaient travaillaient tous en extra au Tantale club.

— Ce n'est pas grave, je ne suis pas pressé, assura-t-il.

— Moi non plus, fit le comte en pianotant sur le plateau de la table. Comptes-tu te rendre à la réception de Hereton demain soir ?

— J'ai accepté l'invitation, mais je ne suis guère enthousiaste à l'idée de passer cinq heures à éviter Lydia Hereton.

— Si tu l'avais évitée l'année dernière, elle ne passerait peut-être pas son temps à te pourchasser aujourd'hui.

Oliver pinça les lèvres et attendit que le domestique ait posé les verres devant eux avant de faire remarquer :

— En tant qu'ami, tu es censé compatir, pas insister sur mes erreurs passées.

— Je serais plus conciliant si tu avais daigné te montrer hier à Tattersall, alors que tu m'avais expressément demandé de t'y retrouver.

Bon sang.

— J'ai eu un contretemps. J'ai décidé tout à coup de profiter de la compagnie de lord Cameron.

— Comment cela ?

— C'est une longue histoire, et certains épisodes ne me font pas apparaître sous mon meilleur jour, je le crains. Je n'aurais même pas pu jeter un coup d'œil à ces maudits canassons. Tu as repéré des bonnes affaires ?

— Quelques-unes. Mais si tu achètes une jument dressée à être montée en amazone, les gens vont vite comprendre que ce n'est pas pour toi.

— Si j'avais envie d'offrir un cheval à quelqu'un, je ne vois pas pourquoi je m'en empêcherais. Surtout si cette personne est une… vieille amie.

— Ce n'est pas toi que les gens regarderont de travers la première fois qu'elle montera ta jument. Ce n'est pas à toi qu'ils tourneront le dos.

La colère s'empara aussitôt d'Oliver.

— Pourquoi me dis-tu cela ? Aurait-elle subi des affronts ?

— Pas directement. Elle bénéficie encore de l'effet de nouveauté. Mais elle s'est lancée de son plein gré dans cette aventure scandaleuse. Et avec lady Dashton qui monte contre elle ses amies, de thés en réceptions et de bals en cercles de lecture, ce n'est qu'une question de temps.

— Je défie quiconque d'oser l'humilier devant moi !

— Même si elle se livre à des activités que la morale réprouve, tu intimides ses détracteurs, elle bénéficie donc de ta protection lorsque tu es là. D'un autre côté, personne ne l'invitera, de peur de t'entendre agonir d'insultes les autres invités, ou de subir le courroux de lady Dashton qui n'hésitera pas à ostraciser toute personne ayant osé témoigner de la sympathie à lady Cameron.

— Du moment que les clients continuent d'affluer au Tantale, je pense qu'elle se moque de l'opinion qu'on a d'elle. Mais en ce qui me concerne, je considère que quelqu'un qui fréquente son établissement, puis se permet ensuite de la dénigrer, n'est qu'un ou une hypocrite qui mérite d'être fouetté !

— Continue à tenir ces propos et personne n'aura bientôt plus envie de t'inviter, *toi*.

Oliver laissa échapper un soupir. Ce genre de conversation fondée sur des hypothèses ne servait qu'à le mettre en colère contre des gens qui n'avaient rien fait à Diane. Ou du moins pas encore. Et si elle ne pouvait pas sortir pour jouer les ambassadrices de son club dans la haute société, alors ce rôle lui revenait.

— C'est pour cette raison que je n'en parle qu'à toi. Personne ne nous écoute.

— Oh, merci beaucoup ! À présent, tu me dois un autre cognac, décréta Manderlin en essayant d'attirer l'attention du vieux valet.

Oliver consulta sa montre de gousset et lança un regard vers la porte d'entrée. Cinq minutes, à moins que le destinataire de sa lettre n'arrive en avance, ce qui était probable.

Se penchant, il dit à mi-voix :

— J'ai besoin de ton aide, Jonathan.

— Je te préviens, je ne tuerai personne pour te faire plaisir.

— Je trouve intéressant que ce soit la première idée qui te vienne à l'esprit. Il n'est pas question de meurtre. Du moins, pas encore. D'ici un moment, je vais te demander de partir. Je voudrais que tu le fasses en ayant l'air très troublé et mal à l'aise.

— Tu veux que je quitte la pièce ou le club ?

Oliver réfléchit une seconde avant de répondre :

— La pièce. Quitter le club serait un peu exagéré.

Manderlin vida son verre, puis :

— Es-tu sur le point de commettre un méfait ou une bonne action ?

Hum. Au moins Jonathan le pensait-il capable d'une bonne action.

— Je m'apprête à jouer un tour pendable à quelqu'un qui le mérite amplement, et qui, espérons-le, aidera une amie très chère.

Sauf que Diane n'était pas seulement une amie chère. Le dictionnaire ne contenait pas assez de mots pour la décrire.

— Bon. Si je puis me permettre, ta très chère amie semble avoir un effet inattendu sur toi. Je ne peux pas dire que je désapprouve.

— Je suis moi-même dans l'indécision à ce propos.

— Pourquoi l'aider, alors ?

Oliver ne tenait pas à approfondir la question pour le moment. Il préféra biaiser :

— Tu sais bien que j'adore la pagaille.

— C'est un euphémisme !

Un homme fit son entrée dans le salon. Il remuait les doigts, soit sous l'effet de la nervosité, soit parce qu'il s'imaginait déjà lançant des pièces de monnaie à droite et à gauche. Oliver prit son verre de cognac.

— Que le spectacle commence, murmura-t-il, avant de boire une gorgée de liquide ambré.

Manderlin suivit la direction de son regard et s'étonna :

— Cameron ? Encore ?

— Chut.

Anthony Benchley s'immobilisa devant leur table.

— Me voici, Haybury. Bien que je trouve l'endroit curieux pour une rencontre.

— Manderlin, laisse-nous, veux-tu. Je dois discuter avec lord Cameron.

Jouant son rôle à la perfection, Jonathan afficha une expression à la fois contrariée et inquiète.

— Eh bien, bonsoir, lança-t-il en se levant.

Sur un dernier regard, il disparut dans le salon de jeu adjacent.

Cameron jetait des regards soupçonneux autour de lui. Comme il demeurait debout, Oliver lui désigna le siège libre d'un geste.

— Asseyez-vous.

— J'ai eu toute la journée pour réfléchir à notre conversation, et je ne suis pas tout à fait convaincu que vous ne cherchiez pas à me déshonorer sur la place publique. Manifestement, vous n'aimez pas Greaves et Larden. Et tout le monde sait que vous avez un faible pour Diane, quoi que vous prétendiez.

Oliver s'exhorta mentalement à la patience.

— Il me faut, je pense, clarifier certaines choses. C'est la raison pour laquelle je vous ai demandé de me rejoindre ici. Asseyez-vous. S'il vous plaît.

La mine toujours dubitative, le comte obtempéra néanmoins.

— J'ai rendez-vous demain avec mon homme de loi. Et j'ai l'intention de porter plainte devant les tribunaux pour réclamer la jouissance d'Adam House et la propriété du Tantale club.

— Je vous le répète, je vous mets fortement en garde contre une telle action.

— Et moi, j'exige plus d'informations et de conseils de votre part, sinon vous ne deviendrez jamais mon associé. Sans compter que je m'arrangerai pour que vous soyez également incriminé dans cette histoire louche, au même titre que Diane.

— Je suis justement en train de vous conseiller, si vous daigniez m'écouter un peu. Je vais tenter de vous expliquer les circonstances complexes de cette affaire.

Mais je vous en conjure, ne haussez pas la voix. Personne ne doit nous entendre.

Un valet vint servir le deuxième cognac commandé par Manderlin. Oliver fit glisser le verre en direction de Cameron. Il aurait préféré le jeter au visage de ce sale type, cependant, en accord avec Diane, il avait choisi une méthode plus subtile. Même s'il devait serrer les dents pour se contenir.

Le comte s'éclaircit la voix.

— Je vous écoute, dit-il. Et tâchez d'être convaincant.

Il prit son verre, avala deux longues gorgées de cognac.

— Tout d'abord, je pars du principe que Diane a hérité d'Adam House en toute légalité. Elle n'a en tout cas jamais rien dit d'autre, prétendit Oliver.

— Je ne suis pas venu ici pour écouter sa version des faits, Haybury. Ce sera le rôle du tribunal.

— Si vous ne vous taisez pas pour m'écouter, vous n'aurez jamais l'occasion d'intenter un procès à qui que ce soit.

Cameron perdit enfin son expression belliqueuse.

— Quoi ? Vous menacez de m'assassiner ? Sachez que j'ai déjà parlé de notre entente au duc de Greaves et de l'éventualité que j'échange une pension mensuelle contre mon silence. Si vous me tuez, vous finirez au bout d'une corde !

— Il ne s'agit pas de moi.

Jusqu'à présent, Cameron était aussi prévisible qu'une horloge. Oliver priait pour que cela continue.

— Vous devez comprendre l'énormité des sommes en jeu, reprit-il. Vous pouvez récupérer bien davantage. Vous inclure dans l'équation ne va pas nous faciliter les choses, mais vous ne nous laissez pas le choix.

— M'inclure ? répéta Cameron. Vous voulez dire que… vous êtes déjà en train d'extorquer de l'argent à Diane ?

— Non. Nous avons simplement… réorganisé les flux d'argent. À notre avantage. Je dis « nous » car nous sommes deux dans l'affaire, bientôt trois en vous comptant.

Oliver se pencha et poursuivit un ton plus bas :

— Vous aviez raison de penser que Diane n'avait pas d'argent à son arrivée à Londres. Et qu'à Vienne nous étions déjà… de vieux amis. Ce qui explique qu'elle soit venue me voir directement. Mais nous avions parmi nos connaissances plusieurs personnes influentes désireuses d'investir, et qui nous ont fourni les fonds nécessaires.

— Quelles personnes influentes ?

— Je ne peux pas vous le dire. Mais Diane et moi en sommes venus à penser que les revenus que nous assuraient ces gens pour récompenser nos efforts ne suffisaient pas. Nous avons alors procédé à quelques modifications et… disons que, désormais, l'argent n'est plus un problème. Sauf que vous êtes intervenu en menaçant de nous traîner devant les tribunaux. Et comme je n'ai pas réussi à vous en dissuader, j'ai décidé de vous prendre comme partenaire.

Seigneur, quel tombereau de mensonges ! Pourtant Cameron était tout ouïe et semblait gober chaque mot. Alors si la fierté d'Oliver était quelque peu mise à mal par cette petite mise en scène, c'était un moindre mal. La récompense qu'il espérait rafler au bout du compte le valait bien.

— Dans ce cas, j'exige trois mille livres par mois, déclara Cameron, sinon…

— Pour commencer, nous vous donnerons deux mille livres mensuelles.

L'idée venait de Diane, et Oliver l'avait trouvée brillante.

— C'est ce que Diane et moi touchons respectivement, précisa-t-il. Et dans trois mois, si personne ne se doute de rien, nous ajouterons mille livres.

Cameron fronça les sourcils.

— Le Tantale club ferait tant d'argent qu'il pourrait se permettre de perdre sept mille livres par mois ?

— L'argent coule, entre et sort. Nous mettons juste les mains sous le robinet. Bien entendu, c'est un peu plus compliqué que cela, mais je vous donne les grandes lignes. Et vous devez me promettre une discrétion absolue. Il ne faudrait pas que certains membres du club se doutent de nos agissements. Sinon... une disgrâce publique ne serait pas grand-chose comparée à ce qui nous attend. Donc, j'ai votre parole ? insista Oliver en jetant un regard suspicieux autour d'eux.

— Je veux être admis en tant que membre du club et constater son fonctionnement interne par moi-même, rétorqua le comte. La Diane qui a épousé mon frère n'aurait jamais eu l'audace d'ouvrir un cercle de jeu. Et j'ai un peu de mal à croire qu'elle ose maintenant plumer ses investisseurs.

La Diane que Cameron avait connue jadis n'existait plus. La mort de son mari, les dettes et des abandons répétés, toutes les vicissitudes de l'existence l'avaient changée. Elle était désormais plus forte, plus déterminée et... irrésistible. Et Oliver ferait tout ce qui était en son pouvoir pour qu'il ne lui arrive jamais plus malheur, même si elle le repoussait finalement et l'excluait de sa vie.

— Très bien, dit-il. Vous ne me laissez pas vraiment le choix.

Anthony eut un sourire satisfait. Oliver réprima à grand-peine un éclat de rire. Chaque fois qu'il était assis à une table de jeu, il voyait le visage de ses adversaires exprimer les mêmes émotions et sentiments : la cupidité, l'envie de l'argent facile et d'une vie luxueuse. Lui, c'était le frisson du jeu qu'il aimait. Les agréments que procure l'aisance matérielle ne venaient qu'en second.

— Non, en effet, opina Cameron. Je veux devenir membre du club.

— Je ne peux essayer d'influencer les autres membres fondateurs sans éveiller les soupçons. Mais je ferai de mon mieux pour soutenir votre candidature. Toutefois cela prendra plusieurs semaines.

— Je ne…

— En attendant, vous pourrez venir en tant que mon invité. Mais pour l'amour de Dieu, faites attention à ne pas nous trahir !

— Ne vous tracassez pas pour cela, Haybury. Respectez votre promesse, c'est tout ce que je vous demande.

Oh, Oliver comptait bien tenir sa promesse ! Mais ce n'était pas celle qu'il avait faite à Cameron.

19

Diane faisait les cent pas dans le salon, chez Oliver. En théorie, elle n'aurait pas dû s'introduire chez lui sans sa permission. Elle avait beau être propriétaire d'Adam House, il louait ces appartements – elle l'y avait même obligé – et lui payait un loyer pour en avoir la jouissance.

Bonté divine, elle avait remis l'avenir du Tantale club entre ses mains ! Les mains d'un homme qui lui avait brisé le cœur et qu'elle s'était juré de ne plus jamais croire. Les mains d'un homme qu'elle avait fait chanter. Elle devait être folle pour lui faire à ce point confiance. Parce que c'était un fait : elle avait confiance en lui. Pire, elle était attachée à lui. Bien plus qu'elle ne voulait l'admettre.

La porte s'ouvrit et Oliver entra. À sa vue, il s'immobilisa.

— Bonsoir.

— Bonsoir, souffla-t-elle, furieuse de sentir son cœur battre la chamade au simple son de sa voix.

Il se tourna, le temps de suspendre son manteau et son chapeau à la patère.

— Je pensais que je serais seul cette nuit.

— C'est le cas. Je suis juste venue vous demander ce qui s'est passé avec Anthony.

Si elle lui retombait dans les bras, elle ne pourrait plus se voiler la face et feindre de croire que leur arrangement n'était qu'une manière bien pratique de mêler plaisir et affaires. Or elle n'était pas prête à donner un nom à la… relation qui s'était instaurée entre eux.

Il alla s'installer dans un des deux fauteuils placés devant la cheminée.

— Cameron pense avoir trouvé la proverbiale poule aux œufs d'or. Si nous jouons correctement notre rôle, il sera hors jeu d'ici deux semaines.

Cela semblait bien optimiste, surtout de la part d'un cynique comme Oliver. Mais elle avait envie de le croire. Elle hésita, puis vint s'asseoir dans le siège voisin.

— Cela paraît merveilleux, mais j'y croirai quand je le verrai. Je veux qu'il soit neutralisé avant la fin de la saison, car une fois que tout le monde aura quitté Londres, il aura tout le temps de réfléchir aux possibilités d'actions juridiques.

— Vous ne perdez pas le nord.

Il se redressa, tendit la main comme s'il voulait la toucher, puis parut se raviser et retomba lentement contre son dossier.

— À propos de la fin de la saison, je me demandais si peut-être… enfin, j'aimerais beaucoup vous recevoir à Haybury. Ce n'est pas loin de Londres, si jamais vous deviez revenir au club pour une raison ou une autre – du moins si vous décidez de le garder ouvert à l'année.

— Vous voudriez que je vive chez vous ? *Avec* vous ? s'exclama-t-elle, incrédule.

— Je vis bien chez vous actuellement.

— Dans des appartements séparés par des cloisons épaisses !

— Nous savons l'un comme l'autre que cela ne m'arrête pas. Haybury fait cinq fois la taille d'Adam House. Vous pourrez avoir une aile entière à votre disposition si vous le souhaitez.

— Qu'essayez-vous de faire ? D'acheter ma présence ? De m'impressionner en faisant étalage de votre fortune ? Quand je vous ai connu à Vienne, vous étiez obligé de tricher aux cartes pour payer votre loyer. C'est plutôt votre droiture morale qui m'inquiète.

— Ma droiture morale ? C'est vous qui avez ouvert un club de jeu ! Diane, nous avons tous deux mauvaise réputation. J'irais même jusqu'à dire que nous sommes deux crapules. Et je ne crois pas que vous vous souciiez de ce que les gens pensent de vous. J'aime être près de vous, savoir que je peux vous voir tous les jours. Et je suis presque sûr que vous appréciez aussi ma compagnie.

Les pensées de Diane virevoltaient dans toutes les directions. La proposition d'Oliver semblait audacieuse et romantique, et donc très tentante. Si elle acceptait, ils sauraient tous deux qu'elle lui avait pardonné. Et lui aurait la preuve qu'il avait gagné sa confiance. C'était peut-être vrai, mais elle n'était pas certaine d'être prête à le lui avouer. Et elle hésitait toujours à trancher le nœud de fureur et de révolte qui la poussait à avancer droit devant elle depuis deux ans.

— Alors, qu'en dites-vous ? demanda-t-il.

Diane se leva, s'approcha de l'âtre et contempla les flammes. Elle aimait bien Oliver Warren. Elle l'aimait beaucoup même. Si ce n'avait pas été le cas, elle n'aurait pas été là, à réfléchir à ce qu'elle avait très envie de lui dire. Si elle se taisait, cependant, tous deux seraient coincés là où ils étaient. Et au fond de son cœur, elle savait qu'elle voulait plus que ce qu'il lui offrait. Ou rien du tout.

Elle l'entendit se lever et s'immobiliser derrière elle.

— Quand j'étais petite fille, commença-t-elle, je trouvais très romantique d'être promise à un homme. Et le jour de mon mariage, j'étais si excitée que je tenais à peine en place.

— Vous connaissiez bien Frederick ?

— Pas du tout. Mais je lui trouvais une timidité charmante et beaucoup de sensibilité. Et même en sachant que les Benchley n'avaient pas beaucoup d'argent, j'avais l'impression de vivre un conte de fées. Oh, Frederick n'était pas si mauvais ! Il n'a jamais levé la main sur moi. Il n'avait pas de maîtresses. Et il n'a jamais prononcé un mot plus haut que l'autre, du moins avant que nous soyons ruinés. C'est juste que... je n'avais aucune importance à ses yeux. Il n'avait qu'une idée en tête : devenir l'un de ces aristocrates charmants, irrésistibles et fortunés qu'il côtoyait dans les clubs. Il voulait devenir vous, je suppose.

— Diane, rien ne vous oblige...

— Cessez de m'interrompre. J'en arrive au fait.

— Je me disais bien que vous ne parliez pas dans le vide.

— Vous êtes horripilant. Quand Frederick est tombé malade, j'avais eu presque quatre ans pour réfléchir à ma passivité ridicule. Et j'avais fini par admettre ce qui s'était lentement imposé à moi : le véritable amour et la passion n'existent pas. Puis j'ai fait votre connaissance et je me suis dit que, peut-être, la jeune fille naïve que j'avais été avait eu raison, après tout.

Elle pivota pour lui faire face, croisa son regard grave et ajouta :

— Bien sûr, c'était avant que vous disparaissiez comme si vous aviez le diable à vos trousses.

Un long moment, il se contenta de la regarder sans mot dire.

— Que puis-je faire ? murmura-t-il finalement.

— Rien du tout.

Elle le contourna et gagna la porte. La dernière chose qu'elle voulait, c'était de se mettre à pleurer devant lui.

— Diane. Je ne me pardonnerai jamais le mal que je vous ai fait. Mais par Dieu, à l'époque, j'aurais fait le pire des maris !

Elle s'immobilisa, la main sur la poignée de la porte.

— Je sais. Et pour vous faire confiance aujourd'hui, je dois lutter contre mon instinct. À demain, ajouta-t-elle en se glissant dans le couloir. Et je vous prie de ne rien détruire à coups de hache ce soir.

— Je ne le ferai pas, mais je ne pourrais pas m'empêcher d'en avoir envie.

— Très bien.

De retour dans la partie privée de la maison, Diane ôta ses bottines avant de passer devant la chambre de Geneviève. Elle ne voulait pas s'entendre dire une fois de plus qu'elle était en train de commettre la plus grosse erreur de sa vie.

Qu'Oliver continue d'avoir cette emprise sur elle, alors qu'il lui avait brisé le cœur avant de retourner trousser tous les jupons de Londres, dépassait l'entendement. La raison lui dictait de le repousser, mais son cœur ne pouvait s'y résigner.

Voilà pourquoi elle devait résoudre le plus rapidement possible ce conflit avec Anthony. Son club était un succès. On la savait inaccessible. Elle avait donc toutes les raisons de prendre ses distances avec cet homme qui menaçait son fragile équilibre. Elle serait toujours sa débitrice, mais il n'était plus utile qu'il réside sous le même toit qu'elle désormais. Et quand il serait loin, elle ne serait plus déchirée entre ses ambitions et ce qu'elle n'aurait jamais dû désirer.

Les membres du Parlement étant en session le mercredi matin, la salle à manger du Tantale était quasi vide à l'heure du petit déjeuner. Diane avait donc instauré une réunion de personnel ce jour-là. Les hôtesses lui rapportèrent les dernières nouvelles, mentionnèrent certains clients qui jouaient gros, buvaient trop ou ne se comportaient pas correctement.

— Emily a reçu un homme dans sa chambre, déclara Pansy Bridger, alors que la conversation tournait autour des messieurs les plus entreprenants et de la meilleure façon de repousser les avances non désirées.

Diane et Geneviève échangèrent un regard.

— Du moment qu'il ne s'agit pas d'une relation tarifée ni contrainte, vous êtes toutes libres d'occuper votre temps libre comme vous l'entendez. Nous ne tenons ni une maison de tolérance ni un cloître.

— Dieu merci ! s'exclama spontanément l'une des filles.

— Nous recommandons cependant la discrétion, par respect pour toutes les sensibilités, ajouta Diane en notant que tout le monde n'avait pas l'air amusé.

À sa connaissance, au moins l'une des filles avait bel et bien fui un cloître.

À la fin de la réunion, Sylvie Hartford, qui était responsable de la table de la roulette, s'approcha, suivie d'une petite blonde menue qui semblait à peine âgée de dix-huit ans.

— Milady, voici Mary Smythe, commença Sylvie. Nous étions ensemble au pensionnat. Je lui ai dit que vous auriez peut-être du travail ici pour elle.

— Mais, Sylvie, nous n'avons plus besoin de…

— Je vous en prie, milady, chuchota Sylvie. Ses parents sont morts, et maintenant qu'elle est majeure, sa tante l'a mise à la porte. Elle n'a aucune expérience et aucune lettre de références pour envisager de se présenter à un poste de gouvernante. Si vous la renvoyez, elle finira dans la rue.

Diane reporta son attention sur la petite blonde effrayée. Le Tantale club était peut-être la clé de son indépendance, mais désormais il était plus que cela. Si Anthony réussissait à s'en emparer, ces filles seraient à sa merci, et Dieu sait comment il les traiterait. En tout cas, il ne serait plus question pour elles d'amener leurs amies dans la détresse.

Diane se sentait responsable de ces femmes.

Elle soupira.

— Allez voir Emily, qu'elle lui déniche une place dans le dortoir. Geneviève s'entretiendra avec elle tout à l'heure, et nous lui trouverons bien une occupation.

— Merci, milady !

Ravie, Sylvie plongea dans une rapide révérence, avant d'aller glisser quelques mots à l'oreille de son amie.

Celle-ci s'approcha à son tour, les joues ruisselantes de larmes.

— Oh, merci, milady. Merci, merci ! Vous n'imaginez pas à quel point je vous suis reconnaissante.

— Bienvenue parmi nous, fit Diane, souriante, avant de s'en aller retrouver Geneviève qui attendait non loin.

Celle-ci leva les yeux au ciel.

— Je croyais que tu ne tenais pas une institution charitable ?

— Nous pratiquons une charité un peu particulière, alors.

— Je pense que nous formons une *famille* un peu particulière, corrigea Geneviève, qui lui tendit une tasse de thé, avant de demander : As-tu discuté avec Haybury ?

— Oui. Il affirme qu'Anthony a gobé notre fable et que tout ira bien.

— Nous ne devrions pas faire alliance avec le marquis. Il y a peu, tu ne lui faisais absolument pas confiance.

— Maintenant si, objecta Diane, qui était la première surprise de s'entendre prononcer ces mots à voix haute. Il est avec nous et va nous faciliter les choses.

— Sauf si tu te trompes sur son compte.

— Je ne me trompe pas.

Dans le cas contraire, elle perdrait bien davantage que le Tantale club.

Oliver assistait souvent au lever du soleil. Les heures tranquilles de l'aube étaient le meilleur moment pour quitter la chambre d'une femme ou une partie de cartes qui s'éternisait. En revanche, il n'avait pas l'habitude de rester simplement assis à regarder le ciel s'éclaircir.

Ankylosé, il roula les épaules, se redressa et repoussa son verre de whisky. La lampe posée au coin de son bureau avait faibli une heure plus tôt, avant de s'éteindre complètement sans qu'il y prenne vraiment garde.

Il était attendu à la Chambre des lords dans deux heures. La séance serait d'un ennui mortel, il compterait les minutes jusqu'à l'heure du déjeuner.

Ces séances parlementaires rythmaient sa vie depuis bien avant qu'il ne devienne marquis de Haybury, car en plus de dicter le calendrier des soirées londoniennes, elles lui permettaient de savoir précisément quand un mari n'était pas chez lui. Mais depuis qu'il avait hérité du titre, contre toute attente, il avait pris plaisir à participer activement à la vie politique.

Pas aujourd'hui cependant. La séance serait au mieux une distraction, au pire une corvée. Il devait rencontrer Cameron ensuite et avait déjà envoyé un message à James Appleton pour lui demander de reporter leur déjeuner au lendemain. Il avait également écrit à ses fondés de pouvoir pour leur donner de nouvelles instructions. Cameron avait l'intention d'extorquer de l'argent à Diane, et chaque penny qu'elle avait emprunté ou gagné était investi dans le club. Si des factures arrivaient, Oliver veillerait à les régler.

Toutefois ce n'était pas cela qui occupait ses pensées en cet instant.

Il songeait à Diane et à ce qu'elle lui avait dit la veille.

Deux ans plus tôt, elle était tombée amoureuse de lui et son abandon lui avait brisé le cœur. Elle avait été blessée et furieuse, il le savait. Mais à l'époque il n'avait pas pu lutter contre le sentiment d'oppression qu'il avait éprouvé. Chaque fois qu'il regardait Diane, il voyait une épouse, des enfants, une maison. Il s'était affolé, et enfui.

Il rêvait d'une vie moins conventionnelle, et jamais il n'aurait imaginé qu'il la retrouverait deux ans plus tard et qu'elle serait devenue encore moins conventionnelle que lui ! Cela expliquait peut-être que la perspective de la laisser entrer dans sa vie ne le terrifiait plus. À moins qu'il ne se soit rendu compte qu'aucune autre femme ne lui arrivait à la cheville, et qu'elle seule avait une emprise sur son cœur.

Myles, son valet, entra dans le bureau, quatre verres propres dans les mains. Comme il se tournait vers le bureau, il sursauta.

— Oh, pardon milord ! J'ai vu que votre lit n'était pas défait et j'ai cru que vous aviez passé la nuit ailleurs.

Ce n'aurait pas été la première fois, loin de là.

— Je vais bientôt sortir. J'aimerais une tasse de thé et des œufs, s'il vous plaît.

— Tout de suite, milord.

Le valet déposa les verres sur un plateau avant de s'en retourner à la hâte.

Avec un soupir, Oliver se leva et s'en alla se changer. Il avait le temps d'aller prendre son petit déjeuner dans la salle à manger, mais pour l'heure il était encore trop à vif et ne voulait pas risquer de croiser Diane alors que son armure était en miettes.

— Hubert, vous vous plaisez ici ? demanda-t-il un peu plus tard à son valet alors que celui-ci achevait de nouer sa cravate.

— Vous voulez dire à votre service, milord ? Ma foi, vous êtes un maître généreux et vous ne criez pas souvent. Oui, bien sûr, j'aime beaucoup vous servir.

— Merci beaucoup Hubert, mais je parlais de cette maison, Adam House. Il y a beaucoup de femmes sous ce toit, assurément.

— Certes, milord. C'est assez inhabituel, mais… plutôt plaisant. Myles et moi partageons une chambre, je suis le bienvenu aux cuisines et dans la salle commune, et certaines de ces dames sont très… amicales.

Oh, bonté divine !

— C'est bon à savoir.

— Si je puis me permettre de vous retourner la question, milord, vous plaisez-vous ici ?

— Oui, j'en ai l'impression.

Deux minutes après s'être assis à la Chambre des lords, Oliver vit arriver lord Cameron. Durant les cinq heures qui suivirent, il passa en revue les différents moyens qu'avait un homme comme lui de prouver ses mérites aux yeux d'une femme comme Diane. Et quand il n'avait pas l'esprit occupé à cette gymnastique, il se tançait mentalement, se reprochant de devenir un mouton bêlant chaque fois qu'elle l'approchait.

Manderlin se pencha vers lui et chuchota :

— J'ai oublié de te demander si je devais toujours avoir l'air troublé et mal à l'aise en ta compagnie ?

— Je ne vois pas pourquoi les choses changeraient maintenant entre nous.

— Très drôle. À quoi diable joues-tu avec Cameron ?

— C'est compliqué. Mais si j'étais toi, je ne me lierais pas d'amitié avec lui.

— Cela ne risque pas d'arriver. Ce type me fait penser à une sangsue qui attendrait dans la boue sa prochaine victime pour s'y accrocher et la saigner à mort.

Oliver sourit. Il savait bien pourquoi Jonathan était devenu son ami.

— Tu es plus malin que je ne le pensais. Je dirai juste que Cameron cherche à s'approprier quelque chose qui ne lui appartient pas, et que je veux me dresser sur sa route.

— Le Tantale club, je présume ? Bon, mais n'oublie pas qu'il est réputé pour ses mauvaises fréquentations.

— Je me moque de Greaves et de Larden.

— Rappelle-toi qui sont tes amis et préviens-moi si tu as besoin d'aide pour autre chose que jouer les types qui ont peur.

— Je m'en souviendrai. Merci.

Dès que la séance fut ajournée, Cameron se matérialisa près d'Oliver.

— J'ai réfléchi, annonça-t-il d'un air détaché. Quoi que vous mijotiez, je veux des preuves que vous n'exagérez pas les choses dans le but de me décourager. Je veux mon premier versement de deux mille livres aujourd'hui même.

— Aujourd'hui ? Mais...

— J'insiste. Occupez-vous-en, Haybury, ou je me rends sans tarder chez mes avocats.

Si Cameron avait été un poisson, il se serait déjà étranglé avec le ver et l'hameçon.

— Très bien. Voulez-vous déjeuner au Tantale club avec moi ? Je prendrai mes dispositions pendant que nous serons là-bas.

— Parfait.

Dans le salon Déméter bondé, Sophia White les dirigea vers une des tables réservées aux membres fondateurs. Cameron s'assit en se rengorgeant comme un paon. Oliver y vit un signe positif. Si le comte s'était douté de ce qui l'attendait, il n'aurait pas été si content de lui.

Alors qu'ils venaient de passer commande, Diane pénétra dans la salle. Oliver feignit d'être très occupé à savourer son verre de madère, quand en réalité toute son attention était centrée sur elle et mille détails : sa façon d'incliner la tête alors qu'elle saluait ses clients, son sourire lorsqu'une hôtesse vint lui glisser quelques mots en aparté...

Le désir s'éveilla chez lui, brûlant, enivrant. Il posséderait encore cette femme, car il ne pouvait imaginer qu'elle ne lui permette plus de l'approcher.

Enfin elle parut remarquer leur présence et s'approcha d'un pas tranquille.

— Lord Haybury, Anthony, les salua-t-elle.

— Inutile de me faire les gros yeux parce que j'ai deviné votre petite entourloupe, se gaussa Cameron.

— Oui, lord Haybury m'a dit que nous étions désormais associés. Mais sachez que cela ne me fait pas plaisir pour autant.

— Peu m'importe. Je veux deux mille livres aujourd'hui. En liquide. J'ai des dettes à rembourser.

Diane jeta un regard à Oliver.

— Haybury vous a sûrement expliqué que c'était un peu plus compliqué que de vous tendre une bourse.

— Je le lui ai dit, confirma Oliver, mais il ne veut rien entendre.

Mlle Martine fit son entrée. Elle traversa la salle, décocha au passage un regard hostile à Oliver.

— Diane, quand tu auras une minute, j'aimerais te parler, dit-elle.

— Tout de suite, Geneviève, acquiesça Diane, avant de regarder Cameron en face et de murmurer : Je peux vous obtenir mille livres aujourd'hui.

— Non, deux mille.

Oliver intervint :

— Le prochain... Faites ce qu'il dit, Diane. Vous serez un peu à court de liquidités pendant quelques jours, mais mieux vaut cela que de voir ses avocats débarquer, nom d'un chien.

— Oh, très bien ! Attendez ici.

Comme Diane s'éloignait, Cameron s'enquit :

— Le prochain quoi ?

— Je ne vois pas de quoi vous voulez parler.

— Allons, Haybury, nous fêtons notre partenariat, ce n'est pas le moment de faire des cachotteries.

Le moment semblait idéal, en revanche, pour lui coller son poing dans la figure. Oliver ferma brièvement les yeux. Il faisait cela pour Diane. Sans quoi jamais il n'aurait supporté la présence de ce parasite plein de suffisance.

— Les fonds injectés par nos investisseurs nous parviennent à intervalles irréguliers. La dernière somme a été perçue il y a un peu plus de quinze jours, le prochain versement ne saurait donc tarder.

— Il sera alors temps pour vous de me donner deux mille livres de plus.

— Pas dans l'immédiat. Il faut être un peu plus subtil, vous savez, sinon nous finirons tous dans un cachot à Newgate.

Cameron pâlit et, l'espace d'un instant, Oliver craignit d'avoir été trop loin. Une vague appréhension, c'était une chose. La menace de la prison...

Il fit signe à une hôtesse de leur apporter une bouteille de vin.

— C'est un marché honnête, vous ne trouvez pas ? Un peu de subtilité contre deux mille livres par mois.

Le comte remplit son verre à ras bord. Il en vida la moitié, reprit un peu de couleurs.

— Si je risque la prison, je veux une plus grosse récompense.

— Je vous l'ai dit, si personne ne remarque rien, nous irons jusqu'à trois mille livres mensuelles. Et ensuite... qui sait ?

— Cela semble alléchant, mais pour l'heure je n'ai rien vu venir, pas le moindre penny.

Au moment le plus opportun, Diane revint dans la salle, un livre à la main.

— Voilà, Anthony, dit-elle en le lui tendant. *Robinson Crusoé*. Vous disiez qu'il s'agissait du roman préféré de Frederick et je tenais à vous l'offrir.

— Mais je ne...

— Ouvrez-le, murmura Oliver.

— Ah ! Très bien.

Cameron ouvrit le livre. Ses yeux s'écarquillèrent et il le referma précipitamment.

— Et maintenant ? demanda-t-il.

— Savourons notre déjeuner, et évitons de nous voir pendant quelques jours.

— Non ! Je veux venir jouer ici et être vu. Je veux que tout le monde sache que je suis le bienvenu au Tantale club.

Comme Diane haussait les sourcils, Oliver expliqua :

— J'aimerais parrainer la candidature de lord Cameron. En attendant que les membres fondateurs l'examinent, il viendra en tant que mon invité.

— Très bien, dit Diane. Mais il faudra vous plier aux règles, Anthony.

— Je sais, je sais, marmonna le comte. De la subtilité. Je vous assure que je suis l'incarnation de la discrétion.

Après ce qui lui parut le plus long déjeuner de sa vie, Oliver raccompagna Cameron dehors et lui prêta sa voiture pour rentrer chez lui. Bon sang, certaines parties de whist qui s'étaient éternisées toute la nuit lui avaient paru moins épuisantes.

— Oliver, s'il vous plaît, venez dans mon bureau, lui dit Diane du couloir, avant de disparaître dans les profondeurs de la maison.

Les quelques clients présents autour de lui lui glissèrent des regards où se mêlaient cynisme, connivence et amusement. Le fait que Diane continue d'afficher publiquement leur liaison l'emplissait d'un étrange espoir. Mais peut-être voulait-elle simplement montrer à tout le monde qu'elle n'avait qu'à claquer des doigts pour qu'il accoure.

Il la trouva assise à son bureau, occupée à noter des chiffres dans un registre.

— Vous vouliez me voir ? dit-il en se laissant tomber dans l'un des fauteuils avant qu'elle n'ait l'idée de lui ordonner de rester debout.

— Vous ne pouvez pas offrir autant d'argent à Anthony, déclara-t-elle en refermant le registre pour poser les coudes sur la couverture. Deux mille livres, c'est une vraie fortune !

— Il a déjà réclamé les deux mille suivantes. Mais je peux me le permettre. Considérez cela comme un cadeau.

— C'était une chose de vous… convaincre de me prêter de l'argent que je compte vous rendre. Car j'ai commencé les remboursements, j'espère que vous l'avez remarqué.

— En effet. Vous n'êtes d'ailleurs pas obligée de me rembourser si rapidement.

Comme si elle était impatiente d'en avoir terminé avec lui.

— La saison finie, vous aurez sans doute besoin de plus de liquidités, insista-t-il, et vous ne devriez pas…

— Je n'ai nul besoin que vous me disiez quoi faire.

— Oh, ça y est, ça recommence ! soupira-t-il, partagé entre irritation et amusement.

Diane fit la grimace.

— Comprenez que je me sentirais redevable si vous donniez cet argent à Anthony sans contrepartie. J'aurais l'impression de vous devoir quelque chose et en quelque sorte de vous… appartenir.

— Si seulement c'était aussi facile de vous conquérir, marmotta-t-il.

— Pardon ?

Il n'aurait pas dû avoir cette conversation avec elle, pas avant d'avoir donné un nom à cette sensation bizarre qui lui oppressait la poitrine chaque fois qu'il se remémorait leur discussion de la veille. Et pourtant il parlait toujours.

— J'admets que, depuis notre conversation, je me suis rendu compte qu'il y avait une certaine bassesse dans ce que je vous ai fait, et dans ce que Cameron essaie de vous faire aujourd'hui. Peut-être…

— Je vous en prie, développez, l'invita-t-elle en croisant les doigts pour y poser le menton.

— Non ! se rebiffa-t-il.

— Je voudrais vraiment vous faire confiance, vous savez.

Les yeux verts le transperçaient. Il bondit sur ses pieds.

— Alors faites-le, bon sang !

— J'ai eu deux ans pour réfléchir aux raisons qui voudraient que je ne le fasse pas. Et de votre côté, vous ne m'avez apparemment pas accordé une seule pensée avant que je réapparaisse.

Oh, il en avait assez !

En trois enjambées, il contourna le bureau, la saisit par le plastron de sa robe pour l'obliger à se lever. Puis, la soulevant par la taille, il l'assit sans ménagement sur le bureau.

— J'ai pensé à vous chaque jour, gronda-t-il. Chaque maudit jour que Dieu fait !

Sa bouche écrasa la sienne. Son parfum, son goût l'enflammèrent comme aucune femme ne l'avait jamais fait. Diane se pressa contre lui. Elle n'arrivait peut-être pas à admettre qu'elle avait besoin de son aide, mais elle avait envie de lui. C'était déjà cela.

Oliver lui retroussa ses jupes jusqu'à la taille, déboutonna son pantalon d'une main fébrile et le laissa glisser sur ses cuisses, avant de l'agripper par les hanches. Diane gémit quand il la pénétra. Elle noua les jambes autour de lui.

Écoutant ses soupirs et ses petites plaintes, il se mit à la pilonner.

Si seulement ils avaient pu résoudre leurs différends de cette manière, songea-t-il. Cela aurait peut-être été possible si elle lui avait donné accès à son cœur aussi facilement qu'à son corps.

Il l'embrassa encore, à pleine bouche. Sentant sa chair intime commencer à palpiter autour de lui, il accéléra le rythme. Il voulait atteindre la jouissance en même temps qu'elle, partager ce moment. Et il voulait lui prouver qu'ils étaient faits l'un pour l'autre. Au moins sur le plan physique.

Quand elle explosa dans un cri tremblé, il se laissa aller à un orgasme fulgurant. Puis, haletant, il appuya le front contre l'épaule de Diane, qui en fit autant.

Instant parfait. Il aurait voulu poser des mots sur ces émotions dévastatrices, mais c'était trop tôt, il ne pouvait pas.

Pas tant qu'elle ne se serait pas rendue.

— Je vais donner cet argent à Cameron, dit-il sans desserrer son étreinte. Et nous allons nous débarrasser de lui.

— Très bien, souffla-t-elle.

— Mais vous ne vous débarrasserez pas de moi aussi aisément.

Il l'embrassa dans le cou, sentit une petite veine palpiter follement sous ses lèvres.

— Je vous en donne ma parole, Diane : cette fois, je ne fuirai pas.

20

Cette fois, je ne fuirai pas.

Il ne lui avait pas offert d'excuses, mais il avait reconnu qu'il s'était mal conduit et qu'il devait faire amende honorable.

Le lendemain soir, Diane, sur le seuil du salon Ariane, regardait son ex-beau-frère jouer au faro. À première vue, il n'était pas plus doué que Frederick.

— À combien se montent ses pertes ?

La voix grave dans son dos fit naître des frissons de plaisir qu'elle ignora avec stoïcisme. Oliver avait beau clamer qu'il ne fuirait pas, il ne lui avait pas demandé si elle avait envie qu'il soit près d'elle. Bien sûr, en ce moment, la réponse aurait été un « oui » fervent – raison de plus pour attendre que tout soit terminé et qu'elle ait retrouvé ses esprits.

— D'après ce qu'on m'a dit, il doit environ mille huit cents livres, répondit-elle à mi-voix.

— Voilà pourquoi j'ai demandé à Manderlin de s'asseoir à sa table. Jonathan est bon joueur et bon perdant, ainsi Cameron ne soupçonnera pas le club de chercher à arnaquer la tablée.

— Comment savez-vous qu'il perd ?

— Je l'ai vu jouer. Il n'a aucun talent.

La main d'Oliver frôla sa jupe. Diane résista à l'envie de se laisser aller contre lui.

— Quel talent ? Celui de parier sans perdre jusqu'à sa chemise ? demanda-t-elle.

— Celui de savoir quand s'arrêter de jouer.

— Milady ?

Diane tourna la tête pour voir Juliet approcher dans sa livrée noir et jaune impeccable. À cette heure de forte affluence, la majordome aurait dû être à son poste dans l'entrée. Qu'elle ait été obligée de le quitter ne présageait rien de bon.

— Qu'y a-t-il, Juliet ?

— Lady Dashton est dehors avec ses amies. Elles brandissent des pancartes et font la morale à chaque client qui entre.

— Elles font la morale aux clients ? répéta Oliver en portant théâtralement la main à sa gorge. Miséricorde !

— Vous ne vous souciez peut-être pas de son avis, mais ce n'est pas le cas de tout le monde dans ce club, rétorqua Diane.

Elle se dirigea vers le hall, Juliet et Oliver sur les talons. Elle se doutait qu'elle aurait tôt ou tard maille à partir avec lady Dashton et sa Ligue de Tempérance, mais on ne pouvait pas dire que la vicomtesse avait bien choisi son moment.

— Je vous suggère de lâcher les chevaux des écuries, dit Oliver. Une bonne débandade dispersera ces mégères.

Diane réprima un sourire.

— J'y songerai. Mais restez en retrait, Oliver. S'il y a une personne que ces dames détestent encore plus que moi, c'est bien vous !

Geneviève était déjà dans le vestibule.

— Elles ont réussi à décourager plusieurs clients, annonça-t-elle, avant de jeter à Oliver : Vous, vous feriez mieux de rester à l'intérieur.

— C'est ce qu'on m'a dit. Je crois que je vais retourner voir comment mon ami lord Cameron se débrouille au faro. Et je vais vous donner un conseil dont vous n'avez probablement pas besoin, Diane : ne vous faites pas des ennemies de ces femmes-là, sinon elles entreront en guerre contre vous et votre club.

Diane arqua un sourcil. Le conseil était certes superflu, mais il n'en demeurait pas moins un *bon* conseil.

— Ne laissez pas partir Anthony avec le moindre penny ou il n'aura pas besoin de nous.

— Compris, dit-il en souriant. Et bonne chance, ajouta-t-il avant de rebrousser chemin.

— Quel type arrogant, maugréa Geneviève.

— Au moins il s'efforce de nous aider. Bonsoir, milord, dit Diane en adressant un charmant sourire à lord William Jensen qui venait de pénétrer dans le vestibule, la mine renfrognée.

— Cette maudite bonne femme m'a lancé un œuf ! grommela-t-il.

— Je vais régler le problème, milord.

— Vous avez intérêt.

C'était assez grossier. Lord Jensen, qui n'était qu'invité d'un membre du club, venait de faire un pas de plus vers la sortie. Encore un autre problème qu'il faudrait régler plus tard.

— Geneviève, peux-tu te mêler discrètement aux dames de la Ligue ?

— Donne-moi une minute, acquiesça Geneviève, qui fila vers l'entrée des domestiques, située sur le côté de la maison.

— Si je puis me permettre, que comptez-vous faire, milady ? s'enquit Juliet.

— Me servir de ces femmes pour aider le club.

Diane compta jusqu'à soixante, accorda encore quelques secondes supplémentaires à Geneviève, puis ouvrit la porte et sortit.

Au moins vingt-cinq dames de la Ligue de Tempérance avaient envahi son allée. Plusieurs brandissaient des pancartes avec des inscriptions. À cette heure, on n'y voyait pas grand-chose, mais Diane parvint à en déchiffrer quelques-unes. Sa préférée disait : *Un bordel baptisé club reste un bordel*, suivie de près par : *La place d'une femme est à la maison.*

Ces dames n'avaient donc pas remarqué qu'Adam House était précisément sa maison ? Ou bien elles n'en avaient que faire. Et c'était également la maison de ses employées, qui constituaient désormais sa famille, même si celle-ci était d'un genre inhabituel.

— Lady Dashton !

La vicomtesse, qui était en train de huer les voitures avec ses amies, se tourna vers Diane.

— Eh bien, lady Cameron, je suis surprise que vous ayez le front de vous montrer ! lança-t-elle d'une voix forte.

— Il semble que nous ayons un désaccord, observa Diane en s'approchant, imperturbable.

— De toute évidence ! Vous invitez nos maris dans ce lieu de perdition, vous leur prenez leur argent et vous les soumettez à la tentation avec vos employées.

Les autres femmes approuvèrent avec des ricanements indignés.

Diane objecta tranquillement :

— Je pourrais vous dire que nous prélevons un pourcentage minime de leur argent, comparé aux sommes qu'ils perdent les uns contre les autres. Et vous dire aussi qu'aucun client n'est autorisé à toucher mes employées. Mais vous n'avez manifestement pas envie d'entendre cela. Alors, à la place, j'ai une proposition à vous faire.

— Je ne vois pas ce que vous pourriez me dire que j'aurais envie d'entendre.

— Je suis prête à vous ouvrir les portes du Tantale club le dimanche après-midi, une fois par mois. Et tout l'argent gagné par la banque ira aux institutions charitables de votre choix. Ou bien vous pourrez utiliser les lieux pour organiser des déjeuners ou tout autre événement. À moins que vous ne soyez venues ce soir que pour la forme, sans réel désir de vous rendre utiles.

— Comment osez-vous ? tonna lady Dashton.

— J'emploie et j'abrite ici des jeunes femmes qui ont reçu une excellente éducation, mais qui, malheureusement, sont nées dans des milieux moins fortunés que vous et moi. Voilà pourquoi j'ose.

— C'est ce que vous dites ! Personnellement, j'ai des doutes.

Diane franchit la distance qui la séparait de la vicomtesse et déclara à mi-voix :

— À votre place, je ne manquerais pas cette occasion de faire le bien, milady. Surtout quand l'alternative consiste à défiler dans l'obscurité en criant sans rien accomplir de concret. D'autant qu'il va bientôt pleuvoir, ajouta-t-elle en jetant un coup d'œil au ciel.

— Ce n'est pas la seule manifestation que nous avons l'intention de faire.

— Si vous parvenez à vos fins, le Tantale club fermera ses portes et tous ces messieurs iront simplement dans d'autres clubs dépenser leur argent et rencontrer de jolies filles. La seule différence, c'est que vous aurez perdu un gala de charité mensuel.

— Vous espérez m'acheter ?

— Je veux juste continuer à gérer mon club en paix, et faire vivre décemment mes employées. Pour cela, je suis prête à partager mes locaux, ainsi qu'une part de mes revenus, afin d'aider la cause de votre choix. Il s'agit là d'un échange de bons procédés, pas d'un pot-de-vin.

Lady Dashton la considéra un moment avant de murmurer :

— Et je pense que vous vous arrangerez pour me crucifier sur la place publique si je refuse ce compromis.

— Je ne vous cache pas que si vous préférez continuer de m'attaquer, vous découvririez que je suis une adversaire redoutable.

Diane savait qu'elle ne pouvait se permettre de perdre cette bataille-là.

— Et dire qu'il paraît que seuls les hommes sont capables de négocier des traités et gouverner des nations, ricana la vicomtesse.

— Qui dit cela ? Les hommes, j'imagine.

— Certes. Très bien. J'accepte votre marché... à condition que vous nous laissiez jouir des locaux du club durant dix heures, le premier dimanche de chaque mois.

— Six heures. Mes hôtesses méritent d'avoir leur après-midi libre.

— Il n'est pas question que nous en discutions ici.

— Dans ce cas pourquoi ne pas déjeuner ensemble au salon de thé Preston, vendredi prochain ?

— Très bien.

Diane tendit la main à la vicomtesse. Oliver n'était pas le seul à savoir cerner les caractères. Elle avait fait une ouverture, et lady Dashton l'avait acceptée. Si cette dernière refusait maintenant de lui serrer la main, elle paraîtrait mesquine. Et ce n'était pas du tout l'impression qu'elle voulait donner.

Quelques secondes plus tard, la main gantée de lady Dashton serra brièvement la sienne.

— Je dois parler avec les dames de la Ligue, dit-elle.

— Bien sûr. À vendredi, alors.

Après quelques conciliabules et marmonnements, ces dames commencèrent à se disperser. Diane retourna dans le club. Quelques minutes plus tard, Geneviève la retrouva dans le salon Déméter.

— Bien joué ! la complimenta-t-elle avec l'un de ses rares sourires. Tu l'as mise au pied du mur, elle ne savait plus quoi faire. Refuser des fonds pour une œuvre charitable ? Impossible !

— Et maintenant qu'elles vont fréquenter le club, espérons qu'elles cesseront de nous critiquer. Qui sait, peut-être même nous enverront-elles leurs maris ?

Un problème avait trouvé sa solution, mais tout cela ne servirait à rien si Anthony Benchley ne pouvait être écarté du Tantale club. Car Oliver avait raison : ni lui ni elle ne jouissaient d'une réputation sans tache, tandis qu'Anthony était lié par le sang au précédent propriétaire d'Adam House. Quand bien même Frederick aurait vraiment fait don de cette demeure à Diane, il n'était pas dit que les tribunaux ne la lui auraient pas confisquée. Alors si on découvrait qu'elle avait rédigé un faux, elle aurait beaucoup de chance si elle ne finissait pas déportée aux colonies.

Elle inspecta la salle à manger pleine à craquer de messieurs en costumes sombres au milieu desquels, ici ou là, une robe de mousseline ou de soie apportait une touche colorée. Un sentiment de fierté lui gonfla la poitrine. Il fallait parfois plusieurs semaines à une maîtresse de maison pour organiser une seule soirée. Et elle, au Tantale club, en organisait une chaque soir.

Depuis deux ans, elle réfléchissait, planifiait. Et cela avait payé. Il était bien réel, ce brouhaha de conversations masculines, auquel se mêlait le cliquetis des couverts d'argent sur les assiettes en porcelaine. Désormais, son entreprise fonctionnait comme une machine bien huilée, et ses hôtesses prenaient de plus en plus d'initiatives. Sa présence n'était plus requise à tout instant, cependant, elle aimait être là et contempler ce qu'elle avait accompli. Au fond, elle était satisfaite de savoir que ses revenus provenaient du jeu, et que grâce à cela elle faisait vivre une ribambelle de femmes méritantes.

À cet instant, elle vit entrer dans la salle l'homme qui lui procurait encore davantage de plaisir que la réussite de son club. Oliver l'aperçut, sourit et se faufila entre les tables pour la rejoindre. Il constituait le seul élément de l'équation qui échappait à son contrôle. Au début, cela l'avait prodigieusement irritée, mais maintenant, elle trouvait cela excitant.

— Langtree m'a expliqué comment vous aviez mis lady Dashton hors d'état de nuire, dit-il en lui prenant la main pour la porter à ses lèvres. Vous êtes brillante, savez-vous ?

— Cela m'a paru plus raisonnable que de la faire piétiner par des chevaux.

— Et même si les réunions de la Ligue vous font perdre de l'argent, vous vous rattraperez en recrutant les maris de ces viragos. Mais je ne vous apprends rien, j'en suis sûr.

— Non, en effet.

Elle récupéra sa main. Non par respect des convenances, mais parce que son contact lui plaisait trop. Elle aimait qu'il la touche comme elle aimait le toucher.

— Comment va Anthony ? s'enquit-elle.

— Il a quitté la table de faro et s'essaie maintenant à la roulette. À ce rythme, il aura perdu le reste des deux mille livres d'ici une heure. Mais l'astuce consiste à lui faire perdre bien plus encore.

Il tendit la main pour ajuster la manche de Diane sur son poignet.

Elle frissonna. Elle s'était efforcée de tenir à l'écart de son club les messieurs désargentés, mais certains semblaient résolus à se ruiner coûte que coûte. Dans la mesure où Anthony n'était pas marié et qu'il essayait de lui voler le Tantale, elle n'éprouvait guère de scrupules à son endroit. Pourtant tout cela la mettait un tantinet mal à l'aise.

— Combien d'argent allez-vous lui donner avant que le piège se referme ? demanda-t-elle, au moment où Geneviève s'approchait.

— J'imagine qu'il réclamera encore mille livres demain, peut-être même dès ce soir. Et quand il aura tout dépensé, nous le tiendrons.

— Alors finissons-en.

— Cela irait plus vite si je jouais directement contre lui, mais cela risquerait d'éveiller ses soupçons. Pour le moment, misons sur sa maladresse et son manque de jugement. Cela prendra plus de temps, mais au moins il ne pourra pas dire que c'est nous qui l'avons enfoncé.

— Allez-vous lui faire crédit ? intervint Geneviève.

— Le club prête à ses clients dans la limite de deux cents livres, répondit Diane. Je ne voudrais pas qu'il pense pouvoir aller au-delà de cette somme et augmenter sa dette indéfiniment.

— Oui, et pour aller là où nous voulons l'amener, il va falloir qu'il prenne peur et comprenne qu'il a dépensé bien plus qu'il ne peut rembourser, renchérit Oliver.

Diane pivota vers son amie.

— Dis-moi, Geneviève, ne serait-il pas temps d'avoir une petite dispute publique ?

— Tout à fait, acquiesça Geneviève. Justement, j'ai un excellent prétexte.

Peu importait la cause de leur prétendu différend, mais si Geneviève tenait à aborder un sujet en particulier, Diane ne pouvait pas vraiment l'en empêcher. Sans enthousiasme, elle traversa la salle à manger en direction du salon Ariane. Elle n'avait guère envie de parler avec Anthony, mais celui-ci devait comprendre que ses agissements étaient surveillés.

Leur plan était certes compliqué, et, oui, il existait des méthodes plus radicales et brutales de se débarrasser de son ex-beau-frère. Mais à tout prendre, elle trouvait savoureux de le vaincre grâce à son vice. Frederick n'avait rien appris de ses erreurs, pas même à la fin de sa vie. Peut-être Anthony serait-il moins présomptueux, moins tête brûlée, et finirait-il par s'amender. Si tel n'était pas le cas, Diane n'aurait rien à se reprocher, car elle lui aurait au moins laissé sa chance.

Anthony avait déposé des petites piles de jetons un peu partout, sur plusieurs numéros, sur le rouge et sur le noir. Apparemment, il n'avait pas de technique de jeu particulière et se contentait de miser au hasard.

Ravalant un soupir, Diane s'immobilisa à sa hauteur.

— Passez-vous une bonne soirée ? s'enquit-elle.

— Très mauvaise, bougonna-t-il en voyant la boule se loger dans la case d'un numéro qu'il n'avait pas joué. Il va falloir vous assurer que la chance tourne en ma faveur.

— Ce n'est pas vraiment dans mes cordes. Le Tantale club est un club honnête. Si quiconque pensait autrement, il ne serait pas ouvert très longtemps.

— Ça ne suffit pas.

On y était. Diane chuchota :

— Je vous demande pardon ? Je ne vais pas financer vos paris. N'y comptez pas. J'ai payé ce que vous demandiez, je ne peux pas faire plus.

— Je crois que si. J'ai perdu presque deux mille livres en une soirée. Multipliez cette somme par le nombre de clients de ce soir, disons... deux cents personnes ? Vous pouvez parfaitement vous permettre de me donner deux mille livres supplémentaires. Je les veux !

— Certains clients gagnent, et les autres ne perdent pas tous contre la banque. La majorité de l'argent dépensé ici change simplement de mains.

— Ce n'est pas mon problème. Et le vôtre, c'est de savoir si vous êtes prête à risquer de perdre cet établissement.

— Bon. Mais je ne peux pas vous donner deux mille livres par jour. C'est absurde. On finirait par s'en rendre compte.

— Qui ?

Diane porta la main à sa gorge.

— Je ne peux pas vous le dire. Et ne parlez pas si fort, je vous prie ! Venez prendre le petit déjeuner ici demain matin, et je vous donnerai ce que vous voulez.

— Diane ?

Elle tressaillit et se retourna. Geneviève approchait. Elle se pencha en hâte vers Anthony pour murmurer :

— Surtout n'en parlez à personne !

Puis, se redressant, elle se porta aux devants de son amie.

— Tu es prête ? dit-elle à voix basse.

— T'a-t-il demandé plus d'argent ?

— Oui. Je compte le lui donner au petit déjeuner, demain matin.

— Alors parlons un peu de ce marquis, veux-tu ?

— Geneviève, nous sommes censées faire *semblant* de nous disputer. Je ne veux pas que cela arrive réellement.

— Moi non plus. Je veux juste savoir pourquoi tu lui fais subitement confiance.

Diane leva les mains dans un geste d'impuissance exaspérée.

— Il a eu une très bonne idée, admets-le.

— Cela signifie juste qu'il a l'esprit tordu. Je me méfie d'autant plus de lui.

— Mon cœur ne lui fait peut-être pas confiance, Geneviève, mais depuis quelques semaines il a prouvé sa loyauté. Gesticule un peu.

Geneviève pointa l'index sous le nez de Diane.

— J'ai l'impression de m'être fait rouler. Es-tu amoureuse de lui ?

Diane demeura un instant coite. Se l'entendre dire ainsi, sans détour…

— Je le trouve horripilant.

— Ce n'est pas une réponse. Secoue la tête.

Diane obtempéra, sourcils froncés.

— Je ne peux pas te répondre, de toute façon.

Geneviève la fusilla du regard.

— Il est très malin. Je le reconnais. Mais qu'attends-tu de lui ? À part son argent.

— Il m'a proposé de m'installer dans une aile de sa propriété de campagne, à Haybury Park, quand la saison sera terminée.

— Quoi ? Et qu'as-tu répondu ?

— Que je n'avais pas envie d'être aussi près de lui. Parce que... en réalité, j'en ai très envie, avoua Diane dans un souffle. Enfin, c'est très compliqué.

— Pas autant que tu crois, rétorqua Geneviève en faisant un pas en avant, la mine belliqueuse. Tu n'as qu'à décider qui tu es en train de punir, et pour quel motif.

— Je croyais que tu le détestais.

— Uniquement parce que tu le détestes et que nous sommes amies. N'est-ce pas ?

Diane se retint tout juste de sourire.

— Les meilleures du monde !

— *Bien*, approuva Geneviève en français. Lord Cameron nous regarde. Prends un air effrayé maintenant. Je te retrouve tout à l'heure pour le thé.

— Merci, Geneviève.

Diane pivota vers la table de la roulette, juste à temps pour voir Anthony détourner vivement la tête.

— Voulez-vous m'excuser, Anthony ? Cette garce m'a... J'ai du travail administratif à finir.

— Vous m'apporterez ce que j'ai demandé demain matin ?

— J'essaierai.

— Non, vous le ferez.

— Anthony, je vous ai dit que c'était compliqué. Je dois être prudente.

— Prenez les mesures nécessaires. Je ne trempe pas dans vos petites combines, mais je veux mes deux mille livres ou je vous envoie mes hommes de loi dès demain après-midi.

— Non !

Diane porta la main à sa bouche, comme pour retenir une protestation.

— Ce ne sera pas nécessaire, reprit-elle d'une voix plus contenue. Ne vous inquiétez pas, je me débrouillerai.

— Parfait.

Diane attendit de s'être retranchée dans le salon de ses appartements privés pour s'autoriser enfin un sourire. La journée du lendemain promettait d'être fort divertissante.

Quelqu'un frappa à la porte restée entrouverte.

— Vous pourriez être comédienne, déclara Oliver depuis le seuil. Magnifique performance.

Diane s'assit dans le fauteuil, près du guéridon sur lequel était posée la lampe. Évidemment elle aurait dû lui demander comment il avait réussi à entrer au nez et à la barbe de Langtree, mais il avait déjà réussi tant de fois à s'introduire dans cette partie de la maison que l'interroger sur ses méthodes ne valait pas l'effort que cela demanderait.

— Je lui donnerai l'argent demain matin.

Oliver se laissa tomber dans le fauteuil devant l'âtre, étendit ses longues jambes qu'il croisa au niveau des chevilles.

— De quoi parliez-vous avec Mlle Martine, quand vous faisiez semblant de vous quereller ?

— Cela ne vous regarde pas.

— Ah ! De moi, donc. La dispute était bien réelle, alors ?

Il était sublime, ainsi installé devant le feu, à la fois détendu et alerte, tel un lion attendant que sa proie passe à sa portée.

— Que diable vais-je bien pouvoir faire de vous ? murmura-t-elle avec un demi-sourire.

— Cela dépend, quelles sont vos intentions ?

— Je suis partagée entre l'envie de vous embrasser et celle de vous étrangler.

— Oh, il y a du mieux !

Oliver contemplait la jeune femme. À la lueur des flammes, sa chevelure d'ébène paraissait coulée dans le bronze. Sa peau prenait des reflets dorés.

— J'ai envie de vous, chuchota-t-il.

— Et moi, je voudrais savoir ce que vous ferez quand vous vous serez lassé de ne posséder qu'une seule femme. Ou quand vous daignerez admettre que vous m'aimez plus que vous ne voulez l'avouer.

Oliver avait depuis longtemps dépassé ce stade.

— Je vous ai dit que je ne m'enfuirai pas.

— Vous partez du principe que je souhaite votre présence.

— Selon notre accord vous avez, je crois, deux ans pour me rembourser mon prêt. Est-ce pour vous débarrasser de moi plus vite que vous faites des versements anticipés ?

— Je ne pensais pas que le club remporterait un tel succès d'entrée de jeu. Vous deviez jouer le rôle de bouclier et celui d'aimant. Vous avez parfaitement rempli le premier, et je n'ai plus besoin de vous pour le second.

— *Besoin*, répéta-t-il. Quel mot intéressant.

— Ah oui ? Pourquoi ?

Elle ne lui laissait pas la moindre marge de manœuvre. Si elle estimait vraiment qu'il ne lui servait plus à rien, elle le prierait de déguerpir dès que le problème Anthony serait réglé. Il ne la verrait donc plus que lorsqu'il viendrait jouer au club, et encore, uniquement jusqu'à la fin de la saison. Il devait s'occuper de son domaine ancestral de Haybury Park et ne pouvait pas passer l'automne et l'hiver à Londres parce qu'il soupirait après une femme qui le rejetait.

La peur l'envahit. Laisser voir sa vulnérabilité allait contre tous ses instincts, mais il commençait à comprendre qu'ils ne pourraient aller de l'avant tant qu'il n'aurait pas obtenu le pardon de Diane. Or il voulait avancer. Avec elle.

Il se leva lentement, et vint s'agenouiller devant elle.

— Je vous ai dit que nous parlerions quand le danger que représente Cameron serait écarté, mais je ne supporte plus que vous déclariez à tout bout de champ combien vous avez hâte de vous débarrasser de moi, Diane.

— Vous m'exaspérez, je n'en ai jamais fait mystère.

— C'est vrai. Mais j'espérais qu'il s'agissait d'une posture. Peut-être me détestez-vous vraiment ou peut-être faites-vous seulement semblant. Quoi qu'il en soit je ne vais pas rester les bras ballants à regarder ma deuxième chance passer sous mon nez.

Elle commença à s'agiter sur son siège.

— Oliver, je suis fatiguée, je ne...

Elle voulut se lever, mais il posa les mains sur ses cuisses pour l'en empêcher. Ses doigts crispés s'enfoncèrent dans les plis soyeux de sa jupe.

— Je vous présente mes excuses, reprit-il d'une voix mesurée. Vous étiez en quête d'espoir et moi en quête de plaisirs. Quand j'ai compris que je m'attachais vraiment à vous, j'ai détalé. Comme un chat échaudé, selon vos propres mots. Je vous demande pardon. Cela n'y changera plus rien de le dire, ni d'avouer que vous avoir abandonnée à Vienne restera le plus grand regret de ma vie, mais je tenais quand même à ce que vous le sachiez.

Un long moment, elle garda le silence. Puis elle leva la main et le gifla. Fort.

— Votre plus grand regret ? répéta-t-elle en le poussant si violemment qu'il bascula sur le dos. C'est ridicule !

La seconde d'après, elle se laissait tomber sur lui. Elle se mit à le frapper, à lui marteler la figure, les épaules, la poitrine de coups de poing. Oliver s'efforçait de l'en empêcher, mais il ne pouvait parer tous les coups.

— Diane !

— Pendant deux ans, j'ai cru que vous m'aviez quittée parce que je n'étais qu'une pauvre fille geignarde, incapable de se débrouiller seule.

— Vous n'avez jamais été incapable de vous débrouiller seule. Vous avez trop de ressource !

Il grogna lorsque son genou lui heurta le bas-ventre.

— Vous étiez perdue et furieuse, mais certainement pas faible. C'est la force que je percevais en vous qui m'a séduit en premier lieu. Et qui m'a terrifié ensuite, quand j'ai compris que j'avais rencontré mon égale.

— Si vous regrettiez tant que cela d'être parti, vous est-il venu à l'esprit de, par exemple… oh oui ! retourner à Vienne ? Vous saviez que je n'avais pas un sou, mais quand vous avez hérité de votre fortune, avez-vous envisagé de m'envoyer dix livres ? J'imagine que pour cela aussi, vous éprouvez des regrets ? Je n'ai que faire de vos regrets, espèce d'imbécile !

Il s'efforça d'ignorer l'insulte.

— Quand je vous ai revue, j'ai su. Ce feu qui irradiait de vous… On aurait dit un brasier. Oui, j'ai regretté ma stupidité, mais je suis… fier que vous vous en soyez sortie toute seule. Vous ne devez rien à personne.

— Ah, sûrement pas à vous !

— Diane, je ne veux pas vous dire quoi faire, vous donner des ordres, ou vous mettre des bâtons dans les roues. Je veux juste participer à ce que vous entreprenez. Je vous aime, Diane. Je vous ai toujours aimée.

— Vous m'avez brisé le cœur ! cria-t-elle en le frappant de plus belle.

— Je sais. Je vous demande encore pardon. Je suis tellement navré de vous avoir blessée. Je ne pensais qu'à moi. Je croyais que vous alliez m'oublier. Je n'avais plus qu'à en faire autant, mais je n'y arrivais pas, c'était bien mon problème.

Elle s'effondra abruptement sur son torse, la respiration hachée. Doucement, il lui relâcha les poignets et elle ferma les poings contre sa veste.

— Est-ce que vous pleurez ? souffla-t-il, prêt à se défendre de nouveau.

— Non ! dit-elle d'une voix étouffée.

Il l'entoura de ses bras avec précaution.

— Nous sommes deux obstinés, sans grande morale, et nous avons tous deux des vies pas très conventionnelles, murmura-t-il contre ses cheveux. Personnellement, j'estime que nous sommes faits l'un pour l'autre.

— Vous êtes vraiment horripilant.

— Oui, mon ange. Je sais.

Avec un soupir, il enchaîna :

— Je vais vous poser une question. Je ne veux pas que vous y répondiez tant que nous ne nous serons pas débarrassés de Cameron et que vous vous inquiéterez encore pour votre club. Quand je l'aurai posée, je vous emmènerai dans votre chambre, où je me comporterai en parfait gentleman et où je vous tiendrai compagnie jusqu'à ce que vous vous endormiez.

— Quelle question ? marmonna-t-elle, le visage toujours pressé contre son torse.

— Diane Benchley, voulez-vous m'épouser ?

21

Diane ouvrit un œil trouble.

— Chuut. Je dors, marmonna-t-elle, avant de le refermer.

— Milady, s'il vous plaît. Vous m'avez demandé de vous réveiller à 7 heures, chuchota Mary en la secouant de nouveau.

— Pourquoi chuchotez-vous ? chuchota Diane qui s'obligea à rouvrir les deux yeux.

— À cause de lui, milady.

La femme de chambre désigna un point situé dans le dos de Diane.

Celle-ci tourna la tête et se rappela soudain pourquoi elle avait les yeux irrités. Elle avait pleuré. Tout près d'elle, ses paupières frangées de cils noirs fermées, le menton râpeux, était allongé Oliver Warren. L'homme qui lui avait dit la veille qu'il l'aimait. Et qui l'avait demandée en mariage.

Elle se redressa en position assise, se frotta le visage. Sous les couvertures, elle portait sa camisole. Oliver avait enlevé ses bottes, sa veste et son gilet, mais il était loin d'être nu, lui aussi. Il avait promis de se comporter en gentleman et avait tenu parole.

— Merci, Mary. Pouvez-vous nous apporter du thé ? Et si jamais lord Cameron se présente, prévenez-moi immédiatement.

— Tout de suite, milady.

La femme de chambre s'empressa de sortir et referma doucement la porte derrière elle.

— Elle est partie ? marmotta Oliver, parfaitement immobile.

— Oui.

Son regard gris croisa le sien.

— Tant mieux. Je craignais qu'elle ne m'étouffe avec l'oreiller si jamais je bougeais.

Diane avait bizarrement envie de rester juste assise là à le contempler. Elle s'obligea à sortir du lit pour enfiler son déshabillé.

— Mmm... À votre avis, Anthony va-t-il jouer la totalité de ses deux mille livres dès ce matin ?

— Vous pensez déjà travail ? Bon, très bien, grogna-t-il en se redressant pour s'étirer. J'ai incité plusieurs amis à venir jouer ce matin, juste après le petit déjeuner, Cameron ne sera donc pas seul aux tables de jeu.

— Il ne faudrait pas que cela soit trop évident et qu'il se méfie.

Oliver se leva et contourna le lit.

— S'il rechigne à jouer, je le renverrai jusqu'à ce soir. Il n'est pas impossible qu'il aille jouer dans d'autres clubs, mais j'aimerais autant que cela se passe ici.

Ils avaient tout planifié de leur mieux, mais il restait encore une bonne part de hasard, et Diane détestait cela.

— Et s'il gagnait aujourd'hui ? s'inquiéta-t-elle.

— Dans ce cas, j'imagine que quelque vide-gousset lui fera les poches sur le chemin du retour.

— Vous connaissez ce genre de gredins ?

— Cela vous étonne, hein ? fit-il avec un sourire.

— Pas tant que cela.

Il lui avait demandé de ne pas lui répondre dans l'immédiat, pourtant sa question semblait flotter dans l'air entre eux, non pas comme une menace pesante, mais plutôt quelque chose de doux et de plaisant – des voilages de dentelle ou un rire cristallin. Cela la ravissait et l'épouvantait tout à la fois.

— À quoi donc pensez-vous ? s'enquit-il en lui caressant la joue de l'index.

— Je me fais du souci à cause des nouveaux amis d'Anthony, improvisa-t-elle. Larden ne reviendra sans doute pas, mais le duc de Greaves peut être invité par n'importe qui.

— S'il se montre, je m'occuperai de lui.

— Je doute qu'une bagarre nous aide en quoi que ce soit.

L'air faussement ulcéré, Oliver posa la main sur sa poitrine.

— Je vous en prie ! Une bagarre ? Moi ? J'ai bien d'autres tours dans mon sac, ma chère.

— Je n'en doute pas.

Mary frappa à la porte et entra avec un plateau. Tandis qu'elle déposait celui-ci sur la coiffeuse, elle glissa un regard vers Oliver.

— Lord Cameron n'est pas encore arrivé, milady. Dois-je rester pour vous aider à vous habiller ?

— Laissez-moi un quart d'heure, Mary.

— Comme vous voudrez, milady, fit la camériste avec une petite révérence.

Elle s'en alla et Oliver remplit leurs tasses.

— Nous n'avons pas le temps de faire quoi que ce soit d'intéressant en un quart d'heure, commenta-t-il.

Il désigna le sucrier, haussa les sourcils d'un air interrogateur.

— Un morceau. Pas de lait, indiqua Diane.

Il lui tendit son thé, puis s'appuya contre la coiffeuse pour siroter le sien, tout en la considérant au-dessus de sa tasse.

— Vous savez, reprit-il sur le ton de la conversation, j'arrive souvent à deviner à quoi pensent les gens, et même parfois ce qu'ils sont sur le point de dire. Avec vous, la plupart du temps, je n'en ai pas la moindre idée. C'est fascinant. Vous me fascinez.

— D'accord, mais cessez de me regarder comme si j'étais quelque insecte bizarre que vous vous apprêteriez à punaiser.

— J'ai très envie de vous punaiser, ma chère.

Jetant un coup d'œil au réveil posé sur le manteau de la cheminée, il ajouta :

— Je devrais aller me faire beau. Je vais prendre le petit déjeuner ici, au club. Où voulez-vous que je me tienne par rapport à Cameron ?

— Ne l'approchez pas. Mais soyez prêt à rejoindre le salon de jeu dès qu'il s'y rendra.

Il posa sa tasse, s'inclina.

— Il ne vous fera pas de mal ; je ne le permettrai pas.

Et avant qu'elle ait le temps de répondre, il franchit la distance qui les séparait pour l'embrasser doucement.

Comme il reculait, elle protesta :

— Je vous prie de ne pas me distrai…

— Non, ça ne suffira pas, coupa-t-il.

Un bras passé autour de ses épaules, l'autre autour de sa taille, il la fit ployer en arrière. Diane s'agrippa à son cou pour ne pas perdre l'équilibre. Inclinant la tête, il captura sa bouche dans un baiser ardent qui la laissa haletante.

— Là, c'est bien mieux.

Sur un dernier baiser, il la libéra, s'en alla récupérer sa veste, son gilet et ses bottes, puis quitta la pièce.

Diane regarda longuement la porte close, puis secoua la tête :

— Quel être horripilant, marmonna-t-elle en réprimant un sourire.

Elle pourrait sourire tout son soûl quand elle saurait le Tantale club hors de danger. Mais il serait alors temps de s'inquiéter pour son cœur…

Mary glissait les dernières épingles dans le chignon de Diane quand on frappa à la porte de la chambre.

— Lord Cameron est là, milady. Camille l'a installé à table.

— Merci, Sarah. Je descends. Veuillez informer lord Haybury de l'arrivée de lord Cameron.

— Lord Haybury est déjà dans le salon Aphrodite, milady. Je crois qu'il est attablé en compagnie de lord Manderlin et de M. Appleton.

Oliver avait dit qu'il demanderait à ses amis de venir gonfler le flot de clients matinaux et se révélait étonnamment fiable ces derniers temps. Et s'il n'hésitait pas à donner son avis, il ne tentait jamais de la forcer à quoi que ce soit. Bien sûr, elle lui aurait tiré dessus s'il avait essayé. Néanmoins, dans l'ensemble, il se conduisait moins en esclave récalcitrant, ni même en dictateur, qu'en véritable... partenaire.

Les jambes flageolantes, elle s'assit en hâte à sa coiffeuse.

— Vous vous sentez bien, milady ? s'alarma Mary.

Non, pas du tout.

— Oui, j'ai juste besoin de prendre une minute. Ce sera tout, merci, Mary.

L'air soucieux, la femme de chambre sortit. Diane s'en aperçut à peine. Son esprit était centré sur la découverte qu'elle venait de faire. Un partenaire. Oliver Warren.

Était-ce vraiment ce qu'elle recherchait ? De manière inattendue, elle avait trouvé une vraie famille avec toutes ces jeunes femmes qui voyaient dans son club une ultime chance de mener une vie presque respectable. Elle avait travaillé dur pour mener à bien ce projet et ne devrait qu'à elle-même son succès ou son échec. Après la mort de Frederick, elle s'était juré de ne plus jamais compter sur quiconque pour quoi que ce soit. Mais elle n'avait pas prévu que d'autres compteraient sur elle.

Elle enfouit le visage entre ses mains. Seigneur ! Elle s'était tournée vers Oliver parce qu'elle estimait qu'il était en dette vis-à-vis d'elle, qu'elle pouvait le contrôler et se méfiait de lui. Jamais elle n'aurait imaginé qu'il se révélerait digne de confiance, ni qu'il ait pu changer à ce point.

Elle se redressa et inspira profondément. *Plus tard.* Les questions qui restaient à éclaircir commençaient à s'accumuler, mais tant pis. Elle devait d'abord sauver son club. Avec l'aide de quelqu'un sur qui elle n'aurait jamais osé compter deux mois plus tôt.

Le livre qu'elle choisit pour glisser les deux mille livres d'Anthony était *L'Enfer* de Dante, bien qu'elle soit certaine que ce dernier ne percevrait ni la menace ni l'ironie contenue dans ce titre. Au moins était-elle capable de l'apprécier. Et Oliver aussi, à coup sûr.

S'efforçant de chasser ce dernier de ses pensées, elle rejoignit le salon Aphrodite.

Oliver s'était surpassé. Le salon était deux fois plus peuplé qu'il n'était habituel un jeudi matin. On aurait dit que tous les pairs du royaume s'étaient donné le mot pour prendre le petit déjeuner ici avant d'aller au Parlement.

Anthony était assis seul à une table, avec la mine d'un chat devant un bol de crème. Il surveillait les lieux comme s'il se considérait déjà comme le propriétaire, comme si l'argent de tous ces clients allait finir directement dans sa poche. Qu'il se berce d'illusions, cela ne durerait pas, songea Diane.

— Bonjour, Diane.

Sans daigner se lever, Anthony lui fit signe de prendre place face à lui.

— J'espère que vous apprécierez ce livre, Anthony. Celui-ci devra vous durer un mois, l'avertit-elle en lui tendant le volume.

— Nous verrons, nous verrons.

Il ouvrit le roman à la page de titre, puis le referma avec un sourire satisfait.

— Y a-t-il toujours autant de monde le matin ? s'enquit-il.

— De nombreux membres aiment prendre leur petit déjeuner ici, puis jouer aux cartes une heure avant de rejoindre la Chambre des lords, répondit Diane en s'interdisant de tourner les yeux en direction d'Oliver.

— Une excellente idée.

— Anthony, vous devez...

— Ne me dites pas ce que je dois faire, Diane, l'interrompit-il sèchement, avant de poursuivre avec un sourire : Frederick ne se doutait de rien, n'est-ce pas ? S'il vous avait laissé la bride sur le cou, il aurait pu vivre à Park Lane. Quel dommage que je ne puisse pas vous épouser. Il est certain que je ne vous aurais pas empêchée de gérer ce club.

— Quel dommage, en effet, grinça-t-elle.

À l'autre bout de la salle, Oliver regardait Diane et Cameron. Chaque fois que ce dernier la gratifiait de son sourire ricanant, il serrait le poing pour s'empêcher de se lever et d'aller lui casser la figure.

— Combien veux-tu qu'il perde ? s'enquit James Appleton qui avait suivi la direction de son regard.

— Deux mille livres.

— Ce matin ? C'est un peu ambitieux.

— Ce serait plus facile s'il jouait au whist ou à n'importe quel jeu où l'on affronte d'autres joueurs, remarqua Manderlin. Perdre contre la banque prend plus de temps.

Dans tous les cas de figure, il s'agissait de l'argent d'Oliver. Néanmoins, Manderlin n'avait pas tort.

— Vois ce que tu peux faire pour l'influencer, mais surtout n'éveille pas ses soupçons.

— Tu te donnes sacrément du mal pour aider une femme, commenta Manderlin à mi-voix.

— *Ma* femme.

— Pardon ?
— Tu as bien entendu.
— Très bien, dit Jonathan, on fera de notre mieux. Tu… Bon sang ! s'interrompit-il.
Sans même se tourner, Oliver murmura :
— Greaves ?
— Oui. Cet imbécile de Trainor l'a encore amené. Comment as-tu deviné ?
— Parce qu'aujourd'hui va être apparemment la journée la plus difficile de ma vie. Je suppose qu'ensuite c'est le fantôme d'oncle Phillip qui va se manifester.
James et Jonathan pensaient sans doute que les ennuis viendraient de Cameron. Oliver, quant à lui, se moquait pas mal de ce crapaud cupide qui, d'une manière ou d'une autre, allait cesser d'empoisonner l'existence de Diane. Non, pour lui, le problème c'était Diane elle-même. Elle était fière, entêtée, terrifiée à l'idée de dépendre d'un homme. Elle ne voulait pas avoir *besoin* de lui. Et il ne savait comment la convaincre que plus jamais il ne l'abandonnerait.
— Greaves vient par ici, marmonna Appleton.
Oliver carra les épaules, prêt à toute éventualité. À sa grande surprise, Greaves poursuivit son chemin sans s'arrêter. Mais une feuille de papier pliée voleta sous son nez et tomba à côté de son assiette.
Oliver la poussa sur ses genoux d'un coup de serviette. Il la déplia. *La bibliothèque. Tout de suite, G.* était-il écrit.
— Qu'est-ce que c'est ? demanda Manderlin.
— Une invitation aux ennuis. Je reviens dans un moment, surtout ne perdez pas Cameron de vue, fit Oliver en se levant.
— Mais…
— S'il vous plaît.
Manderlin soupira, hocha la tête.
— Quoi que tu aies en tête, ne te fais pas prendre, c'est tout.

Incapable de résister à la tentation, Oliver jeta un bref regard en direction de Diane avant de gagner le salon Athéna, quasi désert à cette heure de la matinée.

Greaves se tenait près de la fenêtre et semblait perdu dans la contemplation du jardin.

— Votre Grâce, le salua ironiquement Oliver entre ses dents.

— J'ai pensé à quelque chose, déclara Greaves sans bouger.

— Félicitations.

— Quand j'ai entendu Cameron se plaindre que son ex-belle-sœur l'avait dépouillé, cela ne m'a fait ni chaud ni froid. Jusqu'à ce que je découvre tes liens avec elle, bien sûr. Tout à coup, la nouvelle m'a paru bien plus intéressante.

— Il me faut insister sur un détail : si tu fais quoi que ce soit pour nuire à Diane ou au club, je te tuerai, dit Oliver d'un ton égal. Dussé-je finir au bout d'une corde.

— Quel ton mélodramatique ! Tu étais plus flegmatique et cynique autrefois, si je me souviens bien.

— Parce que je n'avais rien à perdre. Que fais-tu ici ?

— J'ai appris qu'hier Cameron a perdu plus que ce dont il ne dispose à ma connaissance. Mais il semblait persuadé qu'il en aurait plus encore ce matin. Il fait chanter ta poulette, c'est cela ?

Greaves daigna enfin faire face à Oliver.

— Ça suffit, gronda ce dernier en serrant les poings. Tu vas passer par la fenêtre !

— Attends, fit le duc en reculant d'un pas. Je vais être plus direct. Je ne compte pas me mêler de tes affaires, quoi que tu aies l'intention de faire à ce crétin.

Déconcerté, Oliver se figea.

— Pour la dernière fois, que fais-tu ici ?

— Je ne crois pas aux excuses, toutefois j'adore voir quelqu'un se prendre une correction bien méritée. Cameron est un serpent. Il est pire que son frère, et je n'aimais déjà pas Frederick.

— Ah ! Tu es venu me proposer tes services au cas où j'aurais eu l'intention de dérouiller Cameron ? C'est intéressant de voir avec quelle constance tu t'appliques à trahir ceux que tu appelles tes amis.

— Je me suis lié avec lui uniquement parce que… eh bien, sans doute avais-je l'impression de te devoir quelque chose. Crois-moi ou pas, cela m'est égal. Mais je me suis dit que je pourrais venir jouer un peu ce matin. Combien veux-tu qu'il perde ?

Greaves n'avait absolument aucun moyen de connaître le plan de Diane et d'Oliver, mais s'il avait compris de quelle manière Cameron obtenait son argent, il avait pu imaginer une partie de la machination. Oliver pouvait nier, bien sûr, mais cela risquait de lui attirer davantage d'ennuis.

— Environ deux mille livres, répondit-il.

— Bon, je vais m'y employer.

— Cela ne te rachète pas et ne fait pas de nous des amis. Et si tu te mets en travers de mon chemin aujourd'hui…

— Oui, je sais. Tu me tueras.

Les deux hommes sortirent de la bibliothèque au moment où Cameron se rendait dans le salon Perséphone, les amis d'Oliver sur les talons. Là, Cameron se mit à déambuler entre les tables, à la recherche du jeu le plus distrayant. Oliver, Manderlin et Appleton s'assirent pour entamer une partie de vingt-et-un. Ce n'était pas le jeu préféré d'Oliver, mais bien jouer requérait un minimum d'habileté. Et il n'affronterait pas directement Cameron, puisque les enjeux se passaient entre les joueurs et la banque. Il ne restait plus qu'à prier pour que Cameron rejoigne leur table pour montrer ce qu'il avait dans le ventre.

Dix minutes après le début de la partie, Cameron s'installa à la table de la roulette. Oliver ravala un juron. La plupart de ses camarades seraient là encore une heure, guère plus, et il était peu probable que Cameron perde le nord au point de jouer deux mille livres dans ce laps de temps.

Le duc de Greaves choisit ce moment pour faire son apparition. Il glissa le bras autour des épaules de Cameron. Oliver se pétrifia. Greaves semblait de son côté, ou du moins il s'était engagé à ne pas lui mettre des bâtons dans les roues. Mais Oliver savait d'expérience qu'il valait mieux ne pas pécher par optimisme. Si Greaves posait problème, il y aurait bagarre. Il fallait à tout prix isoler Cameron de ses alliés.

Mais, à la grande surprise d'Oliver, le duc entraîna Cameron vers leur table.

— Vous avez de la place pour deux autres joueurs, je présume ? fit Greaves de sa voix traînante en s'installant sur la chaise la plus éloignée d'Oliver.

— Plus il y a de fous, plus l'on rit, commenta Appleton, avant de se racler la gorge.

Oliver adressa un hochement de tête à Mary Stanford, qui tenait la table de vingt-et-un ce jour-là. La jeune femme distribua cinq cartes face cachée, puis retourna celle posée devant elle. Un sept.

Au deuxième tour, elle reçut un quatre, Oliver un as et un trois. Il misa, demanda une autre carte, tout en restant concentré sur Cameron.

Le comte avait fait une petite mise. Oliver se retint de froncer les sourcils. Pour que leur plan fonctionne, Cameron devait se vider les poches.

Au troisième tour, Oliver avait gagné trente livres et Cameron n'en avait perdu que dix-neuf.

Damnation !

Le duc de Greaves s'esclaffa :

— Ma parole, Cameron, vous pariez comme une vieille dame ! Un peu de tripes, bon sang ?

Tout en parlant, il avait déposé une mise de deux cents livres sur ses cartes.

Cameron baissa le nez sur son jeu. Le regard de Greaves croisa celui d'Oliver, et le duc esquissa un imperceptible signe de tête. Hum. Quoi que cela signifie, Oliver avait bien l'intention de tourner cela à son avantage.

S'esclaffant à son tour, il déposa la même somme sur ses cartes.

— Bien dit, Greaves. Je ne vais pas perdre mon temps pour trente misérables livres.

Appleton et Manderlin suivirent avec des rires entendus, comme si tout cela n'était qu'une farce amusante. Renfrogné, Cameron posa également deux cents livres... qu'il perdit dans la foulée, comme toute la tablée, excepté Appleton.

Ensuite, Greaves aiguillonna Cameron chaque fois que celui-ci paraissait sur le point de se défiler. Au bout d'une demi-heure, Oliver se détendit un peu. Il tourna les yeux vers la porte et, apercevant Diane sur le seuil, il agita les doigts sous la table. Elle comprit et s'éclipsa.

Elle revint un peu plus tard et marcha droit vers leur table.

— Anthony, j'aimerais vous dire un mot.

— Pas maintenant. Je suis occupé.

— Si, maintenant, insista-t-elle en se tordant les mains. Et à vous aussi, Haybury.

Oliver jura, puis, rassemblant ses gains, il se leva.

— Vous venez, Cameron ?

Le comte finit par acquiescer et l'imita.

Alors qu'ils suivaient Diane en direction de son bureau, il agrippa le bras d'Oliver et chuchota :

— J'ai perdu presque mille sept cents livres. Il me faut de l'argent !

— Vous avez perdu près de quatre mille livres en moins de trois jours ? Vous êtes fou, mon vieux ! fit Oliver en se dégageant d'un mouvement brusque.

— Qu'est-ce que cela peut vous faire ? Vous n'avez pas besoin d'argent, vous êtes riche comme Crésus. Votre part du club devrait me revenir. Après tout, cette maison appartient à ma famille.

— Je ne suis pas…

— Chut ! les interrompit Diane en refermant la porte du bureau. Elle a regardé les livres de comptes ce matin, et je crois qu'elle a des soupçons.

Oliver ne put s'empêcher de s'extasier intérieurement sur ses talents de comédienne.

— Mais nous avons été très prudents, objecta-t-il. Elle n'a rien pu trouver dans ces registres.

— Il suffit qu'elle regarde au bon endroit.

— De quoi diantre parlez-vous ? explosa Cameron. Diane, j'ai perdu l'argent que vous m'avez donné tout à l'heure. Il m'en faut plus.

— Perdre quatre mille livres, ce n'est pas comme perdre un fer à cheval ! Je ne peux pas les remplacer d'un claquement de doigts.

— Vous n'avez pas l'air de comprendre, répliqua Cameron d'un ton menaçant. Je veux plus d'argent. Si vous voulez garder votre club, vous avez intérêt à m'en trouver.

Diane se tourna vers Oliver.

— Nous devrions peut-être lui dire ?

— Sûrement pas. Je ne vais pas prendre le risque de me balancer au bout d'une corde parce que votre idiot de beau-frère a les poches trouées !

— Me dire quoi ? éructa Cameron.

Diane prit une profonde inspiration, puis recula lentement vers la fenêtre.

— Les investisseurs du club, ceux que nous avons… délestés d'un peu d'argent…

— Oui, eh bien ? Ce sont vos amis. Cela ne me concerne pas.

— C'est bien le problème. Ce ne sont pas mes… nos amis.

— Pourquoi financent-ils le club, alors ?

— Je vous l'ai dit, c'est très compliqué. Et tant qu'elle fouinera dans les comptes, je ne pourrai rien vous donner. Je ne risquerai pas ma vie, même pour le Tantale club !

— Votre vie ? répéta Cameron. Vous exagérez ! Vous dites n'importe quoi pour ne pas honorer notre accord. Vous croyez que je ne le voie pas ? Vous me prenez pour un imbécile ?

— Nous travaillons comme des forcenés pour faire marcher ce club, elle doit bien comprendre que nous attendons quelque chose en contrepartie, intervint Oliver.

— Haybury, j'ai déjà prélevé quatre mille livres en trois jours. Même moi, je sais que ce n'est pas raisonnable.

— Mais qui diable est cette femme à laquelle vous faites sans cesse allusion ? s'emporta Cameron. Si vous espérez me faire peur, je peux vous certifier que...

La porte qui communiquait avec le salon s'ouvrit brusquement.

Geneviève Martine, ses cheveux blonds relevés en un chignon aussi strict qu'à l'ordinaire, engloba la scène d'un regard étincelant.

— Je le savais ! dit-elle avec un accent français appuyé.

— Qui êtes-vous ? s'exclama Cameron. Mais je vous reconnais... Vous êtes la dame de compagnie de Diane.

Diane recula jusqu'à se retrouver dos au mur.

— Je peux tout expliquer, Geneviève ! gémit-elle.

— M'expliquer que vous aviez d'excellentes raisons de me voler ? J'en doute fort ! Et vous... je savais qu'on ne pouvait pas vous faire confiance ! ajouta Geneviève en pointant le doigt sur Oliver.

Le comte de Cameron était clairement désorienté par la scène qui se jouait devant lui.

— Écoutez, bredouilla-t-il, je ne sais pas à quoi riment toutes ces histoires, mais je ne suis pas...

— Vous, taisez-vous ! lui enjoignit Geneviève, avant de se tourner de nouveau vers Oliver et Diane. Il nous a fallu trois ans pour tout organiser, vous n'allez quand même pas tout gâcher à cause de cet imbécile ! Nous avons mis de l'argent dans ce club, et l'argent qu'il génère nous appartient. Vous allez rembourser ce que vous devez.

Geneviève ponctua ses paroles d'un violent coup de poing sur le bureau.

— Certainement pas, décréta Cameron en croisant les bras sur sa poitrine.

— Il n'a plus l'argent, Geneviève. Je lui ai donné quatre mille livres pour l'empêcher de nous intenter un procès et de mettre la main sur le club. Il a tout perdu au jeu.

Mlle Martine pivota vers Cameron.

— Il est hors de question que vous alliez devant les tribunaux. Est-ce clair ?

— Je ne pense pas que vous soyez en mesure de m'en empêcher, rétorqua Cameron.

L'air affolé, Diane bredouilla :

— Nous devrions peut-être lui expliquer la situation, Geneviève. Dans l'intérêt de tous. Quand il aura compris ce qui risque d'arriver, il sera plus compréhensif, j'en suis sûre.

— Très bien, fit Geneviève en regardant Cameron droit dans les yeux. Je vais vous expliquer. Une fois. Et si vous répétez un seul mot de ce que vous allez entendre, je saurai que la fuite vient de vous et je vous ferai abattre.

— A… abattre ? s'étrangla Cameron, ahuri.

Geneviève poursuivit :

— Lady Cameron a tout perdu à la mort de son mari. Nous savions qu'elle avait une certaine expérience en ce qui concerne les paris et le jeu, et nous voulions trouver un moyen de gagner de l'argent sans éveiller les soupçons des Anglais. Alors nous avons investi dans ce club. Le rôle de Diane consiste à recueillir l'argent et à le conserver pour le jour où nous en aurons besoin. Pour réinstaller l'empereur sur le trône.

Oliver craignit un instant que Geneviève n'ait été trop loin. Mais Cameron pâlit et s'écria :

— L'empereur ? Vous voulez dire... Bonaparte ?

— *Mon oncle, Napoléon, oui*, acquiesça Geneviève en français.

— Votre... oncle ? Mais vous ne pouvez pas faire cela ! Les autorités doivent être prévenues !

— Vous avez pris quatre mille livres au Tantale club, *monsieur*. Si vous dites un mot de cette histoire aux autorités, je m'arrangerai pour vous faire passer pour notre complice. Et vous serez pendu pour haute trahison.

Livide, Anthony Benchley se laissa tomber dans le fauteuil le plus proche.

— Je... Oh, Seigneur ! balbutia-t-il.

— Il n'était pas au courant, Geneviève, je te le jure, intervint Diane. Il pensait juste profiter d'une veuve sans défense. Cela ne mérite tout de même pas la mort.

— Croyez-vous ? Trois ans, Diane. Et vous pensiez pouvoir piocher dans notre cagnotte et mettre tout notre plan en péril ?

— Je ne savais rien, Diane dit la vérité ! gémit Cameron.

Mlle Martine le foudroya du regard.

— Vous, vous allez partir ! Si je vous élimine tout de suite, cela risque d'attirer l'attention sur cet établissement. Mais sachez que je ne suis pas la seule à Londres qui soit résolue à faire libérer mon oncle. Et certains sont bien plus dangereux que moi. Un mot, lord Cameron, *un seul mot* au sujet de Bonaparte ou du Tantale club ou de ce que vous avez entendu ici, et l'on ne vous reverra jamais plus.

— Oui... oui. J'ai compris !

— Vous allez quitter ces lieux et dire à notre agent posté dans l'entrée que vous ne remettrez plus jamais les pieds ici. Si Langtree vous revoit, elle vous plonge un couteau dans le cœur.

— Oh, Seigneur ! La femme en... en pantalon ?

— Oui, opina Geneviève, avant de reporter le regard sur Diane. Toi, tu rembourseras chaque penny que tu lui as donné. Tu ne t'en tireras pas aussi facilement. Et vous non plus, ajouta-t-elle à l'adresse d'Oliver. Vous vouliez de l'argent, il va vous falloir travailler pour l'obtenir.

— On ne peut pas me reprocher d'avoir cherché une petite compensation pour toute la peine que je me suis donnée, se défendit Oliver.

— Si, on peut, rétorqua Geneviève. Vous êtes encore là ? lança-t-elle à Cameron. Je vous ai dit de déguerpir. Immédiatement.

Le comte se leva tant bien que mal et recula vers la porte, les jambes flageolantes.

— Merci, milady. Vous n'entendrez plus parler de moi, je vous le jure. Tout cela ne me regarde pas. Je... j'ignorais tout de...

— Taisez-vous et fichez-moi le camp !

— Oui, milady !

Cameron se glissa dans le couloir et la porte claqua.

Dans le silence qui suivit, Oliver regarda tour à tour Diane, puis Geneviève.

— La nièce de Bonaparte, rien que cela ? murmura-t-il.

— Il a sept frères et sœurs. Cela ne nous a pas paru déraisonnable, objecta Diane avec un haussement d'épaules.

— Vous pensez que je l'ai convaincu ? s'enquit la girafe en abandonnant son accent.

— Nous n'allons pas tarder à le savoir, répondit Diane. J'ai demandé à Juliet de rester devant la porte d'entrée ce matin. Elle doit me prévenir s'il se passe quelque chose d'inhabituel.

Oliver la contemplait, fasciné.

— Au fait, à quoi rimait le petit manège de Greaves ? lui demanda-t-elle.

— Il m'a aidé à faire perdre Cameron en le poussant à miser gros. Et avant que vous me posiez la question : j'ignore pourquoi il a agi ainsi. Quand il a compris que nous mijotions quelque chose, l'idée de contribuer à la chute de Cameron l'a amusé. C'est du moins ce qu'il a laissé entendre.

Était-ce une façon de faire amende honorable, comme Greaves l'avait également insinué ? Oliver n'en était pas certain. Il lui aurait fallu une preuve plus tangible que la mise à mort concertée de ce serpent de Cameron.

— Je crois que je vais réfléchir à sa candidature, déclara Diane.

— Comme vous voudrez. Je m'abstiendrai de voter.

On frappa à la porte.

— Milady ? C'est Juliet.

— Nous y voilà, murmura Diane. Entrez, Juliet.

La majordome pénétra dans le bureau.

— Milady, je tenais à vous prévenir que lord Cameron vient de partir et qu'il était terriblement agité. Il a dit qu'il était désolé, qu'il ne reviendrait plus jamais.

— Très bien. Merci beaucoup, Juliet.

Langtree se retira et Oliver s'autorisa enfin à respirer.

— Félicitations, Diane ! Le Tantale club reste entre vos mains.

La jeune femme hocha la tête, puis se tourna vers la fenêtre.

— Geneviève, veux-tu nous laisser un moment, s'il te plaît ?

— *Entendu*, dit la girafe.

Non sans avoir lancé un regard indéchiffrable à Diane, Geneviève regagna la porte du salon et disparut.

— Vous croyez qu'elle écoute derrière le battant ? risqua Oliver au bout d'un moment.

— Je n'en serais pas surprise. Elle n'a pas oublié dans quel état j'étais il y a deux ans après votre défection, et elle s'inquiète pour moi.

Le cœur d'Oliver se serra. Diane avait-elle tant souffert qu'il lui était aujourd'hui impossible de lui pardonner ? Il ne voyait pas ce qu'il pourrait faire de plus pour la convaincre de son amour. Si elle s'obstinait à le repousser... Mais non, il ne voulait même pas y songer ! Il serait par trop insupportable de voir Diane à Londres, de la côtoyer en sachant qu'elle ne lui appartiendrait jamais, et il ne lui resterait plus qu'à vivre en reclus à Haybury Park pour le restant de ses jours.

Lentement, elle lui fit face.

— Avez-vous quelque chose à dire ?

— Que voulez-vous que je dise ? Je vous ai posé une question hier soir. Si vous le désirez, je peux vous la poser de nouveau. Je peux également réitérer mes excuses si vous le souhaitez. Vous répéter que je vous aime, car c'est la vérité. Mais les réponses vous appartiennent.

Elle le considéra un long moment.

— Oliver, dit-elle enfin, je...

— Je tiens juste à vous rappeler, coupa-t-il, le cœur cognant follement dans sa poitrine, que nous formons tous les deux une équipe formidable.

— Vous...

— Et si l'idée que vos biens et possessions passent sous ma tutelle vous déplaît, je vous signerai tous les papiers que vous voudrez. Il sera établi que le Tantale et Adam House vous appartiennent.

— Oliv...

— Vous avez dit que vous aviez cessé de croire à des choses telles que l'amour et la passion, jusqu'à ce que vous fassiez ma connaissance. Mais je ne vous ai pas encore dit qu'avec vous, j'ai appris moi aussi à y croire. Je pensais que l'amour était une farce. Vous m'avez prouvé le contraire.

Il parlait, parlait. Tant qu'il monopolisait la parole, elle ne pouvait pas refuser de devenir sa femme, lui dire qu'il avait été sa plus grande erreur et qu'elle ne comptait sûrement pas la répéter...

— Vous n'êtes pas obligée de me rembourser l'argent que vous m'avez emprunté. Il est à vous. Et si vous avez besoin de quoi que ce soit pour le Tantale club, je peux...

Elle s'avança et lui plaqua la main sur la bouche.

— Taisez-vous. C'est à mon tour de parler, je crois.

Son expression demeurait indéchiffrable. Oliver hocha la tête. Le moment était venu de payer pour ses crimes passés. Il devait affronter l'épreuve, même si cela signifiait qu'il ne trouverait jamais le bonheur.

Il sentit ses doigts trembler légèrement contre ses lèvres.

— Il y a deux ans, vous m'avez anéantie, chuchota-t-elle. Vous avez brisé mon cœur en mille morceaux, alors que je venais tout juste de comprendre que j'en avais un et qu'il était fragile.

Miséricorde !

— Diane, je...

— Chut. Au cours des deux mois qui viennent de s'écouler, vous m'avez exaspérée, sans cesse défiée, vous vous êtes disputé avec moi... et vous avez recollé les morceaux de mon cœur. J'ai eu beau me répéter que j'avais obtenu ma chère indépendance, et que je n'avais besoin de rien d'autre...

Lentement, elle baissa la main, la fit glisser sur le revers de sa veste. Oliver retenait son souffle. L'attitude de Diane lui laissait entrevoir un espoir, mais cela faisait belle lurette qu'il ne s'essayait plus à deviner ses pensées.

— Mes employées ont besoin de moi et je... j'aime veiller sur elles, savoir qu'elles ne seront jamais seules et perdues comme je l'ai été. Je me suis rendu compte que j'aimais partager des choses avec vous. J'aime vous parler. J'aime partager ma vie avec vous. Je ne veux pas que quelqu'un me dise quoi faire, mais je suis prête à prendre un partenaire. Qui sera mon égal.

— Puis-je parler, à présent ?

— Oui.

Oliver se racla la gorge.

— Est-ce que cela signifie que vous acceptez de m'épouser ? Ou s'agit-il d'un partenariat professionnel ? Parce que je n'accepterai pas l'un sans l'autre. Telles sont mes conditions.

— Vous voulez bien m'aider à gérer un club de jeu, mais vous refuserez de le faire si je ne vous épouse pas, c'est cela ? s'enquit-elle d'une voix douce.

— Oui, exactement.

Ses adorables yeux émeraude s'emplirent de larmes. Elle hocha la tête.

— Bon, d'accord, murmura-t-elle.

Merci, mon Dieu !

— Je préférerais que vous le disiez sans ambiguïté, Diane.

Elle poussa un petit soupir et, se hissant sur la pointe des pieds, déposa un baiser sur sa bouche.

— Vraiment horripilant. Oui, Oliver, j'accepte de vous épouser.

Il glissa le bras autour de sa taille, l'attira contre lui. Le club, l'argent, tout cela lui importait peu. Tout ce qu'il désirait, c'était que cette femme farouche et orgueilleuse l'aime autant qu'il l'aimait.

— Je vous aime, souffla-t-il en s'emparant de ses lèvres.

— Moi aussi, je vous aime, Oliver, dit-elle en souriant contre sa bouche. Je n'ai jamais aimé que vous.

Il se mit à rire.

— Je vous préviens, nous allons mener une vie parfaitement scandaleuse.

— J'ai tellement hâte !

— Moi aussi, mon amour.

10617

Composition
FACOMPO

Achevé d'imprimer en Italie
par GRAFICA VENETA
le 7 avril 2025

Dépôt légal : mai 2025
EAN 9782290241196
OTP L21EPSN002249-435581

ÉDITIONS J'AI LU
82, rue Saint-Lazare, 75009 Paris

Diffusion France et étranger : Flammarion